KB142225

조선연애실록 3

3

로즈빈 장편소설

조선연애실록

팩토리나인

【목차】

53화

첫째가는 사내

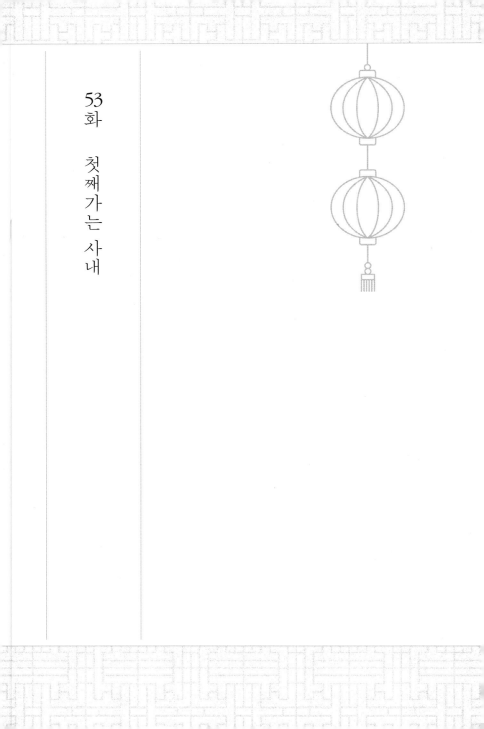

【해종실록 11권. 해종(偕宗) 17년 6월 21일】

의금부에 명하여 흑단 사인을 베다.

모처럼 윤월각에 큰 잔치가 벌어졌다. 오늘 하루 다른 객을 받지 않겠다며 이른 시간부터 문을 닫은 윤월각은 밤이 저물도록 분주했다. 신기형을 필두로 수십의 관료들이 이곳을 찾은 것이다.

"좌상 대감! 감축드립니다! 날이 밝는 대로 이 나라 조선의 영의정이 되시질 않겠습니까!"

"맞습니다, 대감! 진작 되셨어야 할 자리였지요! 이런 흉흉한 시국에 대감이 아니고서야 누가 가능하겠습니까?"

모두는 가장 큰 방에 앉아 오늘 낮에 있었던 일을 회상했다. 상감께서 드디어, 날이 밝는 대로 신기형을 영의정에 천거하겠노라 심중의 뜻을 밝히셨다.

"감축드리옵니다!"

"감축드리옵니다, 대감!"

여기 모인 모두는 각자 다른 생각에 사로잡혔다. 기녀들은 돈 많고 명 짧은 벼슬아치의 첩이 되어 팔자를 고쳐 볼 생각에 평소보다 더 많은 웃음을 흘렸고, 관료들은 어떻게든 신기형의 눈에 들어 요직에 나아갈 생각만으로 굳은 머리를 굴렸다.

"대감께서 영상의 자리에 오르시다니 이제야 나라가 좀 제대로 돌아가려나 봅니다. 안 그렇습니까, 다들?"

"맞습니다! 그동안 이 사람이 대전으로 올린 상소만도 수십, 아니 수백 개는 될 것이지요!"

"웃기는 소리 하지 말게! 나야말로 주상 전하께 우리 좌의정 대감을 천거해 주십사, 하는 주청을 몇 번이나 드렸는지 아는가?"

"웃기는 소리라니! 자네야말로 이리저리 눈치 싸움하며 지금까지 버티지 않았는가? 하늘 부끄러운 줄 모르고!"

"어허! 이 사람이 지금 무슨 말을 하는 게야? 지금 나를 모함하겠다는 것이야?"

자리는 상당히 소란스러웠다. 신기형의 부름을 받고 윤월각에 당도한 사람들은 권세를 따른다는 생각에 가슴이 뛰었고, 초대받지 못한 자들은 불안에 떨어야 했다. 너 나 할 것 없이 신기형의 곁으로 다가와 꿀 바른 아첨을 늘어놓기 시작했고, 행여나 눈총을 받게 될까 멱살까지 붙잡으며 언성을 높이는 자들도 생겨났다.

신기형은 조용히 술병을 들었다.

"다들 조용히 하고 자리에 앉으시게."

"예? 예! 대감!"

관료 한 명이 앞장서 자리를 정리하자 신기형은 자리에서 일어섰다. 드디어 내일, 일인지하만인지상의 자리로 오르게 되는 일만 남았다. 여식은 세자빈에 간택이 될 것이며, 장차 보위를 이을 원자를 생산하게 될 것이다.

"오늘 이렇게 자리를 빛내 주신 분들께 먼저 감사 말씀을 드리는 바입니다."

신기형은 술잔을 들며 좌우 나란히 앉은 대간들을 바라보았다. 바르고 높은 말을 할 줄 아는 관료들은 남아 있지 않고 혀를 재주껏 부리며 아첨에 신념을 떠맡기니, 이 나라 조선의 내일은 불 보듯 뻔한 일이었다.

"오늘도 몇 번이나 어전에 나아가 이 사람의 모자람을 읍소하였으나, 주상 전하의 의중을 꺾기엔 역부족이었지 뭡니까."

"대감! 너무 겸손하십니다! 모자라다니요! 차고 넘치는 분께서 어찌 그런 말씀을 하십니까!"

"맞습니다, 대감!"

말 몇 마디 뱉어 내기가 무섭게 또다시 자리는 아첨으로 일렁였다. 어떻게든 신기형의 눈에 들어 권세를 유지하고픈 자들의 발버둥은 보기에 처참할 정도로 끈질겼다. 이제 막 관복을 입은 신흥 정객으로부터 머리가 백발이 된 원로 정객까지, 인간의 욕망이란 나이를 구분하지 않았고 때를 구분하지도 않았다.

신기형은 다시 자리가 잠잠해지자 입술을 열었다. 큰일을 앞두었으니 평소와 달리 조금 격양되어 있음은 사실이었다.

"어찌 되었든 아직 임명이 된 것은 아니나, 모두 알다시피 내일 아침 주상 전하의 교지가 있을 예정이외다."

"미리 받으신 것이나 진배없습니다, 대감!"

"허허, 사람 원."

결국 신기형은 호방한 웃음을 터트렸다. 입에 발린 말들을 딱히 좋아하는 성미는 아니었으나, 날이 날이었던 만큼 아첨의 말들이 듣기 좋았다.

"여기 모인 사람들은 절대 잊지 않을 것이니, 조선의 내일을 위하여 우리 힘써 봅시다!"

신기형이 크게 외치자 관료들은 술잔을 단숨에 비워 냈다.

"좌상 대감, 아니, 영의정이신 신기형 대감을 위하여 우리 박수 한번 칩시다!"

누군가 제안하니 박수가 터져 흘렀다. 신기형은 술잔을 비워 냈고, 버릇처럼 수염을 쓸며 만끽했다.

"대감, 어디 가십니까?"

술잔을 비운 신기형이 잠시 일어서 움직이자 수십의 눈길이 따랐다.

"드시고들 계시오. 술이 과했는지 머리에 열이 나 잠시 바람 좀 쏘고 들어올 것이니."

"예예, 대감!"

신기형은 홀로 문밖을 나섰다. 말마따나 술이 과했는지 조금 휘청거렸다. 어지간해선 흐트러지는 법 없는 느슨한 모습을 보이니, 그의 세상이 도래하고 있음을 알 수 있었다.

"괜찮으십니까, 대감?"

익숙한 목소리가 들리자 고개를 돌린 신기형이 곧장 미간을 일그러뜨렸다. 류명은 신기형의 얼굴에 부채질을 해 주었다.

"술이 꽤 과하신 모양입니다. 얼굴에 열이 오른 것을 보니 말입니다."

"치우게!"

신기형은 류명의 부채질을 밀어냈고 류명은 싫으면 말라는 듯 제 얼굴에 부채질을 시작했다.

"저, 대감."

"왜 자꾸 부르는 것이야. 네놈이 내게 볼일이 있느냐?"

"대감께 긴히 드릴 말씀이 있습니다."

"할 얘기가 있거든 오늘은 때가 좋지 않으니 다음에 다시 찾아와라."

"글쎄요. 오늘 들으셔야 할 텐데."

신기형이 비위가 상한다는 표정을 하자 륜명은 쥐고 있던 장부를 흔들었다. 취중에 초점이 잘 맞지 않아 신기형은 눈꺼풀에 힘을 주며 장부를 바라보았다.

"그것이 무엇이냐?"

신기형이 묻자 륜명은 어깨를 으쓱 올려 보였다. 이곳에서 쉽게 떠들 만한 일은 아니라는 듯했다.

"저와 대화를 좀 나누어 보시겠습니까?"

◎

옅푸른 빛깔이 물들어 있던 방문에 투명한 빛깔이 차올랐다. 두 손을 모으면 담길 것 같은 햇살이 세상을 하나둘 깨워 일으키기 시작했다. 첫 닭이 울었고, 문지기는 대문 밖 비질을 시작했으며, 부엌 아궁이에선 불질이 한창이었다. 이런 부산한 공간 속 여전히 한밤중인 두 사람이 여기 있다.

잠시 놓으면 사라질까 완은 꿈결이나마 그녀를 꼭 붙들어 안았다. 애가 타는 재회를 끝으로 누가 먼저 눈을 감았는지 알 길은 없었으나, 용희는 미동도 없이 고른 숨소리를 내었고, 부지런하기가 남다르다던 선생께서도 여전한 숙면 중이었다. 각자가 지닌 남다른 체온에 밀려 있던 고단함이 물둥이로 퍼붓듯 쏟아져 내린 것이다.

달고 길어 절대로 깨고 싶지 않은, 그러한 시간 속에 두 사람은 모처럼 평온한 아침을 맞이했다. 그러다가 먼저 눈을 뜬 것은 용희였다. 쉽게 올라가지 않는 눈꺼풀을 천천히 들어 보니 먼저 시선을 사로잡는 것은 선생의 가슴팍이었다. 단정하게 여며 입은 자리옷 사이로 적당한 둘레의 목선이 자리했다.

용희는 잠기운이 가득한 얼굴로 몇 번이나 눈을 감았다가 떴다. 한 방향으로만 누워 있던 탓인지 어깨가 뻐근했고, 전부 낫지 않은 팔의 상처가 욱신거리기도 했다. 하지만 움직이고 싶은 생각은 조금도 들지 않았다. 하염없이 선생의 얼굴을 훑어보지만, 그간의 깊었던 그리움은 씻겨 나갈 줄 모른 채 오히려 몸집을 키워만 갔다. 바라보고 있어도 마음이 식질 않으니 스스로 기함할 노릇이었다.

"그만 보아라. 닳겠다."

"아, 일어났소?"

"눈살에 찔려 안 일어날 재주 있겠나."

완은 오랜만에 곤히 잤다는 듯 쉽게 눈을 떴다. 마주한 두 눈빛에 애정이 가득하여, 바라보는 것만으로도 웃음이 흘렀다.

"어제 우리 이러고 잠들었나 봐, 선생."

"그러게 말이다. 할 말이 많았던 것 같은데 한마디도 나누지 못하고."

"선생이 아무 말도 하지 말라며? 잠시만 있으라며 말문을 막지 않았소?"

"나의 잠시와 너의 잠시가 달랐던 모양이다. 어쨌든 잘 잤으니 된 일 아닌가?"

"그나저나 선생이 늦잠이라니. 그동안 잠을 통 못 잔 게요?"

"그랬지, 아마."

완은 용희의 이마에 가볍게 입을 맞추며 미소 지었다. 느닷없이 그의 입술이 내려와 자취를 남기자 그녀의 얼굴에 홍조가 새겨진다. 잠시 다녀갔으나 각인되기 충분했고, 약간의 아쉬움마저 일렁이게 만들기 충분했다. 나눌 이야기가 있었는데. 묻고 싶은 말이 많았는데. 다 미루어도 괜찮을 만큼 지금이 소중했다.

"못다 한 이야기는 나중에 하고, 나는 조금 더 잘까 한다."

"그러오, 그럼. 나는 일어나 씻어……."

조금 더 잠을 청하겠다는 완의 말에 용희가 몸을 움직였으나 순순히 놓아줄 그가 아니었다. 다시금 품 안에 갇혔지만 싫지만은 않아, 그녀도 별 반항을 하지 않은 채 얌전히 기다렸다.

그러다 보니 마당을 청소하는 비질 소리가 들리고, 목소리를 낮춘 채 두런두런 이야기하는 소리도 들려오기 시작했다. 용희는 완의 손길을 뿌리치며 벌떡 일어나 앉았다. 생각해 보니 기거하는 아랫것들만도 수십은 되지 않겠나. 맙소사. 밤늦게 찾아와 선생과 동침을 했으니 사람들이 무어라 생각하겠는가?

"여, 여긴 뉘 집이오?"

"여기? 내가 잘 아는 곳이다."

"그러니까, 누구의 집인데?"

"중요한 일인가? 그다지 중요한 일은 아닌 것 같은데."

완이 다시 용희를 끌어 보지만 한번 몸을 일으킨 그녀는 완강히 버티며 다시 눕길 거부했다. 남사스러움에 입술을 꾹 깨물고는 눈치 보는 그녀의 모습이 몹시 사랑스러웠다.

"이곳은 내 동생의 집이다."

완은 사실대로 말을 이었다. 당장은 아니더라도 때를 보아 자신의 신분을 그녀에게 알려야 할 것 같았다. 그렇지 않고서는 아무것도 앞으로 나아갈 수 없었으므로.

"동생? 선생의 친동생 말이오?"

"그래, 하나뿐인 혈육이다."

동생인 서임 대군은 가족과 함께 며칠 전 뱃놀이를 떠났다. 불행인지 다행인지 그녀는 대군을 볼 수 없었다. 하지만 앞뒤 사정을 전혀 모르는 용희는 더욱 놀란 표정을 했다.

"그, 그럼 어쩌오? 우린 이제 어떡해야 하는 건데?"

"뭘 말이냐?"

"우리, 우리 지금 같은 방에서 나가야 하잖아. 동생 집이라며?"

"그게 뭐 어떻다고? 그냥 나가면 되지. 문제 있는가?"

"선생은 이런 일이 아무렇지 않은지 몰라도 난 아니란 말이지. 밖에 있는 사람들이 날 뭐라고 생각하겠소?"

"무어라 생각하긴. 내 사람인가 보다, 하겠지."

"우리한테 밤사이 무슨 일이 있었다고 오해할 것 아니오!"

용희는 앞섶을 가리며 눈을 날카롭게 떴다. 그녀의 근심이 쌓여 갈수록 선생은 한없이 즐겁기만 했다.

완은 느닷없이 일어나 그녀의 얼굴 가까이 다가갔다. 잠시 놀라 움찔하는 용희의 모습 또한 가히 일품이었다.

"그렇다면 저자들이 오해하는 일 같은 건 없도록 해 주어야겠네. 지금이라도 오해를 사실로 만드는 건 어떠하······."

용희가 베개로 있는 힘껏 선생의 얼굴을 강타했다. 완은 한 손으로 얼굴을 가리며 웃음을 터트렸다. 그녀와 말씨름을 하고 그녀의 음성이 앙칼지게 변할수록, 동궁의 마음엔 평화가 찾아왔다.

"이젠 하다 하다 손찌검까지 하는 것이냐?"

"내 언젠간 그 망할 입을 꿰매 버리고 말 것이오."

용희는 한숨을 내쉬며 문을 노려보았다. 이런 제길. 인기척은 갈수록 늘어나 기다려 본다 한들 희망적인 상황은 아니었다. 용희는 한숨을 내쉬며 이마를 짚었다. 대체 집구석이 얼마나 넓기에 비질하는 사람들이 저렇게 많은 거야! 우리 집도 저만큼은 아니었다고!

"여봐라, 홍시. 지금 나가려고? 밖에 사람이 저렇게 많은데?"

"숨어 있다고 달라질 것 있소? 뻔뻔하게 나가야지."

용희는 망설임 끝에 문고리를 붙잡고 열었다. 하지만 열기가 무섭게 닫으며 완을 향해 돌아섰다. 문을 열자 수십의 하인들이 하던 일을 멈추고 자신을 바라본 것이다.

"왜 안 나가고 그리 서 있는 것이냐?"

"사람이 생각보다 너무 많소."

용희의 사랑스러움에 완은 다시 큰 웃음을 터트렸고, 용희는 완에게 다가가 애원하듯 팔을 졸랐다.

"웃지만 말고 뭐라도 좀 해 보란 말이오. 나가서 저자들에게 쉬다 오라고 하든가!"

"내가 왜?"

"동생 집이라며!"

"얹혀 있는 주제에 이래라저래라 하란 말이냐? 그렇게는 못 하겠는데."

"이자가 정말!"

"정 껄끄럽거든 내 옷이라도 걸치고 네가 잘하는 사내 노릇 한 번 해 보겠느냐?"

"아! 그 방법 좋네! 벗어 보오, 당장!"

"당장? 진심으로 하는 소리냐?"

완은 못 믿겠다는 표정을 하며 고개를 갸웃거렸다. 이내 자신의 옷고름에 손을 가져다 대고는 끌러 내릴 듯 말 듯 그녀를 놀렸다. 식전부터 선생의 눈빛이 야릇하니, 놀려 먹는 일에 심혈을 기울이고 있음이 자명했다.

"상하 무엇부터 벗어 주랴? 윗도리부터? 정녕 감당할 수 있겠는가?"

"죽여 버리겠어."

그제야 선생의 장난질을 눈치챈 용희는 몇 번이나 베개로 얼굴을 강타했다. 보기보다 싱그러운 아침이었다.

◎

한바탕 소란스러웠던 풍경이 지나가고, 용희는 말끔하게 씻은 얼굴로 처소를 향해 걸었다.

"안녕하시옵니까."

"아, 안녕하오. 수고가 많소."

마주하는 족족 자신에게 과분한 인사를 건네는 사람들뿐이니, 용희는 고개를 제대로 들지 못한 채 걸음을 서둘렀다. 이곳을 떠날 때까지 처소에 틀어박혀 나오지 않는 게 여러 사람을 위한 길인 것 같았다.

　　걸음은 그 어느 때보다 단정했다. 선생 가족의 집이라니 여간 신경 쓰이는 것이 아니었다. 그때였다.

　　"이게 누구야! 홍시!"

　　"지담!"

　　지담이 달려오자 용희는 눈꼬리를 둥글게 휘며 빠른 걸음을 옮겼다.

　　"여어, 홍시이!"

　　"지다암! 오랜만이오!"

　　"잘 지냈느냐? 응? 잘 지냈어? 다친 곳은 괜찮고?"

　　"잘 지냈지! 지담도 괜찮은 것이오?"

　　"나는 늘 괜찮지! 언제나 괜찮지!"

　　"월호는? 월호는?"

　　"그놈도 아직 안 죽었다! 걱정 마라!"

　　두 손을 맞잡고 방방 뛰는 모습이 꼭 의좋은 남매 같았다. 아랫것들은 그 모습에 웃음꽃을 피웠고, 지담이 반가워 잠시 이성의 끈을 놓았던 용희가 나중에서야 우뚝 멈춰 섰다.

"왜 멈춰? 조금 더 뛰면 안 돼?"

붙잡은 양손을 좌우로 흔들며 지담이 조금만 더 뛰자고 보채자, 용희가 '에라 모르겠다' 하며 다시 콩콩 뛰기 시작했다.

"지다암!"

"홍시야아!"

둘은 또다시 웃음을 터트리며 뱅글뱅글 돌았다. 소란스러움에 처소 문을 연 완은 눈을 크게 뜨고 그 모습을 바라보았다.

햇살이 으깨지고 그녀의 웃음이 나풀나풀 하늘 위로 올라간다. 바라보자니 만족스러워, 완은 사연이 깃든 눈빛으로 그녀를 응시했다. 불길하고 극흉한 것들은 그녀의 맑은 영혼에 깃들지 못한 채 튕겨 나갈 것만 같았다.

"홍시야, 내가 네 걱정을 얼마나 했는지 아느냐? 응?"

"그랬소? 미안하게 됐소. 내가 의식이 없어서 연락을 못 했지 뭐요."

"너를 찾겠다고 내가 산 정상까지 다섯 번은 오르고 내렸을 것이다."

"정말? 힘들었겠다."

완은 지담의 얄팍한 술수에 미간을 좁혔다. 그 산을 너만 올랐느냐…….

"그것뿐이냐? 말하자면 한도 끝도 없다. 요 며칠 정신이 하나도 없었다."

"미안하오, 미안. 나 때문에 고생 많았겠소."

너만 정신없었느냔 말이다……. 완은 조금 더 미간을 좁혔다. 동궁의 어지러웠던 성심, 밤낮을 잃었던 슬픔에 대하여 말을 해 줘도 모자랄 판에, 저 사특한 지담 녀석은 본인의 영웅담만 입에 올리기 급급하니 영 마음에 들지 않았다.

"내 걱정을 그리도 많이 해 주다니. 역시 내게는 지담이 첫째가 는 사람이오."

"지담!"

용희의 입에서 첫째라는 말까지 나오자, 기어이 참지 못한 둘째 가는 사내께서 지담을 불렀다. 그제야 동궁의 모습을 확인한 지담 은 황급히 용희의 손을 놓으며 손가락을 꼼지락거렸다. 용희 또한 고개를 돌려보니, 지담을 향해 이리 오라며 손을 까딱거리는 선생 이 보였다.

"지담, 또 무슨 말썽을 피운 게요? 선생 표정이 좋지 않은데?"

"뭐, 그런 게 있다."

지담은 완을 향해 걸었고, 완은 다가온 지담에게 굳이 필요하지 않은 일거리를 나누어 주며 처소로부터 멀리 보냈다.

용희는 완을 바라보며 삐죽 입술을 움직였다.

"대체 왜 그렇게 지담만 보면 못 잡아먹어서 안달이오?"

"고새를 못 참고 또 외간 사내 편을 드는 것이냐?"

"편?"

이자가 또 왜 이러나 싶은 표정으로 용희가 한심하게 바라보니, 완은 볼멘 목소리로 입을 열었다. 그녀에 관한 것이라면 아무것도 빼앗기고 싶지 않았다.

"뭐? 첫째가는 사람? 허, 조선 팔도 첫째들은 이 날씨에 전부 얼어 죽었다더냐?"

용희는 난데없는 투기심으로 툴툴거리는 완의 목소리에 귀를 쫑긋 세웠다. 다른 곳으로 시선이 돌아가는 일 같은 건 잠시도 허용하지 않는 선생이었다. 그 속은 좁디좁아 더욱 애정이 느껴졌고, 너그럽지 못해 사랑받고 있음을 느낄 수 있었다.

"세상천지 어디 나만큼 네 걱정을 하는 사내가 있을 성싶으냐? 사람 그렇게 아둔해서야 어디다 쓴다고."

"설마 지담에게 질투하는 거요?"

"누가? 내가? 내가 지담에게?"

"딱 보니까 지금 투기에 눈이 멀었는데? 응?"

"더위 먹었느냐? 내가 무엇이 모자라 그런 녀석을 투기한단 말인지?"

물론 하늘 밖으로 튕겨 나갈 듯 손 붙잡고 뛰던 모습은 별로 보고 싶지 않았지만. 네 녀석이 언제 한 번이라도 날 그렇게 반겨 준

적이 있었나 싶기도 하지만.

생각하다 보니 끊임없는 열이 밀려와 이제는 온갖 것에 부아가
치밀어 오른다.

"그나저나 월호는 어딜 갔소? 안 보이네. 보고 싶은데."

"이젠 월호까지 더해서 삼파전을 해 보시겠다?"

"이제 보니 인간 말종이네. 사람의 인지상정을 그따위로 모욕하
다니."

"사람은 끼리끼리 만나는 법. 내가 말종이라면 너 또한 말종이
겠지."

"뭐요? 지금 누굴 같이 엮어 말종이라 부르는 거요? 그리고, 내
가 왜 선생의 여인이오?"

"아니더냐?"

"물론 아니지! 아니고말고!"

완의 미간이 꿈틀거린다. 마지막 말은 선생의 마음을 어지럽히
기 충분했다.

"그러니까 선생, 말조심하오. 난 아직 누구의 것도 아니란 말
이지."

"……."

"사람이 어찌 사람의 소유가 될 수 있겠소? 비록 여인일지라도
존재 자체로 인정받……."

용희는 성큼 다가와 입을 맞추는 완의 돌발 행동에 말을 멈추었다. 짧게 스치고 입술을 뗀 완은 짐짓 화가 난 표정으로 입술을 열었다.

"또 그 밉살스러운 입술을 놀려 보아라."

"지금 뭐 하는 거요? 자꾸 이렇게 제멋대로 할······."

또다시 선생의 입술이 다가왔다. 두 눈을 감기도 전에 벌어진 일이었다. 이번엔 가볍게 날아가지 않고 완의 입술이 지그시 누르자 용희는 두 주먹을 말아 쥐었다.

"또 말해 보아라, 밉살스럽게."

선생이 살짝 입술을 떼고 말하자 용희는 간신히 마른침을 삼켰다. 심장이 널을 뛰니 다음 말은 나오지 않았다. 이 와중에 떠올릴 생각은 아니었지만, 닿았다 금세 떨어지는 선생의 입술은 아쉽기까지 했다.

"이제야 밉살스러운 입술을 놀리지 않고 조용하구나."

기어이 용희가 입술을 꾹 깨물자 완은 부드럽게 웃으며 그녀의 목덜미를 끌었다.

"이래도 첫째가는 사내, 안 시켜 줄 것이냐?"

"좋소. 그럼 첫째에 버금가는 사내 정도 시켜 주겠소."

"버금이라니 인심이 너무 야박한데."

둘째가라면 서러운 선생께서는 자꾸만 그녀를 채근하며 으뜸을 시켜 달라 조르기 시작했다. 그의 눈빛에 푹 빠져 버린 용희가 으뜸을 시켜 주겠노라 고개를 끄덕이자, 완은 얼굴을 내려 그녀의 입술에 자신의 입술을 포갰다. 그녀의 이런 눈빛, 이런 표정, 가만히 두고는 당해 낼 재간이 없었으므로.

이번 입맞춤은 유달리 길었고 상당히 깊었다. 첫째가는 분의 진정한 특권이었다.

54
화

세
자
의　계
획

좌의정 신기형이 재차 책배의 뜻을 거두어 주십사 청하자 상이 허락하였다.

　이른 아침. 착건속대를 마친 신기형은 입술을 꾹 깨문 채 화가
난 듯한 표정으로 입궐했다. 모든 것이 정렬된 궐 안의 풍경은 오
늘따라 신물이 날 정도로 지겨웠고, 또한 역겨웠다.

　'이게 무엇이냐?'

　그 밤. 류명이 제게 내민 것은 밀수에 사용되었던 자신의 자금
기록이었다. 떨리는 손으로 장부를 넘기니 세세하고 빼곡한 기록
은 궐에서 만든 것처럼 완벽했다.

　'이것이 무엇이냐 물었다!'

　'보시는 바와 같이 거래 장부입니다.'

　류명은 특유의 침착함으로 말을 이었고, 놀라 까무러칠 것 같은

감정은 오롯이 신기형의 것이었다.

'누가 그것을 몰라 물었는가! 이것이 왜 여기에 있느냐는 말일세!'

처음 류명과 거래를 시작했을 때, 장부를 기록하지 않는 것은 둘 사이에 오간 첫 번째 요구 조건이었다. 하나 그것을 제대로 지키지 않고 류명이 남몰래 거래 장부를 만들어 온 것이다.

'물건을 사고파는 상인 팔자에 장부는 목숨과도 같은 것 아니겠습니까?'

'분명히 만들지 않겠다고! 않겠다고 분명히!'

'저를 그리 믿으시다니 대감답지 않으십니다.'

그제야 발톱을 드러낸 류명의 시선은 소름 끼치도록 침착했다. 불같이 타오르는 얼굴로 노려보아도 류명의 침착함이 지워지지 않아, 처음으로 신기형의 손이 떨렸다.

'네놈의 저의가 무엇이냐. 오호라, 지금 이것으로 나의 뒤통수를 쳐 보겠다?'

술기운이 아니었대도 충분히 어지러웠다.

'한갓 네놈이 고작 이따위 장부로 나를 능멸하며 협박하는 것이냐? 네놈이 감히!'

숨을 제대로 쉬기가 어려웠고 질서 정연하게 말을 잇기가 어려웠다. 신기형은 숨을 헐떡거리며 류명을 노려보았다.

'이 장부를 동궁께서 원하십니다.'

마치 할 일을 할 뿐이라는 듯 덤덤한 륜명의 말은 비위에 맞지 않았으나 진실이었다.

'동궁께서 장부의 존재를 알고 계신단 말입니다.'

'무, 무어라? 동궁이 장부를 원한다고?'

'그렇습니다.'

'그래서, 지금 이걸 동궁의 손에 넘기기라도 하겠다는 것이냐? 그런 것이냐?'

애가 타는 마음은 목소리에 고스란히 담겼다. 신기형은 떨리는 팔과 음성으로 륜명의 답을 기다렸다.

'아니오. 넘기지는 않을 것입니다.'

륜명의 말 한마디에 일희일비했고, 맥박은 정신없이 뛰어오르다가 멎을 것처럼 느려지기도 했다.

'하지만 동궁께 넘기지 않는 대신 조건이 있습니다.'

대신 륜명은 조건이 있다고 말했다.

생각을 접은 신기형은 궐의 돌바닥을 끊임없이 걸었고, 임금께서 머물고 계신 공간에 다다랐다. 아직 땅이 달궈지지 않았음에도 날씨는 어지간히 후덥지근했다.

"납시셨습니까, 대감."

"주상 전하께 아뢰어 주게."

"예. 주상 전하, 좌의정 입시옵니다."

상선 내관이 고하자 들라는 왕의 음성이 들렸다. 문이 단정하게 열리고, 신기형은 안으로 들어섰다.

"신 좌의정, 주상 전하를 뵈옵니다."

"아직 상참 전인데 무슨 일인가? 안 그래도 영상의 자리에 좌상을 책배하고자 교지를 내리고 있던 중이다."

"통촉하여 주시옵소서, 주상 전하!"

왕은 의문하는 표정으로 바라보았고, 신기형은 다짜고짜 자리에 엎드렸다. 갈아 씹어 삼키고 싶은 류명의 조건은 당장 들어줄 수밖에 없는 것이었으므로.

"좌의정, 이게 무슨 일인가?"

"통촉하여 주시옵소서! 신은 영상의 자리에 적합하지 않사옵니다!"

"아직도 그 소리인가? 과인이 어제 마음을 정했다 말하지 않았던가?"

"부디 소신의 마음을 헤아려 주시옵소서! 따를 수 없사오니 명을 거두어 주시옵소서, 주상 전하!"

두 손을 바닥에 대고 이마를 수그린 채 납작 엎드린 신기형은 두 눈을 부릅떴다. 분노로 엉망이 된 속은 억누르기가 힘이 들었다.

지난 밤, 륜명은 말했다.

'이것을 동궁께 넘기지 않는 대신 조건이 있습니다. 영상의 자리를 내어놓으십시오.'

'네 이놈! 네놈이 이 자리에서 정녕 죽기를 바라는 것이냐!'

악에 받친 신기형의 목소리가 윤월각을 흔들었지만, 륜명은 조금도 굴하지 않으며 남은 말을 쏟아 냈다.

'물론 제 뜻은 아닙니다. 전부 세자 저하의 뜻입니다.'

'……'

'저는 미천한 상인의 몸입니다. 그런 제가 무슨 주제로 저하의 명을 따르지 않을 수 있겠습니까?'

여전히 왕 앞에 엎드린 채 신기형은 분노를 곱씹고도 곱씹었다. 어찌나 세게 입술을 깨물었는지 피가 맺혔다. 그러니까, 륜명은 그저 세자의 입이 되어 세자의 뜻을 전하고 있는 것뿐이었다. 장부의 존재를 알고 있다는 것을, 세자는 륜명을 통해 알리려 한 것이다.

"좌상, 과인이 마지막으로 묻겠다. 그것이 정녕 그대의 뜻인가? 영의정 자리를 물리고자 하는 것이 그대의 뜻이냐고 물었다."

"그렇습니다, 주상 전하."

"허어."

왕은 이유를 알기 어렵다는 듯 탄식했고, 신기형은 분노를 어쩌지 못해 몸을 떨었다. 몸 안의 모든 구멍으로 피가 쏟아질 것만 같았다.

"그래, 과인이 좌상의 뜻을 잘 알겠다."

결정을 내렸다는 왕의 음성에 모든 것이 와르르 무너지는 기분을 느꼈다. 인정하고 싶지 않았으나, 막다른 궁지에 도달하기 전 한발 물러서야 할 때였다.

"이 일은 과인이 좀 더 침착하게 두고 결정할 것이니 좌상은 그만 나가 보라."

"성은이 망극하옵니다, 주상 전하."

분했지만 지금은 동궁의 손을 들어 주어야 할 때였다. 동궁의 성심을 어지럽힌 죗값을 겸허히 치르고 지나가야 할 때였다.

"이렇게도 나라를 생각하며 사사로운 이익을 바라지 않으니, 좌상은 진정한 충신이다."

"감읍할 따름이옵니다, 주상 전하."

신기형은 진실하지 않은 목소리로 매듭지으며 돌아 나왔다. 마음대로 몸이 움직이질 않아 뙤약볕 아래 한참을 서서 노여움을 삼켜 냈다.

'세자 저하께서는 대감이 영의정 자리를 포기하면 장부를 거둬 가지 않겠다 약조하시었습니다.'

자신을 어르고 달래는 것 같던 류명의 목소리가 잊히지 않았다.

'이 모든 것은 대감을 위한 일입니다. 제가 동궁께 장부를 내드리면 그 길로 금상께 전해질 것 아니겠습니까? 그 일을 막은 것만으로도 지금은 최선이라 볼 수 있습니다.'

'륜명, 네놈을 이 자리에서 죽이고 말겠다.'

'그전에 저기를 좀 보십시오.'

신기형이 장부를 내던지며 륜명의 멱살을 잡자, 륜명은 저쪽을 보라는 듯 고개를 돌렸다. 그곳엔 동궁의 익위사인 월호가 있었다.

'저하께서 대감의 선택을 기다리겠다 하십니다. 장부와 목숨을 내어놓든지, 아니면 영의정 자리를 포기하든지.'

'이런 쳐 죽일······.'

'용서하십시오, 대감. 저렇듯 저하의 사람이 지키고 서 있으니 저야 무슨 힘이 있겠습니까.'

월호와 시선을 마주하던 신기형은 잠시 후 거칠게 륜명의 멱살을 놓았다. 처음 맛본 패배였다.

ⓒ

"좋다······."

모처럼 여유 있는 걸음으로 바깥 구경을 하던 용희가 높은 하늘을 올려다보았다. 이렇듯 한가한 외출을 하는 일은 오랜만이라는 생각이 들었다.

"선생, 하늘 좀 봐 봐. 엄청 높소."

"그러게 말이다."

길을 나선대도 인적이 드문 산길이나 으슥한 변두리 길, 사방이 막힌 가마를 타거나 비를 쫄딱 맞는 행색이 태반이었지, 이 얼마만에 누려 보는 호사인지 모르겠다.

"선생, 지금 어디 가는 거요?"

하지만 그것도 잠시, 또다시 산을 오르는 것이 아닌가! 정신을 놓고 걸음 하다 보니 어느덧 수풀이 무성하게 자란 산을 타고 있었다.

"도대체 선생은 멀쩡한 길이 아니면 걷지를 못하는 거요?"

치맛자락을 수습하며 걸음을 트기 어려운 용희가 툴툴대며 선생을 구박했다.

"처음부터 산을 오를 것이라 했으면 옷이라도 편하게 입었지. 이런 옷차림으로 산을 오르기가 얼마나 버거운지 몰라서 이러는 거요?"

"오늘은 차려입는 것이 좋을 것 같아 그냥 두었다. 다 왔으니 조금만 더 기운 내라."

"대체 어디를 가는데!"

"이쪽이던가……."

말꼬리를 흐리며 어디를 가는지 알려 주지 않자 용희는 신경질적인 걸음으로 발을 옮겼다. 선생이 나들이나 가자기에 좋다고 따라나섰더니 고생도 이런 고생이 없다.

"다 왔다."

"다 왔소? 정말?"

무턱대고 잘 자라 허리 위로 올라오는 수풀을 파헤치며 얼마나 걸었을까. 완이 멈춰 섰고, 그제야 용희도 따라 멈춰 섰다. 목적지에 도착했다고 보기엔 기운이 영 좋지 않은 곳이었다.

"뭐, 뭐요. 여긴 왜 온 거요?"

해가 잘 들지 않아 음습한 기운이 역력한 곳에 덩그러니 놓인 봉분 네 개가 시선에 들어왔다. 빽빽하게 들어선 수풀이 기괴한 모습으로 봉분을 감싸고 있으니, 용희는 축축한 기운에 완의 옷자락을 붙잡았다.

"뉘 것이오?"

"따라와라."

완은 봉분을 바라보다 결심했다는 듯 조금 더 안으로 걸어갔다. 떼를 제대로 관리하지 않아 붉은 흙이 덕지덕지 보이는 허름한 봉분 네 개는 가족의 것으로 추정되었다. 살아생전 무슨 사연이 있었는지 비석도 보이지 않았다.

"가까이 서라."

완은 머뭇거리는 용희를 끌었다. 어쩐지 더는 말을 꺼내 묻기가 민망하여, 그녀는 순순히 곁에 다가섰다.

"잠시만 서 있어라."

완은 준비해 온 것들을 끌러 가지런히 내려 두었다. 소박하나마 죽은 자를 기릴 만한 음식들이었다. 정성을 다한 손길로 가져온 것들을 펼친 완은 옷자락을 여미며 차례대로 술을 뿌리고, 허물어질 것 같은 흙을 누르고 채우며 보토했다. 다만 이상한 것이, 세 봉분엔 음식을 올리고 술을 뿌리면서 나머지 한 봉분은 모른 척하는 것이 아닌가.

용희는 두 손을 모은 채 숨을 죽이며 서 있었고, 완은 가장 앞서 나와 있는 봉분에 섰다.

"인사 올려라."

눈물은 그의 말이 끝나기도 전에 터져 나왔다.

"김판두 대감의 봉분이다."

"아……."

용희는 그대로 주저앉았다. 눈물은 얼마나 빠르게 차오르고 떨어지는지, 서너 줄기로 사정없이 얼굴을 내리그었다.

"아…… 아아……."

일어서고 싶었으나 힘이 없었다. 눈물이 시야를 가려 제대로 보이는 것도 없었다. 가까스로 손을 뻗어 봉분에 상체를 기대니, 그것이 마치 아버지의 품인 것만 같아 억장이 무너졌다.

"아버지……. 아아…… 아버……지……."

흙냄새는 비리고 서글펐다. 길도 없고 찾아오는 이도 없어 더욱 초라한 아버지의 무덤 앞에서 용희는 오열했다.

"왜 여기 계세요……. 왜…… 왜……."

손톱으로 흙을 긁으며 엉금엉금 기었고, 용희는 어머니의 봉분을 마주했다. 정성껏 차려입고 온 치맛자락은 흙에 쓸려 엉망이 되고 말았다.

"어머니…… 어머니……."

시작엔 양지바른 곳에 비석까지 갖추어 찾아오는 이도 제법 많았더란다. 하지만 죄를 입고 삭관을 당하니 봉분이 없어진 것이다. 지금의 것은 살아생전 아버지를 따르던 누군가 남몰래 넋이라도 기리고자 만들어 둔 곳이었다. 그것을 완이 수소문한 끝에 찾아냈다.

"소녀가 왔습니다……. 아버지…… 어머니……."

용희는 또다시 엉금엉금 기어 오라비의 봉분을 매만졌다. 차디찬 땅의 기운이 살갗을 춥게 만들었으나 가슴속에서 터져 나오는 한의 열기가 그것들을 우습게 집어삼켰다. 슬픔이 감당되지 않아 용희는 목을 놓아 울었다. 가족을 잃고도 곡 한번 하지 못했던 못난 딸은, 오늘에야 꾹꾹 눌러 두었던 설움을 터트린 것이다. 눈물은 어찌나 서럽고 뜨거운지 목청을 녹여 내릴 것만 같았다.

완은 그녀를 향해 무릎을 굽혀 앉았다. 함부로 위로할 수도, 그렇다고 감히 달랠 수도 없었다. 애간장이 갈리는 통곡 앞에 침묵하며 그녀의 어깨를 붙잡았다.

"아아…… 아아아아……."

몸을 가누지 못하는 용희가 완의 품으로 기울었고, 서러움이 섞인 그녀의 목소리가 처량하게 울려 퍼졌다.

"한 번도…… 한 번도 와 보지 못했어……. 자식 된 주제로 어디에 계신지를 몰라…… 감히 찾을 수도 없어서……."

홀로 남아 할 수 있는 것은 아무것도 없었다. 가족의 봉분을 찾는 일은 불가능에 가까웠기에.

"그런데 이런 곳에 계시다니……. 이 불효를 내가 어찌 다 갚아야…… 내가 어찌…… 어떻게……."

용희는 제 가슴을 치며 원통함을 토해 내고 또 토해 냈다.

"이런 내가 살아 무엇 하리오……. 부모의 억울함도 풀지 못하는 내가…… 이런 내가 살아서…… 무엇을 하리오……."

"……."

"차라리 저도 데려가시지 그러셨습니까……. 어찌 저만 남겨 두셨어요……. 어째서…… 어째서……."

몸 안의 모든 물기를 없애 버릴 참으로 그녀는 눈물을 쏟아 냈다. 그리움은 세상을 집어삼킬 것처럼 몸집을 불렸고, 그것이 서러워 숨 쉬기도 힘들 만큼의 울음을 터트렸다.

완은 더욱 세차게 그녀를 끌어안으며 뜨거움을 삼켰다. 차라리, 차라리 전부 다 잊고 천치가 되어라. 살아만 준다면 내가 너를 전부 받들 것이니…….

"아아아…….."

빗댈 수 없는 슬픔이 용희에게 쏟아졌으나 막을 도리는 없었다. 그것은 누군가 덜어 줄 수도 대신 짊어질 수도 없는, 반드시 그녀가 치러야 할 몫이었다.

◎

평지보다 빛이 빨리 사라지니, 해가 중천에 떴다 해도 이제 곧 날이 저물 것이라는 예감이 들었다.

고여 있던 울음을 모두 토해 낸 용희가 비교적 안정을 찾은 모습으로 꼿꼿하게 섰다. 제멋대로 귀퉁이에 자라난 잡초를 뽑다가 울컥하고, 두더지 때문에 생긴 구멍을 메우다 또다시 울컥하고, 그러다가 겨우 마음을 수습한 용희가 물기 없는 시선으로 봉분을 응시했다.

가장 뒤에 자리한 작은 봉분에 용희의 시선이 머물자 완은 그녀를 따라 눈길을 주었다.

"저것은 나의 봉분인 모양이오."

"그렇다."

용희는 허망한 눈길로 자신의 봉분을 바라보았다. 얼마나 울었는지 머리에 들어 있던 모든 것들이 씻겨 나간 듯 멍했고 귀가 울렸다. 어쩌면 지금 그녀는 덤덤한 것이 아닌 넋을 놓은 것인지도 몰랐다.

"또 올게요……."

마지막 절을 마친 용희는 중얼거리며 봉분에 긴 시선을 주었다. 무슨 말이 돌아오겠느냐마는 쉽사리 돌아서기가 힘이 들었다.

한참 만에 겨우 돌아선 용희는 처음으로 완과 시선을 주고받았다. 상태가 염려되었던 완은 용희의 얼굴을 살폈다.

"괜찮으냐?"

"응, 괜찮소. 한데 어떻게 알았소? 내가 김판두 대감의 여식이라는 것을 말이오."

"……."

"아니다. 질문도 필요 없겠구나. 내 이름으로 찾았겠지. 맞소?"

"그래, 맞는다."

용희는 순순히 고개를 끄덕였다. 선생이 지닌 능력의 한계를 모르니, 자신의 이름만으로 정체를 알아낼 수도 있겠다는 상상을 스치듯 한 적이 있었다. 그런 것들이 두려웠다면 스스로 이름을 밝히지는 못했을 것이다. 자신이 가진 수수께끼를 풀어낸 선생의 능력이 대단했지만, 지금은 그런 것에 감탄할 때가 아니었다.

"얼마 전에 말이오. 아버지가 꿈에 나와 내 따귀를 때리지 뭐요."

용희는 차마 털어놓지 못했던 지난 이야기를 입에 담았다.

태어나 처음으로 아버지께 뺨을 맞았다. 물론 꿈이었지만 통증은 신랄했고, 그 느낌은 지금도 선연했다.

"얼떨결에 맞았으니 얼마나 황당했겠소? 그런데 아버지께서 겨를도 없이 다짜고짜 막 혼을 내셨소."

"무엇 때문에 혼이 났는데?"

"그냥 뭐, 정신 차리라고. 네가 정녕 우리 가문을 이대로 두고만 볼 거냐고."

꿈에서도 아버지는 엄격했다. 딸아이가 마음을 달리 먹으니 그것이 못마땅하셨던 모양이다.

"정신 차리라고 얼마나 혼을 내셨는지. 이러려고 그랬나, 정말 정신이 번쩍 들었소."

봉분에 주었던 시선을 선생에게 옮기며 용희는 입술을 열었다.

"선생, 고맙소. 죽어도 잊지 않을 거고, 이 은혜는 반드시 보은하겠소."

보은하리다. 이승에 부족하다면 다음 생에라도. 다음 생에도 전부 갚지 못한다면 그다음 생에라도. 목적을 그것에 둔 채 태어나고 또 태어나, 그대에게 오늘을 보은하리다.

"그리고 지금이라도 늦지 않았다면 내 소원을 들어주겠소? 염치없지만 말이오."

"언제든지 가능하다고 했다. 개의치 말고 말해라."

"선생이 위험할까 봐 차마 말하지 못했는데, 나를 궐에 데려다주면 좋겠소."

물기가 완벽하게 사라진 그녀의 눈빛이 선명해졌다. 아버지가 건네주신 봇짐도 잃어버렸지만, 가문의 무죄를 증명할 만한 게 아무것도 남지 않았지만.

"있잖아, 선생."

죽어도 상감의 앞에서 죽겠다. 다음 일은 그다음에 생각하겠다.

"나 정말로 상감을 뵈어야겠소."

55화

다시 만나기 위해

대신들이 두루 모여 아뢰기를.

"전하의 판단이 강직하시고 성덕이 바야흐로 융성하시온데 어찌 하여 좌의정의 책배를 미루시나이까. 구중에 깊이 계신들 만 리를 내다보시는 전하이시오니 좌의정의 충심을 헤아려 합당한 직책을 내려 주시옵소서."

이에 상이 이르기를.

"종묘사직은 지극히 중난한 것인데, 마음이 없는 자를 선출한들 무엇을 기대하겠는가. 이미 좌의정은 가진 직책이 높아 다른 것을 기대하지 않아도 충분할까 한다."

하며 부임하지 아니하였다.

"전하, 밤사이 옥체 강녕하셨습니까."

"어서 오시오, 중전. 중전께서도 편히 주무셨는가?"

"신첩, 날이 더워 조금 뒤척인 것 빼곤 평안했습니다."

"그러하셨는가. 한데 중전께서 이렇게 이른 시간에 어인 일이 오?"

왕이 곤룡포를 채 입기도 전인 희붐한 새벽 시간, 중궁이 처소를 찾아왔다.

"자네들은 나가 보게. 내가 직접 할 것이니."

"예, 중전마마."

곤룡포와 익선관을 대령했던 나인들은 중궁의 명에 뒷걸음으로 사라지고, 왕은 꽤 힘이 들어간 중궁의 모습에 긴 숨을 불어 내쉬었다.

왕이 자리에서 일어서자 중궁은 신중한 손길로 왕의 옷을 손보았다. 처음 하는 일은 아니었고, 유달리 가정적인 중궁께서는 간간이 지아비의 곤룡포를 매만지곤 했다. 중궁의 손길에 몸을 내맡긴 왕이 돌아서자 중궁의 입술이 열렸다. 한참만의 일이었다.

"전하, 영의정의 자리는 공석으로 두실 예정이십니까?"

"생각 중이오. 마땅한 자가 떠오르지 않아서."

"정녕 좌의정은 영상의 자리에 오르지 못하는 것입니까?"

"본인이 죽을 각오로 마다하니 올릴 필요가 있을까, 그리 생각하오."

소문은 파다했다. 좌의정 신기형은 죽기를 각오한 모습으로 자신의 영전을 반대했다고 한다. 일파만파 퍼진 소식에 대궐의 기운은 심상치 않았다. 신기형을 따르는 자들이 대전 앞에 엎드려 읍소할 준비를 하는 듯했다.

"조정의 기반이 잡히지 않아 전하의 성심이 편치 않으시겠습니다."

"임금이 편한 나라가 어디 있겠는가. 괘념치 마오, 중전."

"전하."

중궁은 나직하게 고하며 곤룡포를 매만졌다. 이곳저곳을 꼼꼼히 살핀 뒤 두 손으로 옥대를 들었다. 왕은 자연스럽게 두 팔을 들었고, 중궁은 왕의 허리께로 시선을 주며 다시 입술을 열었다.

"일전에 신첩이 출궁하여 세자를 만나고 왔지 않습니까."

"아아, 그러하셨는가."

"정말 모르는 척하실 겁니까?"

"그럼 과인은 어디까지 아는 척을 해야 하는 것이오?"

옥대를 바로 한 중궁은 허리를 펴며 고개를 들었다. 야반의 은밀한 출궁이었으나 왕께서는 알고 계실 것이다. 중궁이 말허리를 잇지 않자 왕은 사무적인 음성으로 대신 말을 이었다.

"안 그래도 오늘 세자를 입궐시키려고 하오."

"오늘 말씀이십니까?"

"그렇소. 사람을 보냈으니 돌아오겠지. 어미가 집 나간 자식을 찾으러 다니니 직접 데려올 수밖에."

부부였으나 지존 아래 모두는 신하일 뿐이었고, 따라서 중궁의 허물엔 대가가 따라야 했다. 중궁은 왕과 시선을 마주했고, 한참이나 그 얼굴을 바라보았다. 그러곤 누가 들을까 아주 조그만 목소리로 말을 이었다.

"전하, 영상의 여식이 살아 있습니다."

들어 감당되지 않을 이야기를 쏟은 뒤 중궁은 덤덤히 익선관을 집어 들었다.

"누가, 누가 살아 있다고?"

"듣지 않으셨습니까. 얼마 전 관직을 잃었으니 죄인 김판두의 여식이라 해야 옳겠지요."

익선관을 들어 올렸으나 머리에 쓸 기미가 없는 지아비를 바라보다가, 중궁은 팔을 도로 내리며 잠시 때를 기다렸다.

"그 아이가, 세자를 도운 통역 아이라 합니다."

충격이 잠잠해지기도 전에 다음 충격이 밀려들어, 왕은 말을 잃은 표정으로 중궁을 응시했다. 뜻을 알기 어려운 심오한 얼굴색이었다.

"하늘의 장난인 듯합니다. 그 아이가 세자 곁에 있었다지 뭡니까."

그것도 다름 아닌 통역의 아이라. 세자의 마음을 앗아간, 세자의 마음을 쥐락펴락한.

"이 일을 어쩐답니까. 아무리 생각해 봐도 신첩 혼자는 답이 나오지 않아……."

중궁은 결국 긴 한숨을 내쉬었다.

그래, 알고 있다. 나라의 법이 지엄하니 아이를 붙잡아 연좌제를 물어야 할 것이라는 걸. 금상께서 자비를 베푼다 하여도 관노비가 되거나, 잘해 봐야 왕족의 종이 될 뿐이라는 걸. 살려 둔다해도 그것은 어디까지나 숨을 붙여 놓았다는 의미일 뿐, 그 아이의 신분을 되살려 줄 수는 없을 거라는 걸.

"이 일을 어찌할까요, 전하."

인연인 줄 알았는데, 악연이었구나.

중궁은 탄식하듯 물으며 다시 익선관을 들었다. 그러자 내내 굳어 있던 왕이 익선관을 머리에 쓰며 몸을 바르게 했다.

"신첩의 아둔한 생각으로는 도저히 모르겠습니다. 우리 세자, 세자는 또 어찌해야 할 것이며……."

쉿, 왕은 자신의 입가에 손을 올리며 중궁을 향해 잠시 가만히 있으라 눈짓했다. 돌아선 왕이 병풍을 걷자 중궁은 두 눈을 크게 떴다. 입을 틀어막은 채 주저앉은 김판두의 모습이 시선을 강탈했다.

"과인이 알아서 처결할 것이니 중궁께서는 이만 돌아가시오."

왕은 별다른 말을 얹지 않으며 눈빛으로 믿으라, 그리 전했다. 너무 놀라 손을 벌벌 떠는 중궁이 눈두덩이 붉어진 얼굴을 하며 고개를 끄덕였다.

"아……. 신첩, 전하만 믿고 또, 또 믿겠습니다……."

소리 한번 내지 못한 채 김판두는 오열했고, 중궁은 두 주먹을 말아 쥐며 눈물을 애써 참아 넘겼다.

그래, 그런 것이다.

이 운명, 아직은 어떻게 될지 모르는 것이다.

완과 용희는 집을 나설 때와는 사뭇 다른 모습으로 대군의 사가
에 도착했다.

"다 왔다."

"……."

그녀는 내내 말이 없었고, 또한 어디로 걷는지 관심도 두지 않
았다.

"……아, 선생. 미안, 뭐라고 말했소?"

"다 왔다고 했다."

생각에서 깨어난 듯 고개를 든 용희가 주변을 두리번거렸다.

"그렇네. 다 왔구나."

"좀 씻겠느냐?"

흙으로 더러워진 옷가지를 바라보며 완이 묻자, 그것이 좋겠다
는 듯 용희도 작게 웃으며 고개를 끄덕였다. 씻고 싶었다기보다
혼자 있고 싶었다.

"더운물을 준비하라 이르겠다."

"고맙소, 선생."

용희가 목욕간으로 사라지고 나서야 완은 밀려 있던 한숨을 내
쉬었다.

"대체 뭐라고 말을 꺼내야……."

비틀거리며 몸도 제대로 가누지 못하는 그녀를 보고 있자니, 말하려던 것들은 쉽사리 입 밖으로 나오지 않았다. 가족의 봉분을 보고 온 충격만도 상당할 텐데, 자신의 신분을 알게 된다면 충격은 엎친 데 덮친 듯 더욱 불어날 것이다. 그래도 오늘 해야 하는가. 차라리 오늘이 나으려나. 그녀가 감당하지 못할 것 같아 완은 망설이게 되었다.

처소로 들어선 완은 그녀가 오기만을 기다리며 고민을 거듭했다. 사안과 마음은 시급했으나 그녀의 상태보다 중한 것은 없었으므로.

그렇게 얼마나 흘렀을까. 동궁의 처소로 웬 사내들이 찾아와 그림자가 어른거렸다.

"누구냐?"

"신, 호평이옵니다."

서책을 덮은 동궁께서 신분을 묻자 고개를 수그리는 자태가 이어졌다. 완은 올 것이 왔다는 것처럼 긴 한숨을 불어 내쉬었고, 일어서 문을 열었다. 이처럼 동궁께서 손수 문을 열고 걸음 하시니 대기하던 사내들은 더욱 고개를 내렸다.

"너희들은 무슨 일로 나를 찾아왔는가?"

알 것 같았지만, 물었다. 동궁께서 물으시니 내전 경호의 으뜸인 호평이 걸음의 이유를 밝혔다.

"신 호평, 주상 전하의 명을 받잡아 세자 저하를 뫼시러 왔나 이다."

어명이었다.

◎

"다 되었습니다, 아가씨. 이것들은 쇤네가 빨아 나중에 내드리겠습니다."

"아닐세. 내가 직접 할 것이니 두고 나가게. 수고 많았네."

"예? 아, 아니 될 말씀이십니다! 어찌 이런 것을 직접 하시겠다는 말씀이십니까!"

"괜찮네. 어찌 얹혀 있는 신세에 빨랫감까지 맡길 수 있겠는가. 내게 이 정도는 일도 아니니 걱정 말고 나가 보게."

용희는 엉거주춤한 자세로 빨랫감을 내려놓는 아이를 바라보았다. 언뜻 보아도 자신과 비슷한 또래의 아이는 거친 빨랫감보다 활짝 핀 꽃송이를 쥐는 것이 더욱 잘 어울렸다. 예전엔 미처 알지 못했던 또 다른 삶이 시선에 들어온다. 별당 안에서 삶을 영위했다면 아마도 평생 몰랐을 것들.

"진흙이 묻어 잘 빨리지도 않을 것인데……."

"무시로 산을 타며 떠돌던 나일세. 이런 것들이 무에 어려운 일이겠는가?"

용희는 손수 빨겠다며 아랫것을 내보내고, 기어이 자신의 옷을 정성껏 빨았다. 더운물에 때를 녹여 이리 치대고 저리 치대다 보니 어느덧 옷감은 깨끗하게 변했다. 속이 다 시원했다. 단순한 노동만큼 생각을 잠재우기 쉬운 것도 없었으니까.

"휴, 이제 나가 볼까."

한동안 빨랫감과 씨름하던 용희는 있는 힘껏 돌려 짜 물기를 뺀 뒤 들어 올렸다. 자꾸만 울컥하며 눈시울이 뜨거워졌지만, 더는 한 방울의 눈물도 흘리고 싶지 않았다.

"그나저나 선생이 걱정 많이 하겠다. 만나면 웃어 줘야지."

근심이 가득한 표정으로 자신을 바라보던 완을 떠올렸다. 그 앞에서 대책 없는 슬픔을 쏟아 냈으니 염려가 오죽할까 싶었다. 괜찮다며 씽긋 웃어 줘야지. 고맙다고 밝게 웃어 줘야지.

생각의 끝에 용기를 낸 용희는 문을 열고 밖을 나섰다. 처소 쪽으로 발길을 옮기다 보니 이리저리 뛰어다니는 아랫것들의 모습이 심상치 않았다. 남의 집안일이니 대수롭지 않게 여기며 걸음을 옮겼고, 곧 선생을 발견했다.

"선……."

무심코 그를 부르려던 용희는 다음 말을 뱉지 못하고 입을 막았다. 그와 대치한 사내들은 한눈에 보아도 궐의 무관들이었다. 용희는 자리에 멈춰 섰고, 완은 고개를 돌려 그녀를 바라보았다. 잠시 시선만 내주다가 완은 무관들을 향해 입을 열었다.

"입궐하기 전에 할 일이 남아 매듭을 짓고자 하니 너희들은 잠시 기다려라."

"아뢰옵기 송구하오나 한시가 급한 일이옵니다, 세자 저하."

"기다려라."

"······예."

더는 재촉하지 않으며 무관들은 한 걸음 뒤로 물러났다. 완은 용희에게 다가서며 손을 잡았다.

"처소로 들어가자."

용희는 그를 따라 고분고분 처소로 들어섰다. 손길은 단순하지 않아 차마 뿌리칠 수 없었다.

◎

"무슨 일 있구나?"

처소로 들어선 그녀는 빨랫감을 내려놓으며 낮게 물었다. 차마 말이 떨어지지 않아 완은 발끝만 내려다보았다. 때가 오기만을 기다리기도 했으나, 막연히 미뤄 온 일이기도 했다.

"괜찮소. 난 괜찮으니까 말해 보오."

다만 오늘은 아니기를, 오늘만은 아니기를 얼마나 바랐던가.

"선생……."

"내가 너에게 할 말이 있다."

세자께서는 고개를 들었다. 변한 눈빛은 다정하지도, 따뜻하지도 않았다. 불길함을 예감한 용희가 입술을 꾹 닫자 완은 어쩔 도리 없음에 덤덤히 입을 열었다. 마음을 칼로 베는 듯 쓰리고 저렸다.

"네가 내게 주었던 손수건은, 내 어머니이신 중전마마의 것이다."

"뭐라고?"

아마도 믿기 어렵겠지만. 너는 아니 믿고 싶겠지만.

"김판두 대감은 나의 스승이며, 내 아버지인 주상 전하의 신하였다."

"……."

노력으로 바꿀 수 없는 신분이요, 버리고 싶다 버릴 수 있는 이름도 아닐뿐더러, 마음이 원통한들 충동으로 남은 일을 해결할 나도 아니다.

"나는 세자, 이완이다."

이제 너는, 이런 나를 원망하겠지만.

"……하."

용희는 탄식을 터트리며 두 주먹을 꾹 쥐었다. 무슨 말을 들어도 절대 놀라지 않겠다고 다짐했는데. 어떠한 상황이 와도 절대 울지 않겠다고, 그리 다짐했는데.

"거짓말하지 마. 농이 너무 지나치잖소."

"나는 흑단을 찾으라는 주상 전하의 명을 따라 은밀히 출궁했고, 하여 신분을 숨겨야 했다."

"거짓말."

"그리고 시작 길에 너를 만났다."

"거짓말이라고 말해. 거짓말이라고, 빨리."

"사실이다."

기억은 퍼붓듯이 쏟아졌다. 감정을 달리 설명할 길이 없어, 용희는 눈을 뜨고 있기가 힘이 들었다. 모든 기억은 엉망진창이었다. 함께 나누었던 마음과 이야기는 산산이 부서져 곧 없는 것이 되고 말았다. 그는 실제로 전무후무했고 유일무이했다.

"미리 말하지 못해 미안하다."

그녀는 재차 눈만 깜빡였다. 정신을 차리기가 힘이 들어 다리를 지탱하는 것만도 큰 고역이었다. 모든 것을 헤아려 침착히 대응할 만한 상황은 아니었다.

"맞소?"

서러움이 묻어나는 질문은 그렇게 시작되었다. 완은 어떠한 대가도 달리 받겠다는 표정으로 그녀를 응시했다.

"맞소? 지금 내게 한 이야기 모두, 맞소?"

다 비워 낸 줄 알았던 눈물이 또다시 쏟아졌다. 출처를 알 수 없는 서러움도 따라 흘렀다.

"아…… 그렇지. 그럴 수도 있지."

그녀는 이마를 짚으며 중얼거리다가.

"그랬구나……. 그랬구나……."

스스로 이해하기 위한 각고의 노력으로 감정과 사투를 벌였다. 그러다가 저도 모르게 한 발, 그에게서 멀어졌다. 눈을 깜빡이자 볼에 닿을 시간 없이 바닥으로 떨어진 눈물이 빗소리를 냈다. 무엇을 탓할 수 있겠나. 저 또한 감춘 게 많은 시작이었으니 이제 와 선생을 탓할 수도 없었다.

다만 이루어질 수 없음을.

"가 보오."

불장난에 그쳐야 할 마음이라는 것을.

"잘 알겠으니 가 보오. 밖에 사람들이 기다리잖소. 어서."

그는 세자의 자리로, 자신은 죄인의 여식으로 남아야 한다는 것을 깨달았다.

용희는 눈물을 닦아 냈다. 재차 눈을 깜빡이다가 있는 힘을 다해 눈물을 밀어 넣으며 고개를 들었다. 머릿속은 난장판이 되어 바른말과 해야 할 말을 모두 막아섰다. 동궁이라 하시니 지금이라도 고개를 수그리며 예를 다해야겠으나, 시선을 마주하는 것만으로도 전신이 쓰렸다.

"아, 그렇지. 다시 만날 일은 없겠으니 평소처럼 인사하리다."

"……."

"입궐은 다른 곳에 부탁해 보겠소. 찾다 보면 내 아버지를 따르던 사람들이 있을 것이니, 선생은 못 들은 것으로 해 주오."

또 무슨 말을 해야 하지? 용희는 생각이 굳어 거듭 질문만 떠올렸다.

"그리고 건강하오. 또 행복하고. 아, 이건 아닌가……."

정신없이 뱉은 말을 후회하기도 하다가, 자리에 어울리는 말은 아닌 것 같아 고개를 가로젓기도 했다. 나라는 세자의 국혼을 위한 금혼령이 한창이요, 누군가는 그의 배필이 될 것이라.

"어서 가 보오, 내 걱정은 말고."

그를 향한 모든 것은 자연스럽게 포기가 되었다. 작고 나약한, 이러한 상태로 그 곁을 탐하기가 얼마나 어려운 일인지 그녀는 잘 알고 있었다.

다만 예고 없이 마주한 이별이란 게.

"어서, 어서 가 보오. 어서."

이젠 다시 볼 수 없다는 마지막이라는 게.

"난 괜찮으니…… 지금까지도 충분하니……."

자꾸만 마음을 찢고 내뱉는 말을 막아, 그녀는 두서없이 중얼거렸다. 선생이 이런 마음을 모두 다 헤아려 줄 것이라는 기대는 하지 않았다.

"김판두 대감의 누명을 나 역시 잘 알고 있다."

하지만 이렇듯 다정하게, 그대가 지친 내 마음을 다독일 때면 믿고 싶지 않아도 자꾸만 믿겨서.

"그리 매정하게 말할 필요 없어. 대감의 모든 누명을 내가 알고 있으니 너는 염려할 것 없다."

그대가 내 마음 가져갈 때면 대체 우리는 어찌해야 하는 것인가. 마음만으로 되는 일이 있긴 한 건가.

"전하의 명이므로 입궐해야 하니 잠시 다녀오겠다. 너는 이곳에 남아 나를 기다려 주겠는가?"

끊임없이 좌절하다가, 의심하다가, 그러다가 결국은 사랑하게 되고.

"전부 돌려놓겠다. 그러고자 입궐하는 것이니 말이다. 너의 가문, 너의 이름, 너의 신분."

"미워 죽겠소……. 말이나 못 하면……."

"자꾸 기다리게 해서 미안하다. 못났으나, 기다려 주겠는가?"

"내가 그렇게 미련한 줄 아오? 내가…… 내가 왜 기다려……. 내가 왜……."

"세자 저하."

밖에선 일각을 다투는 무관들이 그를 재촉했다. 모셔 갈 자의 신분이 세자라 하더라도, 어명이니 누구도 시간 앞에 여유롭지 못했다.

"하, 진짜네."

처음으로 선생을 저하라 부르는 자들의 소리를 들은 용희는 허탈하다는 듯 중얼거렸다. 완은 그녀의 머리에 손을 올렸다가 천천히 내렸고, 종국엔 밖을 나섰다.

"아뢰옵기 황공하오나 이제는 가셔야 하옵니다, 세자 저하."

"알겠다."

그녀를 만신창이로 만들어 두고 떠나는 길은 지옥으로 들어서는 길과 다름없었으나 입궐해야 했다. 그렇게 한 걸음, 한 걸음 멀어졌다.

"선생!"

그때, 버선발로 뛰어나온 용희가 크게 외치며 달려왔다. 전례 없는 무례함에 분노한 무관들이 일제히 칼을 빼 들자 완이 소리쳤다.

"다들 멈춰라!"

완은 손을 뻗어 용희를 가리켰다.

"누구든 저 여인을 함부로 대하는 자, 이 자리에서 죽을 것이다."

62

삼엄한 동궁의 음성에 검을 내린 무관들은 고개를 수그렸다. 그제야 살기로 범벅되었던 표정을 누그러트리며 완은 그녀를 응시했다. 멈춰 서 자신을 바라보고만 있으니, 용희는 용기 내어 입술을 열었다.

"들어 보오! 나는!"

모두가 들을 수밖에 없는, 힘이 실린 음성이었다.

"이 모든 일을 다시 겪어야 한대도 기꺼이 선생을 만날 것이오! 설혹 이보다 더한 일들이 있을 거라 해도 후회하지 않아, 나는!"

두 다리가 제멋대로 움직였다. 완은 그녀에게 걸음을 옮겼고, 완전히 다가서기 전에 팔을 먼저 뻗어 그녀를 끌었다. 목덜미를 쥔 채 솟구치는 뜨거움을 참아 냈다. 마음이 새어 나올 곳을 찾아 두 눈에 스며드니, 완은 세차게 감으며 그 마음 밀어 넣었다.

"나 역시 후회하지 않아. 몇 번이고 너를 만날 것이다."

너뿐이다. 다른 것은 없다.

"네 마음은 잘 안고 가겠으니, 네게 준 내 마음도 잘 가지고 있어라."

있으려야 있을 수가 없다.

56화

한 치 앞도 모를 인생

동궁이 입궐하자 그간의 죄를 물어 금족령을 내렸다.

"이래 죽나 저래 죽나, 조선에서 죽는 것만은 확실하게 생겼군."

류명은 중얼거리며 하늘을 바라보았다. 제아무리 사람 운명 하늘의 뜻이라고는 하지만, 눈에 보이지 않는 것은 무엇도 믿지 않았기에. 그런 류명에게 운명이란 태어나 지금까지 걸어온 길에 대한 결과물일 뿐이었다. 이치는 간단했다. 죄를 지은 사람은 언젠가 대가를 치르고, 반성을 모르는 사람은 언젠가 후회할 것이며, 남에게 피해를 주는 자는 언젠간 손해를 볼 것이라는 것.

"그래도 내가 대단한 인물이긴 대단한 인물인 듯하다."

부채를 팔랑이며 류명은 조용히 중얼거렸다.

"일개 상인인 주제에 임금과 세자, 그리고 나라의 재상. 셋 중한 명에게 죽게 생겼으니 말이야."

운명론에 따르면 자신의 운명의 끝은 가혹할 것이라. 하지만 선택해 살아온 길이 그러하였으니 달리 슬퍼할 일은 아니었다.

"그나저나 동궁의 익위사는 할 만한 일인 것 같네. 이렇게 가만히 서 있기만 해도 하루가 지나가니 말이야. 아니 그러한가?"

류명은 한 발자국도 움직이지 않으며 자신을 관찰하는 월호를 향해 시선을 돌렸다. 국적이 달랐으니 관직이 높다 한들 말을 올릴 이유가 없어, 류명은 월호를 편히 대했다.

"자네가 모시는 동궁께서는 심성이 너그럽지 않으시네. 내게 차라리 여인을 보내 주셨다면 시간이 이렇게까지 지루했겠는가?"

"……."

"거, 말을 시켜도 답도 없고."

월호가 말을 하지 않자 류명은 되었다는 듯 시선을 돌렸다. 저렇듯 동궁의 사람이 한시도 곁을 떠나지 않으니 듣도 보도 못한 신종 옥살이를 경험하는 중이었다.

신기형은 그날 이후로 자신을 찾지 않았다. 재주껏 시간을 끌며 시기를 늦춘 마지막 군사 무기가 들어오기도 전의 일이었다. 버리는 패가 되었음은 자명한 일 아니겠는가.

"하지만 버리는 것에 그칠 대감이 아니시지."

그날, 핏발이 선 신기형의 눈매엔 잊기 어려운 분노가 담겨 있었다. 그것이 정녕 최선이었음을 신기형은 모르는 게 분명했다.

"그깟 자리 하나를 잃는 것이 무에 대수겠는가. 목숨을 구명한 줄도 모르고."

륜명은 고개를 가로저으며 짧게 한숨을 내쉬었다.

"이영아, 너라도 좀 떠들어 봐라. 셋이 있는데 나 혼자 중얼거리니 정신 나간 놈으로 보이지 않느냐?"

곁에 있는 이영을 힐끔 바라보며 말을 걸어 보지만, 실어증을 앓고 있는 그녀가 달리 입을 열 것 같진 않았다. 셋이 모여 있으나 말을 하는 자라곤 며칠째 자신뿐이었다.

"에효, 내가 괜한 청을 넣었구나. 하던 대로 둘이서 눈빛이나 주고받아라."

륜명은 따분하다는 듯 다시 부채질을 시작했다. 이영은 움직임 없이 월호를 응시했고, 월호 역시 우두커니 서서 그녀를 바라만 보았다. 그 중간에 엉성하게 앉은 륜명만 심기가 불편했다. 앞뒤 사정 아무것도 알지 못한다 해도 둘 사이에 오가는 애끓는 감정까지 모를 수 없었다. 이영이 고관대작의 여식이었다니. 이곳에 오기 전 월호와 그렇고 그런 사이였던 듯했다.

"내가 둘 사이에 상당한 불청객임은 잘 알고 있지만 원망 말게. 나라고 여기 앉아 있고 싶어서 앉아 있는 것은 아니니 말이네."

서로의 눈빛에 구구절절한 애절함이 쏟아지니 잠시라도 자리를 비워 주고 싶었지만, 갇혀 있는 주제에 쉬운 일은 아니었다.

"일하면서 연애까지 하니 익위사 직업 참으로 쓸 만하다."

륜명은 시선을 돌리며 하늘만 바라보았고, 그 덕에 두 사람은
마음 놓고 서로를 응시했다. 월호를 윤월각으로 보낸 동궁의 또
다른 뜻이기도 했다.

◎

등 뒤로 해가 저물자 열기를 식혀 주는 바람이 무심히 불어 든
다. 치맛자락은 무정한 바람을 따라 정처 없이 쓸렸고, 고이 매단
댕기는 시름하며 끝자락을 흔들었다.

용희는 천천히 두 눈을 감았다가 뜨며 그가 떠난 자리를 응시했
다. 지금쯤 험난한 대궐의 문을 가로질렀을까. 모든 이의 우러름
을 당연하게 받고, 웅혼한 전각을 서슴없이 가르며, 힘찬 걸음을
옮겼을까.

'춘(春)? 선생 이름이오?'

'그렇다.'

춘궁(春宮). 겨울 뒤 봄이 오듯, 눈보라 끝에 꽃망울 터지듯.

'기회가 되거든 복수초의 꽃말도 함께 찾아보아라.'

권세를 녹인 오만함을 모르던 사람. 지천에 핀 꽃 한 송이를 꺾

어 선물이라며 건네주던 사람. 되짚어 생각하다 보니 웃음 나는
일들이 많아, 그녀는 저도 모르게 피식 헛웃음을 흘렸다.

'누차 말하지만 나는 전무후무, 유일무이한 사람이다.'

그래, 그대를 달리 대신할 사람은 없겠으니 말 따라 그대는 하
나뿐이고 둘은 없을 사람.

'완. 내 이름이다.'

"하아……."

지난날의 회한이 한숨에 섞였다. 고작 눈을 감았을 뿐인데 코끝
에 찡한 통증이 느껴졌다.

얼마 후 소식을 들은 지담이 이곳까지 달려왔다. 오직 한 곳만
바라보며 서 있는 용희의 뒷모습이 너무 작아 측은했고, 곧장 사
라질 것처럼 위태로웠다. 차마 온전히 다가서지 못한 채 지담은
간격을 두고 섰다. 귀하신 분. 어여뻐 사랑받기 충분한 분. 그런
아가씨께서 겪어 내기엔 이 모든 일이 사납고 날카로워 마음을 쓰
지 않을 수가 없었다.

인기척을 느낀 용희가 힐끔 돌아 지담을 바라보았다. 애써 입가
에 미소를 짓는 모습에 따라 웃지 않을 수 없어, 지담은 간신히 입
꼬리만 올리며 미소 지었다.

"지담."

"말해라."

"궁금한 게 있는데, 혹 복수초의 꽃말을 아오?"

이렇듯 그녀의 모든 생각은 선생으로부터 이어졌다.

"복수초는 슬픈 추억이라는 꽃말을 가지고 있다."

"하, 슬픈 추억이라니."

슬픈 추억이라는 말에 용희는 헛웃음을 흘렸다. 꽃말을 찾아보라 말했던 선생의 참된 뜻을 알아 버린 까닭이었다. 그래서 그대는 나더러 꽃말을 찾아보라 했나. 우리가 어떤 운명인지 직접 확인하라는 뜻이었나. 사랑해도 결국은 슬플 수밖에 없으니, 말로 꺼내기가 어려워 내가 먼저 알았으면 했었나.

"슬픈 추억이라. 복수초 꽃말이 그런 것일 줄은 미처 몰랐소."

"그리고 또 있다."

"또?"

용희가 돌아보지 않으며 되묻자 지담은 남은 꽃말을 입에 올렸다.

"영원한 행복."

그제야 그녀의 입가에 둥근 미소가 떠올랐다. 힘겹게 눈이 감기니 미간은 따라서 좁혀졌다.

이것 좀 보오. 영원한 행복이라니. 잠시도 그대를 의심하는 일 같은 건 소용이 없소.

용희는 더는 말을 잇지 않으며 복수초의 꽃말을 가슴에 새겼다.

서로가 말이 없기를, 그대로 멈춰 서 시간을 죽이기를, 그렇게 시간은 얼마나 흘렀나. 고개를 수그린 채 바닥을 응시하고 있던 지담은 조금씩 길어지는 그녀의 그림자를 바라보았다.

그림자가 그의 발끝에 닿는다. 감히 그림자도 밟고 싶지 않아 지담은 한 발 뒤로 물러났다. 해를 따라 길어지는 그녀의 그림자가 발끝을 또다시 검게 물들였고, 지담은 다시금 한 발 뒤로 물러났다. 지담은 그림자를 피해 조금씩 멀어졌다. 모든 것이 드러난 지금, 그녀를 귀히 대하지 않을 재주가 없었다.

어깨에 힘을 실은 채 두 주먹을 쥐고 눈물을 삼켜 내는 저 작은 아가씨께서는 동궁의 여인이요, 한때나마 조선 제일의 여인이었다.

◎

"민연이 안에 있느냐! 민연아!"

신기형은 급한 걸음을 옮기며 딸아이를 찾았다. 걸음은 오른팔을 잃어버린 사람처럼 갈피가 없었고 정렬이 없었다. 밖에서 기다리던 딸아이의 몸종이 무어라 말하기도 전에 신기형은 딸아이의 방문을 열었다. 별 뜻 없이 자신을 바라보는 딸아이를 확인한 신기형은 그제야 숨을 고르며 침착하게 방으로 들어섰다.

"아버지 오셨어요."

"앉아라."

감정 없는 음성으로 아비의 안녕을 묻자, 그런 것들에 일일이 반응하지 않는 아비는 단칼에 베어 안부를 잘라 냈다. 다정하지 않고 따뜻하지 않은 광경은 하루 이틀의 것은 아니었다.

민연은 자리를 비켜 앉았다. 아버지와의 대면은 언제나 어렵고 어색했다.

"이제 곧 궐로 들어가야 한다."

"알고 있습니다."

민연은 순간 솟구치는 짜증을 누르며 답했다. 온 하루를 간택 준비에 바치는 요즘, 그런 것을 모를까 봐 굳이 언급하는 아버지를 이해하기 힘들었다.

"준비는 잘했느냐?"

"네, 아버지."

하지만 민연이 세상에서 가장 두려워하는 사람이 바로 아버지요, 그녀를 가장 힘들게 하는 일 또한 바로 아버지였다.

"무엇이든 최고로 준비할 것이다. 너 또한 최고가 되어야 한다."

"네, 아버지."

"간택은 절대로 무엇을 배우고자 하는 자리가 아닌, 배운 것들을 보이는 자리임을 명심해라."

"네, 아버지."

"말 한마디도 신중하게. 행동거지 하나하나 올바르게 처신해야 한다."

"네, 아버지."

정녕 알아듣고 대꾸하는 것인지, 그저 말이 끝나니 자동으로 답을 하는 것인지 분간이 어려웠다. 신기형은 말을 멈추며 딸아이를 응시했다. 겉으로 보기엔 조금의 손색도 없으니, 감정을 조절하지 못하는 일만 제외한다면 작은 흠집도 없는 아이였다.

"민연아, 너는 반드시 세자빈이 되어야 한다."

처음으로 딸아이는 대꾸하지 못했다. 머리로는 알고 있으나 가슴은 왜 되어야 하는지 잘 몰랐다. 그 자리가 어떠한 자리인지, 왜 자신이 되어야만 하는지, 모두 헤아릴 만큼 관심이 가는 자리 또한 아니었다.

"네 앞을 가로막는 것은 이 애비가 다 치워 줄 것이니 너는 그저 간택만 잘 치르면 된다. 실수만 하지 않으면 되는 일이다."

되라 하시니 그런 줄 알고, 되어야 한다 하시니 그런 줄 아는 것이다. 인생을 그곳에 바쳐야 하는 이유까지는 잘 몰랐다.

"내 너를 세자빈으로 만들기 위해 키웠으니 한시도 긴장의 끈을 놓아서는 안 될 것이다. 알겠느냐?"

세자빈이 되지 못한다면 저를 버리실 건가요?

민연은 차마 묻지 못한 말을 눈가에 담으며 아버지를 바라보았다. 어릴 때부터 내내 들어온 그 한마디는, 그것이 아니라면 버릴 것이라는 말로 해석되었다.

"이제 우리 가문의 희망은 너 하나다. 너뿐이라는 말이다."

딸아이의 번잡한 속내를 깨닫지 못한 채 신기형은 어깨에 무거운 짐을 지어 주었다. 영상의 자리를 책배받지 못한 지금, 자신의 꿈을 이뤄 줄 수 있는 사람은 오로지 딸아이뿐이었으므로.

"그럼 애비는 너만 믿겠다."

숨이 막히는 까닭에 민연은 억지로 고개를 끄덕였다. 신기형은 성에 차지 않는다는 눈빛으로 딸아이를 바라보다 자리에서 일어섰다.

"만에 하나 네 행실에 문제가 있다는 소식이 들리거든 가만히 있지 않을 것이니 참하게 있어라."

달리 다정한 말 한마디 잇지 않은 채 신기형은 밖을 나섰다. 머릿속엔 오로지 간택뿐이었다. 딸아이의 실수만 없다면, 적수 또한 없었으므로.

◎

넓게 퍼지던 석양도 자취를 감추고 어느덧 어둠이 내렸다. 한

발도 움직이지 않은 용희가 솟아난 듯 마당에 머물렀고, 지담은 가만히 서서 그녀를 비호했다.

"이만 들어가야지. 몸 상한다."

그녀의 몸이 상할까 염려스러운 지담이 말을 건넸고, 생각에서 깨어났다는 듯 용희가 돌아섰다. 아직 자리에 머물고 있는 지담을 바라보다가 미안함이 가득한 표정으로 웃음을 지었다.

"아직도 있었소? 미안하오, 나 때문에."

"무슨 그런 말을 하느냐? 나야 한 달 넘게 이렇게 서 있어도 별 탈 없을 건장한 사내인데."

"아아, 맞소?"

용희가 부드럽게 웃으며 지담의 능청을 받았다.

"저기, 지담."

"그래."

"그럼 지담은 익위사요?"

용희가 질문하자 지담은 고개를 끄덕였다. 사람 다시 봤다는 표정을 하며 용희는 고개를 비스듬히 꺾었다.

"그래서 그렇게 열성을 다해 대장을 모셨구나?"

"당연한 일 아니냐? 하찮은 사내 꽁무니나 따라다닐 만큼 못난 내가 아니다."

"대단하오, 동궁의 익위사라니."

"물론 민월호 같은 별 볼 일 없고 신뢰할 수 없는 익위사도 있다만, 나는 이야기가 다르지."

"둘은 정말 단짝이오. 싸우지 말고 잘들 지내시오."

"단짝이라니 어딜 봐서? 그놈 죽을 날짜만 기다리고 있는데."

"월호에게 무슨 일 생기면 제일 먼저 달려갈 거면서."

"죽었는지 확인하러 가는 거야. 내가 제일 먼저 알고 싶어서."

용희가 웃음을 터트렸다. 상념을 덜어 낸 가벼운 웃음에, 지담은 낮게 숨을 끊어 내쉬며 가슴을 쓸어내렸다. 울며 가슴을 쳐도 할 말이 없는데 저토록 꿋꿋하게 버텨 내는 모습이라니. 일국의 재상은 여식도 남다른 모양이다.

"그나저나 출출하지 않소?"

"홍시 너 출출하냐? 뭐 먹을래? 먹고 싶은 게 있느냐?"

"내가 무얼 가리겠소, 남의 집인데. 게다가 여기는 왕자님의 사가라며?"

"그러니 아무거나 달라고 해도 척척 내줄 것이 아니냐? 이 집에 없는 게 뭐 있겠어."

그럴까? 용희는 눈꼬리를 둥글게 휘며 웃음을 내보였다. 꽤 긍정적이고 희망적인 부분을 발견했다. 대군이라면 생전의 아버지와도 친분이 있던 것으로 기억하니, 어쩌면 자신을 반겨 줄지도 모른다는 생각이 든 것이다. 비록 대군께서 자리를 비워 인사를 나눌 수는 없었으나, 당분간은 선생, 아니, 세자 저하를 믿고 지내 볼 참이었다.

용희와 지담이 가벼운 대화를 나누며 분위기를 풀어 가던 바로 그때였다.

"나리! 나리!"

숨이 끊어질 것 같은 모습으로 아랫것이 달려오자 지담과 용희 는 동시에 시선을 주었다. 힘겹게 달려온 보람도 없이 꼬리를 물 고 한 무리의 무관들이 달려왔다.

지담은 용희를 빠르게 뒤로 감추었다.

"자네는 저하의 익위사가 아닌가?"

달려와 멈춘 무관 중 가장 앞으로 나와 있는 사내가 지담을 알 아보았다. 휘휘 둘러 사내들을 바라본 지담은 칼자루에 가져갔던 손을 내렸다. 상대는 임금의 별운검이었다.

"무슨 일이십니까?"

"죄인의 여식이 이곳에 있다는 사실을 접하고 왔다. 뒤에 서 있 는 여인이 죄인 김판두의 여식인가?"

지담은 차마 대꾸하지 못하고 그녀를 가리기에 바빴다. 용희는 소스라치게 놀란 표정으로 두 눈을 크게 떴다가, 천천히 표정을 풀었다.

"지담."

"나서지 말고 가만히 있어라."

"지담."

"시끄러워. 조용히 해."

지담은 절대 내줄 수 없겠다는 듯 고개를 저었고, 그 모습을 보던 운검은 미간을 좁혔다. 금상의 뜻을 따르지 않는 자는 누구라도 반역이었다.

"감히 동궁전의 익위사 따위가 주상 전하의 명을 거역하겠다는 것이냐?"

"송구하오나 이 몸은 세자 저하의 명만을 따르는 목숨입니다. 그분께서 명하신 것만을 받들 뿐, 다른 것은 없습니다."

"이런 건방진! 죽고 싶지 않으면 당장 죄인을 내어놓아라!"

화를 이기지 못한 운검이 칼을 높게 빼 들자 함께 있던 자들도 따라 칼을 빼 들었다. 지담은 포위되었으나 칼을 빼 들지 않았다. 한 명의 운검도 벅찰 것인데 떼로 덤비는 운검들을 홀로 이길 자신도 없었고, 그렇게 해서도 안 되는 일이었다.

"여기서 죽는다 해도 비킬 수 없습니다. 저는 세자 저하의 명만을 받들 뿐입니다."

다만 지키라 하셨으니, 지킬 뿐이다.

"감히 네가!"

운검의 쩌렁한 목소리가 밤하늘을 가르자, 지담 뒤에 숨어 있던 용희가 한 발 옆으로 비켜 나왔다. 지담이 돌아보았을 땐 이미 멀어진 후였다.

"용희야! 안 돼!"

그녀를 붙잡아 보려 했지만 운검들이 막아섰다. 서너 개의 검이 지담의 목 주변을 겨누었다.

"조금이라도 움직이면 그어 버릴 것이고, 죄인도 여기서 따라 목숨을 잃을 것이니 뜻에 따르라."

"안 돼, 용희야! 안 돼!"

운검들에게 포박당한 지담의 발버둥이 이어지자, 용희는 길게 호흡했다.

"김판두의 여식이 맞는가?"

"그래, 맞는다. 내가 김용희다."

"죄인이 맞는다! 끌고 가라!"

운검들이 포박하자 용희는 끌려가며 지담을 바라보았다. 그러곤 마지막까지 다정한 미소를 지었다.

"가지 마! 안 돼! 안 돼!"

삼삼오오 모인 아랫것들이 두 손으로 입가를 가린 채 안타까운 시선으로 그녀를 바라보았고, 용희의 뒷모습이 모두 사라지자 지담의 절규는 더욱 애처롭게 변했다. 크게 분노한 별운검이 검집으로 힘껏 지담을 내리쳤다. 바닥을 나뒹굴며 지담이 숨을 헐떡였으나 운검은 차가운 시선으로 내려다보았다.

"감히 주상 전하의 뜻을 거역한 죄. 죽여 없애야 함이 마땅하나, 네 부친이신 병판 대감을 봐서 이번 한 번만 눈 감아 주는 것이니 처신 똑바로 해라."

"아아…… 안 돼……. 안 돼……."

"세자 저하의 명 위에 주상 전하의 명이 있다. 알겠느냐?"

별운검은 돌아섰고, 사내들이 그 뒤를 따라 다급히 걸음을 옮겼다.

무더움이 마음의 갈증을 부추기던 어느 날, 죄인 김판두의 여식 김용희가 붙잡혔다. 왕명(王命)이었다.

57화

운명의 굴레

상이 이르기를.

"단자를 거둘 만큼 거두었고 지금까지 단자를 올리지 아니 하였다면 후로도 올라올 것이 없을 것이라 생각한다. 금혼을 해제하니 백성들의 혼인을 자행하여 혼기를 잃지 않게 하라."

하였다.

　드디어 궐의 문을 넘어선 용희는 무관들을 따라 반항 없는 걸음을 걸었다. 길목마다 자리를 지키고 서 있던 궁인들이 문을 열어 주었고, 수십 개의 문을 통과하였으나 어디로 가고 있는지는 알 수 없었다. 그토록 원하고 바라던 입궐을 했지만 눈가리개를 하고 있는 까닭에 앞을 보기 어려웠고, 또한 양팔을 꽉 붙잡고 있는 무관들 때문에 속도를 줄이기도 어려웠다.

　다만 한 가지, 서늘한 죽음의 그림자가 느껴졌다.

　"이보, 날 어디로 데려가는 것이오?"

　질문 따위 허락되지 않은 미천한 신세다 보니 물어도 대답 주는 이가 한 명 없다.

"어디로 가는 것이냐고 물었소."

"재갈을 물리기 전에 닥치고 조용히 해라."

용희는 포기했는지 무관들이 끌고 가는 대로 걸음을 옮겼다. 죄인의 신분으로 입궐하였으니 누구 하나 다정할 리도, 정중할 리도 없었다. 방향 감각이 없어져 모든 신경은 귀로 집중되었고, 한참을 걷던 그녀는 무언가 이상했는지 고개를 갸우뚱했다.

이상한 일이었다. 하나의 문을 통과하자 무관의 수가 성큼 줄고, 또 하나의 문을 통과하자 무관의 수가 성큼 줄었다. 문을 통과할 때마다 자신의 뒤를 따르던 무관의 수가 줄어드는 것이다. 수십이 걷던 발걸음 소리는 어느덧 서너 명으로 줄고, 기어이 마지막 문을 통과하자 둘로 줄었다.

끝내는 한 명이 남았다. 오른팔을 붙잡고 있던 사내가 멈추자 그녀도 얼떨결에 따라 멈추었다. 문이 닫히는 소리가 들리니 엄습하는 공포에 그녀는 저도 모르게 어깨를 움츠렸다.

"이, 이보. 다 좋으니 눈이라도 풀어 주면 가만히 있겠……."

용희가 말을 모두 내뱉기도 전에 사내가 다가와 눈가리개를 끌렀다. 깜깜했던 시야에 빛이 들자 용희는 인상을 쓰며 눈을 급하게 깜빡였고, 채 공간을 살피기도 전에 사내가 입을 열었다. 거칠게 자신을 끌던 조금 전과는 달리 사뭇 정중하고 묵직한 분위기였다.

"세간의 눈을 따돌리느라 어렵게 모셨습니다. 송구합니다."

용희는 멍하니 입술을 벌렸다. 아무리 공간을 둘러보아도 죄인을 가둬 두는 험한 곳이 아니었고, 상상했던 장면은 어디서도 찾아보기 힘들었다.

"이제 안심하소서. 이곳은 밖으로는 알려지지 않은 곳이니 편히 계셔도 됩니다."

"뉘인데……."

도저히 이해가 되지 않아 용희는 사내의 신분을 물었다. 사내는 고개를 수그렸다.

"아가씨께서 관심을 두실 만한 신분은 아니옵고, 그저 주상 전하를 가까이서 뫼시는 자입니다."

"주상 전하?"

"예, 아가씨."

답을 들을수록 궁금증만 커졌다. 이자는 어찌하여 신분을 잃은 자신을 높여 부르는 것이고, 거칠던 말투는 왜 이렇게 정중해진 것이며.

"불편하시더라도 잠시 계십시오. 곧 주상 전하께서 납시어 이곳을 보실 것입니다."

전하께서 납시신다니. 그것은 또 무슨 뜻이고?

"미안하지만 잘 이해가……."

"알려 드릴 수 있는 것은 여기까지입니다. 송구하옵니다."

용희는 쉽게 입을 놀리지 않는 사내를 바라보다가 저도 모르게 고개를 끄덕거렸다. 다만 어렴풋이 느끼기를 예상과는 전혀 다른 상황으로 흘러가고 있는 것 같았다. 혹, 선생이 도운 까닭일까? 정녕 그런 것인가?

"저, 실례가 안 된다면 하나만 더 여쭙겠소."

"하문하소서."

"세자 저하께서는 여기 계시오?"

그녀의 말끝에 내내 평정심을 유지하던 사내의 눈빛이 흔들렸다. 잠시 고민하던 사내는 판단을 끝마쳤는지 입술을 열었다.

"무사히 입궐하시었고 지금은 동궁전에 계십니다. 저하께 금족령이 내려져 바깥출입이 어려우시니, 당분간은 만나 뵙기 어려울 것입니다."

"아아, 그렇소. 알겠소."

"그럼 이만 나가 보겠습니다."

사내는 인사 끝에 걸음을 옮겼다. 이게 대체 무슨 일이란 말인가. 용희는 궁금한 것들만 잔뜩 품은 채 혼자 남았다. 가늠이라도 해 보고 싶은 마음에 주변을 두리번대며 계속해서 고개만 갸우뚱거렸다. 크게 살펴볼 것도 없었다. 꽤 넓은 방이었으나 간단한 침구와 촛대뿐 아무것도 놓여 있는 것이 없었고, 작은 창 하나 마련되어 있지 않으니 문밖에 무엇이 있는지도 알 길이 없었다.

"주상 전하께서 이런 곳에 오신다는 말을 믿어야 하는 건지 말아야 하는 건지."

믿기엔 모든 것이 텁텁한 그녀가 편히 앉지도 못한 채 자리를 서성였다.

잠시 후, 누군가 다가오는 소리가 들려 용희는 귀를 쫑긋 세웠다. 상감의 걸음이라 하기엔 다급했고, 정신을 잃은 것처럼 정돈을 몰랐다. 문이 열리니 용희가 고개를 돌렸다.

시간은 그곳으로부터 멈춰, 움직이는 일 없이 만물이 멈췄다. 숨을 들이마셨으나 내뱉지 못하고, 눈을 크게 떴으나 깜빡이지 못하며.

"아……."

수백 가지 말들을 울대에 매달았으나 단 한마디도 건져 내지 못했다.

다리가 없어진 것 같아 주저앉지도 못하고, 눈물이 차올라 뿌옇게 흐려지는 시야는 야속하기만 했다. 바라보자니 미어지게 서글퍼 입술을 깨물자, 자신과 꼭 닮은 표정을 짓고 있는 아버지의 떨리는 숨소리가 들려왔다.

그때였다.

"용희야, 용희야!"

어머니의 음성은 모습보다 먼저 그녀를 무너지게 했다.

"용희야! 용희야!"

궁인들의 도움을 받으며 늦게 도착한 어미는 지아비를 밀치고 방 안으로 들어서며 딸아이를 찾았다. 허우적거리는 발끝이 그녀를 향하자 용희는 두어 걸음 나아가 어미를 붙잡았다.

"아이고, 아이고, 용희야……."

"어머니……."

그리운 향기가 코끝에 감돈다. 어머니의 향, 어머니의 살 냄새. 용희는 그만 표정을 잃어버렸고, 미치광이의 눈빛처럼 두 눈을 반뜩이며 어미는 딸아이의 얼굴을 붙잡았다.

"용희야! 우리 용희가 맞니? 우리 용희, 우리 용희……."

"아아…… 어머니……."

끝끝내 울대에 걸려 있던 통곡이 터져, 용희는 큰 소리로 울음을 터트렸다. 고운 어미의 손끝에 쌓여 있는 희비가 느껴져 참을 도리가 없었다. 딸아이를 품자 눈물이 떨어져도 모르는 듯, 어미는 눈도 깜빡이지 못한 채 용희의 어깨를 애타게 끌어안았다. 누구도 이성을 차리기가 힘이 들었다.

"어디 보자, 내 아가. 내 아가…… 어디 얼굴 좀 보자……."

"어머니……."

용희는 눈물이 범벅된 얼굴로 어머니의 시선을 마주했다. 마치 딸아이의 얼굴을 두 손으로 빚어 만들 것처럼 어머니 임씨의 손은 용희의 눈가를, 콧등을, 두 볼을 쉴 새 없이 부여잡았다.

"어디 좀 보자……. 제대로 보자……. 얼굴을, 얼굴을 좀 보자……."

"저 용희 맞아요……. 어머니…… 저 용희 맞아요……."

이 순간, 세상의 모진 풍파 따위 모두 맞설 것만 같던 별당의 아가씨는 어리고 순한 딸아이가 되었고.

"아가, 아가……. 우리 용희가 맞는다……. 우리 용희가……맞는다……."

정숙함과 꼿꼿함의 주인이던 정경부인께서는 딸아이를 찾은 평범한 어미가 되었다.

결국 다리에 힘을 잃은 모녀가 자리에 주저앉았고, 두 사람은 부둥켜안은 채 애간장이 녹아나는 눈물을 토했다. 도저히 딸아이가 겪어 왔을 시간을 헤아릴 수 없어 임씨는 모질게도 통곡했다.

"세상에……. 지금껏 어떻게 살았어……. 어디서 어떻게……네가…… 네가……."

"괜찮아요……. 괜찮아요……."

"살았구나……. 살았어……. 그래도 살았구나……. 그래도 살아 주었구나……."

잠을 자도 자는 것이 아니었다. 눈을 떠도 감아도, 숨을 쉬어도 쉬지 않아도, 멍든 가슴은 일각도 쉬지 않은 채 딸아이를 찾았다.

미친 사람처럼 앞섶을 쥐어뜯으며 살기를 원치 않았으나, 언제 찾을지 몰라 질긴 목숨 놓을 수도 없었다. 병이 눌러앉은 전신은 하루에도 열두 번씩 두려움에 몸서리쳤다. 행여나 딸아이에게 무슨 일이 생길까 봐, 흉한 일이라도 생길까 봐.

"차라리 죽으면 너를 만날까……. 죽으면 너를 볼까……. 아가, 이 어미가……."

아니, 흉한 일은 이미 생겼을까 봐.

"괜찮아요……. 이제 다 괜찮아요……."

용희는 몸을 가누지 못하는 어머니를 꼭 끌어안으며 중얼거렸다. 고개를 조금 들어 문 쪽을 바라보니, 아버지와 오라비의 얼굴이 보였다. 용희는 어머니를 달래며 천천히 일어섰다. 다리가 후들거렸지만 참을 만했다.

"아버지……."

간신히 딸아이가 아버지를 청해 부르자 김판두의 억센 눈가가 붉게 변했다. 엎드린 채 흐느끼는 부인의 통곡을 들으니, 저것이야말로 피눈물이지 싶어 아비의 슬픔 같은 건 내보이기 힘들었다.

"용희야, 용희야……."

"오라버니……."

다정했던 오라비가 다가와 용희를 품에 안았다. 남매가 구슬프게 껴안으니 김판두는 비통함에 침음하며 탄식했다.

단란했던 네 가족, 남부러울 것 없던 시절. 지은 죄가 무엇이기에 이토록 험한 시간을 헤맸는지 알 길은 없으나, 모두가 만났으니 지금은 그것으로 되었다고 서로는 생각했다.

"절받으세요, 아버지 어머니."

한참이 흐른 후, 부모가 자리에 앉자 용희는 떨리는 두 손을 이마 가까이 올렸고, 언제나처럼 어여쁘게 절을 올렸다. 아침마다 문안 인사드리며 행했던 큰절이 아니었던가. 오늘따라 그것이 감명 깊어 용희는 끝끝내 수그린 고개를 들지 못했다.

"그동안 수고 많았다."

딸아이가 차마 고개를 들지 못하고 어깨를 들썩이자, 김판두는 처음으로 입을 열어 그간의 세월을 다독였다. 참으로 모질고 긴 세월이었다. 견뎌 낸 것은, 아마도 기적일지 몰랐다.

◎

"어디를 그렇게 급하게 가는 것인가?"

황급히 입궐한 지담이 정처 없이 발길을 옮기던 때, 그 앞을 가로막은 것은 다름 아닌 중궁이셨다. 놀란 지담이 뒷걸음을 걸으며 중궁과의 간격을 넓혔다. 그러곤 정중히 목을 떨구며 입술을 열었다.

"신 윤지담, 중전마마를 뵈옵니다."

"그동안 외간에서 동궁을 보필하느라 수고가 많았네."

"망극하옵니다, 중전마마."

"한데 어디를 그리 급하게 가는 것인가?"

"아뢰옵기 황공하오나 세자 저하를 만나 뵙고자 걸음 하였사옵니다."

"세자라. 자네는 세자에게 금족령이 내려진 사실을 알고 있는가?"

"예. 알고 있사옵니다."

말끝에 지담은 입술을 꾹 깨물었다. 이미 전서를 통해 용희가 붙잡혀 갔음을 알렸으니, 동궁전에 들러 세자 저하를 뵈어야만 했다. 한시가 급했다.

"이 어미도 아들을 만나지 못하는데 자네라고 가능하겠나 싶은데 말이다."

"……."

"하기야, 이 어미는 죄가 많아 찾아가지 못해도 자네라면 출입이 가능할지도 모르지. 아니 그러한가?"

중궁께서는 인자한 미소를 그리며 아들을 바라보듯 지담을 바라보았다. 지담이 어째서 이리도 다급히 동궁을 만나고자 하는지 잘 알고 있었으니까.

"자네."

"예, 중전마마."

"우리 세자에게 긴히 전할 말이 있는가?"

"아, 그것이."

차마 바른 대로 고하지 못한 채 지담이 머뭇거렸고, 중궁은 녀석의 이마에 맺힌 땀방울을 바라보다 손수건을 꺼내 들었다. 한 걸음 가까이 다가가 이마를 손수 닦으니, 놀란 지담이 몸 둘 바를 몰라 했고 궁녀들은 고개를 더욱 수그렸다.

"마마, 어찌……."

"가만히 있게. 세상에 땀을 이렇게 흘려서야 되겠는가? 자네 몸이 상하면 병판 대감께서 우리 세자를 원망할 것이 아닌가."

"마마, 마마……."

"어허, 가만히 있어 보라니까."

중궁은 부모의 마음으로 이마에 맺힌 땀을 정성껏 닦아 주었다. 긴장이 폭발하니 땀을 닦아 낸 수고가 무색하게 지담은 식은땀을 철철 흘렸다. 손을 내리며 중궁은 다시금 빙그레 미소 지었다. 듣는 귀가 많아 함부로 말을 트기도 힘이 들었다.

"자네, 우리 세자에게 당도하면 내 말도 좀 전해 주겠는가?"

"여부가 있겠사옵니까."

"곧 홍시를 내줄 것이니 좀 참아 보라, 이렇게."

"……예?"

지담은 놀라 커다랗게 뜬 눈으로 중궁을 바라보았고, 그것을 마뜩잖게 바라본 지밀상궁이 큰소리를 내었다.

"지금 뉘 안전이라고 고개를 드는 것이오!"

"아아, 송구, 송구하옵니다."

지담은 황급히 고개를 수그렸고, 중궁은 지담의 어깨를 툭툭 치며 어서 가 보라 손짓했다. 들은 말은 놀랍고 당혹스럽기 충분했는지라, 지담은 넋을 놓은 표정으로 눈만 깜빡거렸다.

"뭐 하고 서 있누? 어서 동궁전으로 가 보게."

"예? 아, 예. 잘 알겠사옵니다."

"내 말은 꼭 전해 주길 바라네."

"반드시 전하겠사옵니다."

지담은 중궁의 발끝을 내려다보며 예를 다해 인사했다. 뜻을 알아챈 심장이 그 어느 때보다 가파르게 뛰어올랐다.

◎

"세자 저하, 신 박 내관이옵니다."

"들라."

완은 사색에 잠겼던 시선을 들며 들어서는 박 내관을 바라보았다. 보폭을 좁게 하는 특유의 걸음걸이로 들어선 박 내관은 머리를 조아리며 완 앞에 섰다.

함부로 자리를 비우며 출궁한 죄명은 금족령을 불러왔다. 법도를 어겼고, 조정을 난잡하게 만들었으며, 좌의정에게 칼까지 겨누었으니 당연한 결과였다. 왕께서 금족령을 내리지 않았다면 아마도 대신들의 반발을 잠재우기 힘들었을 것이다. 합당한 처우였다.

"무슨 일인가?"

"아뢰옵기 송구하오나……."

박 내관은 이리저리 눈치를 보는 얼굴로 쉽게 말을 꺼내지 못했다. 문밖은 금부의 사내들이 떼로 몰려와 감시하는 중이었고, 동궁전으로는 먹는 음식을 제외한 어떠한 사람도, 어떠한 말도 들어가지 않게 하라는 어명이 있었기 때문이다. 그나마 출입이 자유로운 사람은 현재 박 내관뿐이었다.

'무슨 일인가?'

완이 눈빛으로 채근하자.

'이것 좀 보십시오.'

박 내관은 입술만 벙긋거리며 곁으로 가까이 다가왔다. 반듯하게 접힌 종이를 완에게 전달하며 지담이 보내 왔노라, 박 내관은 작게 고했다.

종이를 펼치는 완의 손길에서 다급함이 느껴졌다. 입궐하였으나 아직까지 상감을 뵙지 못한 완이 지금의 상황을 알고 있을 리 만무했다. 평소라면 기를 쓰고 동궁전을 찾으셨을 중궁전도 걸음 하지 못하시니, 용희가 입궐했다는 소식도 알지 못했다. 그런 완 에게 용희가 궐로 잡혀갔다는 소식은 청천벽력과도 같았다.

"세, 세자 저하!"

종이를 움켜쥔 완이 벌떡 일어나 문 쪽으로 걸음을 옮기자, 소 스라치게 놀란 박 내관이 그 발치에 넙죽 엎드렸다.

"저하! 세자 저하!"

기어이 그 등허리를 외면한 채 동궁께서 문을 열자 대기 중이던 수십의 무관들은 일제히 그 앞을 가로막았다.

"비켜라."

"아니 될 말씀이시옵니다. 자리를 보전하시옵소서, 세자 저하."

"저하, 세자 저하!"

기어이 박 내관이 발목에 매달렸다. 완은 앞뒤로 꽉 막힌 공간 을 바라보다 종이를 힘껏 우그러뜨렸다.

"저하…… 세자 저하……."

눈을 질끈 감았다. 앞으로는 수십의 무관들이 길을 가로막았고, 뒤로는 박 내관이 엎드린 채 멈추어 달라 읍소하고 있었다. 기가 막혀 실성한 듯 웃음만 터져 흘렀다. 종일을 걸어도 채 다 걷지 못 할 이 궐 안에서 오갈 곳이라곤 단 한 곳도 남아 있지 않아, 상감을 뵐 방법도 그녀를 살려 달라 청할 방법도 남아 있지 않았다.

"세자 저하, 신 윤지담이옵니다!"

신분이 눈물겹게 서럽고 그녀가 이다지도 가여워 끝장을 디딘 두 다리를 어찌할 방법을 모르던 그때, 지담의 음성이 들렸다.

"여기! 신 지담이옵니다, 세자 저하!"

"가까이 오라."

심장이 널을 뛰니 버틸 재간 없지마는, 지금은 침착하게 생각하고 행동하여 지담과 만나 대화를 나누어야 했다. 하지만 가로막은 무관들이 길을 터 줄 리 없었다.

"비켜라. 세자 저하께서 계신 곳엔 아무도 들어갈 수 없다. 어명이 있었으니 썩 물러가거라."

"염려 마십시오. 안으로는 한 발자국도 들지 않을 것입니다. 그저 저하의 요깃거리를 좀 가져왔을 뿐입니다."

지담의 뜬금없는 소리에 무관들은 일제히 뒤돌아 바라보았다. 지담은 별일 아니라는 듯 해맑은 표정을 하며 무관들에게 친한 척 인사를 건넸다. 눈치라고는 눈곱만큼도 찾아볼 수 없는 해맑음이었다.

"오랜만입니다. 다들 그간 별고는 없으셨지요?"

"자네 지금 뭐 하는 짓인가?"

"에에? 짓이라니요. 세자 저하께 이것을 드리고 가려고 찾아왔습니다.”

지담은 이걸 보라며 작은 상을 들어 보였고, 무관들은 답답하다는 듯 짧게 한숨을 내쉬었다. 녀석의 등장으로 어찌 되었든 긴박했던 상황을 잠재운 것만은 확실했다.

완은 어처구니가 없다는 듯 지담의 목소리를 듣고만 있었고, 무관들은 서로 힐끔 바라보다가 조금 비켜섰다.

“내관에게 전해 주고 돌아가게.”

“예, 알겠습니다.”

지담은 좁다는 듯 이리저리 몸을 비틀며 앞으로 걸었다. 간신히 문을 잡은 채 서 있는 완의 모습이 시야에 들어왔고, 지담은 반갑다는 듯 해맑게 웃었다. 그러자 완의 미간이 일그러졌다.

“저하! 어찌 입맛이 없으시다 하십니까! 오는 길에 소식을 듣고 왔습니다!”

엎드려 이리저리 눈치만 보던 박 내관이 슬그머니 고개를 들었고, 완은 지담이 들고 있는 작은 상을 바라보았다. 말문이 막히다 못해 헛웃음이 흘렀다.

“지담, 너…….”

“입맛이 없으실 때일수록 더 젓수셔야 합니다, 세자 저하.”

“너, 너…….”

녀석이 담아 온 것은 다름 아닌 곶감이었다. 완은 현기가 일어

입술을 꾹 깨물었다.

"저하께서 기다리시던 것 아니시옵니까?"

지담은 수북하게 쌓아 온 곶감을 조금 더 들어 올리며 이상하다는 듯 고개를 갸우뚱했고, 완은 정녕 미쳤냐는 표정으로 지담을 황망하게 바라보았다.

"홍시를 가져오고 싶었는데 때가 아니라 없다 하지 뭡니까? 하여 곶감이라도 가져왔습니다. 저하께서 평소 좋아하시는 것이니 반기실 것이라 여겨 가져왔사온데."

"지금…… 이걸 나더러 먹으라고 주는 것인가?"

지담의 지나친 농에 동궁의 음성이 갈라졌다. 사정없이 미간을 일그러뜨린 완이 노엽게 바라보자 지담은 빠르게 눈짓했다. 수년을 함께해 온 두 사람만이 가능한 의사소통이었다.

"조금만 더 기다리시면 홍시를 구해 올 수 있을 것 같사옵니다, 세자 저하."

지담의 말끝에 핏발 선 완의 눈동자가 정처 없이 흔들렸다. 이 순간 세자께서 무슨 생각을 했느냐 하면.

"궐에 홍시가 있긴 한데, 아직 저하께 올릴 만한 상황은 아니라 합니다."

살아 있구나. 궐 안에 있는 네가, 아직은 괜찮은 것이로구나.

"뭐, 어찌 되었든 홍시는 구할 수 있을 것이라 하니 조금만 더 기다려 주시겠습니까? 신이 가져오겠습니다."

해맑은 음성과는 달리 지담의 표정엔 격정이 섞였다. 긴장감이
뒤섞인 눈빛이었고, 믿어 의심치 말라는 눈빛이었다.

완은 차마 아무 말도 하지 못한 채 지담을 응시했다. 무관들은
알아듣지 못할 대화가 오고 가니 그저 듣고만 있었고, 세자의 일
거수일투족을 기록해 상감께 보내는 사내도 딱히 적을 만한 이야
기가 없어 간단하게 내용을 남겼다. 단 한 명, 세자만이 모든 뜻을
알아챘다.

지담은 곁눈질로 무관들을 바라보다 상을 들어 올렸고, 황급히
일어선 박 내관이 상을 받아 들었다. 한결 낮아진 지담의 음성은
공간을 울리기 충분했다.

"아직은 바라만 보소서."

그리고 세자를 마음을 울리기 충분했다.

"홍시, 곧 대령하겠습니다."

58화

그 아비에 그 아들

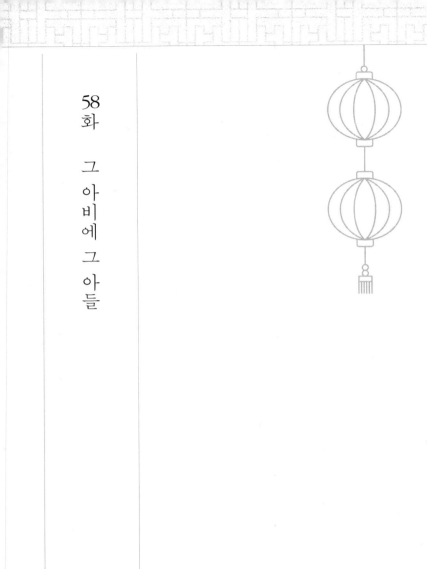

【해종실록 11권. 해종(偕宗) 17년 6월 24일】

초간택(初揀擇)에는 좌의정 신기형의 딸과, 병조판서 윤송엽의 딸과, 대사헌 황철목의 딸과, 강원 감사 임평조의 딸과, 부사직 남균옥의 딸과, 참지의정부사 한이호의 딸과, 좌도 도관찰사 서찬욱의 딸과, 경상도 수군절도사 유익현의 딸과, 동지총제 최명관의 딸이 이름을 올렸다.

"언제까지 서 있을 것이냐? 앉아라."

"예, 아바마마."

왕이 가볍게 손짓하자 완은 반좌를 틀며 자리에 앉았다. 세자가 처소에 처박힌 채 고분고분 있는 모양새에 수상함을 느낀 상감께서 직접 걸음을 하시었다. 예상엔 동궁전을 박차고 뛰어나와도 한참 전에 뛰어나왔을 아들이, 어인 일로 이렇게 숨을 죽이고 있는지 알다가도 모를 일이었다. 얌전한 아들은 대단히 수상했다.

"얼굴색이 편안한 것을 보아하니 제법 있을 만한 모양이로다?"

"왜 아니겠습니까? 누웠다가 일어났다가, 심심하면 서책이나 읽다가 시나 읊고. 소자 무척 편합니다."

"그래? 편하다고?"

"소자를 진작 좀 가둬 주시지 그러셨습니까. 세간 소식 모두 끊으니 속이 다 시원합니다."

왕은 완의 삐뚤어진 답에 미간을 좁혔다. 아마도 아들의 속내가 단단히 꼬인 모양이었다.

"그래서, 지금 반성은 하고 있는 것이냐?"

"반성이라니요. 무엇을 말씀이십니까?"

두 사람은 심기가 불편한 표정으로 서로를 바라보았고, 고집 센 눈빛으로 불만을 토로했다. 이러나저러나 꼭 닮은 얼굴과 성향은 누가 보아도 부자지간임을 한눈에 알아보기 충분했다.

"지금 그 말은, 네가 뭘 잘못했는지 모른다는 뜻이냐?"

"아아, 잘못이라 하시니 이제야 무언지 알겠습니다."

"무엇인데?"

"일전에 소자가 감히 편전에 들어 칼을 들었던 일이 아니겠습니까."

"알긴 아는 모양이로군?"

"칼을 들었으면 뭐라도 베고 내렸어야 할 것을, 소자가 잘못했습니다."

끙. 왕은 짧게 한숨을 토하며 말을 말자는 식으로 손사래를 쳤다. 심기를 어지럽히는 말들로만 대화를 이어 가는, 음흉한 의도가 다분한 아들의 속내는 들여다보지 않아도 훤히 보이는 것만 같았다.

"가 보겠다. 내 괜히 걸음 했다."

"맞습니다. 괜히 걸음 하시었습니다."

"너는 시국이 염려스럽지도 않더냐?"

"아바마마께서 이리도 굳건하시온데 소자가 달리 무엇을 염려하겠습니까?"

"그래, 죽을상을 하며 시름시름 앓고 있을 줄 알았더니 넌 아직 먼 모양이다."

왕은 더 말하고 싶지 않다는 표정을 하며 일어서려 했다. 더 있어 봐야 음성만 높아질 것이고, 얼마 지나지 않아 쩌렁쩌렁 목청을 높여 아들을 비난할 것이고, 그러다가 씨알도 먹히지 않아 목덜미를 잡을 것이 자명했다.

"가 볼 것이니 너는 잠을 자든지 끼니를 챙기든지 알아서 자중하고 앉……."

"죽을 것 같습니다."

목소리는 덤덤해서 더욱 진실되게 들렸다.

"마음이 시름시름 앓아 곪아 가고 있습니다."

세자는 감정을 깊이 드러내지 않고, 매달려 호소하지 않으며, 인정에 치우쳐 빌지도 않았다.

"떨었고 아둔했고 한참 뒤떨어졌으나, 지금 소자의 마음이 죽을 것 같습니다."

왕은 세자의 얼굴을 바라보다 다시 앉았다. 쉬운 말은 아니기에 무심히 듣기도 편안하지 않았다.

"이미 너는 이야기를 듣지 않았더냐? 궐 안에 누가 들어왔는지."

"……."

"모르더냐? 왕명이 떨어졌다 한들 네게 그런 소식 하나 들려줄 사람이 없다면 이 또한 비통한 일이다."

"들었고, 알고 있습니다."

왕은 고개를 끄덕였다. 용희의 이름을 굳이 언급하지 않아도 서로 통하는 바가 있으니, 대화는 쉬웠다.

"너는 그자가 네 주변에 머물렀기에 잡혔다고 보느냐?"

"반은 맞고, 반은 틀린 사실입니다."

"명분이 있기에 합당한 결과이다. 반박할 수 있겠느냐?"

"소자를 도와 공을 쌓은 자입니다. 참작하여 주십시오."

"공을 쌓았다라."

왕은 중얼거리며 뜻을 알기 어려운 숨을 불어 내쉬었다. 지친 기색이 역력한 아들의 기운은 그런대로 못마땅했다. 하지만 잘못보다 잘한 것이 더욱 많은 세자요, 신기형을 자진으로 물러나게 한 일 또한 세자의 계략이라.

"너 또한 세운 공이 혁혁하여 금족령을 풀어 주고자 왔는데, 네게 별 도움은 안 되겠다 싶다."

"아……."

"풀려 봐야 뭐 하겠느냐? 누워 잠이나 자는 것이 편하다는 네게 필요 없는 왕명이……."

"아바마마! 소자 엎드려 명을 받겠습니다!"

말이 채 끝나기도 전에 완은 바른 자세로 엎드렸다. 이제야 반응하는 아들이 더욱 못마땅했던 왕은 혀를 끌끌 차며 아들의 등허리를 바라보았다.

"그럼 한 번 더 묻겠다. 네 잘못이 무언지 정녕 모르는 것이냐?"

"소자, 잘 알고 있습니다. 감히 신분을 잊고 함부로 출궁하며 왕가의 기강을 해이하게 만든 죄, 하여 아바마마의 성심을 어지럽힌 죄, 차분하게 행동하지 아니하며 편전에 들어 칼을 휘두른 죄."

"허어, 아주 일사천리로 답하는구먼? 조금 전까지는 모른다면서?"

"아바마마! 부디 통촉하여 주시옵소서!"

"하지만 다 틀렸다. 너는 가장 잘못한 일을 깨우치지 못하고 있다."

"무엇을 모른다는 말씀이십니까?"

"네 어미의 속을 썩인 죄. 그 죄가 제일 크다."

완은 잠시 들었던 고개를 내리며 다시 엎드렸다. 말씀엔 틀린 것이 없어 완벽하게 수긍할 수밖에 없었다.

"네게는 어미고 백성에겐 국모이겠으나 내겐 부인인데, 너 때문에 내 부인이 늙는 것을 내 어찌 보고만 있을까?"

"죽을죄를 지었습니다, 아바마마."

"네 것만 소중하더냐? 나도 내 것이 소중하다."

"소자, 참혹한 죄를 지었으니 그냥 갇혀 있겠습니다."

왕은 생각하면 분통이 터진다는 표정으로 아들을 바라보다 자리에서 일어섰다. 뒤끝이 장렬하시니, 닮은 것은 하나하나 나열하기도 힘들었다.

"당장은 좀 더 시름시름 앓고, 해가 지거든 금족령을 풀어 주겠다."

"아…… 조금만 더 일찍……."

"내일 아침에 나올래?"

"아닙니다. 뜻을 받자옵니다, 아바마마."

"네 어미가 앓던 시간에 비하면 바늘구멍만 한 시간이지. 네가 오래 갇혀 있으면 또 네 어미가 탈이 날까 싶어 풀어 주는 것이다. 감사히 여겨라."

아들의 곁을 지나 밖으로 걸음을 옮기던 왕은 잠시 멈춰 섰다. 앓는 김에 조금 더 앓아 보라는 심중의 뜻이었다.

"나는 지금 네 것을 보러 가는데, 너는 내일이나 만나 보거라."

"아바마마!"

"벌이다, 벌."

"아바마마! 아바마마!"

◎

"주상 전하 납시오!"

옥체가 닳을 것처럼 바쁘신 왕께서 이번엔 용희가 머무는 처소를 찾았다. 은밀한 곳에 위치한 이 공간은 밖으로 알려진 것이 없는 곳이요, 대대로 왕위를 보위한 자만이 활용하는 공간이었다. 집을 잃은 김판두 대감의 일가가 임시방편으로 기거하는 곳이기도 했다.

상선의 목소리가 들리자 어머니의 손을 붙잡고 눈을 맞추던 용희가 황급히 일어섰다. 지금까지의 일을 전해 들으며 대략의 것을 깨우친 용희는 상감의 그림자에 마른침을 넘겼다. 맥박은 급히 뛰었고, 입술은 메마르기 시작했다.

"납시셨습니까, 전하."

김판두가 모습을 드러낸 왕을 맞이하자 일가는 공손하게 머리를 조아렸다. 바닥에 비치는 그림자가 가까이 다가올수록 용희는 어지럽기까지 했다.

"이 아이가 자네 여식인가?"

"아뢰옵기 황공하오나 신의 여식이옵니다, 전하."

낮게 깔리는 왕의 목소리는 생각했던 것보다 더욱 늠연했고 무게가 있었다. 단지 목소리만으로 압도당한 용희가 평소와 같지 않은 모습으로 고개를 더욱 수그렸다.

"이름이 용희라고 했나?"

"그러하옵니다, 전하."

김판두 대감이 답하자 왕은 고개를 끄덕이며 용희에게 시선을 주었다. 고개를 수그리고 있는 까닭에 용희는 자신에게 어떠한 시선이 쏟아지는지 알기 어려웠다.

"내 이 아이와 할 이야기가 있으니 자네들은 자리를 좀 비워 주게."

왕의 명이 떨어지자 용희만 남겨 둔 채 가족들은 밖을 나섰다. 상석에 자리한 왕은 용희에게 앉으라 자리를 권했다. 용희는 천천히 앉았다. 어차피 다리가 후들거려 서 있기도 힘들었다.

"고개를 좀 들어 봐라."

"황공하옵니다."

두 주먹을 힘껏 쥐며 가까스로 고개를 들었다. 간신히 고개를 들었으나 차마 용안을 마주할 깜냥은 되지 않아, 용희는 시선을 애먼 곳에 주며 왕의 얼굴을 피했다.

"어찌 사람 눈을 보지 않는고?"

"예? 아…… 예……. 전하……."

숨 막히는 위압감에 이리저리 눈동자를 움직이다가 용안에 시선을 주었다. 하지만 얼마 지나지 않아 용희는 풉, 하는 웃음을 터트리고 말았다.

"왜 웃는 것이냐?"

"소, 송구하옵니다! 송구하옵니다, 주상 전하!"

용희는 주먹을 말아 쥐며 제 입술을 꾹 깨물었다. 하지만 한 번 터진 웃음은 쉽게 사라지지 않고, 참으면 참을수록 빠져나왔다. 허벅지를 꼬집으며 웃음을 참아 냈다. 그 눈매, 그 얼굴, 선생과 꼭 닮아 순간적으로 반가움이 터져 흐른 것이다.

"닮은 게로구나?"

"죽을죄를 지었습니다. 감히 뉘 안전이라고……."

"내가 세자와 그렇게 닮았느냐?"

"아뢰옵기 황공하오나 조금, 조금 닮으셨사옵니다."

"그래? 너는 네 아비를 닮지 않아 참으로 다행이다."

왕은 말끝에 껄껄 웃음을 터트렸고, 용희는 따라 빙그레 미소 지었다. 조금 전까지 느꼈던 위화감은 온데간데없고 시선을 마주한 이유 하나로 모든 것이 편안해져 갔다.

마주한 눈빛이 너무나도 다정하고 따스하여, 마치 먼 훗날의 선생과 마주 앉은 것만 같은 반가움이 깃들었다.

"우리 세자를 도와 큰일을 했다고 들었다."

"당치 않으시옵니다. 합당한 거래였고, 각자 원하는 바를 하나씩 이뤄 주기로 한 것뿐이옵니다."

"세자는 네게 통역을 바라고, 너는 무엇을 바랐더냐?"

"입궐할 수 있도록 도움을 청하고자 하였사옵니다."

입궐이라는 말에 왕은 이해한다는 듯 고개를 끄덕였고, 용희는 차분히 말을 이었다.

"그땐 저하께서 입궐을 도와줄 수 있을 사내인지 의심되었으나, 어디도 도움을 청하기가 힘이 들었사옵니다."

"입궐이라면 세자에게는 밥 먹듯 쉬운 일이 아니더냐. 거래라고 하기엔 네 소원이 너무 빈약한데."

"그때는 소원이 없었사옵니다."

"나를 만나기 위함이더냐?"

"예, 전하."

두 사람은 긴 대화를 나누었다. 모두가 죽은 줄로만 알아 한때는 전하를 책망했다고. 나는 이렇게 살아 있는데, 나는 이렇게 살아 아버지의 억울함을 알고 있는데, 닿을 수가 없으니 알릴 수도 없었다고.

"네 원망이 이래저래 컸겠군. 아비가 삭관을 당하였으니 원통함을 어찌 다스렸을까?"

"한때는 입궐을 포기도 하였사옵니다. 이미 전하께서는 제 아비를 잊으신 것만 같아, 아무 말도 믿어 주시지 않으실 것이라 여겨……."

원망했다. 버리셨으니 잊으셨겠지. 놓아 버리셨으니 찾지 아니하시겠지. 단내 풍기는 자들의 감언이설에 진실을 묻어 두시곤 보려 하지 않으시겠지. 죄인의 여식이 힘겹게 궐의 담을 넘는대도, 성심에 만나 주실 여유 같은 건 아마도 없으시겠지.

"전부 듣지 않아도 그간의 네 심정이 느껴지는 바이다. 여인의 신분으로 감당하기 힘든 세월을 이겨 냈다."

"이 모든 것, 저하께서 계시었기에 가능하였사옵니다."

용희는 처음부터 내내 하고 싶었던 말을 꺼내며 고개를 수그렸고, 서둘러 완의 얼굴을 떠올렸다.

"이름도 성별도 숨겨야 했으나 저하께선 아무것도 묻지 않으셨사옵니다. 그 의리와 믿음에 기대고 버텼으니, 청컨대 저하께 물으실 죄가 있으시다면 모두 소인에게 내려 주시옵소서."

"죄라니, 당치 않다. 이렇게 살아 돌아온 것만도 기쁘고 다행인 것을. 그것은 네가 걱정할 일이 아니다."

"망극하옵니다, 주상 전하."

"왕가는 왕가의 책임이 있는 법. 세자의 일들은 내가 알아서 잘 처결할 것이니 너는 앞으로 너의 일만 생각하도록 해라."

"예, 주상 전하."

왕은 부스러지지 않는 용희의 음성을 신중히 듣다가 미소를 지었다. 험한 세월을 지내며 생사의 고비를 넘겼다 하기엔 아이의 용모와 자태가 남달리 고왔다. 기에 눌리지 않고, 소신껏 답하며, 남의 공을 올려 말할 줄 아는 현명한 아이이기도 했다.

"네 아비가 누구 때문에 이렇게 되었는지 아느냐?"

"모르옵니다."

"그래, 너는 모르는 것이 낫겠다. 하나 일은 지금부터가 시작일 것이니 이건 알고 있어야 한다."

왕은 자못 진중한 음성으로 말을 이었다. 그녀가 반드시 알아야 할 몇 가지였다.

"네 아비가 살아 있다는 사실도, 내가 밝히고자 하는 사실도, 세자는 잘 모른다. 세자가 아무것도 알지 못한 채 움직였기에 나는 내가 찾고 있는 자들의 움직임을 자세히 볼 수 있었다."

"……."

"네가 아비의 장부를 가지고 왔다면 조금 더 수월했겠으나, 안타깝게도 그것을 잃어버린 지금은 다시 원점이 되었다."

"전부 소인의 불찰이옵니다."

"아니다. 너를 탓하고자 함이 아니니 자책 마라. 다만 그 장부는 네 아비가 오랫동안 나라의 썩은 뿌리를 뽑아내고자 은밀히 취합해 온 일들이고, 그것이 없어졌으니 다시 시작해야 하는 일이다."

"……."

"네 아비를 이렇게 만든 한 사람을 파내는 일은 쉽다. 이미 세자가 알고, 내가 알고, 마음만 먹는다면 언제든 그 자리를 도려낼 수도 있는 일이다."

좌의정 신기형. 그는 이미 상감의 손바닥 안에 있음이요, 일찍이 신의를 잃은 자였다.

"하지만 한 사람의 문제가 아니니라. 썩어 빠진 전부를 뽑아내지 않으면 한 사람이 없어진들 무엇이 의미이겠는가. 제이의, 제삼의 다른 인물이 그 자리를 메꾸고 뿌리는 계속 썩을 것이다."

신기형을 따라 조정의 불의를 조장하는 전부를 찾아야 했다. 그 싹을 자르고 뿌리를 뽑아야 했다. 하여 왕께서는 숨을 죽이며 몸집을 낮추고, 모두를 속이는 가벼운 말과 눈빛으로 위장한 채 때를 기다리는 중이셨다.

"당장이라도 네 가문을 이렇게 만든 자를 색출하여 벌함은 내게도 시급한 사안이나, 조금 더 큰 그림을 보고자 때를 기다리고 있는 것뿐이니, 너는 네 아비와 나를 믿고 마음을 놓아라."

"예, 주상 전하."

"그리고 세자를 믿어라."

용희는 차마 다음 말을 뱉지 못한 채 눈을 감았다. 더 이상 어떻게 믿을 방법 없이 전부를 믿고 있어, 이대로 죽으라면 죽을 것이요, 살아 보라면 살아 볼 것이라고.

사랑이 각별해집니다. 믿어지십니까.

"아마도 세자가 너의 모든 것을 되돌려 놓을 것이다."

바래고 희미해진대도 지워지지 않을 것입니다. 내 속의 모든 것을 파내고 그 안에 새겨 넣어, 절대로 흘리지 않을 것입니다.

"우리는 준비하고 있고, 다만 너는 기다리면 되는 것이다."

이 사랑, 끝도 없고 마침도 없겠습니다. 일각도 소홀하지 않으며 잘 간직하겠습니다.

"내 말 잘 알겠느냐?"

"은혜가 하해와 같아 몸 둘 바를 모르겠사옵니다……."

"허어, 우는 것이냐? 안 되는데. 네 아비가 또 나를 찾아와 잔소리를 퍼붓겠구나."

"아니옵니다. 울지 않았사옵니다."

"네 아비가 딸 사랑이 지극하여 임금도 못 알아보고 아침마다 내게 와서는 너를 찾아내라 괴롭히는데, 때문에 내가 몹시 죽을 뻔하였다."

용희가 작게 웃음을 터트렸다. 그제야 마음을 놓았다는 듯 왕은 눈가의 힘을 풀며 어깨를 축 내렸다.

"중궁전에서도 너를 기다리나 지금은 밖으로 너의 정체가 새어 나가면 안 되니, 내 명이 떨어지기 전까지는 갑갑해도 이곳에 있어라."

"명받자옵니다, 전하."

"세자가 어쩌고 있는지는 궁금하지 않으냐?"

왕께서 세자의 근황을 물으시니 용희의 얼굴이 붉어졌다. 눈매 끝에 매달려 있던 마지막 물기를 급히 지워 내며, 용희는 고개를 가로저었다.

"어찌하여 미천한 소인이 저하의 안위를 입에 올리겠사옵니까. 기다릴 것이옵니다."

"나는 말해 줄 수 있는데."

용희는 눈가에 그리움과 궁금함을 가득 담은 채 왕을 바라보았다. 표정에 고스란히 드러나니 왕은 또다시 껄껄 웃으며 작은 탁자를 탁탁 두드렸다.

"세자는 잘 있다. 얼마 후면 금족령도 풀릴 것이니, 너도 내일 아침까지만 기다렸다가 만나 보거라."

"아……. 성은이 망극하옵니다."

"너를 생각하면 일찍 보여 주고 싶다만, 세자가 괘씸하여 벌주는 중이니 이해하고."

"소인은 괜찮사옵니다, 전하."

"간택은 참가해야지?"

용희는 잘못 들었다는 듯 눈을 깜빡였고, 왕은 당연한 일이 아니냐는 듯 눈을 크게 떴다.

"안 하려고? 간택에 참여 안 할 것이냐?"

"예? 아…… 하오나……."

"허어, 세자를 저 지경으로 만들어 두고 간택에 참여를 안 하겠다고?"

"아니…… 그것은 아니옵고……."

가능할 것 같지 않은 일에 용희는 자꾸만 말꼬리를 흐렸다.

"설마, 세자가 너를 녹아나게 좋아한다고 그 배필로 대가 없이 오를 것이라 생각하는 것은 아니겠지?"

"아, 아니옵니다! 단연코 그런 것은 아니옵고!"

"하면 무엇이냐?"

"소인이 어찌…… 무슨 자격으로……."

"허어. 할 것이냐, 안 할 것이냐. 그럼 그것만 답해라."

"하기는…… 하고 싶사온데……."

작은 목소리가 마음에 들지 않아 왕은 귀를 후볐다.

"이제 보니 세자만 저리 발을 동동 구르고 너는 별 마음이 없는 모양이다. 그럼 뭐, 간택엔 참여를 하지 않……."

"하겠습니다! 하겠습니다! 무조건 하겠습니다! 소인, 정말 하고 싶사옵니다!"

반쯤 일어서며 용희가 큰 소리로 말하자 왕은 그제야 만족스럽다는 듯 자리에서 일어섰다. 오늘 이래저래 좋은 일을 많이 했으니, 모처럼 중궁의 얼굴에 웃음꽃이 화사할 것만 같아 무척이나 흡족했다.

"그럼 나는 이만 가 보겠다."

"살펴 가시옵소서, 주상 전하."

아이는 부족함이 없었고, 대화는 즐거웠으며, 마음에 꼭 들었다.

"필요한 것이 있다면 밖에 있는 자에게 청하면 될 것이다. 무엇이든 좋으니 청하고 편히 머물라."

"예, 주상 전하."

왕은 밖으로 걸음 하다가 또다시 멈춰 섰다. 영문을 몰라 손가락만 꼼지락거리는 용희에게 가까이 다가가 작은 목소리로 속삭였다.

"아무리 세자가 나를 닮았어도, 내가 세자 시절엔 우리 아들보다 더 훤칠했다."

"지금도 훨씬 더 훤칠하시옵니다."

용희가 부드럽게 웃으며 긍정하니 또다시 사람 좋은 웃음소리가 껄껄 퍼졌다.

"역시, 이래서 아들보다 딸인 듯하다. 네 아비는 참으로 복받은 영감이로구나."

복받았어. 저 영감탱이가 복을 쓸어 담았군.

왕은 문을 열고 나서며 김판두가 앉아 있는 방 앞에서 한참을 중얼거렸다. 김판두 대감은 '또 임금께서 농을 하셨구나' 생각하며 작게 한숨을 쉬었고, 세자는 동궁전에서 날이 저물기만을 학수고대했다. 아픔을 잊기에 조금은 적당한 시간이었다.

59
화

여
인

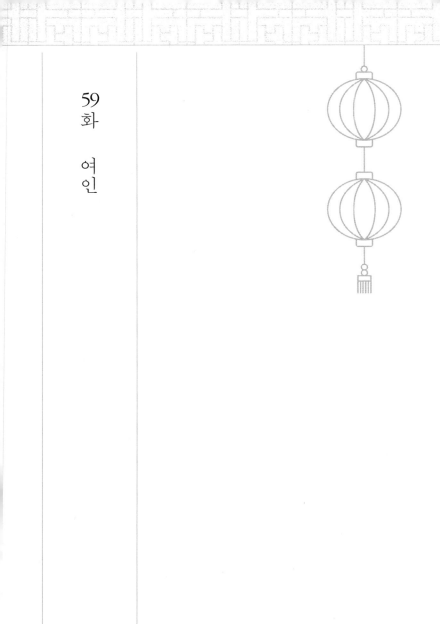

임금이 이조판서에게 말하기를.

"지금 세자(世子)의 비(妃)를 간택하기 위하여 단자를 올린 처녀들이 입궐을 준비하니, 그중에는 사연이 있고 부모가 늙고 병들어 가문이 오늘내일 하는 자가 없겠는가. 서둘러 적임자를 두세 명으로 추리고 나머지는 되돌려 보내도록 하라."

하였다.

"입궐할 준비는 틀림없이 끝마쳤느냐?"

"네, 아버지."

늦은 저녁. 안채를 찾은 민연은 고개를 수그리며 답했다.

딸아이와 마주 앉은 신기형과 정실부인은 다가온 간택에 만반의 준비를 끝마쳤다. 이제 남은 몫은 모두 딸아이의 것이라, 그저 재차 확인하고 또 확인하는 일밖에 없었다. 드디어 내일이다.

"잘할 수 있겠지?"

"네, 아버지."

민연은 단조롭게 답했다. 답은 이미 정해져 있기에 고민할 필요도 없었다. 이제 와 자신 없다 뒷걸음쳐도 아버지는 이해해 주지 않을 것이고, 기대에 미치지 못했노라 불호령만 떨어질 게 뻔했다. 태어나 이날 이때까지 배운 것 중 가장 큰 가르침은 조선의 최고가 되어라, 최고의 여인이 되어 최고의 자리를 가져라, 다른 길은 모조리 인생의 패배일 뿐이니라.

"내일 아침 이 집 대문을 넘어서면 다시 되돌아오는 일이 없어야 한다."

"대감, 어찌 그런 말씀을. 우리 민연이가 놀라겠습니다."

"어허, 조용히 하게. 애비가 딸자식한테 이야기하는데 끼어들 것인가?"

신기형의 단호한 말에 정실부인은 초조한 표정으로 딸아이를 살폈다. 제아무리 견줄 자 없는 간택이라지만 앞날은 아무도 장담할 수 없는 일. 대감의 말이 아이에게 짐이 될까 어미는 전전긍긍했다.

"민연아, 아버지께서 하시는 말씀 오해하지 말고 최선을 다하라는 것일 뿐이니……."

"최선은 필요 없다. 최선은 충분하니 이제 결과물을 가져와라."

마음 여린 부인과는 달리 신기형은 강경했다. 오직 딸아이를 세자빈으로 올리기 위해 살아온 시간이 아니었던가. 그로 인해 자신이 묻힌 수많은 피와 한을 부인이 알 리 없었다.

"이 애비가 모든 길을 닦아 놓았다. 너는 그저 걸어갈 뿐인데 그

125

마저도 힘들다 하면 용서하지 않을 것이다."

"……."

"대답 안 할 것이냐?"

"잘 알겠습니다, 아버지."

민연은 또다시 감정 없는 말투로 대꾸했고, 정실부인은 소리 없는 한숨을 내쉬며 고개를 돌렸다. 아무리 생각해 보아도 마음이 편치 않았다.

"아버지."

그때였다. 민연은 두 손을 가지런히 모으며 신기형을 바라보았다. 제 아비와 오랜만에 주고받는 눈빛이었으나 남보다 더한 냉기가 웃돌았다.

"소녀가 세자빈이 되면 아무 문제없겠습니까?"

"그래, 문제없다."

"그 길만이 정녕 소녀의 길입니까?"

"그래, 그것만이 너의 길이다."

"네, 그렇군요."

민연은 다시 한번 이해했다는 듯 고개를 끄덕였다. 살며 남들과 무엇을 겨루어 본 적도, 못 가져 다퉈 본 적도 없었고, 경쟁에서 살아남는 것이 무언지 알지도 못했지만, 억지로 머리에 새겨 넣었다.

"그럼 사력을 다하여 세자빈이 되겠습니다."

이유를 알지 못할 두려움과 막막함에 숨이 막히고 심장이 뛰었다. 느끼기에 좋은 징조는 아니었으나 털어놓기엔 한없이 얄팍한 꾀병 같았다.

"행실과 언행에 매사 신경을 써야 한다. 누차 말하지만 조금의 허물도 용서받기 힘든 곳이니 말이다."

"걱정 마세요. 그저 탈을 쓰고 살듯 속내를 감추며, 꼭두각시처럼 정해진 말만 뱉으면 되는 일 아니겠습니까?"

말을 내뱉다 보니 가슴에 꾹꾹 눌러 놓았던 분노가 솟구쳤다. 다스리는 법을 몰라 민연의 얼굴이 붉어졌고, 원치 않았으나 부모의 앞에서 눈동자가 커졌다.

"하루 종일 눈치나 살피며 희망보단 반성으로 하루를 마감하고, 잘못을 깨우치기 전에 벌을 받으면 그만 아닙니까?"

지금 당장 바락바락 소리를 지르며 발버둥을 치지 않으면 가슴이 터질 것만 같았다.

"네! 아버지가 바라시는 것이 그런 것이겠지요! 그곳에 세자빈만 있을 뿐 소녀는 없을 테니 말입니다! 소녀의 삶은 이곳에 버려두고 가면 되는 것이 아닙니까!"

"얘, 민연아. 어찌 아버지 말씀에 그……."

"자네는 가만히 있게."

신기형은 이리저리 눈치를 보는 부인을 만류하며 딸아이를 바라보았다. 붉게 물든 얼굴은 서러움의 것이 아니라 분노의 것이라, 그것을 눈앞에서 확인한 아비의 가슴에서 장탄이 새어 나왔다. 표독스럽게 변한 눈빛과 말투는 이미 딸아이 본연의 것은 아니었다.

"······하."

한참 후, 민연은 한숨을 내쉬었다. 하루아침에 살아온 환경이 변할 것이란 두려움은 숨을 막을 것처럼 커졌지만 언제나 그랬듯 혼자 치러야 할 몫이었다.

"걱정하지 마세요. 세자빈이 될 것입니다."

마지막 남은 침착함을 쥐어짜며 민연은 말했다.

"부모님께서 저를 딸로 키워 주신 것이 아닌 세자빈으로 키워 주셨으니, 백 번 천 번 되고도 남을 일이지요. 무에 어렵겠습니까?"

민연은 일어섰다. 어차피 남은 삶이 이런 것이라면 집을 떠나 사는 것이 오히려 나을지도 모른다는 생각이 들었다.

"주무세요. 소녀 이만 물러가겠······."

"다시 한번 말하겠다. 이제 네겐 돌아올 집이 없다."

민연은 주먹을 꾹 쥐었다. 등 떠밀려 쫓겨 나가는 기분이 밀려들었다. 신기형은 동요하지 않는 눈빛으로 딸아이의 매서운 시선을 받아 내었고, 정실부인은 가슴을 치며 긴 숨을 내쉬었다.

아비라고 어찌 마음이 태평하기만 하겠느냐마는, 궐이란 게 허락되지 않은 자들에겐 얼마나 냉혹하고 살벌한 곳인지 딸아이가 느껴야 했다.

"나들이 가는 것이 아니니라. 모두가 목숨을 걸고 들어가는 곳이 바로 궐이다. 너 또한 네 목숨을 걸고 입궐해야 할 것이다."

아비에 대한 원망도 서러움도 잠시일 테니, 긴장감을 늦출 수 없는 궐의 삼엄함을 너는 뼈에 새겨야 하리라.

"네게는 돌아올 곳이 없다. 그러니 죽을 각오로 임해라."

민연이 신경질적인 손길로 문을 박차며 나갔고, 정실부인은 대감의 냉한 태도에 탄식했다.

"대감, 내일이면 떠날 아이에게 어찌 그토록 모진 말을 하십니까? 정말 피도 눈물도 없으십니다."

"피도 눈물도 없어야만 지킬 수 있는 자리네. 자네가 뭘 아는가? 그저 때때로 옷이나 지어 입고 패물 모으는 낙으로 사는 자네가 그런 것들을 알겠느냔 말이야."

"대감!"

"모르는 소리 말게. 내가 지금까지 어찌 자리를 지켜 왔는지 자네가 알면 그리 말 못 할 테지. 자네는 엄한 곳에 신경 쓰지 말고 지금까지 해 왔던 것처럼 고인 재물이나 쓰며 살게."

오늘따라 유달리 냉철한 대감의 말에 정실부인은 눈을 크게 치떴다.

할 말을 잃은 부인이 말을 잇지 못한 채 시간을 보내던 그때.

"저, 대감마님."

밖에서 아랫것의 음성이 들렸다. 신기형이 대수롭지 않은 시선으로 밖을 바라보자 아랫것이 허리를 구부리며 다급히 들어섰다.

"무슨 일이냐?"

"궐에서 인편이 당도했습니다요."

"궐에서?"

황급히 일어선 신기형이 밖을 향했다. 시각이 야심했고, 인편이 당도할 정도의 일은 짐작도 가지 않았다.

"대전에서 온 것인가?"

인편으로 도착한 서찰을 펼치며 신기형이 묻자, 그를 찾아온 사내가 답했다.

"아닙니다."

서찰엔 입궐하라는 명이 적혀 있었고, 지금 바로 해야 할 것이라 적혀 있었다.

"저하의 명이시옵니다."

다름 아닌 동궁전에서 보내온 것이었다.

'많이 놀랐느냐? 표정을 보아하니 그런 것 같구나.'

달빛이 내린 돌바닥을 걸으며 완은 조금 전 찾아뵈었던 중궁의 말씀을 되새겼다.

금족령이 풀린 저녁, 완이 가장 먼저 향한 곳은 중궁전이었다. 그곳에서 지금껏 자신이 알지 못했던 이야기들을 모두 전해 들을 수 있었다.

'전하께서 뜻이 계시어 영상 대감을 감춰 두셨던 것 같다. 나도 얼마나 놀랐던지.'

영의정 김판두 대감이 살아 있다.

완은 뒤통수를 맞은 것처럼 정신을 차리기 힘들었고, 또한 세찬 고동에 진정하기 어려웠다. 물어야 하고, 알아야 하고, 처리해야 할 일들이 너무 많아 순번을 바로잡기도 벅찼다.

'그럼 그 아이는……'

'홍시 말이냐?'

중궁께서는 부드럽게 웃으며 무릎 위로 팔을 괴었다. 그 웃음이 어찌나 곱고 달았는지, 답을 듣기도 전에 이미 알 것만 같았다.

'온 가족이 만났으니 지금쯤 그간의 일에 대해 이야기 나누고 있지 않겠니?'

'아…….'

저절로 눈이 감겼다. 감출 수 없는 신음이 새어 나왔다. 체통머리 없이 어깨를 늘어트리며 안도의 숨을 불어 내쉬었으나, 우스운 꼴을 돌아볼 새도 없었다. 그런 아들을 바라보며 중궁께서 입술을 열었다.

'내 알고 있는 이야기는 네게 모두 해 주었으니, 남은 의문이 있거든 전하께 청해 듣도록 해라. 전하께서 비밀스럽게 준비해 오신 일을 너도 이젠 알아야 하지 않겠느냐?'

'예. 잘 알겠습니다, 어마마마.'

'그동안 마음고생이 심했을 줄로 안다. 너도 그 아이도 말이다.'

'송구합니다. 지금 소자가 정신이 없사와…….'

'그래, 그렇겠지. 왜 아니겠느냐. 그래도 너와 그 아이 사이에 희망이 보이는 것 같아 이 어미가 흡족하다.'

말씀을 정리하자면 그녀는 안전하고, 가족을 만났고, 김판두 대감이 살아 있고, 그 모든 것은 주상 전하의 계획이었다.

'간택이 당장 내일부터 시작인데 그 아이를 어찌해야 하는지 잘 모르겠다.'

'소자가 알아서 하겠사옵니다, 어마마마.'

중궁전을 나선 완은 그 길로 왕을 찾아가 남은 이야기를 모두 매듭지었고, 신기형의 사가로 인편을 보냈다. 이곳 어딘가에 그녀가 있다는 사실을 알고 있지만 조급함이 일지 않았다. 시간이 해결해 줄 기다림 같은 건 얼마든지 받아들일 수 있었으므로.

"인편을 보낸 소식은 아직인가?"

갑자기 멈춰 선 완은 뒤돌아 박 내관을 바라보았고, 박 내관은 주변을 흘깃거리다 고개를 내렸다.

"저쪽을 바라봐 주시옵소서, 세자 저하."

완은 박 내관의 음성을 따라 앞으로 고개를 돌렸다. 예전엔 미처 몰랐다. 신기형이 이토록 날렵하고 빠른 자인지. 동궁전 앞에 신기형이 서 있는 것을 바라본 완은 다시 걸음을 옮겼다.

늦고, 어둡고, 첨습한 밤이었다.

◎

어둠은 공평하게 내렸다. 단 한 곳도 스스로 빛나는 곳이 없어, 불빛 괴인 자리에서만 사물을 알아볼 수 있었다. 세자의 좌우로 위치한 촛대에서 밝은 불이 퍼졌고, 동궁의 뜻 많은 눈빛과 좌상의 뜻 모를 눈빛이 한데 뒤섞였다.

"신 좌의정, 세자 저하께서 야심한 시각에 찾으신 연유를 알고자 합니다."

서로 바라보기만 한참을 이어 가던 그때, 먼저 말문을 연 것은 신기형이었다. 무슨 말을 들어도 받아칠 준비가 되었다는 의미였다. 완은 기다렸다는 듯 입술을 열었다.

"동궁의 신분으로 주상 전하의 신하 된 자를 찾으니, 야반에 도리가 아닌 것을 알고 있으나 긴히 할 얘기가 있어 불렀소."

운을 떼며 완은 내내 비어 있던 찻잔에 정성껏 우린 차를 채웠다. 차 한 잔도 오고 가지 못했던 지난번과는 사뭇 다른 대우였다.

"한잔하시겠습니까?"

"망극하옵니다, 세자 저하."

완이 앞으로 잔을 밀어 주자 신기형은 고개를 조아리며 찻잔을 들었다. 무늬가 범상하지 않은 찻잔은 차의 향만큼이나 무게 있었고, 또한 위엄 있었다.

"좌상과 내가 매듭짓지 못한 일들이 있지 않겠소?"

차를 한 입 삼킨 완이 다시 입을 열었다. 초간택을 앞둔 궐은 안팎으로 긴장감이 웃돌았다.

"요즘 흑단의 세력이 전 같지 않아 좌상께서 많이 난처하시겠소만."

"무슨 말씀이십니까?"

"그렇지 않겠소. 금부에서 노상 흑단의 피라미들만 잡다가 상단에 위치한 자들을 잡아들이고 있으니."

신기형 또한 차를 한 입 삼켰다. 평범하게 차를 마시고 잔을 내릴 계획이었으나 손끝이 떨렸다.

"흑단의 뒤를 봐주고 있는 자, 바로 좌상이 아니신가?"

"저하께서 무슨 말씀을 하시는 건지 잘 모르겠습니다. 어찌하여 신이 흑단의 뒤를 봐주고 있다는 말씀이십니까?"

"증좌를 나열해 드릴까, 아니면 증인을 불러다 세워 드릴까."

완은 또다시 차를 들었다. 두 사람의 시선은 모두 찻잔에 가 있을 뿐, 누구 하나 고개를 들어 바라보지 않았다. 하지만 언제고 들이닥칠 것 같던 일이 아니었겠나. 신기형은 마음을 가다듬으며 입술을 열었다.

"증좌와 증인 모두를 보여 주십시오. 신은 억울함을 안고 가고 싶지 않습니다."

"그러하신가. 그럼 보여 드려야겠지."

불안함이 엄습한다. 신기형은 또다시 찻잔을 들었고 완은 찻잔을 내려놓았다. 두 사람 모두 급하게 움직이지 않으며, 말을 다급히 내뱉지 않았다.

"신에게 죄가 없으니 증좌와 증인이 있을 리 없겠지요. 어서 보여 주십시오, 저하."

"실은 말이오. 증좌는 없소."

"……농이 지나치십니다, 세자 저하."

세월의 풍파를 견딘 노신의 목소리엔 기복이 없었다. 마음은 오그라들어 말라 가도, 음성엔 여유를, 눈빛엔 배포를, 행동엔 너그러움을 담을 수 있었다. 그런 시간을 충분히 견뎌 온 신기형이었다.

　"일전에 신이 저하의 성심을 어지럽힌 것을 잘 알고 있으나, 없는 죄를 씌워 모함을 하는 것은……."

　"하오나 좌상, 죄는 말이오. 사람이 짓는 게 아닙니다. 이 사람이 만드는 것일 뿐."

　충격이 복발한다. 할 말을 잃은 노신의 눈빛이 처음으로 흔들렸다.

　완은 눈을 감고 차를 음미하다 천천히 눈을 떴다. 놀라 일그러진 신기형의 표정은 그런대로 볼만했다.

　"어찌 이리 놀라시는가? 내게 그럴 재주가 없다 여기는 것이오?"

　"저하께서 신에게 하고자 하시는 말씀이 무엇입니까?"

　"내겐 좌상을 의심하는 심증이 있소. 한두 가지가 아니지."

　"……."

　"하지만 아바마마께서는 세자의 얄팍한 심증만으로 국사를 처결하시는 분이 아니오. 증좌를 내밀기 전엔 좌상 대감을 내칠 분이 아니지 않습니까."

　계산이 필요하다는 생각에 신기형은 천천히 눈을 깜빡였다.

"그러니 어쩌겠습니까. 내게는 좌상의 허물에 대한 증좌가 없으니 손수 만들어 보는 수밖에."

"저하."

"내가 못 할 것이라 여기는 것이오?"

"저하!"

"좌상도 하는 일을 일국의 세자인 내가, 어찌 못 하겠는가?"

병판의 배신이다. 신기형은 이를 아득 물며 병판대감을 떠올렸다. 세자가 내뱉는 말 한마디 한마디, 전부 자신이 병판에게 들려주었던 이야기였으므로.

"아아, 물론 그리 당황할 것 없소. 이것은 하나의 가설일 뿐이니까."

완은 찻잔을 내리며 장부 몇 권을 꺼내 올렸다. 넘겨 읽기엔 감당이 되지 않을 것만 같은 장부였다.

"좌상, 내겐 사람도 있고, 왕가의 권력도 있고, 또 좌상만큼은 아니겠으나 권세를 읽는 능력도 있지 않겠소?"

"저하께서 원하시는 것이 무엇입니까?"

"여식이 간택에 단자를 올렸으니 좌상께서는 나아가 국구의 자리를 기대하시겠지. 좋소. 그것을 막고자 함은 아니오."

"그 여인을 찾으시고자 이러하시는 것입니까?"

완의 이마로 퍼렇게 일어선 힘줄이 내돋쳤다. 그 흉악한 입술

사이에서 용희의 존재가 쏟아지자 참기 힘든 분노가 잠시 일렁였다. 하지만 분노란 지금 터트릴 것이 아니라는 것.

"신이 그 여인을 저하께 내드리면 되겠습니까?"

지금은 가슴에 담아 둔 뜨거운 열기를 팽창시켜선 안 된다는 것.

"좌상께서는 지금 내가 미천한 계집 하나 때문에 이러는 것으로 보이는가?"

"……."

"바라보지 않으니 저절로 지워지는 계집 하나에 나라의 일을 망칠 사람으로 보이는가?"

신기형은 침묵하며 완의 얼굴을 살폈다. 무엇도 읽어 낼 수 없어 세자의 반듯한 이목구비만이 시선에 담길 뿐이었다.

"그렇다면 좌상께서 사람을 잘못 보셨소. 그 여인을 구워삶든 밖으로 되돌려 보내든 내 알 바는 아니므로."

"그렇다면 무엇입니까?"

"나는 내 스승이신 영의정 김판두 대감의 억울함이 비통할 뿐. 아바마마께서는 영상의 비리를 믿어 의심치 않으실지언정, 나는 다르니까."

계산이 바로 선다. 신기형은 세자의 말끝에 의도를 파악했다.

"그분의 상식과 지혜와 기개, 신의와 인정을 기준 삼아 여기까지 장성한 나요. 내 어찌 그분의 몰락을 두고만 볼 수 있겠소?"

"죄인 김판두는 나라의 역적이옵니다. 지금 그자를 두둔하는 것이옵니까?"

"좌상께서 만든 죄가 아니던가? 나는 그리 알고 있는데."

"……."

"병판을 불러 드리면 되오리까?"

주먹이 절로 쥐어졌다. 신기형은 고르지 못한 숨을 내쉬며 세자의 다음 말을 기다렸다. 그러자 완이 손사래를 치며 긴장하지 말라 다독였다.

"물론 이따위 장부, 허술하기 그지없소. 만들어 본 적 없으니 증좌가 촘촘할 리도 없겠지. 이런 걸 전하께 가져다 드리면 믿어나 주시겠소?"

"……."

"하지만 한 번 시작된 내 의심은 그치지 않을 테니까. 언젠간 내가 그대의 증좌를 잡겠지. 제대로 된 증좌를 말이오."

완은 시선을 올리며 신기형을 응시했다.

"영의정 김판두 대감의 삭관된 신분을 좌상께서 되돌려 주어야겠소."

"세자 저하."

"좌상이라면 가능하지 않겠는가? 본인이 만든 죄명이니 본인이 지울 수 있겠지."

"아니 될 말씀이십니다. 어찌 나라의 죄인을 신하된 자로 사사로이 처리를 한⋯⋯."

"그렇다면 그대는 나의 의심을 받겠는가?"

완은 한 번에 털어 비운 찻잔을 뒤집어 거세게 내리쳤다.

"완벽하진 않으나 모이면 힘이 될 증좌들을 가지고, 대전에 들어 그대의 죄를 증명해 보여야 하겠는가?"

"⋯⋯."

"물론 그따위 증좌로 처결은 내려오지 않겠지. 하지만 좌상께선 전하의 의심 또한 받게 될 것이오."

말의 빈틈을 찾기란 어려웠다.

"한 번에 되지 않는다면 두 번을 하지. 세 번에 되지 않는다면 네 번을 하겠소. 그렇게 수십, 수백 번 좌상의 죄를 청하고 두드리다 보면 전하의 믿음에 균열이 가고, 언젠가는 무너지지 않겠소?"

군주의 신뢰를 잃은 신하란 내일을 기약할 수 없는 암흑의 주인일 뿐이다. 영원할 리 없는 권세의 내리막길을 두고 보아야만 하는 일인 것이다. 세자가 사무치도록 가는 칼날의 소리를, 일순 신기형은 들었다.

"그래도 전하께서는 쉽게 그대를 의심하시지 않겠지. 그런 분이시니까. 아바마마께서 끝끝내 좌상을 의심하지 않으신다면, 좋소. 기다리오."

"……."

"내가 왕의 자리를 이어받을 때까지만."

의심을 담은 냉혹한 세자의 시선이, 조금의 미소도 보여 주지 않는 살벌한 세자의 표정이, 무슨 말을 해도 들리지 않겠구나, 노신을 절망하게 했다.

"간택은 무사히 치르셔야 할 것 아닌가? 나라의 국구가 될지도 모르는 좌상께서 죽은 자의 신분 하나 되돌려 놓은들, 잃을 것이 무엇이오?"

"생각할 시간을 주십시오, 저하."

"아니, 지금 답해야 할 것인데."

"이렇게 함부로 정할 사안이 아닙니다."

"나는 매우 너그럽지 않소, 좌상. 내 편한 표정에 속지 말길 바라오."

간택. 무조건 간택을 치러야 한다. 신기형의 머릿속은 뒤죽박죽 엉켜 들었다. 죽은 자의 신분을 되돌려 무엇을 얻고 잃을 것인지에 대한 계산으로 바빴다. 그 속내를 들여다보기라도 한 것처럼 완은 한쪽 입꼬리를 올렸다.

"내 스승의 신분을 복원한 뒤 봉분만이라도 편히 모실 수 있도록 하여 준다면 다른 것은 모두 덮어 두겠소."

"……."

"좌상이 내게 보여 준 의리를 믿어 드리지. 앞으로 그대 가문의 충성을 받아야 할 내가 말이오."

"알겠습니다."

찻잔을 내리며 신기형이 답했다. 죽은 자는 말이 없다는 사실만을 무수히 헤아리며, 동궁의 뜻에 따라 주기로 했다. 간택이 시작되었으니 많은 것이 불리한 입장이었다. 세자의 날 선 마음을 다독여 줄 필요가 충분히 있었고, 충신의 모습으로 세자의 눈을 가려 줄 필요가 있었다.

"증좌니 증거니 그런 것들은 잘 모르겠고, 다만 신은 저하께 충성을 다하고 싶은 마음뿐입니다. 믿어 주십시오."

"생각 잘하셨소, 좌상."

"주청은 드려 보겠으나, 전하께서 아니 들어주실 수도 있으니 그것은 헤아려 주십시오."

"혹 그렇더라도 내가 좌상을 원망하지는 않겠소."

완은 이제야 흔연한 미소를 지으며 시선을 편안하게 했다. 오랜만에 부모의 곁에서 단잠에 빠졌을 그녀를 떠올리며 마음으로 울었다.

용희야, 돌아가라. 겪었던 고된 세월과 시름은 모두 잊고. 잃었던 신분의 서러움 또한 모두 잊고.

"그럼 소신, 내일 아침 일찍 주상 전하를 따로 찾아뵐 것입니다."

"그리하시오, 좌상."

돌아가라. 돌아가자. 고왔을 별당의 주인으로. 그리울 너의 가문, 너의 이름으로.

여인, 김용희로.

60화

모두의 등장

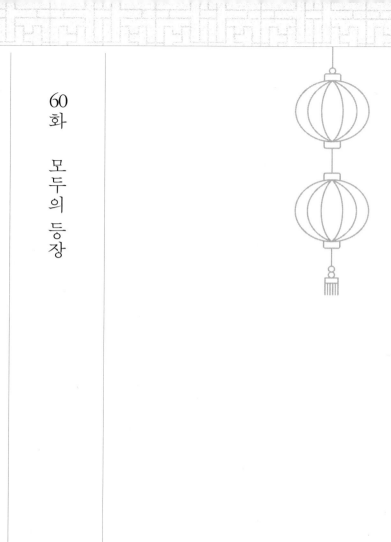

【해종실록 11권. 해종(偕宗) 17년 6월 25일】

　세자(世子)의 비(妃)를 간택하고자 가례도감(嘉禮都監)을 설치하였다.

"어이, 명나라 친구. 우리 조금만 더 빠르게 걸어 볼까?"

지담은 느리게 걷는 륜명을 바라보았다. 말은 다정하나 얼굴은 조금도 다정하지 않은 지담의 행동에 륜명은 앓는 소리를 냈다.

"어어? 아직도 느리네? 그것도 굉장히 느리네? 대단하고 상당하게 느리네?"

"이보게, 대체 언제까지 걸어야 하는 건가?"

"글쎄다? 내일이면 당도하지 않을까 싶었는데 네놈 걷는 속도를 보니 열흘은 족히 걸리겠다."

"말을 타고 가면 되잖아. 난 걷는 것에 혐오를 느끼는 사람이란 말이다."

"죄인 주제에 말이라니? 우리 명나라 친구, 보기보다 상당히 낯짝도 두껍고 주제도 모르고 한 치 앞도 못 보고, 좀 그렇구나?"

륜명은 거의 반강제로 걸음을 옮기며 사정없이 미간을 일그러트렸다. 오늘도 어김없이 윤월각에 갇혀 가는 세월만 낚고 있던 때, 저하의 명을 따르라며 지담이 등장했다. 언뜻 보기엔 살뜰하고 말도 다정한 것이 병풍처럼 곁을 지키던 월호보다는 낫겠다 싶었는데.

"명나라 친구, 내가 이렇게 챙겨 줄 때 잘 따라오는 게 좋을 거야. 아니면 내가 너를 타고 가는 수가 있으니까."

더 미친놈이다. 세상 제일 미친놈이 나타났다!

륜명은 난데없이 나타난 지담 때문에 정신을 차리기가 힘들 지경이었다. 잠시만 쉬었다 가자 말하니 속력을 더 내질 않나, 요기라도 하고 가자 말하니 혼자 엿을 처먹질 않나. 단것이라곤 근처도 가고 싶지 않았지만 지담이 어찌나 맛있게 처먹던지 침이 고이더라. 하지만 마지막 남은 자존심에 지담이 건네는 엿은 받아 들지 않았다.

"이보게, 날 어디로 데려가는 것인가? 말은 해 줘야 하는 것 아닌가?"

"내가 왜? 넌 죄인, 난 입이 무거운 훌륭한 익위사. 내가 왜 너의 편의를 봐줘야 하지?"

"다른 건 필요 없으니 목적지만 좀 알고 가세."

"우리 세자 저하께서 네놈이 아직은 필요하시다기에 숨겨 주고자 함이니 조용히 따라와라."

"그냥 죽게 내버려 두지. 이렇게까지 하며 연명할 목숨은 아닌데 말이다."

"물론 나도 그렇게 생각해."

류명은 허우적거리며 걸음을 옮겼다. 이렇게 고된 여정은 실로 오랜만이었다.

"또 먹냐?"

그사이 지담이 엿을 꺼내자 류명은 오만상을 찌푸리며 타박했다. 쩝쩝거리며 엿 한번 시끄럽게 먹는다.

"좀 조용히 먹을 수는 없는 건가?"

조용히 먹으라고 하자 더 시끄럽게 먹는 지담을 바라보다가 류명은 두 눈을 질끈 감았다. 아무리 참아 보려 해도 절로 침이 고이는 소리였다.

"어이, 명나라 친구, 엿 하나 주랴? 마지막 호의인데."

"종일 공복인데 그깟 엿 하나로 내 허기가 달래지겠느냐?"

"아니면 말고. 아직 밥 먹을 시간 안 되었으니 알아서 해."

"……하나만 줘라."

결국 엿을 받아 들었고, 류명은 받자마자 우그적우그적 씹어 먹었다. 녹여 먹기엔 허기가 상당했다.

"명나라 친구, 힘내. 이제 반 왔으니까."

"그 월호라는 자와 자네를 바꿀 수는 없는 건가? 내겐 자네보다 그자가 차라리 더 나은 것 같은데."

"지금 뭐라 했느냐?"

갑자기 멈춰 선 지담의 표정이 살벌하다. 매섭게 쏘아보며 살기를 뿜어내니, 류명은 뜻을 몰라 눈을 동그랗게 떴다. 한순간에 뒤바뀐 지담의 분위기는 이제껏 가벼웠던 미친놈의 것이 아니었다.

"새겨들어라. 내 앞에서 감히 하지 말아야 할 세 가지 말이 있다."

큰 사연이 있는 관계인가 싶어 류명은 놀란 어깨를 좁혔다. 두 사람, 가문의 원수인가. 아니면 세력이 달라 경계하는 자인가. 그것도 아니라면 익위사의 으뜸을 두고 서로 겨누는 관계인가.

"첫째는 저하의 욕, 둘째는 내 가문의 욕."

"……."

"셋째는 민월호의 칭찬이다. 그냥 기분이 나쁘거든."

"아……."

세자 저하……. 차라리 죽여 주시옵소서…….

지담은 다시 엿을 먹으며 해맑게 쩝쩝거렸고, 류명은 단단히 돌은 자에게 걸렸구나 탄식하며 껄끄러운 걸음을 옮겼다. 병풍 같던 월호가 보고 싶어지는 날이 올 줄이야.

꿈에도 상상해 본 적 없는 일이었다.

○

모두에게 다사다난했던 밤을 지나 역사적인 아침이 밝았다. 궐 안은 세자의 신붓감을 찾기 위한 초간택 준비에 분주했고, 궐 밖 은 입궐을 서두르는 양반 댁 규수들의 행렬에 번잡했다.

이른 아침이었지만 긴장감은 도성 안팎으로 팽팽했다. 뼈대 있 는 가문, 흠잡을 데 없는 규수들은 돈을 발라 만든 가마에 올라탄 채 궐로 향했다. 왕명에 따라 단자를 올렸으나 재산이 넉넉하지 못한 몇몇의 가문은 울며 겨자 먹기로 주변에 빚을 지거나, 선대 로부터 내려온 토지를 처분하며 자금을 마련해야 했다. 한양에 연 고가 없는 아가씨들은 생전 처음 구경하는 한양의 크기에 잔뜩 긴 장했다.

"비켜라! 부사 나리 댁 아기씨께서 타고 계신다!"

따르는 아랫것이 목청 크게 권마성을 하자 사람들은 잠시 발길 을 멈추거나 곁을 비켜섰다. 한 채가 지나가기 바쁘게 다른 가마 가 뒤따랐다.

"썩 물렀거라! 동지총제 영감 댁 아가씨 행차시니라!"

"부사 나리 아기씨께서 타고 계신다! 좌우로 비켜라!"

"어허! 거기 앞에! 어디 동지총제 영감 댁 가마 앞에서 큰 소리를 내는가! 물러서게!"

"아? 아, 예! 먼저 가십시오!"

좁은 입구에서 대치한 두 가마는 자연스럽게 위치를 바꾸었다. 동지총제댁 가마가 꿈쩍도 하지 않자 부사직 가마는 낑낑거리며 간신히 길을 텄고, 동지총제댁 가마는 위풍당당하게 지나갔다.

문을 슬쩍 열고 서로의 얼굴을 바라본 가마 주인들의 표정에 희비가 엇갈린다. 아비의 권세로 서열이 나뉘는 것. 처음으로 맛보는 권력의 힘, 권력의 한계였다. 가문이 뿌리를 내린 고장에서 나고 자라 주변 누구와도 견줄 일 없이 양지의 햇빛만을 보고 자란 규수들이었으나, 지금 여기서 녹록하지 않은 세상살이를 처음 체험하는 것이었다.

"물러서라! 좌의정 대감마님의 아가씨께서 납시신다!"

그 뒤로 또 다른 권마성이 들리자, 이번엔 멈춰 서 있던 자들이 하나둘 무릎을 꿇거나 고개를 수그리며 종전과는 다른 태도를 보였다. 앞서 지나가던 동지총제댁 가마 또한 멈추었다.

"명도야, 무슨 일이야?"

"저, 아가씨, 잠시 기다리셔야 하겠습니다. 좌의정 대감마님 댁의 아가씨께서 당도하시었다 합니다."

"뭐야? 그럼 내가 첫 번째로 못 들어가?"

"송구합니다, 아씨."

아랫것은 마치 자신의 탓인 것처럼 눈치를 살폈다. 별수 없이 동지총제댁 가마는 뒤로 돌아섰고, 그 댁 아가씨께서 신경질적인 표정으로 밖을 쏘아보았다.

"지나가겠네. 좀 비켜 주겠는가?"

아랫것의 말투마저 위엄 있는 좌의정댁 가마가 선두를 찾았다. 궁금해 문을 열어 볼 법도 하건만 좌의정댁 가마 문은 열리지 않았고, 아가씨께서는 아무 반응도 하지 않았다.

"쳇, 아버지가 좌의정이면 다야? 왜 나보다 먼저 가? 내가 먼저 왔는데?"

"참으세요, 아가씨. 아가씨도 조금 전에 부사 나리 댁 가마를 제치지 않으셨습니까?"

"그건 그거고 이건 이거지! 내가 제일 먼저 들어가려고 얼마나 빨리 왔는데! 명도, 너 지금 나한테 시비 거는 것이냐?"

"아, 아닙니다! 아닙니다, 아가씨!"

좌의정댁 가마가 제 갈 길을 묵묵히 가니 더 열이 받는다. 심지어 좌상댁 가마의 크기와 화려함은 공들여 제작한 제 가마가 비할 것이 못 되었다. 다 틀렸다. 모든 시선을 한 몸에 받고 싶었는데. 가마가 지나간 뒤 모두에게 부러움으로 회자되길 바랐는데.

"진짜 짜증나. 아, 빨리 가! 뭐 해!"

"예예, 아가씨. 이제 다시 출발하겠습니다."

열이 들끓는 동지총제 댁 가마와는 달리 좌의정 댁 가마는 너무나도 평온했다. 막힐 것 없이 선두를 지키는 일. 그 익숙한 일 앞에 감흥을 느낄 것도 없었음이 자명했다.

◎

"주상 전하 납시오!"

초간택으로 어수선한 내명부와는 달리 편전은 어제와 다를 바 없는 하루를 시작했다. 삼삼오오 모여 간택에 대해 이런저런 이야기를 주고받던 대신들은 제자리를 찾아갔고, 붉은 용을 옥체에 휘감으신 왕께서 모습을 보이셨다.

"주상 전하, 간밤 옥체 보존하시었나이까?"

"좋은 아침이오. 경들 또한 간밤 별고 없었는가?"

"예, 주상 전하."

아침잠이 없으신 관계로 현왕의 상참은 선대왕들보다 이른 시간에 시작되었고, 또한 특별하게 길었다. 간간이 늦는 대신들이 허둥지둥 편전으로 들어와 무릎걸음을 걸으니, 바라보는 왕의 눈살이 찌푸려지는 일도 종종 벌어지곤 했다.

"주상 전하!"

그때였다. 내내 표정이 좋지 않던 신기형이 다른 어떤 말보다 상감을 애타게 부르며 고했고, 왕은 너그러운 손짓으로 신기형을 가리켰다.

"좌상은 말해 보라."

"아뢰옵기 황공하오나 전하!"

신기형은 엎드리며 눈을 굵직하게 감았다가 떴다. 딸아이는 오늘 입궐을 시작했다.

"신이 주상 전하께 간곡히 청할 것이 있사옵니다. 통촉하여 주시옵소서!"

민연아, 역사에 기록되고 싶지 않으냐?

"좌상은 침착히 말해 보라. 무슨 일인가?"

왕가의 핏줄을 잉태하고 싶지 않으냐? 여인의 몸으로 오를 수 있는 최종의 자리로 가고 싶지 않으냐?

"신이 얼마 전부터 단독적으로 은밀히 일을 살펴본 바, 죄인 김판두의 사가에 불을 지른 자들은 다름 아닌 흑단의 소행임을 밝혀 냈나이다!"

가거라. 아니, 가고 싶지 않아도 너는 반드시 중전의 자리로 가야만 한다.

"그 사주받은 자들의 뒤를 캐어 우두머리를 붙잡고 보니, 이 모든 일은 조작된 것으로! 애당초 김판두에게 누명을 뒤집어씌우기

154

위함이었음이 만천하에 드러났습니다, 전하!"

장내는 소란스러워졌다. 충격적인 이야기 앞에 놀란 대신들은 좌우로 얼굴을 마주 보며 금시초문이라는 표정을 지었다. 뜻을 함께 모아 일을 진행했던 대신들조차 전달받지 못해 우왕좌왕 당황한 기색이 역력했다. 왕은 잠시 침묵했다.

"아래의 장부는 흑단의 우두머리에게서 갈취한 것으로, 김판두의 악행이 모두 조작된 것임을 확인할 수 있었사옵니다, 전하!"

"장부를 과인에게 가져오라."

왕의 명 아래 도승지는 장부를 대령했고, 왕은 침묵하며 한 장한 장 종이를 넘겼다. 엎드린 신기형은 다시 우렁차게 고했다. 오장 육부를 긁으며 만드는 소리였으니 우람하지 않을 수 없었다.

"흑단의 세력은 이미 붙잡아 금부로 압송하였고, 사주한 자를 밝혀내고 있사옵니다! 통촉하여 주시옵소서, 전하!"

단독으로 아뢰는 신기형의 말에 장내는 충격으로 물들었다. 사주한 자라니. 본인이 사주했으면서 대체 누굴 잡아들이겠다는 말인가? 대신들의 얼굴은 푸르게, 또는 하얗게 변했다. 지금 그를 따라 엎드리는 것이 옳은 일일지, 아니면 이제라도 흑단의 뒷배가 신기형이라 왕께 고해야 옳은 일인지 모두는 갈피를 잡지 못했다.

"그럼 김판두는 누명을 썼단 말인가?"

"그러하옵니다! 주상 전하와 신들을 혼란스럽게 만들었던 국

고의 일부는 애당초 김판두가 바르게 사용하였음을 재차 아뢰옵
니다!"

외부에서 명국의 사신들을 접대하게 될 때면 김판두는 비용을
개인적으로 지출하였고, 후에 국고로 비용을 지불받았다. 명에서
은화가 들어올 때면 김판두는 은화를 시세보다 낮게 계산하여 국
고와 환전하기도 했다. 그 가운데에 발생한 차액은 국고의 이득이
었으나, 조작된 문서는 김판두의 이득으로 기록하였다. 지금 신기
형이 왕께 바친 장부는 그것을 바로잡는 장부였다.

"흑단의 우두머리, 괴공이 붙잡혔다 했는가? 지금 금부에 있
다고?"

"그러하옵니다, 주상 전하! 그자들의 입을 열어야 할 것입니다!"

잡혀 온 자들은 아무것도 모르는 흑단의 피라미들이었다. 아무
리 고신을 당해도 아는 바가 없으니 입을 열지 못할 것이며, 설혹
무엇을 주워듣고 자백한다 해도 소용없을 것이다. 금부에서 그들
을 죽일 테니까.

비록 세자의 계략에 사로잡혀 김판두의 관직을 복원하는 상황
이었으나 얻는 것도 있었다. 사관의 붓끝에서 완성될 충신의 이름.

"신 좌의정! 비록 김판두는 죽은 자라 하여도 어찌 억울한 일을
보고만 있겠나이까! 지금이라도 늦지 않았사오니 김판두의 삭탈된
관직을 되돌리시어 억년의 바른 다스림을 남기소서, 주상 전하!"

"좌상은 어찌 이렇게 힘든 일을 그동안 남몰래 처리해 왔단 말인가?"

"통촉하여 주시옵소서! 나라를 위하고 조정의 근간을 지탱하는 일이오며, 또한 불의와 불신에 대항하는 충정 어린 마음에 우러나온 일일 뿐입니다!"

"대단하다. 과인이 어찌 경의 충심에 감탄하지 않을 수 있겠는가? 그래서 영상의 자리에 오를 수 없다 하였던 것이로군."

왕은 감탄한다는 듯 상기된 목소리로 신기형을 칭찬했다. 주변을 살피던 대신들은 흘러가는 분위기를 타며 하나둘 신기형을 따라 엎드리기 시작했다.

"과인에게 좌상 같은 신하가 둘만 있어도 두려울 것이 없겠다. 참으로 대단하다, 좌상."

"성은이 망극하옵니다, 전하! 김판두의 자리를 복원해 주시옵소서! 일가식솔의 봉분을 양지바른 곳으로 옮겨 주시옵고, 합당한 비석 또한 내려 주시옵소서, 주상 전하!"

"통촉하여 주시옵소서!"

신기형이 외치자 모두가 따라 외쳤다.

"과인이 안 그래도 처결에 마음이 쓰이던 차였다. 김판두는 나라와 나라 간의 화합과 평화를 이끌어 온 일등 공신이요, 뜻이 공평하였기에 세자의 스승으로도 합당하였음이 아쉬웠다."

"망극하옵니다, 주상 전하!"

"그럴 리가 없다고 생각은 하였으나 증좌와 명분 앞에 달리 무엇을 할 수 있었겠는가? 이제라도 사실이 밝혀져 누명을 벗길 수 있게 되어 기쁘지 아니할 수 없겠다."

"신 또한 전하의 어지러운 성심을 잠재울 수 있게 되어 기쁘옵니다, 주상 전하!"

"그럼 김판두의 관직을 복원시켜도 할 말이 없겠는가?"

"원하고 바라는 바이옵니다! 바른 것은 바른 것으로 처결이 되어야 하는 것! 이제라도 바로잡으시어 이 나라 백년대계를 세우소서, 주상 전하!"

신기형의 피맺힌 음성이 편전을 가득 채우자 사관들은 바쁘게 붓을 움직였다.

왕은 대기 중이던 도승지에게 김판두의 관직을 복원하라는 하교를 내렸다.

"승지는 하교한 대로 과인의 뜻을 받들라."

"예, 전하. 뜻을 받자옵니다."

죄인 김판두의 신분이 복원되었다.

"아침부터 기쁜 소식을 받으니 과인의 고단함이 눈 녹듯 사라지는 것 같다."

왕은 따뜻한 시선으로 신기형과 좌우 대신들을 바라보며 흡족함을 드러냈다. 신기형은 짧게 한숨을 내쉬며 고개를 들었고 이내 좌정했다.

"과인도 할 말이 있었는데 좌상이 먼저 운을 떼었으니 또한 쉽게 말할 수 있겠다. 김판두의 관직이 살아난 것만도 기쁜 일인데, 더 기쁜 일이 있으니 모두 기뻐하라."

왕은 고개를 돌리며 상선 내관을 바라보았고, 상선 내관은 좁게 걸으며 반대편 문을 열었다. 대신들은 궁금함을 담은 표정으로 문밖을 살폈고, 심신을 다스리던 신기형 또한 힐끗 시선을 옮겼다.

"어서 들어와라."

벌어진 입이 다물어질 줄을 모르고, 말아 쥔 주먹 사이로 배어 나오는 땀이 멈출 줄을 몰랐다.

"저, 저, 저저!"

"아니! 세상에! 저, 저!"

놀란 대신들은 삿대질을 하며 들어선 사내를 바라보았다. 익숙한 걸음걸이, 익숙한 얼굴, 익숙한 눈빛.

"신 영의정 김판두, 구사일생하여 주상 전하를 뵈옵니다."

"어서 오라 영상. 오랜만이다."

건을 바르게 쓰고 띠를 바짝 두른 김판두는 고개를 수그렸다. 비웃을 줄 모르며 아첨할 줄 모르는 얼굴. 관복 사이 한 줄의 주름도 허용하지 않던 깐깐한 성격. 내려앉은 먼지 한 톨 가만히 보지 않는 칼 같은 성격의 김판두가 살아 있었다.

"그대들은 인사 안 하는가? 영상이 반갑지 않은 모양이로군?"

"아, 아! 대감! 영상 대감! 오랜만입니다! 참으로 오랜만입니다!"

"대감! 사, 살아 계셨습니까? 세상에 이런 일을 보았나!"

왕이 묻자 뒤늦게 일어난 대신들이 김판두를 향해 인사를 건넸다. 김판두를 바라보던 신기형은 손톱이 살에 박힐 듯 주먹을 쥐었다.

"다들 오랜만이오. 잘들 계시었소?"

"대감! 대감이 안 계시니 조정이 아주 개판이었습니다, 대감!"

"어허, 자네! 주상 전하 앞에서 못하는 소리가 없구먼! 체통을 차리시게!"

"대감! 그동안 어디 계셨습니까! 이제라도 이렇게 오셨으니 참으로 잘된 일입니다!"

김판두는 답 대신 처연한 미소를 지었다. 일어선 모두가 자신의 등 뒤에 칼을 꽂았던 자들임을 모르지 않았으므로.

"그러게 말이오. 지난 사연은 천천히 풀도록 하오."

"영의정의 비리를 믿을 수 없어 과인도 조사하고 있던 차였다. 한데 놀랍게도 과인 또한 사실을 오늘 아침에야 밝혀낼 수 있었고, 하늘이 도왔는지 이렇게 영의정이 입궐하지 않았겠는가?"

"그럼 전하, 영상은 오늘 입궐한 것입니까?"

"아니다. 사실은 며칠 되었고, 영의정이 입궐하였으므로 조사에 더욱 속도를 낼 수 있었다."

"아……. 예…… 전하……."

왕이 말하자 대신들은 얼떨결에 고개만 끄덕였다. 이 상황을 완벽하게 이해한 자는 아무도 없었다. 직위를 되돌리자마자 죽은 줄 알았던 사람이 살아 돌아오다니.

다만 신기형만이 분노 어린 시선을 바닥에 내리꽂았다. 곧게 펴지 못한 어깨가 떨려 손끝이 흔들렸다. 왕과 동궁의 계략에 넘어간 것이 분명했다.

"인사는 잠시 후에 더 받겠소. 그보다 전하, 오늘의 안건이옵니다."

김판두는 사라지기 전과 한 치도 다를 바 없는 모습으로 왕 앞에 섰다. 대신들의 쏟아지는 인사도 마다하며, 놀란 마음 추스를 시간도 넉넉하게 주지 않았다. 편전에 들자마자 상소문을 잔뜩 내리자 왕은 또 시작이라는 듯 미간을 좁혔다.

"지금 자네 인사하는 중 아닌가? 뭘 이렇게까지 성급해?"

"밀린 것들이옵니다. 사안이 시급한 것들로 미리 추렸으나 한참은 보셔야 할 것입니다."

"허어, 일단 알겠으니 자리나 가서 좀 앉게. 설마 자네 자리가 어딘지 모르는 건 아니겠지."

"이것부터 좀 봐 주십시오. 이게 대체 언제 일입니까? 지난달 홍수 관련 다리가 붕괴된 일이온데 아직도 보수 처리가 되지 않았다 합니다. 백성들이 어디로 걸어 다니는지 알고 계십니까?"

김판두가 왕을 바라보며 본격적인 업무에 돌입하자 무안해진 대신들은 하나둘 자리에 들어가 앉았다. 누가 돌아가 앉든 말든 김판두의 시선엔 보이지도 않았다.

"뿐만 아니옵니다. 남쪽엔 역병이 들어 백성은 고사하고 가축도 병이 있으니, 키우던 짐승이 앓다 죽어도 태워 없앨 곳이 없어 생지옥이라 합니다."

"들었네. 안 그래도 오늘 구료해 살릴 방안을 마련할 참이다."

"의원과 약을 보내어 구호하는 일이 시급하옵니다. 다른 것이 시급한 것은 아니옵고, 살릴 수 있으나 살리지 못하는 것이 가장 시급하니 이것부터 봐 주십시오, 전하."

"꼭 이렇게 면전에서 해야겠는가? 자리에 돌아가서 하면 안 되고?"

"송구하옵니다. 신이 마음이 급하여 평소처럼 하고 말았습니다."

"그래그래, 자리에 앉아서 하게. 내 자네와 마주하면 머리가 어지러워."

왕은 알겠으니 돌아가라 손을 흔들었고, 김판두는 그제야 천천히 하겠다며 자리에 앉았다.

비로소 단 한 명의 공석도 없이 완벽하게 완성된 것이다.

착석한 김판두는 신기형을 바라보았다. 그 얼굴이 어찌나 일그러졌는지는 사관들의 붓으로 생생히 기록되었다.

"오랜만이오, 좌상. 잘 지내셨는가?"

조선의 만인지상, 영의정 김판두가 돌아왔다.

◎

"차례대로 들어오십시오. 걸음을 빨리하실 필요는 없습니다."

가마에서 내린 규수들은 한 줄로 서서 궐의 문을 넘었다. 모두는 송화색 삼회장저고리와 다홍치마를 단정히 차려입었고, 길을 안내하는 상궁을 따라 궐에 들어섰다.

"한 분씩 아래 솥뚜껑을 밟고 지나가십시오."

규수들은 상궁의 말이 끝나자 한 명씩 솥뚜껑의 꼭지를 밟고 지나갔다. 의례적인 일이었고 사가에서 충분히 교육받은 일이었으니, 누구도 고개를 갸우뚱하지 않았다. 모두가 차례대로 솥뚜껑을 밟으며 지나갔고 차례의 끝이 왔다.

그중 행렬의 마지막을 겸허히 치르는 규수가 있었다. 규수는 치맛자락을 살짝 들어 올리며 평지를 걷듯 사뿐히 솥뚜껑을 밟고 지났다.

"넘어오셨다면 이제 다시 가마에 올라타십시오."

대동한 수모 한 명이 없어 직접 가마 문을 들며 오르고, 꼿꼿하게 앉은 자세로 어깨를 펴며 심신을 다스렸다.

"다시 이동하겠습니다."

정일품(正一品) 조선 총괄 재상의 여식, 김용희였다.

61
화

초
간
택

【해종실록 11권. 해종(偕宗) 17년 6월 25일】

　좌의정 신기형이 전후 사정을 아뢰며 김판두의 억울함을 토로하자 김판두가 살아 편전에 들었다. 더불어 예전의 직품에 복직하였으니 영의정이 되었다. 꾀를 부리던 신기형을 비롯한 대신들은 왕 앞에 엎드려 아첨하였다.

가뿐하게 솥뚜껑을 밟고 넘어선 규수들은 다시 마련된 가마를 타고 이동했다. 호기심을 참지 못한 규수들은 간간이 가마 문을 열어 밖을 살폈고, 너르고 막대한 전각의 생김새에 압도당한 채 슬그머니 문을 내려야 했다. 말로만 들어왔던 궁궐. 상상으로나 그려 보았던 궁궐. 그 모습은 무엇을 예상했대도 더욱 웅장했고, 더불어 삼엄했다.

"이제 내리십시오. 한 분씩 올라가시면 됩니다."

가마에서 내린 규수들은 나인들의 도움을 받으며 걸음 했고, 사방이 확 트인 정자 위로 올라갔다. 나라의 지존, 또는 내전의 주인께서 간혹 들러 바람을 쏘이는 정자일 것이라 생각하니 가슴이 뛰고 울렁거리기 시작했다.

정자 위는 규수들의 치마저고리 색상으로 알록달록하게 물들었다. 옷차림이 동일하기에 누가 누구인지 구별하기 어려웠고, 곱게 자라 낯을 가리니 규수들은 대동한 수모와 도란도란 대화를 나눌 뿐이었다. 긴장하지 않으려 해도 하지 않을 수 없는 엄청난 압박감이 웃돌았다.

"개순아, 나 간택 안 될 것 같아."

"무슨 말씀이세요, 아가씨. 아가씨가 안 되면 누가 되신답니까?"

벌써 자신감을 잃은 규수도 있었고.

"성칠아, 어때? 이 중에서 내가 제일 예쁘니?"

"아무렴요. 아가씨가 최고 예쁩니다. 이년 눈에는 아가씨밖에 안 보여요."

"네가 보는 나 말고 객관적으로 말이야. 객관적으로 봐도 제일 예뻐?"

"물론입니다, 아가씨."

곁눈질로 상대의 외모를 살피며 옷매무새를 다듬는 규수도 있었으며.

"꽃심아, 아까 들었어? 재간택까지만 올라도 비단 옷감과 노리개를 받을 수 있대."

"쇤네가 듣기로는 명의 옷감이래요, 아가씨. 세상에 그 귀한 것을. 아가씨는 좋으시겠어요."

일찌감치 최종 간택은 포기한 채 재보다 잿밥에 관심을 보이는 규수도 있었다. 각자의 성향이 다양하니 작은 소란이 끊이지 않았다.

"저기는 몸종이 따로 없나 봐. 아까부터 혼자네."

"그러게 말입니다. 혼자 계시네요."

"집이 가난한가? 이거 규정 위반 아니야?"

맨 끝에 홀로 앉아 있는 규수를 흘깃거리며 한 규수가 수모에게 흉을 놓았다. 도와주는 아이 없이 외톨이로 앉아 바깥을 바라보고 있는 규수는 얼굴을 보기도 힘들었다.

"아비가 지위는 있으나 재산이 없는 모양이다. 권세는 없고 혈통만을 내세우는 그런 가문인가 봐."

"아가씨, 다 들리겠습니다."

"들리면 어때서? 내가 틀린 말을 한 것도 아닌데."

홀로 앉은 규수는 들었을 것이 분명하나 아무 반응을 하지 않았고, 다들 흥미를 잃었는지 시선을 돌렸다.

그때였다. 또다시 나타난 상궁은 바르게 앉은 규수들을 바라보다 입술을 열었다. 입후보들은 말을 놓칠세라 눈을 빛내며 상궁을 응시했다.

"이제 내드리는 종이에 각자의 이름, 부친의 존함과 직함을 적어 주십시오. 부친께서 생존하지 아니하신다면 생전의 것으로 적어 주시면 됩니다."

나인들은 규수들 앞에 종이를 내주었고, 잘 갈린 먹을 찍어 붓을 든 규수들은 한 자 한 자 정성을 다해 적어 내려갔다. 처음 받은 지령인 만큼 모두는 실수하고 싶지 않았고, 재덕을 넉넉히 겸비한 규수들인 만큼 어려운 일은 아니었다.

"자, 이제 호명하는 대로 손을 들어 주십시오. 좌의정 대감 댁의 신 규수."

민연이 손을 들자 다른 규수들의 경계 어린 눈총을 받았다. 가장 유력한 후보자요, 입궐 전부터 가장 눈여겨보아야 할 것이라는 이야기를 들었기에 당연했다. 규수들의 부러움과 시샘 어린 시선이 얼굴에 꽂혔으나 민연의 표정엔 조금의 불편함도 찾기 어려웠다. 그 앞에 곱게 갈아 소화를 잘되게 만든 잣죽이 놓였다.

"병조판서 대감 댁 윤 규수. 대사헌 영감 댁 황 규수."

상궁은 차례대로 호명했고 규수들은 손을 들며 존재를 알렸다. 이윽고 같은 잣죽이 놓였다.

"동지총제 영감 댁 최 규수. 그리고 마지막으로."

상궁은 마지막 장을 넘긴 뒤 입을 열다가 꾹 다물었다.

"아니, 이분은……."

차마 말을 잇지 못한 채 상궁이 뜸을 들이자, 궁금증을 담은 시선이 홀로 앉아 있는 규수에게 돌아갔다. 민연 또한 힐끔 고개를 돌리며 곁을 살폈다.

"어찌 입궐하셨습니까? 이곳에 오실 분이 아니지 않습니까?"

종이를 둘둘 말아 쥐며 상궁은 용희를 향해 물었고, 용희는 달리 할 말이 없어 입술을 꾹 깨물었다.

모여든 상궁들은 뒤돌아 작은 목소리로 대화를 나누었고, 영문을 알 리 없는 규수들은 미심쩍은 얼굴로 용희를 바라보았다. 두 손을 모은 채 앉은 용희는 상궁들의 이야기가 끝나기만을 기다렸다.

"저, 규수께선 일어나십시오. 이쪽에 계실 것이 아니라 지금 당장 저 상궁을 따라 금부로 가셔야 할 것 같습니다."

규수들은 놀라움을 금치 못했고 주변은 금세 소란스러워졌다. 용희를 일으켜 세우고자 두어 명의 상궁이 다가왔고, 용희는 돌아가는 상황을 알지 못해 얼떨결에 자리에서 일어섰다.

"저기! 저기! 나 좀 보십시다!"

그때, 헐레벌떡 뛰어온 대전의 사람들은 정자 위로 올라와 목소리를 낮춘 채 상궁에게 말을 이었다.

"그것이 정말입니까?"

"방금 전하의 교지가 내려왔습니다. 정말입니다."

"알겠습니다. 잘 알겠습니다."

상궁은 고개를 끄덕이며 다시 돌았고, 말아 쥐었던 종이를 다시 펴 들었다. 용희를 좌우로 붙잡았던 상궁들은 천천히 팔을 놓았다.

"복직되신 영의정댁 김 규수가 맞습니까?"

충격적인 신분 앞에 모두는 눈을 동그랗게 떴다. 민연은 작게 입술을 벌렸다.

"맞습니까? 영의정댁 김 규수가 맞으십니까?"

"맞습니다."

용희의 답이 끝나자 상궁의 눈가 위로 환한 웃음이 물들었다. 간택을 주관하는 신분에 사심을 비춰서는 안 될 것이나, 김판두 대감이 살아 복직했다는 소식은 기쁘지 않을 수 없었다.

상궁이 용희에게 손짓하자 그녀는 다시 자리에 앉았다. 모두의 시선이 용희에게 박힌 채 움직일 줄 몰랐다. 단순히 혈통만을 내세우는 가문은 아니었다. 높은 지위에 실권과 재산이 더해진 고관대작의 여식이었던 것이다.

"사담이나, 대감의 복직을 감축드리옵니다."

"감사합니다."

그녀의 앞에도 고운 잣죽이 놓였고, 용희는 덤덤히 죽 그릇을 내려다보았다. 초간택이 시작됨을 알렸다.

동궁전이 어인 일로 소란스러웠다.

"저하, 가시면 안 됩니다. 큰일 난다니까요."

"용길아, 그냥 먼발치서 보고 오면 안 되겠느냐? 애가 타서 그런다."

"안 됩니다. 아침 일찍 중전마마께서 단단히 이르고 가시질 않으셨습니까?"

출궁의 맛을 알기 전의 세자께선 노상 서책과 씨름하거나 활을 쏘며 시간을 단정히 보냈기에 평화로웠다.

"비켜라. 지금 뭐 하는 것이냐? 감히 세자의 앞을 막아?"

"그럼 어떡합니까. 저도 제가 용납되지 않습니다…… 통촉하여 주시옵소서, 저하……."

세자께서는 말썽을 모르시고 알아서 학문을 탐구하시며 무예가 출중해 달리 호위할 일도 없으니, 동궁전 사람들이야말로 하늘에서 내린 직책이라 모두의 부러움을 사기 충분했다.

그랬던 동궁전이 얼마 전부턴 말도 많고 탈도 많아진 것이다. 아침부터 안절부절못하는 세자와, 앞을 가로막은 채 눈물겨운 투쟁을 벌이고 있는 박 내관의 입씨름이 한창이었다.

"제발 통촉하여 주시옵소서, 저하. 예서 한 걸음도 나가실 수 없사옵니다!"

두 팔을 쩍 벌린 채 박 내관은 으름장을 놓았다. 완은 오만상을 찌푸리며 한심하다는 표정으로 박 내관을 바라보았다.

"그렇게 막으면 내가 못 나갈까 봐?"

"저하, 제발 체통을 차리시옵소서. 세상 어느 사내가 신붓감이 정해지기도 전에 얼굴을 보려 한답니까?"

"여기, 나. 나다. 됐느냐? 비켜! 밟고 가기 전에!"

완이 으르렁거리며 박 내관을 매섭게 노려보았고, 눈살에 찔린 박 내관은 흠칫 놀라 어깨를 좁히다가 다시 두 팔을 쩍 벌렸다. 중궁전의 불호령이 떨어질 게 분명하다. 하나 그 불똥이 저하께 떨어지겠는가? 못 막은 내관들에게 떨어지겠지!

"안 됩니다! 차라리 이놈을 밟고 가십시오!"

"엎드려, 밟고 가게. 시간 없으니까 빨리."

"흐어어엉…… 저하……."

"잠시만 보고 오겠다니까 왜 자꾸 이렇게 치근덕대는 것이냐? 내가 그 아이를 만나 손 붙잡고 눈이라도 마주쳐 보겠다고 했느냐? 반가워 품에 안고 입이라도 맞춰 보겠다고 했느냐? 대체 왜 이렇게 소란이야!"

"저하아아!"

세자의 저돌적인 말 앞에 박 내관의 얼굴이 푸르게 변했다. 여인이라곤 그림자도 밟아 본 적 없는 박 내관에게 세자의 말들은 귀가 썩어 문드러질 것처럼 불경하기 그지없는 말이었다. 한데 자꾸 그 광경이 보고 싶어지기도 하는 매혹적인 말이었다.

"무엇 하느냐! 다들 어서 저하를 뫼시고 처소로!"

"용길아! 여기가 처소다! 여기가 처소야!"

"아……."

박 내관은 곁에서 얼쩡거리는 내관들을 향해 괜한 타박을 하다가 꽁무니를 내렸다.

"저하께서 이러시면 저, 이 용길이가 중전마마께 죽습니다."

"내 손에 죽는 건 두렵지 않으냐?"

"그야 다시없을 광영이겠으나 세자 저하……."

허어, 이놈을 좀 보게. 오늘따라 끈질기게 막아서는 박 내관의 고집에 완은 작게 탄식했다.

"잠시만 보고 오겠다니까 거참."

"부디 자중, 또 자중하소서, 저하. 때가 되면 알아서 곁에 두실 일을 왜 이렇게 서두르신답니까?"

"너는 모른다. 사내 마음이란 게 참으라면 참아지고 미루라면 미뤄지는 것이 아니니라."

"네, 맞습니다. 저는 모르니까요. 사내인 듯 사내 아닌 제가 무엇을 알겠습니까……."

완은 급격하게 시무룩해진 박 내관의 표정을 바라보다 앓는 소리를 내었다. 묘하게 녀석의 치부를 건드린 것 같아 기분이 썩 좋지 않았다. 보기보다 섬세하고 예민하며 소심한 박 내관이었으니, 분명 석 달 열흘쯤은 품에 안고 갈 것이 분명했다.

"세자 저하, 아무것도 모르는 제가 참견할 일은 아니겠으나 궐에는 궐의 법이 있고, 또 아무것도 모르는 저이지만 누구보다 모범을 보이셔야 할 분이 저하라는 건 알겠고, 그리고 또 정말 아무것도 모르는 저이지만……."

"잠시면 된다니까? 내 눈에 정화가 필요하여 그러니 비켜라. 잠시면 될 것이다."

완은 팔 벌리고 서 있던 박 내관의 팔 밑으로 허리를 수그려 지나쳤다. 당황한 박 내관이 곤룡포 옷자락을 부여잡자 완의 표정이 일그러졌다.

"잡았어? 지금 이걸 잡았어?"

"죽여 주시옵소서, 저하아!"

박 내관이 옷자락을 놓자 완은 곤룡포를 펄럭이며 밖을 나섰다. 먼발치에서 잘 있는지만 보고 오겠다는데 마음 알아주는 이가 한 명도 없다.

"내가 이럴 줄 알았다."

위풍당당하게 처소 밖을 나선 완은 걸음 하신 중궁을 바라보며 멈춰 섰다. 세자의 발길이 어디로 향하는지 너무나도 자명하여, 중궁께서는 가늘어진 눈매로 세자를 응시했다.

"세자는 지금 어디를 그리 급하게 가는 것이냐?"

"소자, 잠시 홍문관에 들러 볼까 하여."

중궁은 어설픈 세자의 거짓말에 고개를 어깨 쪽으로 꺾었다.

"저하! 세자 저하! 간택 자리로 가시면 아니되옵니다!"

그때, 정말이지 아무것도 모르는 박 내관이 달려 나오며 쐐기를 박았다. 중궁은 혀를 끌끌 차며 먼발치를 바라보는 세자를 타박했다.

"냉큼 들어가지 못할까! 그곳이 어디라고 얼굴을 들이밀겠다는 것이야!"

"예, 어마마마."

"간택이 끝날 때까지는 그 아이 그림자도 볼 생각 말아라! 지엄한 법도가 그러하거늘 못난 척을 이리해서야!"

"송구합니다, 어마마마."

"그리고 모든 것은 그 아이가 네 배필이 되었을 때 가능한 이야

기다! 내 그 아이에게 흠이 있다면 탈락시킬 것이니! 네 마음이 거기 있다 하여 예외를 두지는 않을 것이다!"

괜히 움직여 중궁의 마음에 미운 털이 박혔을까 완은 입술을 꾹 닫은 채 말을 아꼈다. 당연히 될 것이라 생각했지, 중궁께서 아직 온전히 마음을 결정하지 아니하셨다고는 생각해 본 적 없었다.

"소자, 처소로 다시 들어가겠습니다."

"박 내관!"

"예, 중전마마!"

"자네는 무얼 하는 것이야! 세자가 이리도 시간이 많아 주체를 하지 못하니, 자네는 어서 시강원의 빈료들을 불러 세자에게 밀린 교육을 하라 이르게!"

"예! 중전마마!"

중궁은 세자를 호되게 야단친 뒤 돌아섰다.

"……휴."

보고 싶어 앓아누울 것만 같은데 아무도 알아주는 이가 없으니 세자의 입에선 저절로 한숨이 흘러나왔다.

"저, 세자 저하, 신은 저기 가서 엎드려 있을까요?"

"되었다. 발 느린 내 죄니라."

완은 다시 처소로 들어섰다. 시간엔 무얼 달아 놓았는지 꼼짝도 하지 않고, 마치 바윗덩이가 움직이는 것처럼 느리게 흘렀다.

같은 시각, 중궁께서는 규수들이 모여 있는 정자에 도착하셨다.

◎

가늘고 긴 대를 촘촘히 엮은 발이 드리워졌고, 규수들은 따뜻한 잣죽으로 속을 채운 뒤 다시금 정렬하여 자리에 앉았다. 웃전들께서 앉으실 공간에 수방석이 놓이니 규수들은 한층 더 긴장했다. 살며 한 번 뵙기도 어려울 왕족을 만나게 될 것이 현실로 느껴진 것이다.

"중전마마 납시오!"

소리가 귀에 내려앉기 무섭게 규수들은 자리에서 일어섰다. 한 무리의 긴 행렬이 정자를 향해 다가오고 있었고, 고개를 수그린 채 곁눈질로 살피니 마른침이 절로 넘어갔다. 해 가리개가 그늘을 만들어 가려 놓은 공간에 중궁께서 계셨던 것이다.

온전히 바라보지 못하고 규수들이 중궁의 치마 끝만 슬쩍 훑자, 마치 금테를 두른 것 같은 빛이 느껴졌다. 엄숙한 발끝만 봐도 오금이 저려와 도무지 시선을 더 들어 볼 용기도 나지 않았다.

"다들 중전마마께 예를 갖추시오!"

중궁께서 정자 위로 오르시자 지밀상궁이 엄한 목소리로 입을 열었다. 깐깐하기가 이루 말할 수 없어, 예를 갖추는 규수들의 마음이 꽝꽝 얼어붙기 시작했다. 살며 날카로운 목소리를 누구에게 들어 본 일 없었기에 이곳이 정녕 궐이구나 실감하게 되었다.

"다들 앉아라."

"예, 중전마마."

짜 맞추기라도 한 듯 입을 모아 답한 규수들은 다시 자리에 앉았고, 중궁은 가려진 발 뒤로 규수들의 몸짓을 유심히 살펴보았다. 사가에서 나고 자란 시절로부터 지금까지 예와 법도를 익히며 몸소 실천해 온 중궁은, 아주 작은 실수도 잡아낼 수 있을 만큼 눈썰미가 좋았다.

"먼 길 오느라 수고가 많았다. 이렇듯 나라의 큰일에 주저 없이 나서 주니 내 마음이 흡족하다."

"망극하옵니다, 중전마마."

또다시 입을 모아 답했다. 간택이 진행되는 동안 규수들의 일거수일투족을 관리하게 된 상궁들은 덩달아 긴장했고, 중궁은 나근나근한 말투로 말을 이었다.

"김 상궁, 규수들이 배를 곯지는 않았는가?"

그중 가장 나이가 많고 직급이 높은 김 상궁이 앞으로 한걸음 나와 고개를 조아렸다. 김 상궁은 현재의 중궁께서 처녀 시절 간택에 참가하셨을 때부터 나라의 크고 작은 혼례 또는 가례에 참여했다. 인정과 동정으로 일을 처리할 위인은 아니었다.

"아뢰옵기 황공하오나, 규수들께서 긴장하여 체기가 웃돌까 염려되어 잣죽을 내드렸습니다, 중전마마."

"잣죽이라, 그거 괜찮구나. 이 사람도 초간택 때 잣죽을 들었느니라. 궐에서 먹은 첫 번째 음식이 바로 잣죽이었다."

중궁께서 반갑게 여기시며 지난날을 회상하시니, 그것이 신기하고 반가운 규수들의 표정이 다소 풀렸다.

"그래, 잘들 먹었겠고?"

"예, 중전마마."

"처음으로 먹은 궐의 음식은 어떠하였는가?"

지목이 되지 않은 중궁의 첫 번째 질문이 쏟아졌다. 누굴 향한 질문인지 몰라 규수들은 감히 입을 열지 못한 채 우물쭈물 눈치를 살폈다. 그중 시원스럽게 입술을 연 것은 다름 아닌 민연이었다.

"아뢰옵기 송구하오나, 소금 간이 되지 않고 따로 장이 나오지도 않았기에 무척 싱거웠사옵니다. 궐의 음식은 모두 그러하온지요?"

규수들은 당돌한 말에 어깨를 움츠렸다. 물론 민연의 말마따나 죽은 아무런 간도 되지 않아 싱거웠고, 하여 규수들은 억지로 꾸역꾸역 삼켜 냈다. 마음 같아선 한입도 넘기기 싫었지만 눈 밖에 날 것이 무서워 그릇째 싹싹 비웠다. 그래도 맛있게 먹었다며 입이 닳게 칭송해도 모자를 판에 이 무슨 막돼먹은 행동이란 말인가? 하나 예상외로 중궁께서는 온화한 미소를 지으셨다.

"싱거웠겠지. 이 사람도 그리 기억한다. 모든 음식이 그러한 것은 아닌데 유독 초간택의 음식은 싱겁더구나."

중궁의 시선이 민연에게 멈췄다.

"그 이유를 혹 너는 알겠느냐?"

첫 번째 질문이 꽂혔으니 대단히 중요한 상황이었고, 잠시 망설이던 민연이 입술을 열었다.

"아뢰옵기 황공하오나 초간택이란 내명부의 가족을 선별하는 일. 이곳에 모인 후보자들에게 궐이란 곳을 알게 하는 그 목적이 아닐까 하옵니다."

"하여, 궐은 어떠한 곳인데?"

"소금은 지역적으로나 물량적으로나 귀한 것이니 돈과 권력을 뜻하옵니다. 소금이 담겨 있지 않은 잣죽엔 돈과 권력이 비었음이 암시되었고, 그런 것들을 멀리해야 한다는 뜻이 담겨 있는 줄 사료되옵니다, 중전마마."

호오. 중궁의 입에서 알 수 없는 탄성이 흘렀다. 한발 늦은 규수들은 점수를 빼앗긴 것만 같아 마른 주먹을 쥐었고, 달리 반박할 만한 말이 없는 정답인 것 같았기에 입술만 꾹 깨물었다.

"좌의정 대감 댁 신 규수이옵니다, 중전마마."

곁에 있던 상궁이 작게 아뢰자 중궁께선 흡족하다는 듯 고개를 끄덕이셨고, 남은 규수들은 조용히 눈을 내리깔았다.

"역시 듣던 대로 현명하구나. 이 사람도 알지 못했던 깊은 뜻을 네가 발견하였다."

"망극하옵니다, 중전마마."

민연이 고개를 조아리며 답하자 중궁께서는 눈매 가득 환한 웃음을 그렸다. 좌상의 여식답게 아이는 총명했고, 또박또박 본인의 소신을 말하기에 한 점 거슬리는 것도 없었다. 당당했고 단단했다.

"또 다른 답을 해 볼 자가 있겠는가?"

중궁이 묻자 모두는 달리 내어놓을 답이 없어 손가락만 꼬물거렸다. 말을 보태 보았자 민연의 답보다 더 나은 답을 할 자신이 없었기 때문이다. 그때였다.

"아뢰옵기 황공하오나 소녀, 답해 올려도 되겠나이까?"

"해 보거라."

용희가 고개를 들며 입을 열자 모두의 눈과 귀가 집중되었다. 그녀는 조금 전 맛도 모른 채 깨끗하게 비워 낸 잣죽을 떠올렸다.

"소금이란 돈과 권력일 수 있겠으나 다른 말로는 백성들의 땀과 고름입니다. 싱거운 잣죽을 받아 들고 나서야 소녀, 비로소 소금의 중요함을 알게 되었습니다."

곱게 자란 규수들에게 소금이란 당연한 것, 당연한 맛을 가진 것에 불과했다.

"아무 맛을 느끼지 못한 채 배를 채우니 소금이 간절해졌고, 또한 그 중요함을 깨닫게 되어 느낀 바가 있사옵니다."

"무엇을 말이냐?"

"하찮게 느끼던 모든 것을 귀히 여기라는 것. 충분할 땐 느낄 수 없어 시선을 주지 못하니, 오늘의 일을 발판 삼아 백성들의 땀과 고름을 소중히 여기고, 또한 매사에 감사함을 느껴야 한다는 것을 말이옵니다."

호오오. 중궁의 입에서 조금 전보다 더 큰 탄성이 터졌다. 그 음성은 어찌나 경쾌하고 깔끔했는지, 내내 평온했던 민연은 저도 모르게 주먹을 말아 쥐며 이를 악물었다.

"참 좋은 생각이다. 그저 싱거운 잣죽이었을 뿐인데 어찌 그런 깊은 생각을 다 했을까?"

"과찬이시옵니다. 한 술 한 술 음미하며 먹다 보니 내내 소금만 떠올리게 되어 그리되었사옵니다."

"그래, 네 말 또한 옳다. 소금이란 백성들의 필수품이자 빛과 같은 것. 또한 조금 전 신 규수의 말대로 그렇게 중한 것을 물량적 혹은 지역적으로 누구나 손쉽게 가질 수 없어, 그 또한 나라의 근심이다."

다정함이 깃든 음성이나 한 자 한 자에 박혀 있는 근엄함은 쉽게 지워지지 않았다. 중궁은 여러 규수들을 찬찬히 훑으며 말을 이었다.

"수가 많을 땐 가치를 모른다. 그것이 사람의 한계니라. 궐에서 소금 걱정을 하겠느냐마는 모든 것을 대할 땐 항시 백성을 떠올려야 할 것이다. 비록 궐이 아니고 소금이 아니더라도, 매사 모든 것에 말이다."

"예, 중전마마."

또랑또랑한 규수들의 대답이 한데 모이자 중궁은 웃음을 지으며 고개를 끄덕였다.

"몹시 흡족하다. 이렇게 현명한 규수들을 모아 간택을 치르게 되니 나라의 기쁨이요, 경사가 아니겠는가?"

"모든 것은 중전마마의 덕이시옵니다, 중전마마."

곁에 서 있던 지밀상궁이 중궁을 치켜세우며 고하자 규수들은 긍정하며 머리를 조아렸다. 중궁은 고개를 조아린 용희를 발 너머 바라보다 대견한 눈빛을 보냈다. 바라보고 있자니 곁으로 상궁이 다가와 입술을 열었고, 중궁은 조금 더 둥근 미소를 지었다.

"영의정 대감 댁 김 규수이옵니다, 중전마마."

역시 기대 이상이었다.

62화

언제라도 만나요

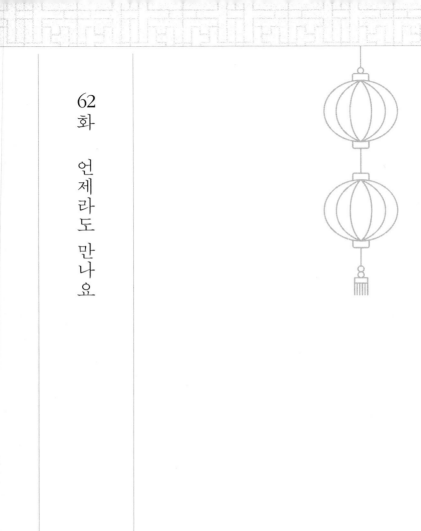

【해종실록 11권. 해종(偕宗) 17년 6월 25일】

초간택(初揀擇)에 뒤늦은 단자 하나가 올라오니, 영의정 김판두의
딸이었다.

　"오늘 주상 전하께서 친히 간택에 납시실 계획이셨으나, 조정에 큰일이 생기어 미루어졌습니다. 내일 다시 이어질 것이니 오늘은 이만 정해진 처소로 이동하겠습니다."

　걸음 하셨던 중궁께서 돌아가시고, 김 상궁은 나란히 앉은 규수들에게 일정이 끝났음을 알려 주었다. 규수들은 자리에서 일어섰고, 오래 앉아 있던 까닭에 다리가 저려 비틀거렸다.

　"아가씨, 조금만 참으셔요. 이제 곧 처소로 돌아가신답니다."

　"으아아, 죽을 것 같으니 나 좀 부축해 봐."

　"아가씨, 바로 걸으셔야지요. 무서운 상궁 마마님께서 보고 계십니다."

다리를 절뚝거리던 한 규수는 안간힘을 쓰며 발끝에 힘을 주었다. 정자 아래로 내려가는 다리는 절로 흔들거렸고, 몸종 아이들은 손을 내밀며 주인을 보필했다.

용희는 마지막에 섰고, 마찬가지로 다리가 후들거려 모두가 계단을 향해 내려갈 때까지 멈춰 서 있었다. 한 발 떼니 간지러운 듯 저린 듯 발바닥에 통증이 일었다. 바닥을 딛기 힘들었으나 애써 평정심을 유지하며 용희는 정자를 내려갔다.

"손 잡으십시오."

"아…… 그럼 잠시만……."

지켜보던 나인이 손을 내밀자 용희는 조심히 잡았다. 그녀에겐 붙잡아 줄 수모가 없었으니 나인이 손을 대신 잡아 준 것이다.

"다리가 떨리시지요? 으레 그러신답니다."

"조금 떨립니다."

"한데 아가씨께서는 수모를 대동하지 않을 예정이신가요?"

"내일은 있을 것 같습니다. 부리던 아이가 화재로 죽었기에 급히 구하고 있는지라."

"아, 송구합니다. 괜한 것을 여쭈어……."

"괜찮습니다. 감사합니다."

돌바닥을 디딘 용희가 부드럽게 웃으며 미소 짓자 나인은 미안한 표정을 지으며 길을 터 주었다.

먼저 내려온 규수들은 용희를 기다렸고, 안내를 맡은 무관들은 앞, 중간, 뒤를 엄호했다. 귀하디귀한 규수들이니 신변 안전에 만전을 다하지 않을 수 없었다. 밤사이 무슨 일이라도 생긴다면 궐이 발칵 뒤집힐 것이 자명했다.

"자, 이쪽으로 오십시오."

모두는 한 줄로 나란히 걸음을 옮겼고, 용희는 마지막 꼬리를 물며 길을 따랐다. 잎사귀를 녹여 만들었는지 푸르고 청청한 연못을 지나, 비옥함에 잘 자란 나무들이 만들어 준 그늘 아래를 지났다. 규수들은 주위를 두리번거리며 구경하기 바빴다. 건물과 건물은 붙어 있는 것이 없었고 모든 간격엔 여백의 미가 있어, 바라보자니 마음이 편안해졌다.

그러다 저 멀리, 장렬하게 솟은 전각이 시선에 들어올 때면 침이 꼴깍 넘어갈 정도로 가슴이 뛰었다. 길을 지나는 누구 하나 바삐 걷는 일 없고, 예를 다하지 않는 자들이 없었으며, 불길과 불행을 담은 표정은 찾아볼 수 없었다.

"김 상궁, 오늘 간택에 참여한 규수들인가?"

"예, 대제학 대감. 일정을 마치고 처소로 돌아가는 길입니다."

"이 중 장차 빈궁마마가 되실 분이 계시지 않은가? 참으로 반가운 일일세."

가는 길에 만난 대감의 살가움은 규수들의 가슴을 떨리게 했다.

누구의 자리가 될지 아직 모르는 일이었으나, 공연히 제 자리인 것 같아 막중한 설레임이 어린 심장을 뒤흔들었다.

"규수들께선 인사하십시오. 예문관 대제학 대감이십니다."

"안녕하십니까."

"그래요. 다들 좋은 결과 있기를 바랍니다."

예문관 대제학은 우연히 만난 어린 규수들의 참한 모습에 껄껄 웃으며 발길을 돌렸고, 김 상궁은 다시 규수들과 함께 처소로 향했다.

"저곳이 바로 평소 주상 전하께서 직무를 보시는 곳입니다."

"우와……."

잠시 멈춘 김 상궁은 저 멀리 보이는 전각 하나를 가리켰고, 규수들은 손끝을 따라 시선을 멀리 주었다. 나인들과 상궁 그리고 내관들이 모여 있었고, 삼엄함이 느껴지는 무관들이 앞을 사수하고 있었다. 입을 멍하니 벌리고 그곳을 바라보고 있자 마치 다른 세상인 것만 같아 실재감은 느껴지지 않았다.

"각자의 부친들께선 매일 아침 저곳에 들러 전하를 뵈옵기도 하지요. 나라의 대소사가 처리되는 곳이기도 합니다."

"와아……."

규수들은 각기 제 아버지를 떠올렸다. 매일 아침 착건속대를 하고 향하는 곳이 바로 저곳이라니. 편전을 아무렇지 않게 드나드는 아버지를 떠올리니 간혹 잊고 살았던 부친에 대한 존경심이 떠오르기도 하고, 자긍심이 느껴지기도 했다.

"이만 다시 가겠습니다. 따라오시지요."

걸음을 재촉하는 상궁 뒤에서 규수들은 전각을 길게 바라보았고, 곁을 따르는 몸종 아이들은 이렇게라도 궐 구경을 하는 천운을 얻었기에 죽어도 여한이 없겠다 생각했다. 돌아갈 때 돌아가더라도, 평생 입에 올리며 회자할 만한 추억거리 만들어 간다는 떨림은 지울 수 없었다.

다만 아무 곳에도 시선을 주지 않으며 걸음을 옮기는 규수 하나가 있었으니, 심기가 불편한 것은 자명하였다. 민연이었다.

◎

"천계가 사람에게 명한 것이 있으니 본성. 즉, 성(性)이라. 본성을 따르며 행동하는 것은 도(道), 그 도를 닦는 것이 바로 교(敎)라 하옵지요, 세자 저하."

"도를 닦기 위하여 필요한 것은 궁리(窮理). 또한 중용의 덕을 행함은 극치(極致)라."

"맞습니다, 세자 저하. 오늘은 중용을 처음부터 다시 살펴보고자 합니다."

"또? 처음부터 시작한단 말인가?"

"아뢰옵기 황공하오나 중전마마께옵서 처음부터 다시 시작하라 이르셨기에……."

시강원의 빈료들은 식은땀을 흘리며 서책을 들었다 놓기를 반복했다. 중용의 첫 장이라면 눈 감고도 줄줄 외우는 세자의 표정엔 노골적으로 싫은 기색이 역력했다. 이럴 땐 눈을 마주치지 않는 것이 상책이니. 빈료들은 팔을 툭툭 치며 어서 책의 장을 넘기라 서로에게 떠밀었다.

"그대들은 나를 가르치러 온 것인가, 시간을 잡아 두기 위해 온 것인가?"

"어, 그것이, 아마 둘 다이지 않을까 싶……."

"물론 가르침을 드리고자 함이지요! 저하께서는 무슨 그런 생각을 하시옵니까!"

한 빈료가 넋 놓고 사실대로 고하자 그나마 정신을 차리고 있는 다른 빈료가 입을 막으며 크게 답했다. 완은 끙, 한숨을 내쉬며 눈썹을 꿈틀거렸다. 중궁께서 시강원의 빈료들을 향해 세자의 발을 묶어 두어라 단단히 이르신 것 같았다.

"그래서, 그대들은 언제까지 나와 함께할 것인데?"

"오늘의 해가 저물고, 고단함에 저하의 눈이 저절로 감길 때까지 저희는 저하와 함께하려 합……."

"저하께서 신들을 잘 따라와 주시면 금방 끝날 것이옵니다, 세자 저하!"

또다시 넋을 놓은 빈료가 사실을 고하자 뒷수습을 하며, 다른 빈료가 세자의 성심을 어르고 달랬다. 그러나 이따위 활자가 눈에 들어올 리 있겠는가. 완은 탄식하며 영혼 없는 시선으로 서책을 바라보았다. 감흥 없이 종이를 넘기니, 그제야 빈료들은 서둘러 중용의 첫 장을 펼쳤다.

아직도 해는 온전히 저물지 않고 용마루 중앙에 걸려 있다. 세자의 마음은 온통 번잡하고 또한 시름이 가득하니 그럴 수밖에 없는지라. 갈 길은 구만 리요, 그녀가 이곳에 있는 까닭이었다.

"세자 저하, 신 영의정이옵니다."

그때였다. 동궁관을 울리는 낯익은 목소리에 완이 번쩍 고개를 들었다. 시강원의 빈료들 또한 깜짝 놀라 입술을 멍하니 벌렸다.

"세자 저하, 영의정 입시옵니다."

이어 박 내관이 재차 영의정의 등장을 알리자 완은 방금 열었던 서책을 다시 닫았다.

"문을 열어라! 어서!"

다급한 명이 떨어지자 좌우로 단정히 문이 열리며 익숙한 얼굴이 들어섰다. 빈료들은 몸을 일으켜 세웠고, 닳아 활자가 지워질 것 같은 중용의 서책을 닫았다.

"신 영의정, 세자 저하를 뵈옵니다."

걸음마저 깐깐함이 묻어나는 김판두가 세자의 앞에 멈춰 섰다. 처음인 듯 오랜만인 듯 두 사람은 서로를 바라보았다.

"영상께서는 어서 오십시오."

영의정 김판두는 세자에게 보고 싶은 사람, 반드시 만나야만 하는 사람이었다.

◎

"그때는 무뢰배들의 칼날이 살벌하고 불길이 거세니 꼼짝없이 죽었구나, 했습니다. 다 늙은 마당에 죽는 것이 두려웠으랴마는 조강지처와 자식들이 참변을 당할 테니 그것이 비통했지요."

"예. 그러셨겠습니다."

시강원의 빈료들이 시원하게 쫓겨났고 두 사람이 자리에 앉았다.

김판두는 복직되자마자 눈코 뜰 사이 없이 바빴고, 완은 사정을 알기에 차분히 기다렸다. 밀린 업무를 보고받던 왕은 기어이 멀미가 이는 탓에 김판두를 쫓아냈다. 졸지에 갈 곳을 잃은 김판두는 외로운 신세가 되고 나서야 동궁전에 찾아들었다.

"눈앞이 캄캄했지요. 그때 저하 생각을 많이 했습니다."

"어찌 제 생각을 하셨습니까. 그 와중에 말입니다."

"모르겠습니다. 주상 전하보다 저하의 생각이 더 많이 났습니다."

온몸에 금이 가는 것 같은 기억이 떠올랐다. 그때 그 불길 속에서 홀로 보낸 딸아이가 동궁과 만나게 될 줄 꿈에나 알았을까. 아니, 그것은 의도와 계획에 조금도 없던 일이다. 하지만 생사를 오가던 그 순간, 희한하게도 동궁의 생각이 났다.

"칼날이 목 끝까지 날아들었던 그때, 전하의 군사가 들이닥치어 목숨을 구명했습니다."

"전하께선 어찌 알고 영상께 군사를 보내셨습니까?"

"신이 전하의 뜻을 받들어 은밀히 처리하던 일이 있었사온데, 그것이 신변에 위협이 될까 염려하시었던 모양입니다."

완은 고개를 끄덕였다. 김판두는 겸허한 표정을 했고, 완은 그 눈빛에서 많은 것을 느낄 수 있었다. 극적으로 목숨을 구명한 자의 눈빛이란 이러한 것. 인생사의 허무함을 실감했으니 탐할 욕심이 있는 것도 아니요, 죽음의 문턱에 한 발 내디뎠으니 쌓고 싶은 부귀영화가 있는 것도 아니었다. 다 비워 낸 깨끗한 김판두의 눈빛은 바라보기 편안했다.

"제 여식을 저하께서 돌봐 주셨다고 들었습니다."

그러다 이어진 김판두의 말끝에 다시 표정을 부드럽게 하며 입가에 미소를 지었다.

"아닙니다. 그 아이가 저를 돌봐 주었습니다."

전서구를 다룰 줄 아는 아이. 명국의 말을 유려하게 하는 아이. 절개를 지킬 줄 알며 양반가의 법도를 새긴 아이.

"그 아이에게 위로받았고, 기뻤고, 드문드문 번뇌를 잊었습니다. 그 아이가 저를 도운 것입니다."

현명하고 영민하며, 때로는 온화하다가 때로는 사랑할 수밖에 없도록 미소 짓던 아이.

"처음부터 특별한 아이였기에 시선이 갔습니다. 여인임이 자명한데 사내라 우기는 것이 수상하여 의심에 눈여겨본다던 것이 그만 마음까지 주고 말았습니다."

완은 숨길 것이 없어 전부를 내어 보였다. 신하와 국본이라는 관계를 떠나 참된 스승과 제자, 용희를 사랑하는 아버지와 사내였다. 김판두는 애정이 녹아나는 완의 시선을 마주하며 입술을 열었다.

"여식이 별당 안에서 꽃 같이 자라 세상 물정 무엇을 알았겠냐마는, 제 어미를 닮아 마음이 단단하고 무른 것 없던 아이입니다."

딸아이가 없던 지난 세월, 살아 있음은 그다지 행복하지 않았다.

"그러나 용희에게 무엇이 허락되었겠습니까. 혼자 된 몸에 갈 길을 모르고 내일을 몰랐겠지요."

김판두는 잠시 고단했던 시간들이 떠올랐는지 눈을 감았다.

"이렇게 상봉할 날이 있을 것이라고는 믿기 어려웠습니다. 맨발로 밖을 나선 아이가 무슨 재주로 살아남았을까 싶어, 죽었구나,

죽었겠구나……."

김판두의 덤덤한 표정 앞에 완은 말을 잃었다.

"그러나 이젠 되었습니다. 살아 만났으니 말입니다."

세월이 그리고 간 주름이 간격을 좁히며 김판두의 눈가에 웃음을 만들어 냈다. 완은 따라 희미한 미소를 그렸다.

"지금 간택이 한창이겠습니다. 그 아이가 참여할 수 있게 되어 정말 다행이라 생각합니다."

그녀가 참가하였으니 더할 나위 없이 기쁘다고 완이 말하자, 김판두는 고개를 끄덕였다. 단 하루만 늦었더라도 단자를 올리지 못했을 것이고, 딸아이는 후보로 오르지 못했을 것이다.

"조금 전 신이 동궁전으로 걸음 하던 길에, 중전마마께서 규수들을 보고 돌아오시는 것을 보았습니다."

"그럼 오늘은 일정이 끝난 것입니까?"

완이 반색하는 얼굴로 묻자 김판두는 잘 모르겠다는 표정을 지어 보였다. 곧장 튕겨 일어설 것 같은 동궁의 모습을 보고 있자니 말을 신중히 해야 할 것 같았다.

"잘은 모르겠습니다. 남은 일정이 있지 않겠습니까?"

이 길로 딸아이를 향해 달려갈 것이 자명해 보였으니까.

"멀리 보이는 저곳이 바로 동궁전, 세자 저하의 처소입니다."

김 상궁은 저 멀리 보이는 전각을 가리키며 설명했다. 비슷비슷한 전각을 수도 없이 둘러본 탓에 감흥이 사라진 규수들의 눈이 다시 빛나기 시작했다. 세자 저하의 처소라니. 그럼 지금 저곳에 저하께서 계시다는 말인가?

"지금은 법도에 따라 저하를 뵐 수는 없겠으나, 최종 간택된 규수께서는 아마도 동궁전에 자주 걸음 하시겠지요."

규수들의 얼굴이 붉게 물들었다. 조금씩 친해진 규수들은 삼삼오오 수다를 떨기 시작했다. 세자 저하께서 계신 곳이래. 저하께서 지금 계실까? 듣기로는 인물이 훤칠하시고 키도 크시대. 어찌 생기셨을까?

규수들이 조잘거리며 설레 하자 김 상궁은 잠시 시간을 주기로 했다. 어차피 한 명을 뺀 나머지는 사가로 돌아갈 것이니 궐 구경이나 실컷 하게 하려는 계획이었다.

"전각도 어쩜 저렇게 멋있을까? 마치 저하의 용안을 뵌 것만 같아."

"그러니까 말이야. 똑같이 생긴 전각인데 유독 달라 보이지 않아? 후광이 비치는 것 같아."

얼굴도 모르는 세자 저하를 떠올리며 규수들은 눈을 빛냈다. 마치 세자 저하라도 되는 것처럼 동궁전에서 시선을 떼지 못했다.

이곳에, 계십니까?

용희는 조용히 시선을 주며 선생을 떠올렸다. 저곳 어딘가에 계실 거라 생각하니 가슴은 유달리 뛰어오르고 또 저리기도 했다.

저하께서는 이런 곳에서 태어나셨군요. 이런 곳에서 사셨습니다. 단정하고 깨끗한 바람이 부니 어찌 그 행동 바르지 않을 수 있었겠는지요. 그러한 생각, 그러한 심성, 모든 것엔 이유가 있음이 아니었겠습니까.

"자, 이만 다시 가겠습니다. 다들 따라오시지요."

김 상궁의 말끝에 규수들은 아쉬운 걸음을 옮겼고, 용희 또한 시선을 거두며 줄을 따랐다. 동궁전 근처까지 왔으나 만날 수 없는 마음이 섭섭한 건 어쩔 수 없었다.

"자네들! 수고가 많네! 식사는 했고?"

툭 튀어나온 내관이 친한 척을 하자 용희 뒤를 따르던 무관들이 멈췄다. 규수들은 갈 길을 가기에 바빴다. 걷는 내내 수십의, 또한 별별의 사람들에게 인사를 했으니, 난데없이 나타난 내관에게 관심을 줄 만한 규수는 남아 있지 않았다. 흥미를 잃은 규수들은 이제 누가 나타난대도 더 이상 신기하지 않았다.

"읍……."

그때였다. 길을 꺾고 솟을 대문을 지나치려 들자 웬 손이 쑥 나와 용희를 낚아챘다. 놀라 버둥거릴 시간도 없이 입이 막혀, 용희는 그대로 울창한 나무들 사이에 몸을 숨기고 말았다.

"쉿."

피부에 닿은 손길은 하염없이 익숙한데, 익선관을 올리시고 곤룡포를 차려입으신 선생은 대단히 낯설었다. 언젠간 볼 날이 있을 것이다 싶어 상상해 보았음에도, 풍기는 분위기와 모습은 생경하기만 했다.

용희가 눈만 깜빡이며 얼굴을 바라보자 완은 그녀의 입술에서 천천히 손을 떼었다. 무어라 말하기도 전에 완의 입술이 먼저 열렸다.

"보고 싶어 죽는 줄 알았다."

"아…… 그것이……."

이제는 무어라 불러야 하나. 저하? 세자 저하? 용희는 말꼬리를 흐리며 손가락을 꼼지락거렸다. 반가움에 박동이 폭주하였으나 예전처럼 반가움을 표현하기엔 문제가 따랐다.

"지낼 만한가? 불편한 것은 없고?"

"어……."

"어디서 지내느냐. 아직 모르는 것이냐?"

"아…… 음……."

용희가 머뭇거리며 제대로 말을 하지 않자 완은 눈을 크게 떴다. 홍시가 뭘 잘못 먹었나. 싱거운 잣죽을 먹었다더니 체하기라도 했나?

"왜 말을 못 하는 것이냐? 시간이 없어 급하단 말이다."

"어, 예. 그럭저럭 잘 지내고 있사온데……."

"……응?"

완은 용희의 대답에 입술을 멍하니 벌렸다. 머리에 쓴 익선관이 문제요, 입고 있는 곤룡포가 잘못이라. 예전처럼 자신을 편히 대하지 않는 용희를 바라보다 완은 빙그레 미소 지었다.

"답은 됐고, 나 때문에 혼이 나면 안 되니까 어서 가 봐라. 일단 널 보았으니 좀 살 것 같다."

"예, 잘 알겠사옵니다."

"그 이상한 말투 좀 집어치우고. 사람이 바뀐 것도 아닌데 엄살은."

용희는 시선을 들며 완을 바라보았다. 선생의 웃음은 소름이 끼쳐 오를 만큼 반갑고 익숙한 것이라, 보고 있자니 긴장이 풀리는 것만 같았다. 그래도 달리 말은 나오지 않았다.

"너, 간택에서 떨어지면 알아서 해라. 가만 안 둘 것이다."

"아?"

"대답 똑바로 안 하느냐? 어물쩍대지 말고 똑바로 하란 말이다.

떨어지면 내가 용서 안 할 테니까."

"아, 네. 똑바로, 열심히, 최선을 다하여."

용희가 대답하며 발길을 돌리자 다급히 그녀를 돌려세운 완이 이마에 입술을 맞췄다. 몹시 짧아 여운만 남은 입맞춤은 금세 사라졌고, 완은 그제야 등을 떠밀었다.

후다닥 길을 나선 용희가 다시 솟을대문을 지나니 우왕좌왕 그녀를 찾는 사람들이 보였다. 용희는 빨리 걸음을 옮겼다.

"지금 어디서 오는 겁니까!"

"죄송합니다. 다른 생각을 하다가 그만 길을 잃어."

"다른 규수들께서도 잘 따라오십시오! 궐이 생각보다 복잡하여 김 규수처럼 길을 잃어버리기 십상이니 말입니다!"

김 상궁은 용희를 바라보다 다시 길을 재촉했다. 규수들이 다시 걸음을 옮기며 용희를 노려보았고, 용희는 멋쩍어 입술을 꾹 깨물었다. 이마는 여전히 후끈거렸다.

63
화

비
밀
연
애

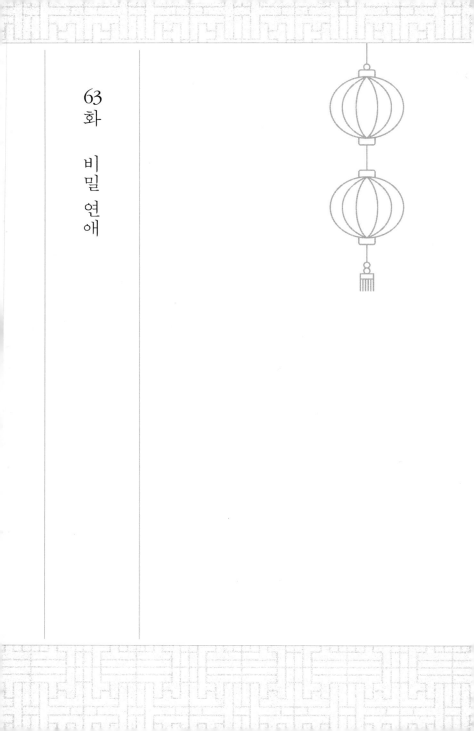

【해종실록 11권. 해종(偕宗) 17년 6월 27일】

예조에서 계하기를.

"이제 간택이 시작함에 부모들이 후일을 두려워해 자식을 숨겨 두고 단자를 올리지 않은 자는 법에 따라 처결하소서."

하니, 그대로 따랐다.

　"안녕? 네가 용희지?"

　각자의 꿈을 새긴 밤이 지나고 이튿날이 되었다. 한 규수가 눈
을 비비며 용희에게 다가섰다.

　"잘 잤어? 나는 잠을 잔 건지 만 건지 모르겠다. 너무 일찍 깨우
지 않니? 여기 말이야."

　남다른 공간인 만큼 하루의 시작도 빨랐다. 상감께서 아침잠이
없으시니 내명부의 하루도 빠르게 시작되었고, 웃전보다 먼저 일과
를 시작해야 하는 사람들은 새벽이슬이 마르기 전부터 움직였다.

　"어제 하루 종일 어깨를 웅크리고 있었더니 몸이 너무 아파. 넌
괜찮아?"

"어…… 난 괜찮아."

누구인데 이리도 친숙하게 말을 거는 건가 싶어 용희는 눈을 동그랗게 떴다. 어제 궐 구경을 하며 삼삼오오 말을 섞는 규수들이 생겨났지만, 그녀에게 말을 거는 규수는 없었다. 영의정의 여식이라 거리감을 두는 규수들의 마음을 이해해 용희 또한 다가갈 엄두를 내지 않았다.

"아버지께서 복직되신 거 축하해. 우리 아버지께서 네 아버지 이야기 많이 하셨거든."

"아, 고마워."

"난 이진이야. 윤이진."

윤이진? 용희는 기억을 더듬으며 이진의 얼굴을 살폈다.

"혹, 병조판서 대감 댁……."

"맞아. 우리 아버지이셔."

규수가 종알종알 말을 잇자 한참 고개를 갸웃하던 용희의 얼굴에 화색이 돌았다. 병조판서댁 규수라면 다름 아닌 지담의 가문. 그렇다면 이 아이는 지담의 여동생이 아닌가?

"으아, 반가워. 난 용희야, 김용희."

용희가 제 오라비와 인연이 있다는 사실까지는 알지 못하는 이진이 그제야 활짝 웃었다. 활달함과 서글서글함은 집안 내력인 듯, 이진의 성격도 몹시 살갑고 다정했다.

"너도 궐 처음이야? 난 처음이거든."

이진이 묻자 용희는 고개를 끄덕였다. 이진은 어깨를 축 늘어트렸다.

"오라버니한테 들을 땐 이렇게 무서운 곳인 줄 몰랐어. 잠시도 긴장을 놓을 수가 없네."

"오라버니가 궐에 계셔?"

감히 아는 척을 할 수 없어 용희가 묻자, 이진은 또다시 활짝 웃었다. 이제 보니 웃는 모습에 지담이 보인다.

"응, 우리 오라버니가 세자저하 익위사거든. 맨날 바빠. 집에도 못 들어와."

"오라버니가 익위사라니 좋겠다."

"좋기는. 맨날 장난이나 치고 동생들 댕기나 끊어 먹고. 무슨 그런 사람이 세자 저하를 지키니? 나이가 들어도 철이 없어, 우리 오라버니."

용희는 그만 웃고 말았다. 난데없이 용희가 웃자 주변을 기웃거리던 규수들의 눈길이 쏟아졌고, 용희는 다시 웃음을 집어넣으며 이진을 바라보았다.

"미안, 나 지금 웃으면 안 되는 거였지? 절대 네 오라버니 흉본 거 아니야."

"괜찮아. 우리 오라버니는 흉봐도 돼. 오라버니만 아니면 내가 매일 쥐어박았을 거야."

상상만 해도 즐거운지 이번엔 이진이 큰 소리로 웃음을 터트렸다. 웃음소리도 지담을 닮아 어지간히 시원하다.

"무슨 일입니까? 윤 규수, 지엄한 궐 안에서 어찌 그런 웃음소리를!"

"죄송합니다! 웃지 않겠습니다!"

이진은 타박을 놓는 상궁에게 씩씩하게 답하며 제 입술을 가렸다. 눈동자만 데굴데굴 굴리는 모습은 또 어찌나 지담 같은지, 용희는 저도 모르게 눈꼬리를 둥글게 만들었다.

"오늘은 초간택이 끝나 후보자가 가려질 예정입니다. 일정은 천천히 알려 드릴 것입니다!"

김 상궁의 말이 끝나자 모든 규수는 생각했다. 그래도 초간택은 넘어서겠지. 우리 중 누군가는 탈락하고 사가로 돌아가겠지만 그게 나는 아니겠지.

"이제 저를 따라오십시오!"

규수들은 탈락자가 될지 모르는 주변 규수들을 흘깃거리며 바라보았고, 김 상궁을 따라 걸음을 옮기기 시작했다.

"용희야, 네 방 짝은 어때?"

이진은 용희와 함께 걸음을 옮기며 물었고, 용희는 괜찮았다는 뜻으로 고개를 끄덕였다.

"괜찮았어. 말은 별로 못 했지만."

"그래? 좋겠다."

용희는 대사헌댁 여식과 같은 처소를 쓰며 함께 잠을 청했고, 별 탈 없이 아침을 맞이했다. 이진은 홀로 걸음을 옮기고 있는 민연을 가리키며 오만상을 찌푸렸다. 듣지 않아도 문제가 있음이 느껴졌다.

"나는 어제 쟤랑 방 짝이었거든."

"누구? 좌의정 대감 댁?"

"응. 이름이 신민연인가? 어후, 장난 아니야."

왜? 용희가 눈빛으로 묻자 이진은 더욱 목소리를 낮추었다. 그러고 보니 민연의 수모 아이는 잔뜩 어깨를 좁힌 채 민연의 눈치만 보고 있었다.

"쟤 옆에 있는 수모, 한숨도 못 잤을걸?"

"수모가? 왜?"

"어제 잠깐 나갔다 들어오니까 수모가 방에 있더라? 쟤 다리 주물러 주고 있더라고. 그런가 보다 하고 잠들었는데, 아침에 눈뜨니까 그때까지도 쟤 다리를 주무르고 있는 거야."

"아? 정말?"

용희는 믿기지 않는다는 듯 민연의 수모 아이를 바라보았다. 자세히 보니 수모 아이는 잠을 못잔 까닭인지 걸음이 어지러웠다.

"여기까지 와서 그럴 정도면 대체 사가에서는 어떻다는 거야? 나 아침에 깜짝 놀랐잖아."

이진은 입술을 삐죽거리며 민연의 뒷모습을 바라보았다. 밤사이 아무 일도 없었다는 듯 민연은 평온하게 걸음을 옮겼다.

그때였다.

"세자 저하!"

김 상궁의 목소리에 모두는 우뚝 멈춰 섰다. 규수들은 황급히 고개를 수그리며 옷매무새를 다듬기 바빴고, 용희 또한 멈춰서 공손히 두 손을 모았다. 만남은 뜻밖이었는지라 모두에게 놀랄 사건일 수밖에 없었다.

저하께선 느닷없이 나타나 모든 것을 멈추게 했다. 움직임이 불허했고, 시간은 세자의 앞에서만 흘러 유일하게 움직임이 자유로우셨다.

자잘한 흙이 밟히는 소리가 들려온다. 규수들이 호기심을 참지 못하고 조금 고개를 들어 보니, 저하께서 신고 계신 목화가 시선에 담겼다. 그것만으로도 심장은 요동을 쳤다.

"날사이 평온하셨습니까, 세자 저하."

"오랜만이다, 김 상궁."

세자의 목소리가 바람을 타고 규수들의 귓가에 내려앉았다. 발이 동동 굴러질 정도로 그 음성, 차근한 맛이 있어 듣고 있는 것만으로도 황홀했다. 저하의 시선이 이곳 어딘가에 있음이 느껴지니 혹 자신을 바라보고 계시나 싶어 더욱 안달이 났다.

"아뢰옵기 송구하오나 지금 저하께서는 규수들과 대면하실 수 없사옵니다."

"나도 알고 있다. 하나 가던 길에 우연히 만난 것을, 내가 돌아서 가야 하겠는가?"

"아닙니다, 세자 저하."

김 상궁은 고개만 조아리고 있었다. 저하께서 먼저 움직이시기 전엔 달리 방도가 없었다. 규수들을 인사시키자니 법도가 따라 주지 않았고, 임의로 지나치기엔 상대는 나라의 국본이었다.

"저하께서는 지금 중궁전으로 문안 인사를 향하시던 중입니다."

"예, 그러하셨습니까."

게다 박 내관이 한마디를 보태며 세자의 등장을 바람직하게 만드니, 더는 할 말이 없어 김 상궁은 두 눈을 내리깔았다. 이곳은 교태전으로도 향할 수 있는 교차 지점이었기에 운 때가 맞아 마주친 것뿐이었다.

"법도가 따르지 않아 규수들의 예를 받으실 수 없는 것을 용서하십시오, 세자 저하."

"아니다. 나 또한 이해하니 김 상궁은 괘념치 말라."

규수들은 조금 더 용기 내어 눈을 올려 떴다. 허리에는 격 좋은 옥대가, 가슴팍엔 사조룡의 흉배가, 머리에는 익선관이 세자를 대신 말해 주었다. 순식간에 세자의 얼굴을 훔쳐 본 규수들은 숨을 재차 크게 내쉬었다. 가슴이 뛰어 표정은 엉망이 되고 말았다. 맙소사. 그 얼굴, 아찔할 정도로 흰칠하였다.

"그럼 나는 이만 가 보겠다. 수고하라, 김 상궁."

"예, 세자 저하."

완이 손짓하며 이만 가 보라 하자 김 상궁은 규수들과 함께 세자의 곁을 스쳤다. 서로 반대의 길을 향하니, 규수들은 한 명 한 명 세자의 곁을 지나며 짧은 묵례로 인사를 올렸다.

"아, 잠시만!"

용희가 세자의 곁을 스칠 때였다. 잊고 있었던 무엇이 떠올랐다는 듯 박 내관이 김 상궁을 찾았고, 행렬은 그곳에서 잠시 멈추었다. 그다지 중요하지도 않은 일로 김 상궁의 발을 묶은 박 내관이 시간을 벌어 주는 사이, 완은 용희를 바라보았다.

모두의 귀가 쫑긋 서 있으니 달리 말을 떼기도 힘들었지만, 오늘도 힘내 보라고. 오늘도 잘해 보라고, 세자께서는 멈춰 선 그녀를 향해 온 마음을 실어 주었다. 그러다 옷자락 사이에서 쪽지를 꺼낸 완이 그녀의 발끝으로 작게 접힌 종이를 떨구었다.

잠시 놀란 용희가 이내 주변을 작게 살핀 뒤 쪽지를 집어 들었다. 모두가 앞을 바라보고 있어 전혀 눈치채지 못했고, 용희는 서둘러 옷자락 사이로 종이를 집어넣었다. 심장은 입 밖으로 꺼내질 듯 뛰어 올랐다가 발끝으로 밀려 나올 듯 내려앉았다. 그 작고 앙증맞은 입술 사이로 놀란 숨이 흘러나오자, 완의 눈썹이 작게 움직였다. 그녀의 손을 잡고 싶었던 세자의 손끝이 조금 흔들렸다.

"아아, 알겠습니다. 그럼 저하께도 그리 아뢰겠습니다."

"그러시오."

그러다 잡을 수 없음을 깨달은 세자의 손끝은 주먹 사이로 숨어들었다.

"그럼 오늘도 수고하십시오."

"박 내관도 고생하시오."

오늘 시간과 때를 맞추려고 얼마나 일찍부터 이곳을 배회했는지 아무도 모르겠지만, 그녀의 앞에 멈춰 서고자 박 내관과 얼마나 합을 맞추며 연습에 연습을 거듭했는지 아무도 모르겠지만, 계획은 성공적이었다.

김 상궁의 눈매가 매섭고 차가워 더는 시간을 끌지 못한 박 내관이 서둘러 돌아오자 완은 아쉽다는 듯 눈길을 돌렸다. 뭐, 가득 담았으니 아쉽대도 기꺼이 참아 줄 수 있었다.

"다시 가겠습니다! 규수들께선 따라 오시지요!"

따라오라는 상궁의 말에 용희가 걸음을 옮기고, 완은 두어 걸음 앞으로 나아가다가 돌아섰다. 멀어지는 그 모습을 응시하자 기쁜 마음은 감출 수가 없어 웃음으로 흘러나왔다.

정신 줄을 놓고 미소를 짓다 보니, 경악스러운 얼굴로 자신을 바라보고 있는 박 내관의 시선이 느껴졌다. 완은 정색하며 올라가 있던 입꼬리를 내렸다.

"용길아, 너도 아침 일찍부터 수고했다."

"그렇게 좋으십니까? 용길이는 저하께서 이렇게 좋아하시는 모습 처음 봅니다."

"……."

"아, 맞는다. 신은 아무것도 모르니까요. 여인에 대해 아무것도 모르는 신이 또 아무것도 모르는 질문을 하였습니다. 송구합니다, 세자 저하."

초간택 이틀째, 햇살은 풍요로웠다. 마치 국본의 마음처럼.

©

"어이, 명나라 친구, 밥 먹어라."

"여봐라, 거기 너."

지담이 밥이랍시고 상을 놓아 주자, 드디어 불만 터진 륜명이 입술을 열었다. 멋을 알며 꾸밈을 중요시 여기던 명국의 사내는 어디로 가고, 륜명의 퀭한 눈가와 헝클어진 머리는 썩 좋아 보이

215

지 않았다. 상을 대충 내려놓은 지담은 무슨 일이냐는 듯 류명을 바라보았고, 류명은 볼멘소리를 늘어놓았다.

"이따위 밥도 밥이라고. 지금 네가 내게 무슨 짓을 하고 있는 것이냐?"

"이건 또 무슨 헛소리야. 먹기 싫으냐? 먹기 싫으면 말고."

"술, 술을 내놓아라."

"뭐라고? 술?"

"그리고 고기 반찬을 좀 먹어야겠다. 나는 이따위 풀떼기는 먹지 않는단 말이다."

"허어, 미쳤네. 그것도 보통 미친 게 아니네. 여긴 절이고, 술이니 고기니 외간의 음식은 일절 찾아볼 수 없단 말이다."

지담은 퀭해진 류명의 눈빛을 바라보다 혀를 끌끌 찼다. 절에서 술과 고기를 찾는 미친놈이라니.

"찾아볼 수 없다면 구해서라도 와라. 돈을 주면 되겠는가? 얼마면 사다 주겠느냐?"

"돈 같은 소리 하고 있네! 이런 미친 자를 보았나! 처먹기 싫으면 먹지 마라!"

지담은 들고 들어왔던 상을 다시 올렸고, 류명은 지담의 바짓가랑이를 붙잡았다. 이리 둘러보아도 절벽, 저리 둘러보아도 계곡뿐인 공간에 며칠 몸담으니 정신이 반쯤 나간 것 같았다.

"자네, 날 좀 내보내 주게. 여긴 나와 맞지 않아."

"하, 네놈 머리를 열어 뇌를 꺼내 찬물에 씻어 주고 싶다. 정신 안 차릴래?"

"여보게, 부탁하네. 술도 없고 고기도 없고 여인도 없고. 내가 여기서 언제까지 지낼 수 있을 거라 보는가?"

"머리를 밀어 주랴? 이참에 그냥 스님이 되어 보는 건 어때?"

"죽을 것 같단 말이네. 정말 술 한 잔 청할 수 없는 겐가? 스스로 안 마실 땐 몰랐는데 없어서 못 마신다고 생각하니 정말 죽을 것 같다고……."

상을 들고 륜명을 아래로 내려보던 지담은 오만상을 찌푸렸다. 삼시 세 끼 굶기지 않는 것만도 은혜로운 일이건만, 이 미친놈이 헛소리를 작작하니 열이 뻗쳐 죽을 맛이었다.

"어이, 명나라 친구, 넌 그냥 사는 것에 만족해라. 숨 쉬는 게 복이고 내일이 있다는 게 저하의 은혜니까."

"그럼 너라도 없어지면 안 되겠느냐? 내가 다른 것보다 너를 마주 보고 있는 게 제일 힘들다."

"나도 싫어! 심지어 내가 너보다 더 싫어! 누군 좋아서 있는 줄 알아?"

륜명이 지담의 바짓가랑이를 잡고 울먹울먹하던 그때.

"꼬라지가 한심하기는."

문이 벌컥 열리며 월호가 찾아왔다.

"뭐야. 네놈이 여긴 웬일이냐?"

"저하의 명이시다. 지금 궐로 가라."

"아? 벌써 날짜가 그리 되었나?"

지담은 중얼거리다가 고개를 끄덕였고, 륜명은 지담이 떠난다는 소식에 두 눈을 크게 치떴다.

"그, 그럼 나는? 저 혐오스러운 자가 궐로 돌아간다면 나는 어찌 되는 것이냐?"

"너? 넌 여기 있어야지. 저 재수 없는 월호 놈과 함께."

"월호!"

기대 없던 횡재수를 만난 륜명이 벌떡 일어섰다. 지담이 떠난다니. 지담이 떠나고 월호가 남는다니! 지담과 떨어질 수 있다면 삼시 세끼 풀떼기만 먹고 살아도 견딜 수 있다. 술과 고기가 없어 힘든 것은 일도 아니다.

조금도 쉴 틈 없이 곁에서 입을 놀리는 지담은 정말이지 강적이었다. 그것도 듣기 좋은 소리를 하는 것도 아니야. 입만 열면 제 자랑, 제 자랑, 가끔가다가 저하의 자랑인 듯 제 자랑, 그러다 월호의 욕. 어찌나 떠들어대는지 잠을 자다가도 지담의 목소리가 들리는 것 같아 벌떡 일어나곤 했다. 헛소리마저 듣기 시작한 것이다.

"자네, 자네 왜 이제 오는 것인가! 내가 얼마나 기다렸는데!"

륜명은 성큼성큼 걸어가 월호를 와락 끌어안았고, 이제 모든 것이 다 되었다는 것처럼 월호의 등을 툭툭 쳤다. 말없이 있어 주니 차라리 월호 쪽이 백 번 천 번, 아니 만 번은 낫다.

알아서 잘해 보라는 듯 지담은 미련 없이 밖을 나섰고, 사내의 접촉에 불쾌해진 월호가 힘껏 륜명을 밀어냈다. 칼을 꺼내들며 그 목을 겨누니, 음성은 살벌했다.

"죽고 싶지 않으면 내 몸에 손대지 말아라."

하지만 무섭지 않다는 듯 륜명은 다시 월호를 꼭 안았다.

"이제 내 곁에 있게. 내가 정말 죽는 줄 알았네. 저자와 있는 동안 자네가 얼마나 그리웠는 줄 아는가?"

반갑기는 어지간히 반가웠던 모양이었다.

©

"도무지 잊히질 않아. 어떡해? 세자 저하 용안이 아직도 아른거려."

"나도 나도. 세상 그렇게 풍채가 훤하신 분은 처음이야. 손마디도 잘생겨 보이더라니까?"

"난 아까 숨이 턱, 멎어서 죽을 뻔했어. 목소리도 어쩜 그렇게 늠름하실 수 있니? 나 너무 설레."

규수들은 흥분을 가라앉히지 못한 채 수군거렸다. 어제 간택을 치렀던 정자 위에서 높은 분들이 납시실 때까지 잡담을 나누었다.

"하다 하다 저하의 그림자도 귀골로 보이더라. 그런 분을 지아비로 모시며 매일같이 그 용안을 뵈면……."

규수들의 탄성이 정자 위를 가득 울렸다. 처음으로 심장이 급격하게 뛰어오르는 것을 느낀 규수들은 강렬했던 동궁의 등장을 몇 번이고 떠올렸다. 제 곁에 서 계신 동궁을 그려 넣으며 각자 부푼 꿈을 꾸는 때, 소리를 새겨듣던 이진이 용희에게 속삭였다.

"용희야, 너도 뵈었어? 세자 저하의 용안 말이야."

"아, 어, 조금."

"우리 오라버니는 순 뻥쟁이야. 자기가 조금 더 잘생겼다고 입에 침도 안 바르고 거짓말을 했어."

"네 오라버니가?"

이진은 속은 것이 분하다는 듯 고개를 끄덕였다. 용희는 지담의 음성이 들리는 것 같아 또다시 눈꼬리를 휘며 웃다가, 옷자락 사이에 넣어 둔 종이를 만졌다. 내용이 궁금했지만 지금은 따로 볼 수 없었고, 어서 간택이 끝나 확인하고 싶은 마음만이 간절했다.

민연은 어느 대화에도 끼는 법 없이 눈만 내리깔고 있었다.

잡담이 조금씩 맺음을 해 갈 무렵, 드디어 상감께서 간택 자리에 납시셨다. 드리워진 발 뒤로 규수들이 일어섰다. 상감께서 정자 위로 오르시니 뒤를 따라 중궁께서 오르셨고, 몇몇 왕가의 사람들이 오르셨다.

"다들 예를 갖추시오!"

규수들은 손끝 하나에도 정성을 실으며 적극적인 자세로 간택에 임했다. 훤칠했던 세자의 얼굴이 쉽게 가시지 않아, 반드시 그분의 배필이 되고 말리라는 각오를 다졌다.

규수들의 꿈은 장대하고 상감께서는 위풍이 당당하신 이 공간, 아무 감흥을 느끼지 못하는 아이가 있었으니 바로 민연이었다.

"다들 앉아라."

"예, 전하."

규수들을 따라 민연도 자리에 앉았다. 저하의 용안을 뵈었으나 다른 규수들처럼 감흥도 없었고, 상감을 뵈었으나 그다지 긴장되는 것 또한 없었다. 느끼는 것은 오로지 분노와 슬픔뿐, 다른 감정은 머리가 이해하지도 가슴이 받아들이지도 못했다.

"다들 잘 왔다. 종묘사직을 위해 간택에 참여해 준 너희의 가문들이야말로 진정한 충신의 가문이다."

"망극하옵니다, 전하."

또다시 꾀꼬리 같은 목소리가 울리자 중궁은 미소 지었다. 드리워진 발 뒤로 아이들이 앉아 있으니 상감은 한 명 한 명 자태를 눈여겨보았고, 상궁은 성명과 인상착의 등을 고해 올렸다.

왕은 상궁의 설명에 고개를 끄덕이며 신중한 표정을 지었다. 초
간택을 하루 이상 치르는 것은 전례를 찾아보기 힘든, 상당히 이
례적인 일이었다. 그만큼 간택에 신중을 기하고 있음이었고, 비록
세자의 마음이 용희에게 쏟아진다 한들 역량이 되지 못한다면 빈
궁으로 맞이할 수 없음이었다. 간택은 이 나라 조선의 다음을 이
을 국모의 자리를 선별하는 일이었으므로, 사심을 더하거나 흑심
으로 처리할 일은 아니었던 것이다.

"김 상궁."

"예, 중전마마."

지혜와 현명함을 두루 갖춘 여인. 그러한 여인을 찾아야 했다.

"자네는 지금 규수들의 분칠을 지우도록 해라."

중궁의 명에 규수들은 소스라치게 놀란 얼굴로 눈을 크게 떴다.
쏟아지는 아침잠을 떨치며 얼마나 공을 들인 분칠인데. 한양 최고
의 수모, 조선 최고의 연지분을 구해 와 칠한 것인데 지우라니?

규수들이 놀라 우왕좌왕 눈치를 보자 중궁은 근엄히 입술을 열
었다.

"'분칠한 얼굴로 낯빛을 더럽힐까 화장을 지우고서 임금을 뵈
네.'라는 시가 있다. 어찌 분칠하여 바꾼 얼굴을 자색이라 할 수 있
겠는가? 깨끗하게 소세한 뒤 자색을 드러내도록 해라."

나인들이 둥글넓적한 세숫대야를 옮겨 와 규수들 앞에 하나씩

내려놓았다. 예상하지 못한 규수들의 당황함이 크게 번졌다. 민얼굴에 자신이 없으니 지금 당장 울고 싶은 규수들도 생겨났다.

"깨끗하게 소세하도록 해라."

중궁이 명하자 규수들은 고개를 떨궜고, 하나둘 마지못한 숨을 내쉬었다. 그중 제일 처음으로 소매를 걷으며 얼굴에 물을 끼얹은 여인이 있었으니 두고 볼 것 없이 용희였다.

64
화

고
백

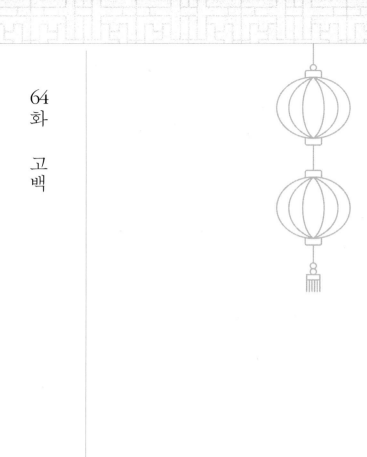

【해종실록 11권. 해종(偕宗) 17년 6월 28일】

처녀를 친히 간택하였다.

용희는 얼굴에 거침없이 물을 끼얹었었다. 청량한 기운에 저절로 상쾌함이 밀려들었고, 눈가에 물기가 생겨나니 한결 시원했다.

외피를 뒤덮고 있던 얇은 막을 없애는 일. 그것을 망설일 이유도 주저할 이유도 없었다. 지난 얼마간 얼굴에 무얼 발라 볼 여유도 없던 그녀에게 분칠은 외려 거추장스러운 것이었으니까. 사가에 있을 땐 반가의 여식 대부분이 그러하듯 곱고 흰 피부를 유지하기 위해 노력했다. 하지만 선생과 산을 오르내리며, 남몰래 도둑처럼 숨어 목욕을 하며, 그런 것들은 꿈도 꾸지 못할 사치에 그쳤다.

"후……."

용희는 밀려 나오는 숨을 길게 내쉬었다. 천 수건으로 얼굴을 닦고 나니, 모든 분칠을 지워 낸 그녀는 본연의 자색만으로도 충분히 밝고 희었다. 이미 소세를 끝낸 용희를 넋 놓고 바라보던 다른 규수들도 천천히 손을 물에 담갔고, 옷깃에 물을 묻히고 싶지 않은 민연은 조금 더 수그리며 소세를 시작했다.

분칠은 제각각이었다. 뉘 집 댁은 잡티만을 가리는 엷고 수수한 담장(淡粧)을 하였고, 뉘 집 댁은 색조를 입혀 생기 있는 표현을 한 농장(濃粧)을 하였고, 뉘 집 댁은 조금 더 욕심내어 예쁘게 꾸민 진한 염장(艶粧)을 했다.

"규수들께선 전부 지워 내십시오! 말끔하게 말입니다!"

김 상궁이 엄히 말하자 규수들은 전부 지워 냈다. 천연 진주 가루를 발라 옥의 것처럼 보이게 만들었던 피부색이 벗겨졌고, 어렵게 구한 명의 미묵으로 둥글게 그린 눈썹이 지워졌다. 최고급 꽃가루에 기름을 섞어 바른 두 볼의 발그레한 홍조도 사라졌다.

"규수들께선 서두르십시오!"

마지막으로 도톰한 입술을 만들어 주었던 붉은 입술마저 없던 일이 되었다. 규수들은 끝내 소세를 마쳤고, 천 수건으로 얼굴을 닦아 내니 저도 모르게 근심이 내려앉았다. 없는 듯 흐려진 눈썹이, 만천하에 드러난 주근깨가, 생기를 잃은 입술과 눈두덩이 자신감마저 앗아 간 것이다.

"규수들의 소세가 모두 끝났사옵니다, 중전마마."

김 상궁이 아뢰자 중궁은 고개를 끄덕였고, 한 명 한 명을 지나치며 간택 상궁들은 그 얼굴을 기록했다.

민연은 긴 속눈썹을 내렸다가 올리며 상궁의 기록을 기다렸다. 그 아비가 궐에서도 구하지 못하는 갖가지 금고를 가져다주고, 그 어미가 욕심이 많아 좋다는 것은 이웃 나라의 것까지 모두 섭렵하니, 고운 피부는 대가요, 단정한 이목구비는 천성이라.

"김 규수는 고개를 반대쪽으로 돌려 보십시오."

용희 역시 상궁의 지시에 따라 고개를 돌렸고, 상궁은 그녀의 귀를 유심히 보았다.

"김 규수는 다시 앞을 보십시오."

용희가 정면을 바라보자 초승달처럼 얌전한 그녀의 눈썹은 그린 것처럼 진했고 유려했다. 상궁은 믿기 어렵다는 듯 가만히 얼굴을 내려다보다가, 손을 뻗어 그녀의 눈썹을 지워 보았다. 본연의 것이니 지워질 리 없었다.

"김 규수께선 이 종이를 입에 물어 보십시오."

이번엔 붉은 입술이 의심스러워 기름종이를 물게 했다. 용희가 물었다가 떼자 아무것도 묻어나지 않았다.

적당히 도톰하게 튀어나온 이마, 콧방울은 색이 좋고 인중이 반듯하니, 용희의 바른 생김새에 혀를 내두른 상궁은 그녀의 인상착의를 모두 적은 뒤 중궁께로 돌아갔다. 흠잡을 것이라곤 아무것도 없었다.

"이것은 원래 있는 것은 아니옵고 내일이면 없어질 것이어요. 참작해 주세요."

이진이 이마에 난 뾰루지가 신경 쓰여 상궁에게 이야기하지만, 야박한 상궁은 곧이곧대로 적은 뒤 사라졌다.

이목구비의 생김새가 중요한 것은 아니었다. 그것들이 조합을 이루어 만들어 낸 관상. 즉, 얼굴에 덕이 있는 규수를 선별하는 과정이었다. 모든 종이가 모이자 중궁은 입술을 열었다.

"본디 생김새란 부모에게 물려받은 것일 뿐 본인의 의지로 만든 것은 아니다. 그것을 보고자 함은 아니고 얼굴에 나타난 기운을 보고자 함이니, 어제의 결과와 오늘의 것을 반영해 첫 번째 후보자를 가리겠다."

중궁이 종이를 김 상궁에게 넘겨 주니 상궁이 호명했고, 불린 규수들은 엉거주춤 자리에서 일어섰다.

"부사직댁 남 규수, 참지의정부사댁 한 규수."

하나둘 일어난 규수들은 힐끔 저들끼리 바라보았고, 바보가 아닌 이상 호명의 뜻을 알 것만 같았다.

"수군절도사댁 유 규수, 강원감사댁 임 규수. 이상 네 명입니다. 규수들께서는 지금 사가로 돌아가실 것입니다."

탈락이었다.

◎

"오랜만입니다, 좌상 대감."

"오랜만이오, 병판."

햇빛이 겁 모른 채 내리쬐는 공간. 궐의 돌길 한가운데서 좌의정 신기형과 병조판서 윤송엽이 마주쳤다. 나란히 서서 안부를 주고받으니 곁을 지나는 사람들은 두 사람의 불편한 심기를 알지 못했다.

"대감, 들으셨습니까? 지금 막 초간택이 끝났다 합니다."

윤송엽이 사사로운 기운을 감춘 채 말을 꺼내자 신기형 또한 비릿하게 올라오는 쓴 물을 삼켰다. 병판이 자신과 있었던 일을 동궁에게 고해 올린 것이 마뜩찮아 기회만 엿보던 찰나였으나, 지금은 때가 아니었다.

"그러게 말이오. 나도 조금 전에 소식을 들었소."

"대감의 여아가 초간택을 무사히 치렀다니 축하드립니다."

"병판 또한 초간택을 통과했다 하니, 축하는 이쪽에서 해야 할 일이 아니겠소?"

두 사람의 여식은 나란히 초간택을 통과했다. 하지만 품은 뜻과 꿈이 상반되니, 두 아비는 각자 다른 생각에 사로잡혔다.

"축하하오, 병판."

"제 여식이 어쩌다 통과를 했는지 모를 일이나, 재주가 부족하니 아마 다음 간택에서 떨어지지 않을까 합니다."

"뭐, 떨어지고 붙는 것은 모두 내명부의 뜻이니. 여식이 떨어진다면 잘 달래시오."

윤송엽이 여식을 낮춰 말하며 공손함을 보였으나 신기형은 당연하다는 듯 부정하지 않았다. 병판의 여식 따위가 경계 대상은 아니었으므로.

김판두의 여식을 떨어트려야 한다. 머리는 그 생각만으로 터져 버릴 지경인데, 륜명은 어디로 갔는지 쥐도 새도 모르게 사라졌고 동궁의 익위사들 또한 보이지 않으니 신경이 곤두섰다.

"영상 대감께서 복직되어 대감의 일이 줄었으니 이제 숨 좀 돌리십시오, 좌상 대감."

병판이 먼저 언급하기에 더는 속내를 감추고 말고 할 이유도 없었다.

"영상의 복직을 도운 것은 병판 자네겠지. 내 아주 인상 깊게 생각하고 있소."

"과찬이십니다. 제가 뭐라고 그런 일에 앞장설 수 있단 말입니까?"

"이 사람의 말이 그리도 우스웠는가?"

신기형의 말에 윤송엽은 답을 미루었다. 그러자 신기형은 어리석다는 듯 조소를 흘렸다. 영의정 자리로 돌아온 김판두가 다시금 권세의 으뜸을 달리고 있다고는 하나, 모두가 간과하고 있는 사실이 있었다.

"병판, 영상이 돌아와 권세를 휘어잡고 조정을 바르게 하며, 왕가에 도움이 되리라 믿겠지만 틀렸소이다."

"……."

"그가 지닌 것은 사상누각과 다름이 없지. 기반을 잡아 줄 세력이 없어 곧 무너질 것이오."

지금은 모를 것이다. 손 잡아 주며 뜻을 따라 줄 자가 없는 권세란, 미세한 바람에도 무너질 모래성에 불과하다는 걸.

"조정엔 그를 따르는 자가 남아 있지 않으니 무슨 수로 으뜸이 되겠는가? 아, 단 한 명 병판이 있군. 영상의 힘이 되어 줄 자가 말이오."

두 사람은 잠시 뜸을 들였다. 달궈진 돌바닥에서 열이 뿜어져 나와 전신에 열기가 감돌았다.

"길고 짧은 것은 대보아야 알겠지. 부디 병판의 판단이 옳았길 바라오."

"이만 가 보겠습니다, 좌상 대감."

윤송엽이 표정을 감춘 채 곁을 지났다. 신기형은 스쳐 지나는 윤송엽의 어깨를 붙잡으며 조용히 입술을 열었다.

"영상은 비행하는 것이 아니라 낙하하는 중이라는 것을 내 병판, 자네에게 보여 주지."

"그날을 기대해 보지요. 그럼 이만."

"몸조심하게."

돌아보지 않아도 신기형의 표정은 물에 비치는 달처럼 훤히 보였다.

"자네가 아니라면 그대 장자라도 몸조심해야 할 것이야. 나는 이대로 물러날 생각이 없으니 말이네."

신기형의 표정이 일그러진 까닭은 너무 밝아 차마 바라볼 수 없는 햇빛 때문이라, 지나가는 모두는 생각했다.

◎

후보자가 반으로 줄었으니 처소는 일인실로 변경되었다.

하루는 기가 막힐 정도로 정신없이 지나갔다. 배정받은 처소로 돌아온 용희는 문을 닫자마자 쪽지를 꺼내 들었다. 익숙한 선생의 필체에 용희는 온 얼굴로 웃었다. 쪽지의 내용을 모두 확인한 용희는 밖의 소란이 사그라들길 기다렸고, 한참 후 처소 문을 열었다.

"무슨 일이십니까?"

보초를 서고 있던 무관이 용희를 바라보며 물었다.

"아, 그것이……."

용희가 부끄럽다는 듯 말을 하지 못하며 고개를 수그리자 무관들은 이해했다는 듯 길을 텄다. 손에 들린 용품들을 보아하니 부지런한 아가씨께서 누구보다 먼저 목욕간을 향하는 모양이었다.

"이놈이 송구하게도 괜한 것을 여쭈었습니다. 어서 지나가십시오."

길 끝에 있는 거라곤 목욕하는 공간밖에 없으니 무관들은 손쉽게 길을 터 주었고 용희는 걸음을 옮겼다.

"저, 수모는 데려가지 않으십니까?"

무관의 질문에 화들짝 놀란 용희가 뒤돌아서며 입술을 열었다.

"혼자도 충분하여 수모는 쉬라 했기에……."

"아아, 예. 가 보십시오."

용희는 고개만 까딱 움직이며 목욕간을 향해 걸음을 옮겼다. 좌우를 살피니 아무도 보이지 않고, 완이 설명해 준 대로 목욕간의 뒤로 돌아갔다.

"이런 곳에 뭐가 있다는 거야?"

사람의 발길이 끊긴 것이 오래전 일인 듯한 공간. 용희는 들고 있던 용품을 내려놓고 깊숙하게 들어섰다. 분명 바닥에 노란 끈이 보일 것이라 했는데.

"우와, 진짜 있다."

노란 천이 바닥에 놓여 있자 용희는 신기한 듯 활짝 웃었다. 그 자리에 주저앉아 수북하게 쌓인 나뭇잎을 들춰 내니 거짓말처럼 작은 구멍이 드러났다. 어린아이 한 명 간신히 들어갈 것 같은 작은 구멍이었다.

구멍에 끼일 것만 같아 자신 없는 눈빛으로 바라보던 용희는 몸을 웅크린 뒤 머리를 넣었다. 한쪽 어깨를 없애 버릴 참으로 잔뜩 상체를 좁히니 간신히 구멍 사이로 어깨가 들어갔다.

"으아…… 으으……."

누가 보기라도 한다면 정말이지 수치스러울 것만 같은 시간. 안간힘을 쓰며 구멍을 통과해 보려고 용희는 이리저리 몸을 비틀었다.

"여기, 손 잡아라."

"으아, 깜짝이야!"

놀란 용희가 고개를 들어 보니 풀 사이에 앉은 채로 손을 내민 선생이 시선에 담겼다. 용희는 완을 향해 다급히 손을 내밀었다. 모습은 흉측했으나 이보다 더한 모습도 숱하게 보여 주었던 사이가 아니겠나. 이제 와 딱히 꺼릴 것도 없었다. 빨리 빠져나가는 것만이 급선무였다.

"당길 것이니 조금만 더 힘을 내 봐라."

"아…… 틀렸어……. 꽉 꼈어……."

"허어, 더듬을 수도 없으니 뭘 어쩐다?"

"그런 말씀 마시고 좀 더 당겨 보십시오."

골반이 끼어 상체만 버둥거리니 완은 용희의 두 손을 붙잡고 발로 벽을 지탱하며 쭉 당겼다.

"아아아…… 아파 아파……."

"충분히 빠져나올 수 있을 것이라 생각했는데 오산이었다."

"지금 그게 말이오? 아…… 말씀이십니까?"

"셋을 센 뒤 쭉 당길 테니 힘내라."

하나, 둘, 셋! 완이 힘을 주자 용희의 골반이 빠져나오며 두 사람은 반동으로 굴렀다. 용케 빠져나온 그녀가 골반을 비비며 인상을 찌푸리자, 내내 이곳에서 기다렸던 완이 웃음을 터트렸다.

◎

"괜찮으냐?"

"아파요."

머리가 바닥에 닿을까, 그녀의 뒷덜미를 가볍게 움켜쥔 완이 시선을 맞췄다. 공간은 풀과 나무가 자라 광활했고 오가는 사람은 한 명 없이 고요했다.

"왜 이렇게 늦었어. 안 오는 줄 알았다."

"일정이 그리되었습니다. 이런 곳에 공극이 있는 줄은 어찌 아셨습니까?"

"내가 원자 시절 자주 다니던 공간이다. 궐 안에 내가 파 둔 구멍이 몇 개 있지."

완이 답하자 용희는 엎드려 구멍 사이나 오간 자신의 신세에 웃음을 터트렸다. 이렇듯 사랑에 눈먼 자들은 그곳이 어디든 관계가 없었고, 행동에 무리수가 있대도 별수 없었다. 그대를 만나는 길이라면 진흙탕도 두렵지 않았고, 천리 길이 황무지인 공간도 무섭지 않았다.

"하아, 정말 미치겠다."

"왜 웃느냐?"

"소녀가 간택 도중 궐에 난 구멍을 드나들었습니다. 모양새가 빠지니 웃음이 절로 나와 웃었지요."

용희가 웃으며 답하자 완은 아쉽다는 듯 입술을 열었다.

"다 좋다. 다 좋은데 그 말투 좀 어떻게 못 하겠는가? 어색해 죽겠단 말이다."

"할 수 없습니다. 세자 저하시라면서요. 소인이 무슨 수로 예를 차리지 않는단 말입니까?"

"변한 것은 무엇인가? 나는 그저 네가 알던 선생일 뿐이다. 둘이 있을 때만이라도 편히 대해 줄 순 없는 건가?"

"훗날에라도 책잡으실 것이면서 그런 말씀 마십시오."

"그럴 리가? 네가 불편해할 것이 자명하여 용포도 벗고 온 내가?"

"안 됩니다. 안 되어요."

완이 채근하자 용희는 단호히 고개를 저었다. 자신이라고 하루아침에 바꾼 말투가 좋겠느냐마는 후에라도 누가 알게 된다면 기절초풍할 일이었으니까.

"둘이 있을 때만이라도 편히 대해라. 이건 명이다."

하지만 세자가 된 선생보다 민가의 사내이던 선생의 모습이 훨씬 좋았다. 눈물이 날 만큼 그때 그 시절이 그립고 간절하여, 언제고 한 번쯤은 돌아가고픈 마음도 들었다.

"명이라는데 너는 어찌 말이 없느냐?"

"정말이시지요? 후회 안 하십니까?"

"후회는 무슨 후회. 이리 널 안고 있는데."

"뭐, 좋습니다."

말끝에 용희는 몸을 일으켰다. 그녀를 품에 안고 있던 완은 금세 사라진 용희를 올려다보며 눈을 재차 감았다가 떴다.

"왜 일어나느냐?"

"이보, 선생."

"여봐라, 홍시. 별말 아니면 조금 전처럼 누워 말하면 안 될까?"

"지금 제정신이오? 자꾸 사람 찾아와 놀라게 할 참이오?"

용희가 그간 꾹꾹 참았던 말을 터트리며 타박을 놓으니 완은 멍한 눈길로 그녀를 바라보았다.

"누구한테 걸릴까 봐 아주 심장이 오그라든단 말이오. 선생은 여기가 사는 곳이지만 나는 살지 말지도 모르는데 자꾸 이럴 거요?"

앙큼해진 눈매, 투박해진 말투, 거침없는 표정.

"걸려서 쫓겨나면 선생이 책임질 거요? 응? 책임질 거냐고."

그녀다.

"물론 나도 선생이 보고 싶지만, 그 마음 진배없으나 정말 조마조마해 죽겠소."

그래, 너구나. 정녕 네가 맞는다. 이제야 너를 보고, 이제야 너와 말하고, 이제야 너와 함께 있는 느낌이 든다.

"나 떨어지면 어떡해? 선생이 책임질 거요? 나는 그 길로 시집도 못 가고 시름시름 앓다 죽어 손말명이 될 것이 분명하……."

완이 잡아 이끄니 그녀의 상체는 맥없이 끌려갔다. 내뱉던 말과는 달리 곁을 참하게 내주며 세자의 가슴팍에 이마를 맞대니, 서로가 생각하기를.

"근데 선생, 나는 어떡하지?"

이 사랑 참으로 대단하구나. 전에도 대단했고, 지금도 대단하고, 후에도 견줄 곳 없이 대단하겠구나.

"그래도 선생이 나를 찾아와 주어 대단히 기뻤소."

그것 참 희한하다. 배운 적도 해 본 적도 없는 사랑이라는 것을 어찌하여 이토록 절실히 알고 있단 말인가.

"쟁쟁하고 명망 높은 규수들 사이에서 선생의 시선이 내게 깃들어 그것이 또 기뻤소."

"그랬는가?"

"응, 그랬지. 그것이 기뻐서 웃었지 뭐요. 참으로 물색 없소. 그게 기뻐서, 선생이 날 찾으니 그것이 또 감사해서……."

용희는 말꼬리를 흐리며 완의 품 안에서 눈을 감았다. 모든 것이 새롭고 낯선 이 궐에서 그녀에게 지금의 시간은 깨고 싶지 않은 꿈과도 같은, 생시라면 행복에 잠겨 죽을 것만 같은, 영원할 수 있다면 모든 것을 팔아서라도 그대를 곁에 둘 것만 같은, 그러한 시간이었다.

"조금만 더 말해 주겠는가?"

"무엇을 말이오?"

"지금 하던 말. 내가 너를 찾아 기뻤다는 말."

완은 용희의 가늘고 곧은 어깨를 다독이며 청했다. 그녀의 입술 밖으로 나오는 모든 말은 세자에게 기쁨이요, 죽어도 가져가고픈

복된 것이었다.

"조금만 더해 주겠는가? 듣기 좋아 그런다."

"싫소. 아껴 뒀다가 야금야금 들려줘야지."

"야박하네. 이래저래 인심 한번 참으로 쓰다."

"그런, 선생은 어땠는데?"

풀숲에 누워 있으니 어둠에 잠긴 구름이 폭신한 이불을 대신해 주었고, 사이에 촘촘히 박힌 별들이 은실로 수놓은 듯 빛을 내 주었다. 용희는 바로 누우며 하늘을 바라보았다. 선생의 팔을 베개 삼고 올려다보니, 약간의 부족함도 없어 이곳이 별천지이구나 싶었다.

"말 안 해 줄 거요? 선생은 어땠는지."

저 별이 쏟아지면 이 품으로 스러지려나.

"알고 싶은가?"

"그럼, 알고 싶지."

이 품으로 스러져 내 안의 빛이 되려나. 그렇다면 그 빛은 그대와 나누어야지.

"알면서 묻는 것은 온당하지 않다."

"싱겁긴."

완의 대꾸에 웃음을 짓던 용희는 홀린 듯 하늘만 우러러 바라보았다. 이토록 맑고 높은, 검다 못해 푸른빛이 도는 하늘의 별들은 손수건에 박혀 있던 것처럼 수려했다.

"선생, 나는 말이오."

시선을 마주하지 않으니 용기가 생겨 용희는 다시 입술을 열었다. 완은 경청했고, 그녀가 바라보고 있는 하늘을 따라 바라보았다.

"어릴 때부터 간택에 참여해야 한다는 걸 알았지만 그건 오로지 빈궁의 자리를 위한 것이었소."

당연했다. 그대를 몰랐으니까.

"하지만 이젠 아니오. 이젠 그렇지 않아."

용희는 시선을 돌려 하늘을 바라보는 완의 옆모습을 응시했다. 이마로부터 턱 끝까지 준수하며 반듯하기에 바라보는 것만으로 큰 감동이 되었다. 어느덧 세자 또한 시선을 돌려 그녀를 바라보니 완벽한 그림이요, 훌륭한 경관이렷다.

"그렇다면 너의 꿈은 빈궁이 아니라 무엇이 되었다는 것이냐?"

세자가 된 선생께서 하문하시자, 맹랑한 그녀의 입술 사이로 진심이 흘러나왔다.

"음, 나의 꿈은 말이오."

지금 세자께선, 누구라도 좋으니 곁에 있다면 그녀의 말을 기록하여 남기라 하고 싶었다. 홀로 새기기엔 그 마음 아깝고 아쉬워, 풀을 붓 삼아 구름을 먹 삼아 하늘 위에 적어 놓고 싶었다.

"내가 되고 싶은 건 바로 이완이라는 사내의 여인."

아아, 기록할 수 없다 해도 슬퍼할 일은 아니었다. 만물이 숨죽인 채 그녀 고백을 새겨들으니 더할 나위 없는 증좌요, 다시없을 순간이 되어 삼라만상을 이롭게 했다.

"이완이라는 사내의 부인이 되는 것이오."

사랑, 아름다웠다.

65
화

중궁의 시험

【해종실록 11권. 해종(偕宗) 17년 6월 30일】

　　간원이 아뢰기를.

　　"영의정 김판두가 정사를 임의로 처리하는 일이 많고 공도를 무시한 처사가 심하여 여론이 부당하게 여깁니다. 제재를 가하여 주시옵소서."

　　하자 상이 아뢰기를.

　　"처리하지 못한 일들이 많아 특별히 권한을 준 것이다. 신경 쓰지 말라."

　　하였다.

재간택의 아침이 밝았다. 밤사이 숙직을 하던 자들은 처소로 돌아갔고, 새로이 눈 뜬 자들은 궐의 아침을 깨웠다. 궐의 주인으로부터 저 아래 어린 궁녀까지, 누구에게도 직무의 태만과 유기는 있을 수 없는 일이다. 상감은 상감의 아침을, 중궁은 중궁의 아침을, 동궁은 동궁의 아침을 시작했다.

"오셨습니까, 대감."

대사성 관직의 한유철은 입궐한 신기형을 향해 인사를 건넸다. 신기형은 눈으로 인사를 받으며 편전으로 걸음을 재촉했다.

나라의 녹을 먹는 자에겐 몇 가지 대가가 따랐다. 충심을 뼈에 새기고 청렴을 몸소 실천하며, 결백을 사수하고 사욕을 버려야 하는 일. 그것이 어렵고 부당하여 행하지 못하는 자는 가차 없이 관모를 벗고 궐을 떠나야 했다.

"이제 해가 일찍 뜨니 대전의 기침 시간도 더 빨라지는 건 아닌지 모르겠습니다."

한유철은 곁에서 걸음 하며 앓는 소리를 내었다. 그러곤 말을 이어 붙이며 불편한 심기와 속내를 드러냈다.

"대감, 도대체 영의정은 언제 궐 밖으로 나간답니까? 신하 된 자가 어찌하여 궐에서 먹고 자고 할 수 있단 말인지."

"난들 아는가? 오갈 곳이 없으니 상감께서 붙잡고 계신 것을."

"하늘이 노할 일입니다. 세상 꼬락서니하고는, 쯧쯧."

한유철은 혀를 찼다. 영의정 김판두의 사가는 재건축을 시작했고, 상감은 김판두 일가에게 기간 동안 사용하라며 상감 소유의 공간을 내주었다. 간택이 한창인 이때, 사심을 내비치는 일로 보일 수 있었으나 왕은 단호했다.

"대감, 주청이라도 드려야 하는 것 아닙니까? 설마하니 일국의 재상 하나 재울 곳이 없어 궐방을 내준다는 게 말이나 될 법한 이야기냐, 이 말입니다."

하지만 주청도 쉽지 않을 일이다. 상감께는 영상과 밀려 있던 정무를 논하겠다는 대외적인 명분이 있었으니까. 비었던 자리를 촘촘히 채우지 못한 대신들의 무능함을 빗댄 명이셨고, 어쩌면 성심에 미뤄 온 중요한 국사를 은밀히 처결하고자 하는 뜻이 담겨 있기도 했다.

"아비나 딸이나 궐이 제집인 듯 자리하고 있으니. 이러다 간택에 덜컥 그 여식이 되면 볼만하……."

"내가 자네에게 할 말이 있네."

신기형은 자리에 우뚝 멈춰 서며 한유철을 바라보았다. 김판두의 등장으로 잠시 주춤했던 기간 동안 신기형은 많은 생각을 메꾸었다.

"말씀하십시오, 대감."

"동궁이 궁으로 옮기지 못한 은화가 태진사에 묻혀 있네."

"예? 태진사 말씀이십니까?"

"그래, 태진사."

아직 은화는 그곳에 있다. 한유철은 뜻밖이라는 듯 눈을 크게 치떴고, 신기형은 침착하게 말을 이었다.

"그것을 처리해야겠어."

"그럼 그곳엔 상감의 사람들이 지키고 있을 것 아닙니까? 어찌 갈취를 할 수 있습니까."

"쉿, 목소리 낮추게."

신기형은 다소 커진 한유철의 음성을 제지하며 날카로운 음성으로 주변을 살폈다. 아무도 없음을 확인한 신기형은 더욱 목소리를 낮추었다.

"이럴 때를 대비하여 흑단을 키운 것 아닌가?"

"대, 대감. 설마 상감의 군사를 치겠다는 것입니까? 지금요?"

"방법 있는가? 은화를 갈취하여 내탕고가 비어야 동궁의 허점을 잡을 수 있단 말이네."

"하오나, 하오나 대감, 그것이 어찌 가능하다는 것입니까. 상상만으로 살 떨리는 일을!"

한유철은 말도 안 된다는 듯 고개를 절레절레 흔들었다. 임금의 군사를 치겠다니, 반역이다.

"대감, 아무래도 다시 생각을 해 보셔야 할 것 같습니다. 가능하겠습니까?"

"동궁이 기고만장하니 힘을 보여 줄 때지. 나를 등지고는 살 수 없다는 것을 보여 줄 때란 말일세."

"그러다 꼬리가 잡히면 어쩌시려고……. 이 사람은 두렵습니다, 대감."

"나를 따라 일을 도모하는 것이 그렇게도 두려운가?"

"그것은 아닌데……. 굳이 그렇게 말할 것은 아니나……."

한유철이 말꼬리를 흐리며 머뭇거리자 신기형은 한쪽 입술을 올리며 뜻을 알기 어려운 웃음을 지었다.

"걱정 말게. 나 대신 꼬리가 되어 줄 자를 찾았으니 말이네."

신기형이 하늘을 두려워하지 않는 이유는 이것에 있었다. 스스로가 하늘을 자처했으므로.

©

"용희야! 김용희!"

처소 밖을 나선 용희는 들리는 음성을 따라 고개를 돌렸다. 하루 사이 친해진 이진이 그녀를 향해 손을 흔들었고, 용희는 이진을 바라보다 활짝 미소 지었다. 이른 아침부터 꽃처럼 활짝 웃는 이진의 얼굴을 바라보니 지담의 얼굴이 조금 더 선명하게 보였다.

"용희야, 잘 잤어?"

"응, 잘 잤어. 너도 잘 잤어?"

"난 어제보단 편했어. 혼자 방을 썼잖아."

"아아, 그랬겠다."

서로를 겨누어야 살아남을 수 있는 자리였지만, 그렇다 하여 모든 이를 적대시할 성격은 되지 못했다. 이진과 용희는 자연스레 손을 맞잡았고, 이진은 쉴 새 없이 입을 놀리며 그녀를 친근히 대했다. 서로 머리도 쓰다듬어 주고 흐트러진 옷자락도 펴 주며, 마치 오랜 시간 알고 지낸 벗처럼 곰살궂은 감정을 나눴다.

목소리가 또래 소녀보다도 한층 높고 밝으니 이진의 말은 마디

마디에 어여쁨이 묻어났고, 눈빛에 별다른 기교가 없으니 용희의 시선은 구간마다 살가움이 배어났다.

"용희야, 내 이마 좀 봐 봐. 뾰루지 다 들어갔어?"

"어? 어, 어……."

"거짓말하지 마! 안 들어갔지! 아직도 남아 있지!"

"조금, 아주 조금. 정말이야. 멀리서 보면 안 보여."

"하나가 사라지면 또 하나가 생기고, 없어질 만하면 또 다른 뾰루지가 생기고."

이진이 이마를 비비며 싫어 죽겠다는 표정을 짓자 용희는 그만 웃음을 터트리고 말았다.

"오늘은 어디서 뭘 하려나? 일찍 끝났으면 좋겠다."

이진은 중얼거리며 주변을 둘러보았다. 두어 밤 궐에서 잠을 청했다고 궐 안의 것들도 이젠 조금 익숙해졌다. 긴장감도 한결 덜했고, 상궁과 나인들의 얼굴도 제법 머리에 담기기 시작했다.

"이진아, 궐도 조금 편해지는 것 같지 않아? 난 처음보다 한결 나아졌어."

"아니, 난 절대."

용희가 이진의 시선을 따라 고개를 돌리며 물으니, 이진은 고개까지 좌우로 흔들며 아니라 답했다.

"빨리 간택 끝나고 집으로 돌아가고 싶어. 용희야, 난 궐에선 절대 못 살 것 같아."

"정말? 왜?"

"왜는? 여기가 얼마나 무서운 곳인데. 조금만 잘못해도 큰 벌을
받는다잖아. 으으으, 싫어."

이진은 양팔을 비비며 말하자 용희가 끄덕였다. 듣고 보니 맞는
말이기도 했다.

"그리고 용희야, 내가 되겠니? 응? 생각해 봐. 내가 빈궁이 될
것 같아?"

"네가 왜? 네 어디가 어때서?"

"나 입궐하던 날 우리 오라버니가 나한테 외간에서 서찰을 보내
오셨는데, 뭐라고 보냈는지 알아?"

이진은 눈을 가늘게 떴다. 다시 생각해 봐도 열받는 일이었다.
그날 입궐을 서두르는 여동생에게 편지를 보내며 지담은 말했다.

누이야.

"누이야."

꿈 깨라.

"우리 누이, 가서 궐 밥이나 실컷 먹고 집으로 돌아와라. 이렇게
보냈다니까?"

"뭐어?"

용희가 또다시 웃음을 터트렸다. 지담이 붓질을 했을 거라 생각

하니 웃음이 그치지 않았다.

"용희야, 이게 말이니? 응? 말이야? 간택에 단자를 올린 여동생한테 오라비라는 사람이 할 말이니?"

"야아, 너무 웃겨."

"그런데 더 가관은 뭔 줄 알아?"

용희가 웃느라 대꾸조차 못 하니 이진은 에효, 한숨을 내쉬며 다시 입술을 열었다.

"씩씩대면서 방을 나섰는데 아버지가 서 계신 거야. 그래서 내가 아버지를 붙잡고 오라버니 서찰을 보여 줬지."

씩씩대며 이진이 오라비를 일러바치자, 병판 윤송엽은 딸아이를 향해 겸허히 말했다.

"그랬더니 우리 아버지 하시는 말씀이 '나라 법이 그러하여 단자를 올리기는 했다만, 될 일은 아니니 궐 구경이나 하고 제때 집으로 돌아오라.' 이러시는 거야! 아무도 나한테 기대를 안 해!"

"아하하!"

"용희야, 인간적으로 우리 집안 식구들 너무하지 않아? 잘 갔다가 오래. 잘 오래."

"나 너무 웃겨, 웃겨……."

용희는 오랜만에 알알이 부서지는 웃음을 지었다. 아무리 생각해 보아도 그 집안은 명쾌하고 유쾌한 것이 내력인 듯했다.

"용희야, 난 그래서 일찌감치 포기했어. 빈궁마마는 네가 되려무나."

전혀 개의치 않는다는 표정으로 이진이 눈을 찡긋거리며 큰 웃음을 터트리니, 용희는 그 모습이 너무나도 예쁘고 귀여운 까닭에 이진을 폭 안았다. 누구보다 간택을 무사 통과하고픈 용희였지만, 그렇다 해도 이진이 된다면 마땅히 축하해 주어야 한다고 생각했다.

"홍시가 궐 생활에 금세 적응한 모양이로다."

저 멀리 세자께서 그 모습을 응시하셨다. 홍시가 저리도 맑게 웃는 것을 보니 바라보는 것만으로도 근심이 개이고, 평온이 깃들며, 행복이 꽃처럼 만개했다.

완은 잠시 걸음을 멈춘 채 용희의 모습을 한가로이 감상했다. 이리 보고 저리 보아도 그녀는 한 폭의 그림처럼 수려하니 아름다웠다. 품에 안았던 기억이, 함께 숨 쉬던 추억이, 깨어날 꿈도 아니요, 너와 내가 하나 되기 위해 기다리는 천금 같은 시간이었다.

세자의 걸음이 멈추자 따르던 자들 또한 걸음을 멈추었고, 흡족한 표정으로 용희를 응시하던 완은 입술을 열었다. 곁에는 입궐한 지담이 있었다.

"오며 가며 들러 나 대신 네가 저 아이 좀 챙겨라."

"예, 세자 저하."

"불편한 것은 없는지, 힘든 것은 없는지 말이다."

"예, 세자 저하."

마음 같아선 이따위 간택 전부 집어치우고 당장이라도 용희를 자신의 공간으로 데려가고 싶었으나 참아야 했다. 너도 나를 그리고 나도 너를 그리니, 먼발치서라도 바라볼 수 있음에 만족하기로 한다.

"대체 저 여인은 뉜가?"

그러다가 완은 오만상을 찌푸리며 용희 곁에 있는 규수를 가리켰다. 서 있는 곳까지 들릴 만큼 큰 웃음의 주인공은 용희의 곁에서 시종일관 웃기기 바빴다.

"궐에서 저런 웃음이 나오다니 담력이 어지간히 좋은 모양이다."

지나가는 상궁이 다그쳐도 소용이 없고, 웃음소리는 쉴 새 없이 이어졌다.

"허어, 내가 여인의 웃음에 호탕함을 느끼다니. 뉘 집의 규수인지 다른 말은 떠오르지 않고 호탕하다는 것만 떠……."

"저, 그것이, 제 여동생입니다."

"……응?"

완은 고개를 돌리며 지담을 바라보았고, 지담은 포기했다는 듯 입술을 열었다.

"저기 저, 호랑이 기침하는 소리를 내며 웃는 규수가 바로 제 동생입니다, 세자 저하."

"아…… 이만 가자."

완은 뻣뻣한 걸음을 옮겼다. 누이의 웃음소리가 익숙했던 지담은 완의 뒤를 따르며 입을 놀렸다.

"저하께서는 저런 소리가 처음이시지요? 놀라실 만합니다."

"아니다. 놀란 것은 아니고. 뭐, 일단 가자."

"누이는 이제 곧 간택에서 떨어질 것입니다. 혹여 간택될까 너무 심려 마십시오, 저하."

"아, 뭐, 음."

완은 차마 다른 말은 떨어지지 않아 말을 아꼈다. 김 상궁이 나타날 때까지 화통한 이진의 웃음소리는 한동안 이어졌다.

◎

김 상궁을 따라 내명부의 정원을 둘러본 규수들은 다음 일정을 기다리며 한데 모였다. 첫날의 경계심은 달리 보이지 않고, 하나둘 속내를 털어놓으며 마음을 열자 사가로 돌아간대도 벗으로 남을 것 같은 우정이 생겨나기 시작했다. 그중 유달리 무리에 속하지 못하고 겉도는 규수가 있었으니 바로 민연이었다.

"얘, 너도 이리 와. 같이 있자."

며칠째 혼자 있는 민연이 신경 쓰여 이진이 그녀를 불렀다. 하지만 듣지 못했는지 민연은 반응하지 않았고, 이진은 조금 더 크게 그녀를 불렀다.

"얘, 민연아, 이리 와서 같이 있자."

그제야 민연의 시선이 무리를 향했다. 하지만 시선에 불쾌함이 상당하니, 말을 붙였던 이진은 놀라 눈을 동그랗게 떴다.

"천것들처럼 모여서 잡담이나 해대니 한심하기 이를 데가 없구나."

민연의 입을 통해서 나온 말은 듣고도 믿기 어려웠다.

"뭐, 뭐라고? 너 지금 뭐라고 했어?"

이진은 당혹함을 감추지 못한 채 재차 물었다. 민연은 한심하다는 듯 규수들을 위아래로 짧게 훑었다. 그녀의 매섭고 사나운 눈길은 받는 것만으로도 찬기가 느껴졌다.

"야, 너 말이 좀 심하다? 당장 사과해. 신민연, 너 당장 사과하라니까?"

이진이 눈꼬리를 올리자 민연은 헛웃음을 흘렸다.

"아비가 병조의 으뜸이면 무얼 하나? 그 여식은 제 자리도 모르고 언동이 가벼우니 손가락질받는 건 당연한 것 아닌가?"

"야! 뭐라고?"

결국 참지 못한 이진이 소리를 빽 지르자 민연이 미간을 구겼다. 용희는 당장이라도 민연에게 달려가 머리채를 휘어잡을 것 같은 이진의 팔을 붙잡았고, 낮게 달랬다.

"이진아, 참아. 하지 마."

"저게 지금 우리 집을 욕보이잖아! 내가 뭘 어쨌다고!"

"참아, 이진아. 참아."

"혼자 있는 게 불쌍해서 신경 좀 써 주려고 했더니 뭐가 어째? 뭐가 어쩌고 저째?"

"불쌍해? 누가? 내가?"

민연은 어이가 없다는 표정으로 이진을 한심하게 바라보았다.

"지금 네가 감히 정일품 재상의 여식더러 불쌍하다 했느냐? 네 깟 것의 호의를 내가 왜 받아야 하지?"

"신민연, 너도 그만해."

용희는 이진을 어르고 달래다가 민연에게 고개를 돌렸다.

"이진이는 네가 혼자 있는 게 신경 쓰여서 한 말인데 굳이 그렇게 말할 필요는 없잖아?"

기어이 용희가 말을 보태자 민연은 피식 헛웃음을 흘렸다. 바들바들 떠는 이진의 분노가 느껴져, 용희는 손을 꼭 붙잡으며 상황을 정리했다.

"그래, 신민연. 네 뜻이 그러하다면 계속 혼자 있으려무나. 앞으로 절대 신경 쓰지 않……."

"김용희, 너야말로 니 앞길이나 신경 써. 재상의 여식이면 여식답게 행동해. 괜히 나까지 격 떨어트리지 말고. 알겠어?"

"뭐라고?"

"이렇듯 품계도 맞지 않는 여식들과 어울리는 거, 집에서 알면 좋아하시겠니?"

"자자, 모이십시오!"

등장한 김 상궁이 규수들을 불렀고, 민연은 놀라 굳은 용희를 스쳐 지났다. 잠시 멈춘 민연은 용희에게 낮게 중얼거렸다.

"처신 똑바로 해, 김용희. 세자빈은 누가 될지 아직 모르는 일이니까."

여린 규수의 몸에서 모진 살기가 느껴져, 용희의 놀란 입술은 다물어질 줄 몰랐다. 아무 일도 없다는 듯 이내 걸음을 옮긴 민연의 선전포고는 대단히 사납고 차가웠다.

◎

"오늘은 내가 너희에게 문제를 하나 내 주려고 한다."

마주 앉은 중궁께서 부드러운 음성으로 말씀하셨다. 민연과의 일로 마음이 상한 규수들이었지만 그렇다 해서 웃전이신 중궁의 앞에서 드러낼 수 있는 것은 아무것도 없었다. 평정심을 유지하며 중궁의 말씀에 귀를 기울이니, 중궁께서는 규수들을 두루두루 살펴보셨다.

"너희들도 알다시피 궐에는 수많은 사람이 있다. 각자의 일이 있고 맡은 바의 책임이 있으니 궐에 작은 일이란 없다. 김 상궁, 그것들을 이 아이들에게 내주게."

중궁의 말끝에 김 상궁은 미리 준비해 두었던 끈을 하나씩 규수들에게 나누어 주었다. 색은 제각각이었다. 노랗거나 붉거나, 파랗거나 검거나.

"내가 오늘 너희들에게 이 궐을 자유롭게 돌아다닐 수 있는 시간을 주겠다."

끈을 받아 든 규수들은 놀라 고개를 들었고, 김 상궁의 얼굴이 일그러지자 모두는 황급히 고개를 수그렸다. 중궁은 미소 지으며 말을 이었다.

"어디를 가고 누구를 만난대도 관여하지 않겠다. 너희는 오늘 궐 안에서 가장 중하다 싶은 사람을 데려와라."

규수들은 떨굴 듯 두 눈을 크게 치떴다. 중한 사람이라니? 궐에서 가장 중한 사람?

"데려오는 것도 너희의 재주요, 그게 누구라도 상관없으나 이유는 합당해야 할 것이니, 누구를 데려올지 각별히 생각한 뒤 자리로 오면 되겠다."

"아뢰옵기 황공하오나 소녀, 한 가지 여쭙겠습니다."

용희가 입을 열자 중궁이 고개를 끄덕였다.

"김 규수는 말해 보라."

"정녕 뉘여도 관계가 없는 것입니까?"

"그렇다. 데려올 수 있다면 남녀노소 가리지 않고 누구든지. 내 준 노끈을 서로의 팔목에 가지런히 묶은 채 돌아오면 되겠다."

"시간의 제약이 있사옵니까?"

"특별한 제약은 없으나 빠를수록 가산점을 부여하겠다. 하지만 가장 큰 점수는 가장 중한 사람을 데려온 규수에게 부여할 것이다."

"예, 중전마마."

용희는 대답하며 시선을 내리깔았다. 시선엔 뜻을 알기 어려운 생각이 담겼다.

"이제 자유롭게 이동해라. 나는 너희들을 여기서 기다리겠다."

모두는 황급히 자리에서 일어섰고, 민연은 용희를 제치며 가장 먼저 선두로 걸음을 옮겼다. 전부 사라졌으나 단 한 명, 이진이 남았다.

"너는 어째서 가지 않는 것이냐?"

"소녀는 이곳에 그분이 계시옵니다."

이진이 수줍게 말하자 중궁은 고개를 갸웃거렸다.

"아뢰옵기 황공하오나 소녀는 내명부의 수장이신 중전마마께옵서 궐 안의 가장 중한 분이라 여겨……."

"나? 나 말이더냐?"

"네, 중전마마. 소녀의 끈을 받아 주시겠는지요?"

두 손을 공손히 모은 채 이진이 중궁께 끈을 내밀자 중궁은 단호히 고개를 저었다.

"뜻은 고마우나 나가서 찾아오도록 해라."

"네? 아…… 네……."

이진은 끈을 내리며 서둘러 일어났다. 앉아서 점수 좀 따 보려고 했는데, 망했다.

뒤늦게 출발한 이진이 터벅터벅 걸음을 옮기자 저 멀리 지담이 등장했다. 서로가 서로를 발견하니 누가 먼저랄 것 없이 오만상을 찌푸렸다.

"어딜 가느냐?"

"그걸 오라버니가 알아서 무얼 하십니까?"

"그래, 그럼 수고해라."

지담이 무심하게 곁을 스치자 이진이 몸을 돌리며 팔목을 붙잡았다.

"오라버니, 소녀 좀 도와주시어요."

"싫다."

"아아, 오라버니. 제발 좀!"

"근데 누구세요? 저를 아십니까?"

이진은 지담의 팔을 놓아주었다. 그러자 지담은 좌우를 살피다가 이진의 이마에 콩, 하니 꿀밤을 놓았다.

"아야! 오라버니!"

"제발 작작 좀 웃어라, 작작 좀 웃어. 네 웃음소리가 대전 문고리를 흔들어야 정신을 차리겠느냐?"

"아…… 뭐…… 그렇게 크게 웃지도 않았는데."

"일단 나한테 뭘 부탁하려는데? 들어나 보자."

이진은 이마를 비비다가 지담을 바라보았다.

"오라버니, 궐 안에서 가장 중한 사람이 누구인지요?"

"중한 사람? 바로 나?"

"그냥 가던 길이나 가세요."

"허어, 이 반응은 뭐지? 네 오라비가 궐에서 얼마나 중한 사람인지 몰라서 그러나 본데."

"네네, 잘 알겠고요. 그럼 안녕히 가세요. 그리고 다음엔 우리 만나도 모르기로 해요."

이진이 걸음을 옮기자 이번엔 지담이 옷자락을 붙잡았다.

"뭐, 내가 아니라면 주상 전하께서 가장 중하시지 않겠느냐? 그런데 그건 왜?"

주상 전하? 이진의 눈매가 반짝였다. 하기야 궐 안에서 그만큼 중한 분이 또 있을까 싶다.

"음, 오라버니, 그럼 주상 전하께서는 지금 어디에 계신지요?"

"주상 전하를 네가 왜 찾느냐? 너 지금 왕비 간택전 참가했어?"

"아이참, 그게 아니고요!"

부디 오라버니가 상감마마를 찾아주길 바라며.

"소녀가 그분을 뫼셔 와야 한단 말입니다!"

같은 시각, 다른 규수들은 뿔뿔이 흩어져 궐의 이곳저곳을 달렸다.

"뭐라? 어마마마께서?"

"예, 세자 저하. 궐에서 가장 중한 사람을 데려오라는 문제를 내셨다 하옵니다."

"그래?"

완은 박 내관의 말끝에 회심의 미소를 그렸다. 궐에서 가장 중한 사람이라니, 그것은 바로 내가 아니더냐?

"물론 아바마마께서 그 누구보다 귀하고 중한 분이심은 자명하나, 나 역시 못지않게 귀하고 중하지."

"지당하신 말씀이십니다, 세자 저하."

박 내관이 긍정하니 완의 자신감은 더욱 하늘로 치솟아 올랐다. 이럴 것이 아니라, 그녀가 자신을 찾아 이곳저곳 헤매기 전에 적당한 곳에 있어야겠다.

"박 내관, 따르라."

"예, 세자 저하."

처소를 나선 완은 용희가 발견할 만한 적당한 곳으로 걸음을 옮기기 시작했고, 상상만으로도 즐거운지 표정을 감추지 못했다. 왕왕 매달리기 전엔 쉽게 넘어가 주지 않을 것이다. 완은 생각하며 절로 터져 나오는 웃음을 흘렸다.

규수들이 바삐 움직이니 때아닌 활기가 느껴지는 궐이었다.

66화

특별한 손님

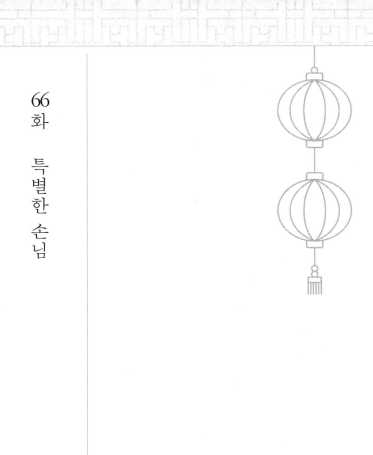

【해종실록 11권. 해종(偕宗) 17년 7월 1일】

좌의정 신기형과 대사성 한유철이 아뢰기를,

"영의정 김판두가 오갈 곳을 잃었다 하나 궐 안에 있는 것은 합당하지 않사옵니다. 말이 많은 것은 물론이요, 그 여식이 간택 중이니 더욱 온당할 수 없습니다. 차라리 김판두에게 있을 만한 곳을 궐 밖에 마련하여 주시옵소서."

하자 상이 아뢰기를,

"퇴청 시간부터 아침이 될 때까지 처소 밖을 나가지 않는 김판두다. 밤잠을 잊고 국사에 매달려 나랏일을 처리하고 있으니, 모두가 그것을 보았다면 할 수 있을 말이 아니다. 때가 되면 퇴궐하며 나랏일을 잊는 그대들 중 누구 하나 밀린 것을 처리하고자 시름한 적 있는가? 공연한 소문은 경들이 알아서 무마하라."

하였다.

"대체 뉘를 찾아야 하지?"

용희는 정처 없는 걸음을 옮기며 생각에 잠겼다. 막막한 시선을 이리저리 돌리며 곳곳을 살펴보니, 궁(宮) 그 특유한 풍경이 시선에 담겼다.

선이 진하고 또렷한 오색단청은 새로 입혔는지 단단한 기둥 위를 현란하게 물들였다. 추녀마루 끝에 앉힌 홀수의 잡상들은 흉한 기운을 물리치기 위한 제 할 일을 다 하고 있었다. 전각을 유심히 살펴보니 웅장한 현판으로부터 정직하고 단단하게 생긴 주춧돌까지, 용희의 시선엔 무엇 하나 중하게 보이지 않는 게 없었다. 사물도 이럴진대 이곳에 몸담은 누군들 귀하지 않을까.

처음으로 혼자 되어 궐의 이곳저곳을 쏘다니고 있지만 경치에 감탄할 새도 없었다. 용희는 신중한 생각을 이으며 하염없는 돌길을 걷고 또 걸었다.

"주상 전하께서 가장 중하시려나?"

원초적으로 떠올리니 생각은 당연했다. 나라의 지존이시니 두말하면 입이 아플 일.

"아…… 세자 저하도 계시지……."

국본 또한 합당했다. 장차 보위를 이어 가실 막중한 존재감을 떠올려 무엇 할까.

"어렵다, 어려워."

하지만 용희는 고개를 가로저었다. 굳이 한 분을 뽑기엔 왕가의 모두가 귀하고 중했으니까. 최고 환관도 중할 것 같고, 어의도 중할 것 같고, 제조상궁과 대령숙수 또한 막중할 것 같았다. 이제 막 입궐한 어린 항아들도 무척 중할 것 같고, 당상관을 비롯한 당하관의 관료들까지 모두가 요긴할 것만 같아 머리는 터지기 일보 직전이었다.

"아……."

그러다가 문득 멈춘 용희가 고개를 들었다. 별 뜻 없이 떠올린 한 사람이 뇌리를 강하게 스친 것이다.

"맞아. 그분이다."

생각을 시작한 뒤 심장은 처음으로 뛰었고, 의심도 망설임도 생기지 않는 것을 보아하니 정답인 것 같았다. 목적지가 정해진 그녀는 힘차게 걸음을 옮겼다.

◎

"대체 뭘 하기에 이렇게 안 오는 것인지."

모두를 멀리 물린 채 동궁전 뜨락을 거닐던 완은 자꾸만 이곳저곳을 훔쳐보며 용희를 기다렸다. 이쯤이면 올 때가 된 것 같은데 코빼기도 보이지 않으니, 그녀는 대체 어디를 헤매고 있는 것일까?

"설마 길을 헤매는 건가?"

동궁전으로 오는 길을 몰라 헤매고 있는 건 아닌가. 비슷비슷하게 생긴 전각에 속아 다른 곳으로 발품을 팔고 있는 건 아닌가. 나가서 찾아볼까. 아니지, 그러다 엇갈리려나.

동궁의 머릿속은 심란했고, 당연히 찾아올 것이라 믿었던 용희가 보이지 않으니 초조해지기 시작했다. 그러다가 느닷없이 나타난 용희가 함께 가자 조르는 모습이 상상되어 웃음이 났다. 멋을 폭발시키고픈 마음에 익선관을 고쳐 쓰다가, 옥대를 잘 여미다가, 옷자락을 펄럭이기도 하고, 그래도 시간이 가지 않아 목화 신은 발로 땅을 툭툭 두드리기도 했다.

그렇게 얼마나 지났을까. 뒤에서 누군가 걸어오는 소리에 완의 귀가 쫑긋 섰다. 걸음걸이가 홀로이며 조신하고 단정하니 용희가 확실해, 완은 참을 수 없는 미소를 그리며 애써 모르는 척 다른 곳을 응시했다. 하지만 기다린 보람이 있으니 기쁘기도 해 눈꼬리마저 휘어지고 말았다. 앙증맞은 시선으로 제게 매달릴 때까지 거절해 볼 생각이었는데, 마음은 이미 끈에 묶이고 싶어 안달이 났다.

기어이 고운 발걸음 소리가 등 뒤에서 멈춰 섰다. 완은 뒷짐을 진 채 그녀가 운을 떼어 주길 기다렸다.

"저……."

"대체 왜 이렇게 늦은 것이냐? 내 얼마나 여기서 기다렸는데."

운만 떼었을 뿐인데, 인내심이 부족한 세자께선 돌아보지 않은 채 그녀를 타박했다. 기다렸다니 놀랐는지 더는 말이 없다.

"중한 사람을 찾아왔느냐? 뭐, 잘 찾아오긴 했다만."

"……."

"조금 더 일찍 왔다면 산책이라도 하고 말이라도 몇 마디 더 주고받을 것이 아니냐. 내가 언제부터 여기서 너를 기……."

완은 더는 못 참겠다는 듯 돌아섰다. 그러고는 깜짝 놀란 듯 두 눈을 크게 치떴고, 노란 끈을 내미는 규수는 기다리셨다니 더욱 편히 입술을 열었다.

"늦어서 송구하옵니다. 결례가 아니라면 소녀를 따라 주시겠습니까?"

　놀란 세자께서 다음 말을 잇지 못한 채 마른침만 삼켰다. 고개
를 조아렸던 규수는 천천히 시선을 들며 세자를 곧게 응시했다.
오라던 그녀는 아니 오고 난데없이 제 앞에 나타난 이 여인은.

　"소녀, 가장 귀한 분을 모셔 가고자 부끄러움을 무릅쓰고 찾아
왔습니다."

　좌의정 신기형의 여식, 민연이었다.

◎

　"도와주지도 않을 거면서 시간이나 뺏고, 가다가 돌부리에 넘어
져 코나 깨져라!"

　흥! 이진은 오라비가 몇 대 더 쥐어박은 이마를 비비며 꿍얼거
렸다. 주상 전하께서 계신 곳을 가르쳐 달라 말하자 오라비는 도
와줄 것처럼 관심을 보이더니, 귓속말로 하겠다며 그녀를 끌어당
겼다. 그러곤 귀를 늘어트리며 사정없이 이마에 꿀밤을 놓았다.

　"쳇, 내가 찾고 만다. 두고 봐, 윤지담. 내가 꼭 찾고 만다!"

　오라비의 이름을 마구잡이로 부르며 이진은 종종 걸음을 옮겼
다. 지나는 나인들을 붙잡고 물어보기도 하고, 할 일에 치인 무수
리들을 붙잡고 물어보기도 하고, 관군들에게, 관료들에게, 상감의

행방을 물으며 온 궁을 휘젓고 쏘다녔다. 그러다가 나인 한 명이 상감께서 계신 곳을 알려 주어 이진은 걸음을 바삐 옮겼다. 드디어 상감의 용안을 뵐 수 있었다.

"주상 전하!"

먼발치에서 크게 외치니, 신료들과 늘어진 느티나무 사이를 가로지르던 왕께서 돌아섰다. 딸아이를 발견한 병판은 두 눈을 크게 치떴고, 김판두는 초면이 아닌 까닭으로 입가에 미소를 걸었으며, 신기형은 민연이 아닌 탓에 오만상을 찌푸렸다.

"누구냐! 무엄하다!"

"두게. 병판대감의 여식이네."

따르던 무관들이 그녀의 앞을 막자 김판두가 입을 열며 제지했다. 길이 트이자 이진이 공손히 고개를 수그린 채 손을 모으고 멈춰 섰다.

"병판, 저 아이가 자네의 여식인가? 이번에 단자를 올린?"

"송구하옵게도 그러하옵니다."

호오. 왕은 반갑다는 눈빛으로 이진을 바라보았고, 저것이 무슨 정신으로 여기까지 찾아왔나 싶어 병판은 작게 탄식했다.

신기형은 심기 불편한 눈빛으로 이진을 훑었다. 내심 민연이 와 주길 바랐는데 수가 틀린 것이다.

"너는 무슨 일로 나를 애타게 찾는가?"

"저, 주상 전하, 아뢰옵기 송구하고 또 송구하오나……."

이진은 말꼬리를 흐리며 땅만 쳐다보았다. 어지간한 일에 눈 하나 깜짝하지 않는 그녀였으나 상대는 다름 아닌 임금이라. 막상 그 앞에 서니 말이 떨어지지 않아 우물쭈물하다가, 별말 없이 끈을 내밀었다. 모두의 시선이 끈으로 향했다.

"중전마마께서 내리신 문제를 풀러 온 모양입니다, 주상 전하."

가까이서 김판두가 아뢰자 이미 소식을 들은 왕은 껄껄 웃음을 터트렸다. 중궁이 낸 문제는 이미 궐 안 곳곳에 퍼져 화제의 중심이 되었다.

"중궁의 문제를 풀고자 나를 찾아온 것이냐?"

"예, 주상 전하. 감히 소녀가 중전마마의 문제를 풀고자 주상 전하를……."

감히 찾을 생각 말라던 오라버니의 말을 들을걸. 이진은 말이 제대로 나오질 않아 식은땀을 흘렸다. 생각보다 삼엄한 분위기에 겁이 나 눈물이 날 것도 같았다.

"그 끈은 무엇이고?"

"이걸, 이걸 손목에 묶으셔야……."

"어허! 무엄하다! 감히 뉘 안전이라고 무엇을 어찌!"

따르던 사내가 따끔히 혼내자 이진은 더욱 주눅이 들었고, 왕은 되었다며 손사래를 쳤다. 웃음이 만개한 것을 보니 왕께서도 은연

중 기다리셨던 모양이다.

"안 그래도 아무도 찾아오는 규수가 없어 소심해지던 차였다. 과인을 중히 여겨 주는 이가 없으니 말이다."

"아…… 하오시면 소녀와 함께 지금……."

"그것을 손목에 묶으면 되겠는가?"

"예? 예, 소녀와 나란히 묶고…… 아…… 그런데 그래도 될지……."

이진은 경우에 맞는 것인지 혼란스러워 아버지인 병판을 바라보다 눈썹을 아래로 내렸다. 하지만 모두의 염려와는 달리 왕께선 손수 소매를 걷어붙이셨다.

"묶어 보아라."

"주상 전하! 아뢰옵기 황공하오나 아니 될 말씀이시옵니다!"

다들 놀라 허리를 수그렸고, 신기형은 놀란 마음에 입을 놀렸다. 딸아이가 오지 않아 마음이 조급했다.

"아니 될 건 무엇인가? 중궁이 낸 숙제의 답이 과인이라 하는데 말이다. 어서 묶어라."

왕은 손목을 재차 내주었고, 병판은 포기했다는 듯 긴 숨을 내쉬었다. 김판두가 어서 왕께 다가가라는 뜻으로 이진을 향해 손짓하니, 그제야 환히 웃으며 이진이 왕의 손목에 끈을 가져갔다. 긴장함에 벌벌 떨며 끈을 묶자 왕의 손바닥은 점점 하얗게 질려 갔다.

"소, 소녀가 너무 세게 묶은 것 같사옵니다. 다시, 다시 끌러서……."

"아니다. 나는 되었고 너도 묶어야 하지 않느냐?"

왕은 끈을 돌려 간신히 피만 통하게 만들었다. 하마터면 피부가 괴사할 뻔했다.

"소녀는 소녀가……."

"팔을 내밀어라. 곁에 아비는 두었다 뭐 하누? 여보게 병판, 끈을 묶어 주게."

왕이 병판을 채근하자 윤송엽이 나와 딸아이의 손목에 끈을 묶어 주었다. 나란히, 왕과 딸아이가 한 끈으로 묶이자 기가 막힌 일 앞에 윤송엽은 장탄했다.

"감히 주상 전하보다 먼저 걷거나 또한 급히 걷지 마라. 알겠느냐?"

"네, 아버지. 염려 마시어요."

드디어 두 사람은 끈으로 묶였고, 이진은 이제야 되었다는 듯 해맑게 웃었다. 딸이 고픈 왕은 이진의 웃음에 또다시 사람 좋은 웃음을 터트렸고, 이내 따르던 관료들을 향해 명했다.

"과인이 중전의 숙제를 도와주고 올 것이니 오후에 다시 봄세."

"예, 주상 전하. 부디 으뜸이 되십시오."

"글쎄다. 중전이 내게 후한 점수를 줄지 모르겠다. 다녀오겠다."

김판두가 웃으며 아뢰자 왕은 이진과 함께 걸음을 걸었다.

"어디로 가면 되겠느냐?"

"아, 이쪽으로…… 아닌가……. 이쪽인가……."

이진이 왔던 길을 헤매자 왕이 방향을 가리켰다. 상감과 어린 소녀가 나란히 길을 걸으며 발걸음을 맞추니 천지가 놀랄 일이었다.

◎

"누구인가?"

한참이나 얼굴을 바라보던 완이 입술을 열었다. 민연이 대꾸하기 전에 세자의 곁으로 급히 걸음 한 박 내관이 낮게 고했다.

"좌의정댁 신 규수이옵니다, 세자 저하."

"아아."

완은 알겠다는 듯 고개를 끄덕였다. 아비와의 관계가 그다지 좋지 못하니 자신을 찾아온 규수가 달갑게 보일 리 만무했다. 게다가 기다리던 용희가 아닌 전혀 예상치도 못했던 다른 규수라. 꺼내보여 줄 감정이 없으니 표정은 숨어들었고, 계절과는 어울리지 않는 찬기만이 세자의 시선에 맺혔다. 세자의 다음 말이 없어 기다리던 민연은 다시 입을 열었다.

"결례인 줄 알고 행실이 온당하지 못함을 알고 있으나, 세자 저하게 청을 드리옵니다."

기다렸다고 할 때는 언제고 이리도 경계하시니, 시간이 여유롭지 못해 서둘러야 했다.

"소녀, 중궁전에서 내리신 문제의 답을 가져가고자 합니다. 따라 주시겠습니까?"

"내가 자네의 답인가?"

"어떤 누구를 답이라 여겨도 된다 하신 분은 중전마마이시옵니다. 소녀 생각에 저하보다 더욱 귀한 분을 찾기 어려우니 통촉하여 주시옵소서, 세자 저하."

완은 잠시 망설였다. 조신한 손길로 쥐고 있는 끈을 내미는 민연의 모습을 바라보고 있자니 이를 어찌해야 할지 답답해졌다.

"정녕 나만이 그대의 답인가? 궐에는 나의 웃전들께서 계신다."

거절할 명분이 없으니 따라 주지 않을 수도 없는 일이겠으나, 쾌히 긍정하며 따라 줄 수도 없겠다. 그사이 홍시가 찾아와 자신을 놓쳤음에 발을 동동 구르면 이를 어찌한단 말인가?

"나를 선택함으로 괜한 오해를 살 수도 있음이다. 후회 없겠는가?"

거부하고 싶은 마음에 완이 재차 돌려 묻지만 그럴수록 민연은 확고했다. 처음부터 발길은 오직 이곳, 동궁전이었다.

"아뢰옵기 황공하오나, 소녀가 저하를 찾아온 까닭은 중전마마의 앞에서 소상히 말씀드릴 것이옵니다. 따라 주시겠는지요?"

이런 부탁, 이런 행동이 견디기 힘들다는 듯 민연은 입술을 깨물었다. 아랫입술을 깨문 그녀의 윗입술이 파르르 떨리는 것을 본 완은 별도리 없다는 듯 건조한 숨을 불어 내쉬었다. 그 모습을 보고 나니 더는 거절도 어렵게 된 것이다.

"그래, 좋다."

간택이란 나라의 국사. 마음은 공정하지 않아도 좋았으나, 행실은 공명하고 정대해야 했다. 그것을 누구보다 잘 알고 있는 세자였으니 용희가 뒤늦게 자신을 찾아온대도 이젠 어쩔 수 없었다.

"끈을 내어라. 어디에 묶으면 되겠는가?"

"황공하옵니다. 손목에 묶어 주시면 되옵니다."

"용길아, 내 곁에 와서 저 끈을 묶어 보아라."

기회란 평등해야 했고, 뉘 집안의 규수이든 간택에 임하고 있는 이상 편파적인 마음으로 옹졸한 행동을 해서는 안 되는 일이었다.

"아뢰옵기 황공하오나 저하, 소녀가 감히 한 말씀 올려도 되겠나이까?"

박 내관이 끈을 달라 손을 내밀었지만 민연은 내주지 않았다. 이유를 알지 못하는 완이 눈빛으로 다음 말을 채근하자, 민연이 말을 이었다.

"이 끈은 중전마마께서 소녀에게 주신 것으로, 소녀가 문제의 처음부터 끝을 모두 매듭지으려 합니다.”

“하여?”

“소녀가 저하의 손목에 끈을 묶어도 되겠습니까?”

완은 침묵했다. 적당한 명분과 도리를 섞어 사람을 옭아매는 말
솜씨는 신기형의 것과 소름 끼치게 닮은 것이었다. 끈을 묶는 사
소한 일 하나 넘어가지 않으며 하고 싶은 대로 하겠다는 의지.

“신 규수, 지금 세자 저하께 그 무슨 무례한 말…….”

“두어라, 용길아.”

박 내관이 민연을 낮게 다그치자 완은 박 내관의 말을 잘랐다.
이내 팔소매를 걷어 자신의 손목을 내주며, 뜻을 알기 어려운 미
소를 그렸다. 가히 좌의정의 여식이라. 대의와 명분을 앞세워 세
자의 말을 자르고 가르며 스스로의 의지만을 불태우니.

“너의 마음이 그렇다면 할 수 없지. 묶어 보아라. 네가 직접 말
이다.”

좋다. 어디 한번 해 보아라. 나는 네가 어디까지 갈 수 있는지
똑똑히 지켜볼 것이다.

완은 손목을 내밀었다. 혈관이 솟은 오른팔을 내밀자 민연은 단
정한 손길로 완의 손목에 끈을 묶었다. 간간이 그녀의 손끝이 살
갖에 닿자 완은 먼발치를 바라보며 입술을 굳게 닫았다.

“송구하오나 이제 소녀도 묶어 주시겠는지요?”

민연이 끝동을 조금 걷으며 희고 여린 손목을 내밀자 완은 소매를 다시 내려 주었다. 그러곤 끝동 위로 끈을 대강 묶은 뒤 팔을 내렸다.

"용길아, 다녀오겠다."

"예, 세자 저하."

세자 완은 민연의 답이 되었다.

©

"전하!"

자리에 앉아 규수들이 돌아오기만을 기다리던 중궁은 끈에 묶인 채 걷고 있는 왕을 발견했다. 납실 것을 예상했는지 중궁의 눈꼬리가 둥글게 휘었고, 왕은 이진과 대화를 나누며 걷다가 웃음을 터트렸다. 아이는 무척이나 유쾌했다.

"저기 좀 보거라. 우리가 으뜸으로 도착한 모양이로다."

"아아? 정말입니까?"

이진은 발돋움을 한 채 정자 위를 바라보았다. 그곳엔 도착한 규수들의 모습이 보이지 않았다. 왕은 일어서 자신을 바라보고 있는 중궁을 향해 가볍게 손을 흔들며 다가갔다.

"중전, 내가 왔소."

"잘 오셨습니다, 전하."

끈으로 묶여 있으니 이진 또한 왕의 곁에서 중전과 마주 섰다. 의외의 인물이 왕을 뫼셔 왔다는 듯 중궁은 한참이나 이진의 얼굴을 바라보았다.

"어찌 뫼셔 왔느냐? 이 어려운 분을?"

"예? 아……."

이진이 머뭇거리자 왕은 껄껄 웃음을 터트렸다.

"내가 이렇게 쉬운 사내요, 중전. 이 아이가 찾아오자마자 내가 손목을 걸어 주었지."

"그리 쉽게 당하시면 어쩌십니까? 밀고 당기고 하셨어야지요."

"허어, 그러다가 내가 답이 아니라고 홀렁 가 버리면 중전이 책임질 거요? 이 아이 말고는 찾아와 줄 사람이 없을 것 같아서."

정자 위로 웃음꽃이 피었다. 규수 중 누군가는 상감께 갈 것만 같아 어느 정도 예상을 했던 차였다.

중궁은 왕에게 자리를 내드렸고, 이진은 얼떨결에 가장 상석을 차지하게 되었다. 특유의 천진함과 붙임성으로 상감과도 친근한 말을 주고받게 된 이진은 으뜸으로 돌아온 것에 상당한 기쁨을 표현했다.

"주상 전하, 소녀와 전하가 으뜸으로 도착했고 또 전하께선 궐의 으뜸이시니 이번 경연은 소녀가 으뜸 점수를 받겠지요?"

"글쎄다. 아까도 말했지만 중전이 날 으뜸이라고 생각할지 모르겠다. 자신이 없어."

"에이, 전하께서 으뜸이 아니시면 대체 뉘가 으뜸이시란 말씀이십니까?"

이진이 절대 그럴 수 없다며 주먹을 불끈 쥐자 왕은 무척 어여쁘다는 시선으로 이진을 바라보았다. 불행히도 여식이 없으니 세상 모든 딸들은 전부 자식 같았다.

"이진아, 으뜸을 하고 싶으냐?"

"네? 아, 네. 다른 걸 꿈꾸는 건 아니옵고, 다만 소녀는 한 번이라도 아비의 면을 세워 주고 싶은 마음에 그러하옵니다."

매번 점수가 좋지 못하니 떨어질 것은 자명했고, 그 안에 한 번이라도 좋은 점수를 받아 아비의 체면을 세워 주고 싶었다. 왕은 이진의 마음이 더할 나위 없이 어여쁘기에 애정 어린 시선으로 아이를 바라보았다. 그렇게 정자 위에서 기다리고 있자니 하나둘 모습을 드러내기 시작했다.

"전하!"

"오호, 자네가 왔군. 앉게, 앉게."

정삼품 어의직의 권승목이 도착하자 왕은 앉으라며 손짓했다. 또 기다리다 보니 종육품 가문 대대로 궁중의 진연을 돕는 대령숙수직의 남성일이 모습을 드러냈다.

"자네는 어인 일로 궐에 다 있었는가?"

왕이 반가워 묻자 남성일은 넙죽 엎드리며 입술을 열었다.

"아뢰옵기 황공하오나 얼마 후 있을 진연 준비로 잠시 입궐하였다가 그만……."

이 자리에 있는 것이 큰 불충이라는 듯 남성일은 고개를 들지 못했다. 남성일과 끈을 묶은 동지총제댁 규수 또한 반쯤 엎드린 자세를 하며 미간을 슬쩍 구겼다.

"일어나게. 자네 때문에 죄 없는 아이가 엎드리고 있지 않나."

"아, 예, 전하."

남성일이 고개를 들자 자리했던 어의 권승목은 오만상을 찌푸렸다. 감히 종육품의 사내를 궐의 가장 중한 인물로 뽑아 오다니. 같이 자리를 하는 것만으로도 자존심이 상해 대령숙수를 본체만체했다.

"김 상궁, 이제 몇이나 남았나?"

"아뢰옵기 황공하오나 두 규수가 도착해야 하옵니다, 전하."

모두는 긴장했다. 왕께서 계실 거라고 누가 생각이나 했겠는가. 안 될 말이라 여겨 시도조차 해 보지 못했던 분이다. 그런 분을 모셔 오다니, 규수들은 이진을 부러운 눈빛으로 바라보았다.

그때였다.

"너도 왔느냐?"

"예, 아바마마."

왕은 당도한 완을 바라보다 의외라는 듯 눈을 크게 떴다. 세자의 등장이 당황스러웠다기보다, 곁에 서 있는 여인이 민연이라는 점에서 더욱 당황스러웠다. 왕은 표정이 좋지 않은 아들의 얼굴을 바라보다 중궁을 향해 시선을 돌렸고, 역시나 누군가는 세자를 데려올 것이라 여긴 중궁의 얼굴은 근심 없이 편안했다.

어의와 대령숙수를 데려온 규수들의 얼굴은 조금씩 더 하얗게 질려 갔다. 왕과 세자라니, 품계도 없는 왕족과 대결해 이길 사람이 누가 있겠는가? 경연의 패배를 느낀 규수들은 메마른 한숨을 내쉬었다.

"김 상궁, 이제 한 명 남았나?"

"예, 전하. 영의정댁 김 규수가 도착하면 되옵니다."

"뉘를 데려오기에 이렇게 늦는지 지켜봐야겠다."

왕은 기대된다는 듯 소리 높여 웃음을 터트렸다. 상감과 동궁이 왔으니 누굴 데려온들 의미 없으리라 생각한 규수들은 아직 오지 않은 용희에게 안쓰러운 마음을 전했다. 민연은 세자의 곁에 앉아 숨을 죽였고, 완은 한마디도 떼지 않았다.

그때, 저 멀리 용희가 보이기 시작하니 모두는 시선을 모아 그곳에 주었다. 왕은 잘 보이지 않는다는 듯 눈을 가늘게 뜨며 사내를 바라보았다.

"저자는 누구인가?"

얼굴도 이름도 몰라 어의에게 물었으나 그 역시 누구인지 몰랐다. 완 또한 그를 모르고, 다만 중궁만이 알 수 없는 표정을 지었다.

"늦어서 송구하옵니다."

정자 위로 용희가 등장했다. 모여 계신 분들을 살펴본 사내는 못 올 곳을 왔다는 것처럼 두 눈을 크게 치켜뜨다가 넙죽 엎드렸다. 손이 묶여 있어 용희 또한 저절로 엎드리게 되었다.

"주, 죽을죄를 지었나이다! 이곳에 미천한 소신이!"

"자네는 누구인가?"

왕이 묻자 사내는 어깨를 바들바들 떨며 입술을 열었다.

완은 충격이라는 듯 입술을 멍하니 벌리다가, 피식 웃음을 흘리고 말았다. 그녀의 선택은 금상도 아니요, 국본도 아닌, 정팔품의 대교(待敎)직.

"소신! 대교(待敎)직을 맡고 있는 춘추관의 조균이라 하옵니다!"

사관(史官)이었다.

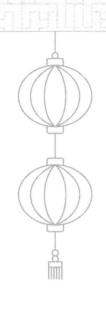

67화

기록되고, 기억되고

【해종실록 11권. 해종(偕宗) 17년 7월 2일】

재간택이 시작되니 중궁이 궐에서 가장 중한 것을 가져오라 처녀들에게 명하다.

　조금 전, 춘추관에 도착한 용희는 용기 내어 안으로 들어섰다. 내쏘는 햇살은 창문 틈으로 실처럼 뿌려졌고, 먼지는 햇살이 비치는 곳에서 사정없이 위아래로 춤을 췄다. 숨을 가득 들이마시니 진한 묵향이 그녀의 폐부를 감쌌다. 구석구석까지 깊게 배고 인이 박혀 사라지지 않을 냄새였다.

　용희는 조금 더 안으로 들어갔다. 이미 바람을 느낄 수 없는 계절이 되었으나, 한 점의 바람도 허용하지 않을 것처럼 모든 창문은 꽁꽁 닫혀 있었다. 종이가 날아갈 것을 염려한 것 같았다. 아무런 말소리도 들리지 않는 공간엔 사각사각, 종이를 넘기는 소리만이 선명했고, 붓이 지나가는 자리로는 역사가 새겨지고 있었다.

오로지 붓끝에 시선을 준 채 한 자 한 자 정성을 다하고 있는 사
내들은 용희가 들어선 것도 모른 채 오로지 일에 열중이었다. 그
모습은 어쩐지 경건해 보이기까지 해, 용희는 잠시 멈춰 서 그들
을 바라보았다.

"여보게 균이, 지금 몇 시인가?"

"글쎄 말입니다. 곤하십니까?"

"나는 되었고 자네는 눈 좀 붙여야 하지 않겠나?"

"이제 얼마 남지 않았습니다. 괘념치 마십시오."

"그래, 그러든지. 흐아아암."

나이가 지긋한 사내가 팔을 쭉 펴며 기지개를 했다. 고개를 뒤
로 젖히며 긴 하품을 하다 보니 용희가 시선에 담겼다.

"아이고, 깜짝이야!"

화들짝 놀란 사내가 팔을 움츠리며 돌아서 앉자 용희는 어색한
미소를 그렸다. 정신없이 붓질을 하던 조균은 소란스러움을 따라
고개를 들었다. 얼마 만에 얼굴을 들었는지 모르겠다.

"뉘십니까?"

조균은 멀뚱멀뚱 용희를 바라보며 물었다.

"여기가 춘추관이 맞습니까?"

용희가 되묻자, 조균은 용희를 위아래로 훑고는 다시 고개를
내렸다. 잠을 청하지 못한 조균의 핏발 선 눈매 위로 피곤이 상당

했다.

"춘추관이 맞긴 맞습니다만 구경 다 하셨으면 이만 나가십시오. 이곳은 아무나 드나들 수 있는 곳이 아닙니다."

"청이 있어서 찾아왔습니다."

이제 보니 곳곳에 먹이 묻고 번져 차림이 허술했고, 오래 앉아 있기 위해 풀어헤쳐 놓은 관복은 관리에 소홀했다. 조균은 머리를 긁적이며 다시 고개를 들었다.

"청이라니, 무슨 청 말씀이십니까?"

조균은 그다지 들어줄 마음이 없는 음성으로 물었고, 용희는 한 발 더 다가섰다.

"다른 것은 아니고 잠시 나를 따라……"

"멈추시오!"

손을 들며 조균은 다가오지 말라 소리쳤다. 자리에 멈춘 용희는 눈만 깜빡거리며 말꼬리를 흐렸다. 조균은 팔랑팔랑 부채질을 하며 훠이 훠이 뒤로 가라 말했다.

"규수께서 맡을 냄새가 아니니 뒤로 물러서 말씀하십시오. 씻지 못한 사내들의 냄새가 얼마나 심한 줄 아십니까?"

"아……."

"거기서 말씀하셔도 다 들리니 다가오지 마시고 그쯤에서 말씀하십시오. 그리고 이쪽엔 중한 것이 많으니까."

"네, 그럼 여기서 말하겠습니다."

조균은 더 멀리 떨어져라며 휘이 휘이 손짓했다. 통풍도 잘되지 않는 공간에 처박혀 썩히다시피 몸을 굴렸으니, 인정하고 싶지 않았지만 냄새가 심하게 날 것이다. 조균과 마주 앉아 있던 사내는 킁킁 옷에서 냄새를 맡은 뒤 눈치를 보며 사라졌다.

"말해 보십시오. 무슨 일입니까?"

"실은 간택 경연의 답을 구하고자 이곳을 찾았습니다. 잠시만 동행해 주실 수 있겠습니까?"

"경연? 답?"

용희가 답하자 조균은 붓을 놀리며 대꾸만 했다. 이미 시간을 많이 허비한 용희는 조바심에 두 손을 꼭 쥔 채 차근차근 설명을 해 나갔다. 여전히 조균은 붓을 놀렸다.

"하여 잠시만 동행해 주시면……."

"미안하지만 여기는 규수께서 찾으시는 자가 있을 곳이 아닌 것 같으니 다른 곳에서 찾아보십시오."

"아……."

"봐서 알겠지만 중전마마를 뵈올 몰골도 아니요, 할 일이 많은 관계로 규수께서는 다른……."

"미, 미안합니다!"

용희는 조균이 거절하자 후다닥 책상으로 달려가 아무 서책이나 집어 들었다. 조균은 의자에서 벌떡 일어서며 팔을 뻗었다.

"규수! 내려놓으시오! 내려놓으시오!"

삼 일 밤낮 동안 기록한 서책을 인질로 잡은 용희가 뒷걸음을 걸었다. 조균은 놀라 자빠질 것 같은 표정으로 허둥지둥 책상을 돌아 나왔다.

"그게 지금 뭔 줄 알고 있습니까? 그게 무엇인데 지금 그걸 가지고!"

"잠시만 따라 주시면 됩니다. 잠시만요."

용희가 서책을 꾹 쥔 채 간절한 눈빛을 쏘자 조균은 한숨을 푹 내쉬며 관복을 툭툭 털었다. 규수의 눈매는 쓸데없이 강건해, 아무리 어르고 달래도 서책을 내줄 것 같지 않았다.

"그럼 앞장서십시오. 빨리 갑시다. 급하다면서요!"

"아아, 네네!"

가는 길에 보태 쓸 생각인지 붓과 간이 먹을 들고, 조균은 앞장서라 용희에게 손짓했다. 용희는 그제야 환히 웃으며 조균의 손목에 끈을 묶었고, 바쁜 걸음을 옮겼다. 끌려가듯 걸음을 옮기며 조균은 말을 이었다.

"아니, 그런데 도대체 이놈이 아가씨께 무슨 도움이 되겠습니까. 사람 잘 찾으신 것 맞습니까?"

"맞습니다. 걱정하지 마십시오."

"끈은 왼팔에 묶어 주시면 안 됩니까? 가면서 좀 적게."

"중전마마께서 오른팔에 묶어 오라고 하셨습니다. 죄송합니다."

하유. 조균은 터벅터벅 걸음을 옮겼다. 가긴 간다만 그곳에 뉘들이 계실지는 꿈에도 상상하지 못 했다.

◎

정팔품. 춘추관의 대교. 정자 위에 올라선 조균은 왕 앞에 납작 엎드린 채 오만상을 찌푸렸다.

"호오. 그래, 반갑네. 어서 오게."

"예, 주상 전하!"

이게 누구신가. 마주 보자니 임금이시오, 그 옆은 세자가 아니신가. 게다 어의와 대령숙수까지. 조균은 못 올 곳에 왔음에 고개를 들지 못했다. 용희에게 놀아났다는 생각이 스친 조균은 함께 엎드린 용희를 향해 꿍얼꿍얼댔다.

"그러게 제가 안 온다고 하지 않았습니까. 이게 웬 불충에 개망신입니까?"

"걱정 마십시오."

"허, 걱정을 말라니요? 지금 보고도 그런 말이 나옵니까? 이놈이 낄 곳이 아니잖습니까. 뉘가 오셨는지 보셨습니까? 보긴 하신 겁니까?"

"봤습니다. 봤다니까요."

"보셨다니 아시겠습니다. 지금 저분들과 제 품계가 어디 견줄 바입니까? 예?"

엎드린 채 옥신각신하니 완은 두 사람을 말없이 바라보았고, 왕은 일어나라며 손짓했다. 간신히 상체만 올린 조균은 용희와 함께 자리로 돌아갔다. 가는 걸음걸음 규수들의 동정 어린 시선이 느껴져 조균은 몸 둘 바를 몰랐다.

용희와 조균이 착석하자 중궁은 입술을 열었다. 표정은 공정했다.

"다들 도착하였으니 이제 각자의 답을 듣도록 하겠다. 도착한 순서대로 답을 들을 것이니 차례대로 말해 봐라."

이 와중에 조균은 슬그머니 서책을 폈다. 쫓아온 김에 상황을 적어 갈 모양인 듯싶었다.

"지금 뭐 합니까?"

조균이 오른팔을 움직이자 용희의 왼팔이 끌려갔다. 조균은 조용히 하라며 열심히 붓질을 시작했다. 감히 왕 앞에서 딴짓이라니, 용희는 이리저리 눈치를 보다가 다시 입술을 열었다.

"지금 전하의 앞에서 딴짓을 하시는 것입니까? 이게 뭡니까?"

"뭐 하긴 뭐 합니까. 이게 제 일입니다. 신경 쓰지 마십시오."

용희는 왼팔이 끌리는 대로 힘을 뺀 뒤 긴 한숨을 내쉬었다. 엎드린 채 열심히 기록 중인 조균을 뒤로하고 이진이 답을 내어놓았다.

"소녀의 답은 주상 전하이십니다."

"이유는 무엇인가?"

"천상천하 유아독존, 세상에 주상 전하보다 더 높은 이는 있을 수 없는 일이요, 모두는 신하입니다. 궐의 진정한 주인이기도 하시지요."

"서로의 손을 나란히 끈으로 묶으니 무슨 생각이 들었는가?"

"높고 두려운 존재셨는데, 백성을 품어 주시는 따듯하고 친근한 주상 전하의 기운을 느낄 수 있었습니다."

이진이 느낀 바를 말하자 중궁은 종이에 무엇인가를 적어 넣었다. 답이 마음에 든 왕은 크게 고개를 끄덕였고, 규수들은 작게 손뼉을 쳤다. 이 와중에도 조균은 부지런히 붓을 놀리며 기록하기 바빴다.

"소녀는 왕가의 건강과 안위를 책임지는 나라의 어의가 중한 사람이라 생각하였습니다."

다음 규수가 설명을 시작했고 조균을 제외한 모두는 규수의 뒷모습에 집중했다. 그때 무언가 깨달은 용희가 천천히 고개를 돌리며 조균의 붓끝을 바라보았고, 중궁께서는 같은 질문을 내어놓으셨다.

"너 또한 답해 봐라. 서로의 손을 나란히 끈으로 묶으니 무슨 생각이 들었는가?"

"침을 놓고 뜸을 들이는 어의의 귀한 손에 대해 생각하게 되었습니다."

"그래, 수고했다."

또다시 중궁은 종이에 무언가를 적어 내렸고, 다음 규수가 일어섰다.

"소녀는 궐의 음식을 개발하고 또한 전통을 계승하며 나라의 중요한 진연을 도맡아 성공을 돕는 대령숙수를 중한 사람으로 뽑……."

규수의 말이 빨라지자 조균의 손놀림도 덩달아 빨라졌다. 자신만이 알아볼 수 있을 정도의 형태로만 내용을 기록하고 있는 조균의 기록 솜씨는 무척이나 뛰어났다. 용희는 계속해서 그의 붓끝만을 바라보았다. 정신없이 붓을 놀리는 조균을 바라보고 있자니, 미처 생각하지 못했던 중궁의 마지막 뜻을 알게 된 것만 같았다.

"소녀는 서로의 손에 끈을 묶자 대령숙수의 오른팔이 무척이나 귀히 여겨졌습니다. 칼을 잡고 음식을 개발하는 손이니 말입니다."

"그래, 수고했다."

다음은 민연의 차례가 되었다. 완과 나란히 걸음 한 민연은 용희와 엎드려 기록 중인 조균을 스쳐 지났다. 조균의 붓끝만 바라보던 용희의 얼굴은 처음으로 두 사람에게 고정되었고, 시선은 나란히 묶인 손목으로 내려갔다.

어쩔 도리 없이 닿아 있는 두 사람의 손목을 바라보자니, 경연의 부분일 뿐이고 자신이 포기한 답이라는 걸 알면서도 심장 부근에 미약한 통증이 일었다. 이 와중에도 조균은 왼팔에 힘주지 말라 용희를 타박했다.

"힘 좀 빼십시오. 글 쓰는 데 방해가 되지 않습니까?"

"아, 미안합니다."

용희는 질투가 일던 마음을 빠르게 잠재웠다.

"소녀는 세자 저하를 그 답으로 여깁니다."

"이유는 무엇이냐?"

중궁이 묻자 민연은 유려한 말솜씨로 답을 이어 나갔다. 누구나 예상 가능할 법한 이야기였다. 그는 동궁이었고, 대를 이어 왕위를 이어받을 존재였고, 세자의 입지가 든든해야 왕권이 강화될 수 있다는 것을 모두는 잘 알고 있었다.

"또한 소녀는 저하의 배필이 되고자 입궐하였습니다."

민연의 말끝에 모두는 숨을 죽였다. 내내 덤덤했던 세자의 얼굴에 잠시 불쾌함이 다녀갔다.

"지아비를 귀히 여기며 섬기는 마음은 여인의 마음가짐으로서 당연한 것 아니겠습니까?"

민연은 완을 바라보았다. 발칙했으나 그녀의 낮은 목소리가 경박함을 덜어내 주었다.

"물론 아직은 부부가 아니나, 부부가 될지도 모르는 연이기에 지금부터 열과 성을 다하여 모시고 싶을 뿐입니다."

"끈으로 묶어 오며 무슨 생각을 했는가?"

중궁께서 묻자 민연은 잠시 자신의 손을 내려다보았다. 천천히 시선을 올리며 그녀는 세자의 팔을 어깨를, 목선을, 얼굴을 시선에 담았다.

"소녀, 인연의 맺음을 느꼈습니다."

민연의 답이 끝나자 작은 소란이 일었다. 어지간한 배포로는 입도 떼지 못할 이야기를 서슴없이 뱉은 민연의 행동은 두고두고 회자될 만했다. 중궁은 여전히 표정이 없었고, 왕은 아무도 모를 짧은 숨을 내쉬었으며, 세자는 저도 모르게 마른 주먹을 쥐었다.

"그래, 알겠다. 이만 자리로 돌아가라."

민연에게 중궁이 명하자 드디어 용희의 차례가 되었다. 용희가 일어서 보려 하지만 여전히 기록에 정신이 팔린 조균은 자신의 차례가 온 줄도 모르는 것 같았다.

"일어나십시오. 우리 차례입니다."

낮은 목소리로 그녀가 말하자 정신을 차린 조균이 허둥지둥 일어섰다. 이 와중에도 붓을 놓지 않았다.

"소녀의 답은 춘추관에 몸담고 있는 사관이옵니다."

"어찌하여 그리 생각하느냐?"

중궁과 용희가 대화를 나누기 시작했다. 이 와중에도 조균은 찔끔찔끔 붓질을 했고, 용희의 왼팔은 계속 움직였다.

"지존이신 전하께서 두려워할 것이 무엇이겠느냐마는, 세상에서 두려워해야 할 오직 한 사람이 있으니, 사관뿐이다."

완은 그녀의 뒷모습을 바라보았다. 다른 사내와 나란히 서 있는 모습을 바라보자니 당장에라도 자신의 끈을 집어던지고 그녀를 붙잡고 싶었다.

"또한 전하께서 천지의 모든 것을 소유하셔도 단 하나 소유하실 수 없는 것이 있으니, 바로 사관의 기록이라."

용희는 기록 중인 조균을 바라보았다. 시선엔 존경과 우러름이 담겨 있었다.

"지금은 모르옵니다. 우리는 알 수가 없겠지요. 무엇이 어떻게 적혀 후대로 남겨질지 말입니다."

열심히 기록하던 조균이 잠시 붓질을 멈추며 고개를 들었다. 용희는 그의 붓끝을 가리켰다.

"임금님의 임금님이, 세자 저하의 세자 저하가, 또한 자손의 자손이 우리를 기억할 것이라곤 바로 이것. 사관이 지닌 한 자루의 붓."

일지필(一枝筆).

"그것의 힘은 잘 쌓은 외곽의 성벽보다, 가득 채운 내탕금보다, 또한 잘 훈련된 군사보다 더욱 막강한 일임을 우리는 잘 알아야 할 것이옵니다."

"끈으로 묶어 오며 무슨 생각을 했는가?"

"손이 묶여도 지필묵을 몸처럼 챙기며 자신의 일을 하니, 가히 외압이 다녀가지 못할 사람이구나 생각했습니다."

용희의 말이 끝나자 조균은 그녀의 얼굴을 바라보았다. 어딘가에 몸을 감춘 채 묵묵히 역사를 기록하는 일의 중요함을 알아주니 새삼 고마움이 솟구쳤다.

"묶어 두는 것이 무슨 소용이겠습니까. 소녀는 아무것도 막을 수가 없었습니다."

어의는 침을 들지 않았고, 대령숙수는 칼을 들지 않았다. 상감께서는 잠시 정사를 미뤄 두셨고, 세자께서는 세자의 일을 잠시 내려 두셨다. 단 한 명, 사관인 조균만이 때와 장소를 가리지 아니한 채 자신의 일을 했다.

"손이 묶여도, 받쳐 줄 책상이 없어도, 비가 오나 눈이 오나 세상과 타협하지 않으며 기록에 의의를 두니 대단할 따름입니다."

끈으로 묶어 놓아도 소용없는 일이다. 감히 금상의 앞이래도 멈출 수 없는 일이다. 그것이 사관의 숙명이었다.

"이상 소녀의 답이었습니다, 중전마마."

"수고했다. 자리로 돌아가라."

"예."

용희는 조균과 함께 자리로 돌아갔다. 완은 돌아서는 그녀를 바라보며 실금 같은 미소를 그렸고, 무사히 답을 끝마쳤다는 생각에 용희는 눈썹을 추켜올리며 숨을 불어 내쉬었다.

"제가 이야기를 잘한 것이 맞습니까?"

용희가 조균에게 낮게 묻자 조균은 종이 한 장을 넘기며 크게 붓질을 했다. 최고(最高).

"자, 이번 경연의 으뜸을 발표하겠다."

중궁께서 입을 열자 규수들은 귀를 쫑긋 세웠다. 조균의 손끝을 내려다보던 용희는 입가에 가득 미소를 그린 채 눈을 마주했다.

"모두 고생 많았다. 가져온 이유가 출중하여 이 사람이 감동했다."

조균이 엄지를 치켜들자 용희는 얼굴 전체로 웃으며 따라 엄지를 치켜들었다. 그녀가 완에게 시선을 주니 그도 따라 엄지를 치켜세워 주었다. 최고의 찬사였다.

경연의 으뜸을 가릴 시간이 도래했다. 중궁은 규수들의 얼굴을 바라보며 미소 지었다.

"순번을 매길 수 없을 만큼 모두의 이유는 훌륭했다. 궐의 주인
이신 주상 전하께서 친히 납시어 윤 규수의 답이 되니 더 바랄 것
이 있겠는가?"

"황공하옵니다, 중전마마."

이진이 으뜸의 부푼 꿈을 안고 고개를 조아리자 왕은 어깨를 펴
며 난처한 표정을 지었다. 아이의 설명과 자신의 존재도 못지않게
훌륭했으나, 으뜸이 될 수 없다는 것을 알고 계신 것 같았다.

"다른 이들도 마찬가지다. 특히 세자를 데려온 신 규수의 이유
는 무척이나 인상적이었다."

중궁은 민연에게 시선을 주었다. 민연의 인물도 남들에게 뒤처
지지 않으니, 완과 나란히 앉아 있는 모습이 무척 괜찮았다.

"끈으로 인연의 실타래를 설명한 것은 내 두고두고 잊지 않겠
다. 아주 훌륭하였다."

"황공하옵니다, 중전마마."

민연이 고개를 조아리자 완은 침묵했다. 아무리 어마마마의 말
씀이라 하여도, 자신과 민연이 관련된 이야기는 한 톨의 것도 듣
고 싶지 않았다. 순간도 인연이고 싶지 않았고, 우연도 거절하고
싶었다.

"너희의 용기와 배포에 기쁨을 표하는 바이다. 너희는 모두 여

인의 몸으로 대차고 꼿꼿했다."

민연이 자신을 인연이라 생각하는 것조차 싫었고, 그런 이야기를 용희가 들었다는 것 또한 마음에 쓰였다.

"하지만 애석하게도 이 사람의 생각과는 맞지 않았다."

중궁은 말끝에 규수들에게 나누어 준 것과 같은 끈을 들었다. 규수들은 끈을 바라보았고, 이 와중에도 조균은 묵묵히 붓을 움직였다.

"보기엔 별 뜻 없을 끈이나, 내가 이것을 너희에게 나누어 준 이유는 김 규수의 설명과 같다."

용희는 자신과 조균 사이에 묶인 끈을 내려다보았다. 왕은 중궁의 깊은 속내에 다시 한번 감탄하며 미소를 그렸다.

"오른손이 묶이면 대부분은 일을 멈추거나 쉬어야 한다. 하지만 궐은 누구도 쉬어 가거나 멈춰 갈 수 없는 곳이다. 하늘이 쪼개지고 땅이 무너져도 소임을 다해야 하는 곳이 바로 궐이다."

중궁은 말했다. 자신에게 주어진 일을 끝까지 놓지 말아야 한다고. 두려움이 밀려와 도망을 치거나, 힘에 겨워 역할과 책임을 외면해서도 안 된다고.

"단 한 명, 사관만이 환경에 치우치지 아니한 채 자신의 일을 하였다. 우리 모두가 보고 배워야 할 점이요, 그들의 일을 잊지 말아야 한다."

중궁은 조균을 향해 손짓했다. 엎드려 기록하던 조균은 잠시 붓을 놓았다.

"나는 이번 경연의 으뜸으로 김 규수를 뽑고자 한다. 반대의 의견이 있는가?"

"아니옵니다."

모든 규수는 조아리며 답했다. 중궁께서 이미 정하신 일에 반박할 사람은 아무도 없었다.

"이 중 누군가가 세자빈이 된다면 사관의 붓으로 그려져 후대로 남겨질 것이다. 생김새, 언동, 말씨와 품행까지, 모든 것이 말이다."

얼떨결에 시선이 모이자 조균은 눈을 내리깔았다. 이 와중에도 기록하고 싶어 안달이 났다.

"잊지 말아라. 우리는 항시 누군가가 지켜보고 있음이요, 그 사실을 하루도 망각하면 안 될 것이다."

"예, 중전마마."

중궁은 말이 끝났다는 듯 왕을 향해 고개를 조아렸고, 왕은 한 치의 반발도 할 수 없겠다는 듯 미소를 지었다. 이내 왕은 이진에게 작게 속삭였다.

"미안하다. 사실은 내가 이 정도밖에 안 돼."

"아니옵니다. 그런 말씀 마시어요, 전하."

"아쉽지만 중전의 말이 너무도 당연하고 옳으니 기쁘게 따라야 겠다."

"예, 주상 전하."

이진이 왕과 속닥거리는 사이 경연이 종료되었다. 그러자 마치 이 순간만을 기다렸다는 것처럼, 완은 민연과 연결되었던 끈을 단숨에 끌렀다.

"재간택 첫 번째 경연의 으뜸은 김 규수이다."

모든 것은 당연한 결과였다.

68
화

사랑아, 사랑아

【해종실록 11권. 해종(偕宗) 17년 7월 2일】

영의정 김판두의 여식이 정팔품 대교직의 조군을 데려가 경연의 으뜸을 받았다. 사관의 노고를 치하하며 상이 옷과 붓을 하사하였다. 춘추관 신료들이 엎드려 기쁨을 표하니 경사가 아닐 수 없었다.

"이보게 월호, 자네는 이영이 보고 싶지 않은가? 잠시 다녀와도 내 뭐라 하지 않을 것인데."

류명은 월호를 바라보며 말했다. 월호는 류명에게 있는 듯 없는 듯 곁에 있어 주니 더할 나위 없이 고마운 작자요, 무심한 듯해도 챙겨 줄 것들을 전부 챙겨 주니 무척 마음에 드는 인물이었다.

지담이 떠난 뒤, 태진사에 완벽 적응한 류명은 요양이라도 떠나온 것만 같았다. 사방이 절벽으로 막혀 뚫린 것이라곤 하늘밖에 없어 고기도 술도 점점 생각나지 않게 되었고, 깊은 사색에 홀로 사로잡히니 가진 근심과 번뇌가 옅어지거나 부질없어지기도 했다.

"지금쯤 윤월각도 새로운 객들로 붐비겠군. 본디 날이 더워지면 시원한 술 한 잔 청하는 사람들이 많아지는 법이거든."

미움은 마음을 갉아 형체를 잃게 하니 버려야 할 첫째의 감정이요. 서러움은 마음을 녹여 울렁이게 하니 잊어야 할 둘째의 감정이요.

"혹시 아나? 이영이 객을 뫼시게 되었을지. 자네는 걱정도 안 되는 것인가?"

"너, 쓸데없는 소리 마라."

그리움은 마음을 부풀려 터질 듯 조바심을 일게 하니, 알지 말아야 할 셋째의 감정이었다.

허락된 것이라곤 부는 바람, 뜨고 지는 해와 달뿐인 이곳. 날카로운 월호의 답이 돌아오자 류명은 헛웃음을 흘리며 먼 곳에 시선을 주었다.

"자네도 참 미련하군. 동궁이 자네의 삶을 대신 살아 준다 하던가?"

이미 닳고 닳았을 월호의 마음을 어찌 모르겠는가. 류명은 참담할 정도로 잘 알고 있었다. 잊지 못할 여인을 떠올리며 육신을 멀리하는 일이 얼마나 가슴을 저리게 하는지.

"아니면 우리네 인생이 길다 믿고 있는가? 우리의 삶이란 게 무한히 길어 줄 것 같으냐 이 말이다."

류명은 다 부질없다 고개를 가로저으며 부채질을 했다. 이미 도

망갈 의지마저 상실한 자신을 지키며 시간을 흘려보내기엔 윤월각의 이영이 위험했다.

"월호, 자네는 잘 모르겠지만 본디가 여인들에게 내일은 없다. 오늘 사랑하고 오늘 사랑받는 것이 가장 중요한 존재들이란 말이다."

륜명의 낮은 음성이 가슴속을 파고들어, 월호는 잠시 고개를 돌려 바람 부는 앞마당을 바라보았다. 무심하고 무능한 사내는 이런 생각들로 하루를 보냈다.

어쩌면 잘 있지 않을까.

"결코 내일에 기대지 마라. 그건 미련하고 무책임한 생각이다."

어쩌면 웃기도 하고, 어쩌면 단잠을 청하기도 하며.

"미련하고 무책임하다고."

어쩌면 너는 그래 주지 않을까.

"월호, 나는 여기가 마음에 들어. 내 절대로 도망가지 않겠다고 약조할 테니 윤월각에 다녀오게."

륜명은 말했다. 바라볼 수 있을 때 바라봐야 하지 않겠는가? 생심코 할 수 있을 때.

"나중에 후회하지 말고 가서 이영을 만나고 오게."

"후회라니, 경험담인가? 하는 말이 심상치 않은데 말이다."

륜명이 다녀오라 재촉하자 월호가 짧게 물었다. 질문의 답 대신 륜명은 미소 지으며 그대로 눈을 감았다. 그러자 기다렸다는 듯 그녀가 아른거렸다.

"뭐, 내 경험담일 수도 있고 아닐 수도 있지."

그러다가 조금 더 선명해졌다. 류명은 감은 눈꺼풀 사이로 완전히 밝아진 용희의 얼굴을 바라보았다. 심안의 눈으로 그녀의 얼굴을 바라보니 상한 곳은 한 곳도 없어, 그저 잘 있구나. 오늘 사랑하고 오늘 사랑받으니 그저 잘 있겠구나.

"내 나이가 몇인데 마음 준 여인 하나 없었겠나? 나도 사내일세."

그녀의 미소는 변함없이 맑고 희니 저절로 안심이 되었다. 그 곁엔 세자께서 든든하시어, 누구도 해하지 못할 것만 같아 가슴에 든든함이 사무쳤다.

펼쳐진 아득한 어둠 속, 홀로 서 있는 그녀가 자신을 향해 반갑게 손을 흔들며 이름을 불러 주니, 류명은 미소를 그리며 아주 작게 중얼거렸다. 심안의 그녀에게 말하는 듯했다.

"특출나게 영민하여 내게 마음을 주지 않았으니, 얼마나 감사했는지 모른다."

고맙다. 네 마음을 받아도 아마 가져가지 못했을 거야. 나는 그렇게 생각한다.

"돈으로 바꾸지도 못할 여인네 마음 같은 걸 받아 내가 무얼 하겠나? 내다 팔 수도 없고 버릴 수도 없을 것인데."

그렇잖아. 나는 아마 네 곱고 순수한 마음을 감당하지 못했을 것이다. 지키지 못해 깨졌을 것이다. 아끼지 못해 바스러졌을 것이다. 나는 그런 사내니까.

"그러니까 월호. 사랑은 말이다, 지킬 수 있을 것 같을 땐 지키는 거야. 나중엔 지키고 싶어도 지킬 수 없을 때가 올지 모르니까."

륜명은 다시 표정을 바꾸며 부채질을 살랑거렸다. 월호는 모든 것을 포기한 듯한 륜명을 향해 입술을 열었다.

"목숨 바칠 각오로 임하면 지키지 못할 것은 없다."

"……."

"마주 보아야만 사랑은 아니다. 간격이 멀어도 그릴 수 있으면 된 것이다."

월호의 말끝에 구름은 절대로 머물지 않겠다는 것처럼 유유히 흘렀다. 륜명은 깨달음이 왔다는 것처럼 둥글고 긴 미소를 그렸다. 그래, 내 마음을 다해 바라다 보면 너 하나 정도는 행복해지겠지. 지키고 바라니 그리될 수 있겠지. 그거면 되었다.

륜명은 낮게 헛웃음을 토했고, 이내 곁에 있는 월호의 팔을 툭 치며 눈꼬리를 가늘게 늘어뜨렸다.

"여보게 월호, 이거 안 되겠네. 끊어 놓은 술 생각나게 자꾸 무게 잡을 것인가?"

마음 안에 아무도 다녀가지 않은 것처럼 륜명은 다시 부채질을 시작했다. 윤월각에 다녀오라고 아무리 다그쳐도 월호가 꿈쩍하지 않자, 포기한 륜명은 말없이 떠다니는 구름만 응시했다.

마음을 주었으나 닿지 못해, 오늘도 태진사의 하루는 길고 멀었다.

◎

"오늘은 일찍 쉬시고 내일 일찍 뵙겠습니다. 오늘도 수고하셨습니다."

김 상궁은 모인 규수들에게 일찍 쉬라며 처소 앞에 바래다주었다. 한 번을 웃지 않는 김 상궁의 매서운 기운은 일과가 끝날 때까지 계속되었다.

"그럼 어서 차례대로 들어가시지요."

김 상궁은 규수들이 처소로 들어서는 모습을 끝으로 돌아섰다. 간택이라는 막중한 행사에 늙은 육신은 그 누구보다 고단했고 피로했다.

"그럼 오늘도 수고하게. 임무가 막중하니 경계를 늦추지 말고."

"예. 잘 알겠습니다, 김 상궁 마마님."

내명부의 기강을 바로잡는 일이었기에 한시도 긴장의 끈을 놓을 수 없어 더욱 그러했고, 두루두루 어여쁘지 않은 규수들이 없었으나 정을 내주기엔 맡은 임무가 엄하며 호되었다. 호랑이 상궁으로 수십 년을 지켜온 궐. 그 안에서 웃는 법을 잃어버린 김 상궁은 고단한 몸을 이끌며 처소로 돌아갔다.

"휴, 오늘도 끝인가."

용희는 고개를 돌리며 처소로 향했다. 향하는 문을 넘어서자 공터는 뜰의 것인지 나무가 울을 지었고, 대체 누가 이토록 단정히 꾸며 놓았는지 알록달록한 잔디 위로 꽃이 만발했다. 궐의 기에 눌리지 않고 마음껏 잎을 벌린 꽃은 크기도 모습도 가지런하니, 고만고만한 규수들과 꼭 닮아 있었다.

한 입도 뗄 기력이 없는 규수들이 서둘러 처소 문을 열고 사라졌다. 용희도 저절로 감기는 눈을 어찌할 방법을 모른 채 처소 앞 댓돌에 발을 디뎠다.

"야, 거기 너."

누군가 부르는 음성에 용희가 돌아보자 민연이 서 있었다.

"날 불렀느냐?"

용희가 대수롭지 않게 되묻자 민연은 용희의 어깨를 붙잡고 거칠게 끌었다. 아아! 신을 벗으려던 용희가 뒷걸음을 걸었다.

"이게 뭐 하는 짓이야!"

갑작스럽고 거칠었던 민연의 손을 뿌리치며 용희가 버럭 화를 냈다. 낮부터 심상치 않았던 민연의 기운은 여전히 냉랭했다.

"뭐야. 무언데 사람을 이리 막 대하는 것이야?"

"몰라 묻는 것이냐?"

"그래, 모르겠다. 대체 왜 이러는 건데?"

용희가 제 어깨를 툭툭 털며 눈꼬리를 올리자 민연은 정녕 모르 겠느냐는 표정을 했다. 사람이라면 응당 지녀야 할 온기가 동공에 서리지 않아, 민연의 눈을 마주하던 용희는 소름이 끼쳐 올랐다.

"자꾸 내 눈앞에서 알짱거리지 마. 기분 나쁘니까."

"뭐, 뭐라고?"

전혀 뜻밖의 이야기가 흘러나오자 용희는 헛숨을 내뱉었다. 민 연이 하는 말의 뜻을 알 수밖에 없어 더욱 기가 막혔다.

"자꾸 나대면서 왕실 사람들에게 잘 보이지 말란 말이다."

"나대? 나댄다고?"

"그래, 나대지 말라고 김용희."

민연은 이를 으드득 갈았다. 위아래 어금니가 맞물리며 나는 소 리를 들은 용희의 입술이 벌어졌다. 저 고운 얼굴 안에서 대체 무 슨 일이 벌어지고 있는 것인가?

"내가 대체 무엇을 어찌했다고 이 난리야? 내가 네 일에 훼방이 라도 놓았느냐?"

"세자빈은 내 자리다."

"묻잖아. 내가 왜 네게 이런 소리를 들어야 하느냐고."

"말했다. 세자빈은 내 자리라고. 그러니까 넘보지 말란 말이다."

말이 통하지 않고 상식이 통하지 않는다. 용희는 말을 섞으면 섞을수록 벽에 부딪히는 느낌이 들어 잠시 말을 멈췄다. 이를 가는 민연의 얼굴은 광대 옆으로 힘이 들어가 볼록하게 솟아올랐다. 화를 삭이는 중인 것 같았다.

"신민연, 나 역시 세자빈을 꿈꾸며 이 자리에 들어왔어."

용희는 침착하게 입을 열었다.

"아니면 내가 이곳에 왜 있겠느냐? 내 아버지의 꿈이, 내 가문의 꿈이, 그리고 나의 꿈이 이곳이니까 있지 않겠어?"

민연은 두 주먹을 세차게 쥐었다. 여차하면 용희의 뺨을 후려칠 것만 같아 갖은 노력으로 참아 내리는 중이었다. 마음의 병을 앓고 있는 민연에게 참는 일이란, 죽기를 자처하는 것만큼이나 힘든 일이었다.

"나는 노력할 것이다. 조금도 봐주지 않을 거야. 그러니 신민연, 너도 노력해라. 네가 나를 누르고 선택받는다면 그땐 진심으로 축하해 줄 테니."

용희는 처소로 다시 몸을 돌렸다.

"내 말 안 끝났는데 가긴 어딜 가!"

그러자 민연이 거친 손길로 어깨를 붙잡았고, 용희는 뒹굴듯 다시 뒷걸음을 쳐야 했다. 민연은 용희의 턱 끝을 붙잡고 가까이 다가섰다. 민연은 생각했다. 세상의 그 누구라도 나만큼 간절할 수 없다고. 그러니 누구든 내 앞을 가로막으면 가만히 있지 않겠다고.

넌 간택이 되지 않아도 돌아갈 곳이 있겠지만, 내겐 없다.

"몸 사려라. 자꾸 까불면 내가 네게 무슨 짓을 할지 몰라."

"무슨 짓이라니?"

"그거야 나도 모르지. 나도 아직은 모른단 말이다."

용희의 반문에 민연은 한쪽 입꼬리를 올리며 비웃음을 흘렸다. 민연은 똑똑히 보았다. 용희를 바라보던 세자의 시선을. 자신의 곁에 앉아 하염없이 그녀만 바라보던 세자의 다정했던 시선을.

"똑똑히 새겨들어, 김용희."

날아가던 새도 방향을 비틀며 이곳을 비켜 갔다.

"세자빈은 나, 바로 신민연이라는 걸."

◎

"자네들, 오밤중에 수고가 많네."

"아이고, 박 내관님 아니십니까?"

규수들의 처소 앞을 지키던 무관들은 등장한 박 내관과 반갑게 인사를 나누었다. 인사를 나누기가 무섭게 동행한 사내를 바라본 무관들은 벌벌 떠는 얼굴로 고개를 수그렸다.

"세자, 세자 저하."

"그래, 수고가 많다."

박 내관을 앞세워 규수들의 처소까지 찾아온 완은 헛기침을 내뱉으며 고개를 돌렸다. 무관들에게 다가선 박 내관은 낮은 목소리로 입을 열었다.

"세자 저하께서 오늘 있었던 경연과 관련하여 처소 안 규수에게 하문하실 것이 있으시다 하시는데, 길을 좀 터 주겠는가?"

"처, 처소를 말씀이십니까?"

무관은 난처한 표정으로 입술을 깨물었다. 그래도 될 일인지 아닌지 생각은 바쁘게 움직이기 시작했다. 박 내관은 무관의 어깨를 툭치며 말을 이었다.

"본디 궁금증을 못 참으시는 세자 저하가 아니신가. 정치적 성향에 대해 궁금한 것이 있으시어 답을 꼭 들으셔야만 되겠다 하시니 이를 어쩌겠나?"

"아…… 하오나 이곳은……."

"알지 알지. 내가 잘 알지. 그래서 이리 부탁하는 것이 아닌가."

박 내관은 무관을 끌며 귓가에 속삭였다.

"이참에 세자 저하께 잘 보여서 이름 석 자라도 남겨 놓으면 이 얼마나 좋은 일인가? 안 그런가?"

"아…… 그건 그렇긴 한데……."

"물으실 것만 묻고 돌아 나오시겠다고 하네. 이미 규수들과 한 차례 인사를 나누셨으니 이제 와 가릴 용안도 아니시네."

"그럼 잠시만입니다."

무관은 길을 터 주었다. 세자는 먼 곳만 바라보며 딴짓하다가 무관이 길을 터 주자 잽싸게 안으로 들어섰다. 박 내관은 무관의 어깨를 툭툭 쳤다.

"지금 누가 들어갔는가?"

"예? 아……."

"이 안으로, 지금 누가 들어갔어?"

"아닙니다. 아무도 안 들어갔습니다."

무관이 모르쇠로 답하자 박 내관은 되었다는 듯 빙그레 웃음을 지었다. 사랑에 빠진 동궁을 보필하기란 이토록 고달픈 일이었다.

◎

"뉘요?"

처소 밖에서 그림자가 어른거리자 용희는 낮게 물었다. 사내의 조영 같았으나 누군지 알 수 없었다.

"잠시 밖으로 나오너라."

용희는 익숙한 음성에 깜짝 놀라 벌떡 일어났다. 세자께서 야심한 시각에 처소 앞까지 찾아오시니, 놀란 가슴은 좀처럼 진정되지 않았다.

용희는 다급한 손길로 겉옷을 다듬고, 면경 안에 비치는 얼굴을 손보았다. 일각을 마주하더라도 가장 어여쁜 모습을 보이고 싶은 마음은 어쩔 도리가 없었다.

처소 문을 열자 세자는 아니 보이고, 신을 신고 밖을 나서니 어른대던 그림자가 휙, 처소 반대편으로 사라졌다. 살금살금 걸으며 그림자를 따랐다. 처소의 벽을 따라 사각지대로 들어서니 쑥 나온 손이 그녀를 잡아끌었다. 끌리는 순간 그녀는 웃음이 터졌다.

"자꾸 이렇게 불쑥불쑥 찾아오실 겁니까? 대체 걸리면 어쩌려고 이러세요?"

벽에 기대고 마주 선 용희는 한 팔로 벽을 짚은 채 자신을 가둔 완을 올려보았다. 용희가 반가운 시선을 맞추며 타박하자 완은 고개를 절레절레 저었다.

"목이 꽉 메어 밥술도 뜨지 못하고 눈에 네가 아른거려 서책도 보지 못하니 난들 어쩔 도리가 있겠는가? 나도 비싸게 굴고 싶다."

"그래도 지금은 간택 중이 아닙니까. 이러시면 안 된단 말입니다."

"안 될 일도 많다."

"그나저나 이곳은 어떻게 들어오셨습니까?"

"여기가 내 집이다. 잊었느냐?"

"그래도 겁난단 말이에요. 누구라도 알아채서 궐 밖으로 쫓겨날까 봐."

꽉 잡은 완의 손을 어루만지며 용희는 중얼거렸다. 이리 찾아와 주시니 기쁜 마음이야 한량없겠으나, 혹시 구설수에 오르내릴까 염려되는 것은 지극히 당연했다.

"그냥 간택이고 뭐고 당장 중궁전에 찾아가 너를 점찍어 달라 청할까?"

"사관의 붓끝에 못난 모습으로 기록되고 싶으십니까?"

"내가 그리도 원하고 바란다는데 모른 척하시겠느냐?"

"저를 믿지 못하십니까?"

용희는 세자의 두 눈을 조용히 응시했다.

"혹여 제가 안 될 것이라 염려하시는 것입니까?"

"아니다. 그럴 리가."

"믿어 주세요. 반드시 통과할 것입니다."

용희가 애먼 소리로 말문을 막자 완은 나직한 숨을 내쉬었다. 같은 공간에 있어도 누구보다 멀리 떨어져 있어야 하니, 하루하루 가 더디고 지루한 것은 입에 올릴 것도 되지 못했다.

세자의 손을 어루만지던 용희는 눈을 천천히 감았다가 떴다. 문득 민연이 떠올랐다.

"모두가 간택에 사활을 걸고 있습니다. 사실 소녀도 불안합니다. 저마다 재주가 좋고 가문이 화려하니, 혹여 떨어질까 조마조마합니다."

경연에 으뜸이 되어도 되지 않아도, 불안함은 잠시도 규수들의 곁을 떠나지 않았다.

"하지만 잘해 볼게요. 가문을 걸고, 나를 걸고."

용희가 단단히 말하자 완은 따라 웃듯 작은 미소를 지었다. 풍겨 오는 그녀의 향이, 눈 속에 박힌 단단함이 오늘도 세자를 이롭게 했다.

"그래, 너만 기다리다 목 빠져 죽는 내가 아니길 바란다."

"이만 가세요. 다른 사람들이 보겠습니다."

용희는 어서 가 보라 말하며 붙잡은 완의 손을 내려다보았다. 머리는 어서 보내야 한다고 외치는데, 마음은 뱉은 말처럼 쉽게 손을 놓을 수 없었다.

완의 입술이 내려왔다. 다급히 그녀가 손으로 제 입술을 막았다.

"안 됩니다. 참으세요."

손등에 가로막힌 완의 입술이 닿을 곳을 찾지 못해 무안해졌다. 완은 눈썹만 꿈틀댔고 용희는 풀썩거리는 심장을 부여잡으며 간신히 도리질을 쳤다.

"안 됩니다. 지금은 무조건 안 되는 일입니다."

"허어, 참으로 야박한 규수일세. 누구 애타 죽는 꼴 보고 싶어 이러는가?"

"야박해도 할 수 없어요. 지금은 안 됩니다."

"재주가 보통이 아니네. 감히 세자의 마음을 들었다가 놓았다가, 이러니 내가 살겠는가?"

"보통의 깜냥으로 저하 곁에 남아날 수 있겠습니까? 마음 단단히 먹어야지요."

"허어, 그 입이 고혹적인데 한 번만 부딪히고 가면 안 될까?"

"안 됩니다. 안 된다니까요."

입술을 가린 채 옹알옹알하니 완은 짧게 한숨을 내쉬었다. 그녀가 제 입을 가리고 있으니, 하는 수 없이 손등에 입술을 맞춘 완이 고개를 들었다.

"내일 또 올 것이다."

"안 됩니다."

"또 오게 해 줘."

"그럼 잠시만이에요. 오늘처럼."

완은 돌아서기 아쉬운 듯 그녀의 손등에 다시 한번 입을 맞추었다. 색다른 떨림이 두 사람을 휘감았다.

사랑엔 제법 많은 것이 필요했다. 가시덤불 속을 헤쳐 갈 용기가 필요했고, 눈먼 자의 걸음 같은 정처 없음이 필요하기도 했다. 이성보단 감성이, 감성보단 본능이. 나보다는, 너를 더.

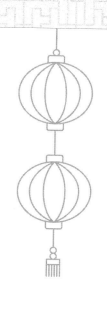

69화

병든 마음

【해종실록 11권. 해종(偕宗) 17년 7월 6일】

삼간택이 시작되니 영의정 김판두의 여식, 좌의정 신기형의 여식,
병조판서 윤송엽의 여식이었다.

"대감마님."

"그래, 말해라."

신기형은 마주 앉은 사내, 흑단의 수장인 육권과 대화를 나눴다.

"대감마님께서 데려가신 제 수하들은 기어이 전부 죽이실 작정
이십니까?"

생김새와 말투, 인상과 의상까지 뭐 하나 겹치는 것 없는 두 사
람이었으나, 욕망과 야심이 간극을 메우고 흑심이 두 사람을 휘저
으니, 세상에 있어서는 안 될 관계가 탄생했다.

"하루가 멀다 하고 저잣거리에 매달리는 수하들의 머리통을 볼
때마다 쓴 물이 올라온단 말입니다."

신기형은 육권의 말끝에 실소했다. 인삼을 잘 찐 뒤 추출한 물을 삼키며, 신기형은 같잖다는 듯 입술을 열었다. 그런 피라미 같은 목숨 수백이 없어진들 무엇이 변할 것도 아니었다.

"내가 아니어도 지은 죄가 있으니 벌을 받는 것뿐이지. 그자들이 저잣거리를 떠돌며 얼마나 많은 몹쓸 짓을 했는지 모르는가?"

"그중 절반은 대감의 뜻을 받든 것이지요. 애당초 저희를 키운 것은 대감의 그림이 아닙니까?"

"그러게 내 말만 들었어야지."

신기형은 찻잔을 내렸다.

"내가 자네들에게 여염집 아녀자를 겁탈하고 상인들에게 세금을 받으라 했는가? 아니면 길 가는 양반을 폭행하고 주막을 때려 부수라 일렀는가?"

쯧쯧. 신기형은 고개를 가로저으며 혀를 찼고, 육권은 입술을 꾹 닫은 채 주먹만 움켜쥐었다. 하고 싶은 말은 쌓이고 넘쳤으나 차마 입 밖으로 뱉지 못했다.

"얌전히 있었어야지, 얌전히. 그래야 내가 명분을 만들 수 있지 않았겠는가?"

"약조하신 것이 다르지 않습니까. 무슨 일이 있어도 뒤를 봐주시겠다고 하신 것은 대감마님이십니다."

"어허, 그래도 내 말을 알아듣지 못하는 것인가? 자네 수하 몇

명 잘려 나가는 것이 무에 대수인가. 자네는 살았지 않은가?"

"……."

"정 그렇다면 자네가 대신의 금부로 가게. 자수를 하란 말이다. 흑단의 우두머리가 잡힌다면 남은 수하들이야 무사하겠지. 그리 하겠는가?"

신기형이 묻자 육권은 대꾸하지 못한 채 침묵했다. 그의 일을 도와준 대가로 육권은 많은 부를 쌓았고, 또한 많은 부하를 거느릴 수 있었다. 음지의 세계에서 그를 대적할 자 남아 있지 않게 되었고, 양지로 올라와도 누구 하나 그를 쉽게 대할 수 없게 되었다. 신기형 덕분이었다.

자수하라는 말에 육권이 답을 못 하자 신기형이 찻잔을 들었다. 아직 뜨거운 인삼차를 육권의 얼굴에 뿌린 신기형은 텅 빈 잔을 내렸다. 인삼 물이 뚝뚝 흘렀지만 육권은 미동도 하지 않았다.

"주제를 알아야지 말이야. 키워 준 은혜를 모르고 주인 목덜미를 물려하면 되겠는가?"

"송구합니다, 대감마님."

"개처럼 산다고 개가 되려 하진 말게. 사람이 개는 아니지 않은가?"

"이놈이 또 무얼 하면 되겠습니까?"

결국 꼬리를 내린 육권은 신기형에게 물었고, 신기형은 쌉쌀한 인삼차를 잔에 다시 따랐다.

"태진사에 가 줘야겠어."

"태진사라 하시면……."

"그곳에 묻힌 은화가 있으니 그것을 빼돌려 주면 되겠네."

"그거면 되겠습니까?"

"뒤처리는 확실하게."

인삼차를 들며 신기형은 고개를 들었다. 이미 본연의 빛을 잃은 눈빛엔 추악한 속내만이 가득 담겨 혼탁했고 어지러웠다.

"그곳에 있는 놈들은 싹 쓸어 버리게. 한놈도 남김없이. 금상의 군대도 싹 다 밀어 버리게."

"예. 알겠습니다, 대감마님."

두 사람 모두 이미 영혼을 팔았으니 남은 양심이 있을 리 없었다.

◎

여름 가뭄이 한창이던 조선의 하늘에서 비가 쏟아졌다. 한 치 앞도 분간하기 힘들 만큼 굵고 세찬 비는, 구름 속에서 고일대로 고인 뒤 터진 것만 같았다.

잠시 밖을 거닐고 있던 중궁이 멈춰 섰고, 그 곁에 김판두가 따라 멈춰 섰다. 중궁은 손을 뻗어 쏟아지는 빗줄기를 느꼈다.

"해가 번쩍일 땐 비 좀 쏟아졌으면 좋겠더니, 그렇게 기다렸건만 이제는 홍수가 날까 겁이 납니다."

"삼일우라 아마도 농가의 손해를 피해 가기는 어려울 것 같습니다, 중전마마."

"그렇겠지요. 그러니 무엇이든 적당하기란 이렇게도 힘든 일인가 봅니다."

중궁은 손바닥을 적시는 빗줄기를 바라보며 쓸쓸한 미소를 그렸다. 가물 땐 갈라지는 땅바닥이 애처롭더니, 이제는 고인 물에 썩어 들어갈 벼 싹이 근심이었다. 태평성대란 지존의 바른 의지와 곧은 혜안만으로 이룰 수 있는 쉬운 문제가 아니었다.

"이번 장마가 지나고 나면 대감께서는 더욱 바빠지시겠습니다. 적림에 손해를 본 곳곳을 돌보셔야 하지 않겠습니까?"

"신의 일이옵니다. 괘념치 마시옵소서, 중전마마."

아첨할 줄 모르고 공을 치하해도 받을 줄을 모르는 김판두의 짧은 대꾸는 익숙했기에 반가웠다. 중궁은 작게 미소 지으며 빗줄기에 시선을 묶었다.

시커먼 하늘은 본연의 색이 무언지 기억도 하지 못했다. 땅 위로 흉악하고 더러운 것들이 많아, 모조리 씻어 버리고야 말겠다는 의지처럼 느껴졌다.

"참으로 영민한 아이입니다. 대감께서 얼마나 애지중지 키우셨는지 느낄 수 있었습니다."

중궁의 손바닥에 고인 빗물이 밖으로 튀겼다.

"심지가 곧고 하는 생각이란 게 기특하니 자꾸만 이 사람의 시선이 갑니다."

"과찬이십니다. 아직 세상 물정을 모르는 어린아이일 뿐입니다."

"글쎄요. 부모는 자식을 바로 보지 못하는 법이지요. 늘 빗속에 세워 둔 아이 같지 않겠습니까."

중궁은 말끝에 용희를 떠올렸다. 살아온 인생이 얼굴에 적힐 나이는 감히 아니었으나, 아이의 눈빛만은 달랐다.

"깨끗하고 맑은 물에 단정히 씻어 냈다고 해야 할까요?"

"무엇이 말씀이십니까?"

"아이의 눈빛이 말입니다."

중궁은 뻗은 채 펼쳤던 손을 둥글게 말아 쥐었다. 면적이 좁아지니 빗줄기는 조금 더 사방으로 튀었다.

"마주하고 있으면 상대방의 마음도 씻겨 내 줄 것처럼 깨끗합니다."

"중전마마께서 그렇게 봐 주셨다니 감읍할 따름입니다."

"그래서 세자의 마음이 쏟아졌구나, 이해가 되었습니다."

중궁은 김판두를 향해 몸의 방향을 틀었다. 나인들도 중궁을 따라 방향을 틀었고, 김판두의 어깨는 조금 더 내려갔다.

"대감."

"예, 중전마마."

"하지만 그것만으로는 명부에 이름을 올릴 수 없습니다."

"……."

"세자의 마음보다, 맑은 아이 눈빛보다 더 중한 것은, 우리 내명부의 기강을 단단히 잡아 줄 강한 여인입니다."

중궁의 목소리엔 기교가 없어, 들려오는 말의 뜻을 달리 오해할 여지가 없었다.

"영민한 아이들이 많아 조금 더 신중하고자 하니, 대감께서도 이 사람의 뜻을 헤아려 주기 바랍니다."

"여부가 있겠습니까. 일신의 영달을 기대한 적은 없습니다, 중전마마."

"그리 말씀해 주시니 고맙습니다."

중궁은 여전히 고심 중이라는 뜻을 은연중에 비쳤다. 맑고 곧은 용희도 마음에 들었지만, 안팎으로 강한 기운이 있는 민연도 마음에 들었다.

"대감께서 주상 전하의 곁으로 돌아와 주셔서 무척 기쁩니다."

"망극하옵니다, 중전마마."

김판두는 두어 걸음 뒤로 물러나며 더욱 허리를 수그렸다. 빗줄기가 김판두의 등허리를 때리며 쏟아졌고, 중궁은 다시 비가 쏟아지는 하늘로 시선을 돌렸다. 번뇌는 깊이 사무쳤다.

◦

'표현하고 싶은 것으로 재주껏 수를 놓아 보아라.'

중궁의 다음 과제는 다름 아닌 바로 자수였다. 유난히도 자수를 좋아하는 중궁의 성정을 반영한 과제이기도 했으나, 반가의 여식이라면 응당 능해야 하는 기본 소양이기도 했다. 완벽한 자수라는 것은 단시간에 이뤄 내기 힘들었고, 다른 일정도 빡빡했기에 며칠의 말미가 주어졌다.

그리고 또 하나 규수들의 처소 근처는 엄격한 통제가 이루어졌다. 다른 이가 대신 만들어 주거나, 미리 만들어 온 자수를 내보이는 등의 부정 행위를 방지하기 위함이었다.

용희는 수틀에 반듯하게 고정한 바탕천을 물끄러미 바라보다 신중한 손길로 색실을 골랐다. 이미 대부분을 마무리한 그녀는 이음수를 손보는 정도의 일만 남겨 두고 있었다.

"이게 뭐라고 이렇게 떨려. 아후."

하루 이틀 해 본 솜씨도 아니건만 시작할 땐 늘 떨렸다. 용희는 바탕천을 뚫지 못하고 바늘을 움켜쥔 채 몇 번이나 심호흡을 해야 했다. 실수하지 말아야 한다는 마음의 중압감이 상당했던 까닭이다.

"으으, ㅇㅇㅇ."

결국 바탕천을 뚫고 색실이 뽑히자 용희는 저도 모르게 신음을
토했다. 이제는 무를 수도 없다는 생각에 얼굴은 사정없이 일그러
졌다.

"으아, 어떡하지."

한 땀이 지나고 다음 땀을 놓자, 용희의 얼굴은 바늘을 따라 유
동적으로 변했다. 마치 바늘이 제 몸을 뚫고 들어왔다 나가는 것
처럼 집중한 표정은 볼만했다. 호흡을 고르며 한순간도 눈길을 떼
지 않고 수를 놓다 보니 어느덧 속도나 솜씨가 안정적으로 변해
갔다.

그녀가 수를 놓고 있는 것은 다름 아닌 세자의 흉배인 사조룡.
까다로운 문양이라는 단점이 있었으나 색이 단조롭다는 장점이
있었기에 그녀는 세자의 흉배를 택했다.

우스꽝스러운 표정으로 열심히 수를 놓던 용희의 얼굴이 점차
평온해졌다. 부지런히 수침을 움직이다 보니 모처럼 머리가 맑아
지며 잡생각이 사라졌고, 그 공간으로는 오로지 완의 모습만 가득
차올랐다. 흉배의 주인을 떠올리는 것은 만드는 자의 입장에서 어
찌 보면 당연했겠으나, 그의 마음을 가진 사연이 조금 남달랐으니
더욱 강렬하게 떠올릴 수 있었다.

"이 정도면 되었을까? 조금 더 손볼까?"

완성을 앞둔 수틀을 바라보던 용희는 고개를 갸우뚱했다. 완벽하다 하자니 조금 성에 차지 않았고, 부족하다 하자니 손볼 곳은 보이지 않았다. 용희는 이리 보고 저리 보다가 수침을 내려놓았다. 과유불급이라. 무엇이든 넘치면 부족한 것만 못하니, 괜한 욕심으로 큰 그림을 망칠까 저어되었다.

꽤 오랫동안 자수를 놓았던 용희는 뻐근한 고개를 돌리며 눈 주변을 문질렀다. 집중이 깨지고 나니 머리도 아프기 시작하고 눈도 뻐근한 것이 몹시도 괴로웠다.

"이제 좀 씻어야겠다. 일찍 자고 내일 다시 한번 보자."

용희는 굳은 몸을 마저 풀었다. 으뜸이 될 수 없는 솜씨라 해도 표현하고 싶은 것을 정확하게 구현했으니 미련은 없었다. 그녀는 중궁의 과제요, 삼간택 첫 번째 경연 주제인 자수를 완성했다.

◎

"대체 무엇을 어떻게 해야 한단 말이야."

다른 처소의 민연은 아직 한 땀도 떼지 못한 수틀을 표정 없이 바라보았다. 정상적인 밑그림을 그려 수를 놓아 본 적이 없어 무엇부터 시작해야 하는지 감도 잡을 수 없었다. 게다가 당장 내일이면 자수를 만천하에 내어놓아야 했기에, 시작도 못 한 처지에 이제 와 무엇을 완성하기란 기대하기 힘들었다. 수를 놓는 솜씨야 견줄 바 없이 훌륭했지만, 제 어미가 그려 주는 밑그림에 색을 더하거나 마음 가는 대로 흉물스러운 것을 수놓기 바빴다.

"전부 찢어발겨 버리고 싶네, 정말."

짐승이건 사물이건 머리가 없는 형상을 대체로 좋아했다. 화려한 꽃에 어여쁜 수술을 더하여 그려 넣을까 하다가 멈칫하고, 상식에 기대어 독야청청한 난초를 그려 볼까 하다가 멈칫했다. 생각에만 시달릴 뿐 행동으로 옮기기 어려웠던 것이다. 떠오르는 것은 전부 밋밋하고 평범할 것 같아 하기가 싫었고, 남들보다 기발한 것을 떠올리려다 보니 생각은 점점 갈피를 잃었다.

"다들 하고 있겠지? 김용희는 무엇을 수놓고 있으려나."

민연은 새침해진 눈가를 내리며 중얼거렸다. 이미 그녀에게 이진은 안중에 없고, 오로지 경계의 대상에 용희만 있었다.

"이번에도 걔가 으뜸이 되면 어떡하지?"

민연은 붙잡히지 않는 불안감을 키우며 입술을 깨물었다. 어느 날부터인가 용희만 떠올리면 명치에 무언가 얹히는 듯 답답증이 일었다. 살며 지금껏 몰랐던 패배를 알게 하니 그럴 만도 했다.

작은 주먹으로 가슴팍을 툭툭 내리치며 민연은 인상을 썼다. 가슴이 터질 것처럼 갑갑하고 꽉 막힌 숨이 제대로 쉬어지지 않으니, 할 수만 있다면 악다구니라도 시원하게 질러 보고 싶었지만 할 수 없었다. 이곳은 궐이었으니까.

"이번에도 네년 혼자 으뜸이 되는 꼴은 두고 볼 수 없어."

민연은 분을 참지 못하겠다는 듯 이를 으드득 갈았다. 작은방에 틀어박혀 텅 빈 바탕천만 바라보고 있자니 정신은 더욱 어지러워졌다.

"휴, 진짜 미치겠네."

도저히 참기 힘들다는 듯 민연은 벌떡 일어섰다. 당장 바깥바람이라도 맞지 않으면 이 밤을 견디기 힘들 것만 같았다.

민연이 처소 문을 조용히 열고 밖을 나서자 엇비슷하게 저 앞의 문이 열리며 용희가 나왔다. 바로 등을 돌린 채 걸음을 옮긴 용희는 민연을 보지 못했고, 민연은 그런 용희의 뒷모습을 멀뚱히 바라보았다. 걷는 방향을 보니 씻으러 가는 것 같았다.

"씻을 시간도 있는 것을 보니 여유가 넘쳐나는구나, 아주."

민연은 툴툴거렸다. 사사건건 마음에 드는 것이 하나도 보이지 않으니 용희의 뒷모습만 보아도 비위가 상했다. 쳇. 민연이 숨을 토하며 용희 처소 쪽으로 걸음을 옮겼다. 그때, 나인 두 명이 대바구니 가득 물건을 들고 다가왔다. 이유 없이 돌아다닌다고 혼이 날까 싶었던 민연은 되는 대로 용희 처소에 몸을 숨기며 문을 닫았다.

"비가 좀 그쳤을 때 후딱 해야 해. 빨리 와!"

"알겠어. 따라갈 테니까 먼저 가!"

바쁜 나인들이 사라지고 나서야 민연이 숨을 돌렸다. 다시 밖을 나서려다가 멈춰서 천천히 돌아보았다. 시선은 자연스럽게 수틀로 향했다.

"세상에……."

반쯤 벌어진 그녀의 입술 사이로 탄식이 흘러나왔다. 찬란한 금실로 수놓은 사조룡이 살아 숨 쉬는 것처럼 용맹스러웠다. 마치 세자의 흉배를 축소시켜 놓은 것처럼 모든 것이 완벽했다. 민연은 충격을 금치 못하며 눈을 크게 떴다. 텅 비어 있던 자신의 바탕천을 떠올리니, 눈앞에 보이는 저것은 더욱 믿지 못할 것이 되어 버렸다.

"말도 안 돼. 말도 안 돼……."

성큼성큼 걸어간 민연은 수틀을 힘껏 밀었다. 분노를 조절하는 방법을 몰랐기에, 다른 것을 생각하고 말고 할 겨를도 없이 벌인 일이었다. 이미 이성을 잃은 것 같은 눈빛엔 분노가, 자신은 갖지 못한 능력에 대한 부정이 산처럼 쌓여 갔다. 이것을 들고 당당히 나타나 사람들의 시선을 사로잡을 용희를 떠올리니 눈은 금방이라도 까뒤집힐 것처럼 파르르 떨렸다.

"네 따위가, 감히 네 따위가!"

수틀은 옆으로 쓰러졌고 단정히 정리해 두었던 색실 또한 마구 잡이로 헝클어졌다. 그래도 끓어오른 화가 가라앉지 않자 민연은 수틀에서 천을 벗겨 냈다. 사정없이 쥐어뜯자 모양새는 금세 볼품 없게 되어 버렸다. 민연은 젖 먹던 힘까지 더해 잘 찢기지 않는 천을 조금씩 갈랐다. 이미 구겨지고 헝클어지고 만신창이가 되었지만 조금이라도 더, 조금이라도 더 엉망으로 만들고 싶었다. 빼곡하게 자수가 놓여 있는 부분은 안간힘을 써도 뜯어지지 않으니, 한참을 씨름하던 민연은 바닥에 그대로 내팽개쳤다.

"후……."

숨을 고르며 민연은 자수를 내려다보았다. 발끝에 널브러진 자수를 바라보고 있자니 세상 통쾌하여 웃음이 절로 났다. 사납게 할퀴어 본래의 모습을 잃은 자수는, 얼마 후 겪을 용희의 마음인 것만 같아 몹시 즐거워졌다.

"휴, 이제야 좀 살겠네."

민연은 평범하게 숨을 내쉬며 용희의 방을 나섰다. 쏜살같이 제 방으로 들어선 민연은 제 입을 틀어막고 깔깔 웃음을 터트렸다. 용희의 자수가 엉망이 되었다고 자신의 수틀이 채워지는 것은 아니었지만, 그것만으로도 큰 수확이었다.

"그럼 이제 나도 시작해 볼까?"

민연은 허리를 꼿꼿하게 펴며 자리에 앉았다. 한결 편안해진 시선으로 수틀을 바라보니, 웬일로 평범한 꽃을 수놓아야겠다는 생각이 들었다. 덤덤한 표정으로 민연은 밑그림을 그리기 시작했다. 밤잠 설치며 수를 놓다 보면 모양은 나오겠지, 그리 작정한 것 같았다.

"하, 기분이 날아갈 것 같다. 으뜸이 되면 아버지가 좋아하시겠지?"

얼마나 좋아하실까. 내게 잘했다 칭찬해 주시겠지?

"머리를 쓰다듬어 주시려나? 대견하다고 웃어 주시려나? 아아, 빨리 내일이 되었으면 좋겠다. 어서 빨리."

민연은 한동안 보지 못한 아버지의 웃는 얼굴을 떠올리며 마치 오랜 시간 준비해 왔던 것처럼 속도를 내었다. 짜릿한 쾌감이 전신을 물들였고 냉수를 들이 마신 것처럼 속이 시원했다.

입궐한 뒤 처음 느낀 즐거움이었다.

70화

당연한 결과

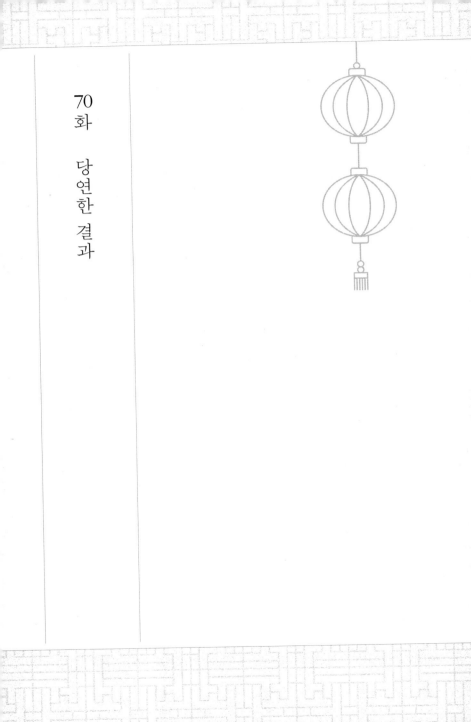

【해종실록 11권. 해종(偕宗) 17년 7월 8일】

좌의정 신기형이 아뢰기를.

"영의정이 제자리를 모르고 궁궐을 제집처럼 쓰니 하늘이 노하여 빗물이 멈추지 않사옵니다. 그 오만한 죄가 이에 더 심할 수 없으니 청컨대 경계하시옵소서."

상이 이르기를.

"만일 경의 말대로 그러한 일에 국가적 재앙이 따르게 된다면 어느 대에 장마와 가뭄이 없을 것인가. 합리적이지 않다."

하였다.

　"용희 넌 좋겠다. 마무리만 하면 된다니. 난 조금 더해야 하는데 언제 다 하지?"

　말끔하게 씻은 이진과 용희는 다시 처소로 걸음했다. 이진은 자수를 완성했다는 용희의 말에 긴 한숨을 내쉬었고, 용희는 그런 이진의 어깨를 다정히 쓸어내렸다.

　"괜찮아. 거의 다 했다며."

　"자수는 정말 내 취향 아니야. 난 수침만 들면 초점이 안 맞더라. 눈에 힘을 얼마나 줘야 하는지 몰라."

　"힘내. 그래도 완성은 해야 하잖아."

　"완성이나 할 수 있을지 모르겠다. 다른 건 모르겠고 신민연한

테 뒤지지만 않았으면 좋겠어.”

이진은 하품을 길게 하며 포부를 밝혔다. 자수에 그다지 흥미가 없던 이진에게 이번 과제는 상당히 버거운 것이었고, 중간에 만들다 바꾼 바탕천만 몇 개인지 알 수 없었다.

“빨리 집에 돌아가고 싶어. 여긴 너무 지루해.”

이진은 한숨을 내쉬었다. 삼간택까지 살아남을 것이라 생각해 본 적 없었던 이진은 의외의 결과에 얼떨떨한 상태였다. 딸아이가 가늘고 길게 살아남을수록 병판의 이마엔 주름이 늘어갔고, 지담의 입가엔 한숨이 길어졌다. 하루라도 빨리 이진을 궐 밖으로 내보내고 싶은 아비와 오라비의 마음은 다른 이가 헤아릴 수 있는 것이 아니었다.

“먼저 자, 용희야. 내일 보자.”

“그래, 너도 마무리 잘하고 일찍 자.”

처소 앞에 도착한 두 사람은 잘 자고 내일 보자며 손을 흔들었다. 처소 문을 열고 들어서던 용희는 우뚝 멈춰 서며 본능에 가까운 비명을 터트렸다.

“꺄악!”

이진은 용희의 비명에 다시 걸음을 돌렸다. 방 안을 바라보던 이진이 놀라 굳은 용희처럼 눈을 크게 치떴다.

“이, 이, 이게 뭐야?”

방은 난장판이었다. 넘어진 수틀과 색실이 꼬여 한데 헝클어져 있었고, 인력으로 벗긴 것이 분명한 천은 네 귀퉁이가 찢긴 채 형체를 잃은 모습이었다.

"세상에! 용희야! 이게 무슨 일이야!"

이진이 천을 손바닥으로 펴 보지만 이미 너덜너덜해진 것을 어찌할 수 없었다. 용희는 그대로 주저앉았다.

"이진아, 너도 처소 가 봐. 어서."

"아, 응!"

이진은 자신의 처소로 뛰어 들어갔다. 잠시 후 아무 일 없다며 서둘러 다시 돌아 나온 이진이 용희의 어깨를 붙잡았다.

"용희야, 너 씻는 사이에 이렇게 된 거잖아. 그렇지? 대체 누가 이런 짓을 했단 말이야? 어서 알리자. 일어나, 용희야."

이진이 안간힘을 쓰며 용희를 일으켜 보려 하지만 전의를 상실한 그녀는 꿈쩍도 하지 않았다. 그때, 소란을 느낀 민연이 밖으로 나왔다. 씻으러 가는 것처럼 그들을 스쳐 지나며 힐끔 바라보더니, 이내 제 갈 길을 재촉했다. 이진은 사라지는 민연을 바라보았다.

"이건 전부 신민연 짓이야."

용희가 시선을 들자 이진은 민연이 사라진 자리를 손으로 가리켰다.

"쟤가 이렇게 한 거야. 쟤 아니면 누가 있어?"

"아……."

"사고 칠 것 같더라니. 우리가 씻으러 간 사이 쟤가 네 처소에 들어와 이렇게 만든 거야. 아무도 들어올 수 없는 시간인데 누가 들어와 이 난장을 벌였겠니?"

이진의 확신에 용희는 입술을 꾹 깨물었다.

"용희야, 당장 가서 사람들에게 말하자. 이대로 억울하게 당하고만 있을 거야?"

"하지만 증거가 없잖아. 신민연이 그랬다는 증거."

"증거가 없으면 말도 못 해? 우리에겐 심증이 있잖아."

용희는 고개를 가로저었다. 섣부른 움직임이 자신에게 이로울 것 같지 않았고, 정말 민연의 짓인지도 가늠하기 어려웠다.

"그리고 이진아, 민연이 아닐 수도 있어. 의심받을 게 뻔한 일을 자처했을 리 없잖아."

"그러게. 자신의 짓인 걸 뻔히 알 텐데 알면서도 이렇게 하진 못했겠지?"

"나는 일단 다시 시작해야겠어."

용희는 자리에서 일어섰다. 이러고 망설일 시간이 어디 있겠나. 무엇이든 다시 시작해야만 했다.

"다시 한다고? 지금부터?"

"과제는 마쳐야지. 물론 실력을 전부 보일 수는 없겠지만."

시간 내에 마칠 수 있으려나. 무엇을 그려서 자수를 놓지? 용희는 입술을 잘근잘근 깨물었다. 대강의 색실을 정돈하고 있자니 이진이 곁으로 다가와 손길을 도왔다.

"이진아, 너도 어서 마무리 지어야지. 처소로 그만 가 봐. 고마워."

"정말 아무에게도 말하지 않을 거야?"

"다들 주무실 텐데 말하더라도 내일 아침에 하는 게 낫겠지. 난 어서 한 땀이라도 더 빨리 시작해야겠어."

"그래, 알겠어. 뭐라도 완성하길 바랄게."

"고마워, 이진아."

이진은 자리에서 일어섰다. 새 바탕천을 꺼내 수틀에 고정하는 용희는 손을 떨고 있었다. 쓰러지며 고장이 났는지 수틀은 삐걱삐걱 결이 좋지 못한 소리를 냈다.

"용희야, 나 좋은 수가 생각났어."

"좋은 수? 뭔데?"

이진은 용희 곁에 풀썩 앉으며 눈을 반짝였다. 평소 품행이 가볍고 철없는 부잣집 아씨 같은 이진이었으나 그녀 또한 판서 댁 여식이라, 역시나 만만한 규수는 아니었다.

"너, 내 말대로 해 볼래?"

신민연이 맞는지 아닌지 가릴 수 있을 것만 같았다.

이튿날. 아침이 되었고 궐은 또다시 부산스러웠다.

대강의 구색을 갖추어 꽃을 수놓은 민연은 만족한 듯 손을 내렸고, 수틀을 뒤집어 막대로 가볍게 먼지를 털어 냈다. 뒷면에 풀칠까지 더하여 실밥이 엉클어지거나 제멋대로 움직이지 않도록 잘 고정을 하고 나서야 민연은 어깨를 폈다. 얼마 만에 이토록 고단한 일정을 소화했는지 모를 일이나, 잠시 후 아버지께 칭찬받을 생각을 하니 견딜 수 있었다.

"김용희는 대체 뭘 하기에 이렇게 조용한 거야?"

민연이 밖을 나섰지만 용희의 처소는 너무나도 조용했다. 수틀이 망가졌다며 밤새 악다구니를 지를 줄 알았는데.

"자나? 아예 포기했나?"

자신은 죽어도 모르는 일이라 발뺌해 보려 했는데, 용희의 처소는 조용해도 너무 조용했다. 민연은 의심쩍은 시선으로 용희의 처소를 바라보았다.

그때, 이진이 처소 문을 열고 밖을 나섰다. 서로 눈이 마주쳤으나 살갑지 않은 관계였기에 오고 가는 인사가 있을 리 만무했다.

"야, 신민연."

대수롭지 않게 걸음을 옮기려던 민연이 자리에 멈춰 서자 긴 하품을 달고 걸으며 이진이 곁에 섰다. 잠을 청하지 못한 고초가 이진의 눈매에도 역력했다.

"너는 별일 없었어?"

"무슨 일 말이냐?"

민연이 모르는 척 묻자 이진은 주변을 살피다가 낮게 중얼거렸다.

"없었나 보네. 나는 어제 씻고 와 보니까 내 자수 천이 찢어져 있더라고."

"네 것이?"

입술을 조금 벌리며 당황한 듯 민연이 재차 물었다. 이진은 고개를 끄덕이며 울 것 같은 표정을 지었다.

"어째서 네 것이 찢어졌다는 것이야? 어째서? 김용희는?"

민연은 이해할 수 없다는 듯 물었다. 그러곤 이진의 처소 옆 옆으로 아직 문이 열리지 않은 처소를 응시했다. 분명 저곳이 김용희의 처소인데 왜 엄한 사람의 자수천이 찢어졌다는 것이지?

"네 것이 찢어진 게 맞아?"

"응. 용희 것도 찢어졌어."

이진의 말이 끝나자 '그럼 그렇지' 하며 민연의 표정에 안도가 다녀갔다. 하지만 그것도 잠시, 민연은 이진에게 시선을 돌렸다.

"둘 다 찢어졌다고?"

"그래, 우리 둘 다. 손쓸 수 없을 정도로 망가졌어. 넌 괜찮아?"

민연은 잠시 대꾸를 미루었다. 어찌 돌아가는 상황인지 예측이 되지 않았다. 이진은 네 것이라고 괜찮겠느냐는 표정으로 한숨을 길게 내쉬었다.

"누구의 짓인지 모르겠어. 조금 있다가 조사관들이 올 거래. 조사하면 나오겠지. 셋밖에 없었는데 두 개만 찢어졌을 리 없잖아. 너도 그렇지?"

"아…… 뭐……."

"대체 누구 짓이지? 왜 이렇게 자수를 찢어 놓았을까?"

민연은 마른침을 삼켰다. 이진은 자신의 처소로 돌아가 찢어진 자수 천을 들고 나왔다. 반쯤 수놓다가 만 초록 들판 자수는 형편 없이 찢어져 있었다.

"용희 것도 내 것도 다 엉망이 되었어. 그냥 두라고 해서 보관 중이야. 다 늦은 밤에 조사하기 그러니까 아침에 일찍 조사 시작한다고 했거든."

"……."

"네 처소도 갈까 하다가 너는 뭐, 우리랑 친하지 않으니까 참견하는 거 좋아하지 않을 것 같아서 말하지 않았어. 네 건 어때?"

이진이 뜻 없는 눈빛으로 자꾸만 채근하자 민연은 휙 돌아섰다. 심장은 사정없이 뛰어올랐다.

"이따가 보면 알겠지. 자꾸 무얼 묻느냐? 친한 척하지 마라."

"그래, 이따가 금부 사람들 오면 너도 잘 이야기해. 이렇게 자수가 찢겼으니 오늘 중전마마를 어찌 뵈어야 하는지 눈앞이 깜깜하다. 용희는 밤새 울었어. 아마 울다 지쳐서 잠든 모양이야."

이진은 다시 처소로 들어갔다. 민연은 다급한 걸음으로 자신의 처소로 들어섰고, 수틀에 꽂힌 자신의 자수를 바라보았다.

"이게 대체 무슨 일이야?"

분명 김용희 것만 찢었는데 쟤는 왜 저렇게 된 거지? 셋 중 둘의 것이 찢어졌으면 내가 의심을 받을 게 아닌가?

"윤이진에게 뒤집어씌우려고 했는데 이게 대체 어떻게 된……."

민연은 단단히 풀칠해 둔 자수를 바라보다가 자리에 앉았다. 그리고는 주변을 살피다 수틀에서 자수 천을 걷어 낸 뒤 사정없이 구겼다. 언뜻 생각해 보아도 혼자만 멀쩡한 자수 천을 가지고 있기란 위험했기 때문이다. 이곳은 제한된 구역이었고, 용의자는 이진과 자신이었다. 그 와중에 이진이 허물을 벗었으니 민연의 손길이 다급해졌다.

"이런 말도 안 되는…… 이런 빌어먹을……."

자수천은 헝클어졌고 사방이 찢겨 나갔다. 간신히 구겨 놓은 자수를 바라보던 민연은 다시 위풍당당한 걸음으로 밖을 나섰다.

아침은 기대만큼 상쾌하지 않았다.

◎

"잘들 잤느냐?"

중궁은 인자한 미소를 지으며 세 규수와 나란히 앉았다. 평소보다 생기가 없는 규수들을 바라보자니 과한 숙제였나 싶어, 중궁은 안쓰럽다는 듯 눈빛으로 규수들을 다독였다.

"이 사람이 내준 과제를 하느라 밤을 새운 모양이다."

"아닙니다, 중전마마."

모두가 입을 모아 말하자 중궁은 고개를 끄덕이며 김 상궁을 낮게 불렀다. 아이들이 완성한 자수를 보기 위함이었다.

"자, 누구의 자수부터 보여 줄 것이냐?"

민연은 입을 굳게 다물었다. 온다는 조사관들이 오지 않았으니, 돌아가는 상황을 파악하지 못해 먼저 운을 떼기가 어려웠다. 그때 이진이 조심스러운 손길로 자신의 자수를 내밀었다.

"미천한 솜씨를 선보여 송구하옵니다, 중전마마."

"오호라, 윤 규수가 먼저 주는구나. 이리 다오."

이진에게서 자수를 거둬 간 김 상궁이 중궁에게 그것을 가져다주었다. 자수천을 펼친 중궁의 눈매로 애정 담긴 웃음이 둥글게 그려진다.

"세상에, 꼼꼼하게 무척 잘했다."

"과찬이시옵니다, 중전마마."

고개를 조아렸던 민연이 시선을 슬쩍 들었다가 이내 두 눈을 부릅떴다. 자수천이 멀쩡한 것이다. 심장이 쿵쿵 뛰어 아무 말도 내뱉을 수 없었다.

"잘했다. 화려하진 않으나 만든 이의 정성이 녹아 있으니 훌륭하다."

중궁은 칭찬을 끝으로 자수를 내렸다.

"자, 다음 규수는 누구인가?"

중궁의 말끝에 민연의 시선은 손을 든 용희에게 돌아갔다. 용희의 손에서 자수천을 가져간 김 상궁이 중궁에게 건네주었고 중궁은 자수천을 펼쳤다.

멀쩡했다.

"오호라, 이것은 산다화(山茶花)로구나."

"예, 중전마마."

밤새 용희는 자수로 동백꽃을 완성했다. 초반의 것만큼 오래 공을 들여야 만들 수 있는 모양새는 아니었으나, 그녀가 즐겨 만들던 문양이었고 그만큼 자신이 있었다. 다만 시간이 부족해 크기가 작은 것이 흠이었다.

"자련수도 훌륭하고 매듭수도 훌륭하다. 몹시 고와 보기 좋구나."

"송구하옵니다, 중전마마."

용희는 고개를 조아렸다. 밤사이 제대로 감아 본 적 없는 눈두 덩이 따끔거렸다. 얼마나 초인적인 힘으로 자수를 완성했는지 스스로의 능력에 감탄할 지경이었다.

"수고가 많았다, 김 규수."

이진과 용희의 자수천이 멀쩡하니 민연은 팔을 부들부들 떨었 다. 김 상궁은 중궁에게 말을 보태었다.

"간밤 김 규수의 자수천이 부실하여 찢겼는데 밤사이 저렇게 완 성을 다 한 것이옵니다, 중전마마."

"그래? 그럼 이것을 밤사이에 다 만들었다는 것이냐?"

"예. 새벽에 처소 문을 열어 보니 만들던 것을 치우고 다시 만들 고 있었습니다, 중전마마."

아아. 중궁은 따뜻한 미소를 지었다. 넉넉한 시간에 만들었다 하 기엔 다소 아쉬움이 있었는데, 이제야 그 아쉬움이 이해가 되었다.

민연의 얼굴은 더욱 사색이 되었다. 씻으러 다녀온 사이 찢겼다 고 변명하려 했는데, 김 상궁이 새벽에 처소를 확인했음을 뒤늦게 떠올린 것이다. 분명 김 상궁은 문밖출입이 금지된 시간에 자신을 찾아와 자수를 두고 있는 모습을 확인했다. 더는 변명의 여지가 없었다.

"신 규수도 자수를 가져와라."

민연은 쉴 새 없이 머리를 굴렸다. 저도 모르게 손에 힘이 들어가 자수천에 주름이 졌다. 이 너덜거리는 자수천을 대체 어찌 보여 드려야 한단 말인가.

"신 규수, 무얼 하는가?"

놀아난 것이다. 김용희와 윤이진에게 감쪽같이 속아 놀아나고 말았다. 저년들이 그랬다고 말할까? 아니야, 그러다 들통 나면 어떡하지? 김 상궁이 새벽에 찾아온 적 없다고 말할까? 그럼 믿어주실까?

"신 규수?"

"송구하오나 중전마마, 소녀는……."

정녕 이게 최선인가?

"자수를 완성하지 못했습니다."

민연은 결국 씁쓸한 답을 내어놓았다. 중궁은 놀랐는지 미간을 꿈틀거렸고, 김 상궁은 한숨을 내쉬었다.

"신 규수는 밑그림도 그리지 못하고 어제 시작하였으나 끝내지 못한 모양입니다, 중전마마."

"새벽에 확인하였는가?"

"예, 중전마마."

김 상궁은 당연한 결과라고 생각했다. 몇 날 며칠 빈 수틀만 바라보고 있더라니, 간밤 조금 만들던 것을 보았으나 완성을 했으리라고는 생각지 않았다.

누구도 민연이 밤새 완성하고 그것을 스스로 어그러트렸다고 상상하지 못했다. 중궁은 김 상궁의 말에 고개를 끄덕이며 민연을 향해 시선을 주었다.

"신 규수는 완성을 하지 못해 내어놓을 것이 없다?"

"그렇습니다, 중전마마. 보여 드릴 것이 없습니다."

민연은 솟구치는 쓴 물을 삼키며 답했다. 잠시 침묵하던 중궁이 입술을 열었다.

"그래, 완성하지 못한 것을 보아 무엇 할까. 내 그럼 이 자리에서 바로 발표하겠다."

중궁은 망설임 없이 이진의 자수를 들어 올렸다. 아무리 용희가 완성을 했다 해도, 몇 날 며칠 공을 들인 이진의 것에 비할 바는 아니었다.

"이번 경연의 으뜸은 윤 규수다."

용희는 당연한 결과 앞에 이진을 바라보며 미소 지었고, 민연은 이를 사리물었다. 허무한 경연이 끝났다.

"이런 빌어먹을!"

처소로 돌아온 민연은 방에 들어서자마자 눈에 보이는 것들을 족족 집어던졌다. 제 손으로 갈기갈기 찢어 버린 자수천을 패대기치며, 민연은 분을 참지 못해 닥치는 대로 망가트렸다.

"네깟 것들이 감히, 감히 나를 능멸하고!"

가슴을 쿵쿵 내리쳐도 통증을 느낄 수가 없고, 머리를 쥐어뜯어도 감각이 일지 않았다.

"네년들이 그러고도 살기를 바라……. 감히…… 감히 내 앞에서……."

원하는 결과가 아니었음에 민연은 이를 으드득 물었다.

정신없이 침구를 흐트러트리고 촛대를 집어던지고 나니 문이 열리며 용희가 들어섰다. 민연은 마치 못 볼 것을 보았다는 것처럼 눈을 까뒤집었다. 삿대질을 한 손이 마구잡이로 떨렸다.

"여기, 여기가 어디라고 들어와!"

"너도 어제 내 처소에 함부로 들어왔잖아."

그에 반해 용희의 시선은 침착했다. 경연의 으뜸이 되지 않아도 충분히 평온한 음성 또한 갖추었다.

"뭐? 내가 어딜 들어가? 웃기지 마!"

민연은 발악하며 소리를 고래고래 질렀다. 용희는 시끄럽다는 듯 미간을 살짝 좁혔다.

"신민연, 정정당당하게는 나를 이길 수 없겠어?"

"뭐, 뭐야? 이게 지금 뚫린 입이라고 내게 망발을!"

"정당한 방법으로는 나를 누르지 못할 것 같아? 정녕 그 정도밖에 안 되는 것이냐? 그래?"

용희는 민연을 마주 보며 물었고, 민연은 차오르는 분을 어찌지 못해 몸을 떨었다.

"나는 나의 상대가 이것밖에 되지 않아 가소롭다."

용희는 자신의 자수천을 바닥에 내려놓았다.

"네가 찢었으니 네가 갈무리하려무나. 이미 내 손을 떠났으니 더는 내 것이 아니다."

"야! 김용희!"

"내게 가문이 부끄럽지 않을 행동으로 간택에 임하라 했었더냐? 너야말로 똑바로 잘해라."

용희의 입가에 미소가 떠올랐다. 곧 죽어도 너는 내 상대가 될 수 없겠다는. 이대로라면 너는 내가 아니어도 혼자 떨어지고 말 것이라는.

"신민연, 나는 오늘 다시 한번 깨달았어. 나는 절대 네게 지지 말아야 한다는 걸."

"야아아아!"

민연은 참지 못하고 손을 머리 위로 들어 올렸다. 후려칠 것처럼 거칠게 팔이 내려왔으나, 용희는 민연의 손목을 낚아챘다.

"이거 놔! 놓으라고!"

"이런 우매한 것을 보았나. 누군 때릴 줄 몰라서 가만히 있는 줄 알아?"

민연은 용희의 손에 붙잡힌 제 팔목을 빼 보려 했지만, 용희의 악력은 만만한 것이 아니었다.

"놓으라고! 이게 정말!"

민연은 몸까지 비틀며 손목을 빼내려 했다. 잠시 후 용희가 놓아주자, 민연은 힘에 못 이겨 뒷걸음을 쳤다. 제 팔목을 부여잡고 씩씩대는 민연을 향해 용희는 손가락을 뻗었다.

"똑바로 들어, 신민연. 이제야 너란 사람을 조금 알겠다. 다음에도 손찌검을 하려 들거든 나 역시 봐주지 않을 것이야."

민연은 분노를 이기지 못해 몸서리를 쳤다.

"또한 나는 앞으로도 사력을 다해 신민연 너를 이길 것이다."

원한 것은 이런 게 아니었다.

71
화

바
라
던

시
간

【해종실록 11권. 해종(偕宗) 17년 7월 10일】

　　중궁이 각통을 호소하여 약방의 의관이 침으로 독기를 다스렸다.
이를 전해 들은 상이 간택 경연을 미루라 하였다.

　퍼붓기가 두려울 만큼이던 비는 잠시 그쳤으나 하늘은 여전히 조마조마했다. 여차하면 다시 뿌려 보겠다는 듯 구름은 잿빛이었고, 보기만 해도 축축했다.

　비가 언제 다시 내릴지 몰라, 한동안 바깥출입을 하지 못했던 백성들의 손길이 매우 바빠졌다. 움직일 힘만 있다면 여든을 바라보는 등 굽은 노인도 물먹은 땅마지기를 손보기 바빴으니까.

　젊은 아비는 틈틈이 지붕 위 용마름을 손보았고, 젊은 어미는 곁에서 며칠간 묵혀 두었던 빨래를 널었다. 아이들은 괸 물로 발장난을 치다 어미가 널어놓은 빨래에 흙탕물을 튀겨 놓기도 했다. 관아에서 파견된 사람들은 대가 끊겨 홀로 있는 노인들을 살피며 보수 공사를 대신해 주었다. 이렇듯 백성이 살고자 노력하니 상감 또한 국고를 넉넉히 풀어 앞뒤를 살피셨다.

"곧 좌상 측에서 움직일 것이다. 이곳에 은화가 묻혀 있는 것을 그냥 두고 볼 리 없으니까 말이다. 간택이 한창이라 좌상이 몸을 낮추고 있겠으나, 느끼기론 조만간 일이 벌어지지 않을까 한다."

단출하게 사람을 꾸린 세자께서 태진사를 찾았다. 세자의 앞으로 월호와 륜명이 바르게 앉아 말씀을 경청했다.

"월호, 일전에 내가 명한 것은 어찌 되었는가?"

"명하신 대로 얼마 전 태진사의 승려들을 모두 피신시켰습니다."

"그래, 잘하였다."

월호가 그간의 일들을 고하자 완은 고개를 끄덕였다. 승려들은 태진사에 남아 있지 않았고, 승려를 빙자한 무관들만이 이곳을 지키고 있었다.

신기형은 쉴 새 없이 비가 내려 은화를 옮기지 못하는 것이라 생각했지만, 완은 때를 기다리고 있는 것뿐이었다.

"조만간 입궐을 명할 것이니 월호 너는 조금만 더 수고해 주기 바란다."

"예, 세자 저하."

"이만 나가 보라."

완이 월호에게 잠시 나가 있으라 명하자 월호가 사라졌고, 처소엔 륜명과 완 둘만이 남았다.

"어떠한가. 자네는 지낼 만한가?"

이렇듯 마주 앉아 잠시 사색에 잠기니, 사라진 용희의 행방을 알고자 륜명을 찾아갔던 일이 떠올랐다. 기억하기론 너무 오래전 일인 것 같아 꿈같기도 하고, 실제 그녀를 잃었던 적이 있었나 느낌이 가물거리기도 했다.

완이 안부를 묻자 륜명은 긍정하듯 표정을 지었다. 속세의 대부분의 것을 끊어 낸 륜명의 얼굴은 예전보다 색이 좋았다.

"다짜고짜 이곳으로 끌려와 고생이 많다."

"저하께선 목적이 있으시겠지요. 가늠만 하는 중입니다."

"내게 묻고 싶은 것이 많을 줄 알고 있다."

"알아서 먼저 말씀 주시리라, 또한 그리 믿고 있습니다."

신기형과 대적하기 위해선 륜명이 절대적으로 필요했다. 하지만 신기형의 많은 비리를 알고 있는 륜명은 여전히 입을 다물고 있었고, 밀수 거래에 대한 장부도 내주지 않았다.

"륜명, 여전히 자네는 내게 장부를 넘겨줄 생각이 없는가?"

아무리 생각해 보아도 륜명이 신기형을 감쌀 이유는 보이지 않았고, 둘의 관계가 좋을 만한 이유도 찾을 수 없었다. 륜명이 신기형에 대해 입을 닫는 이유에 대해 완은 스스로 깨닫기 어려웠다.

그렇다고 무력으로 빼앗을 방법도 없었다. 살기를 자처하지 않는 죄인에게 자백을 받기란 여간 힘든 일이 아니었다.

완은 다시 입술을 열었다.

"여전히 장부를 내줄 생각은 없느냐고 물었다."

"장부 같은 건 없습니다, 저하."

"어불성설이다. 장사를 업으로 삼는 네가 만들지 않았을 리가 있겠는가?"

"만들지 않았습니다."

"지금 너의 말은 거짓이다."

"그렇다면 저하께서 직접 찾아보시지요."

완은 말을 멈추었다. 류명의 장부만 있다면 신기형을 비롯한 주변의 썩은 뿌리를 뽑아낼 수 있건만. 대체 무엇인가. 신기형의 치부를 가려 류명이 득을 볼 수 있는 일이란 게.

"자네는 지금 좌상에게 상도덕을 지키는 것인가? 밀수도 거래라 최소한의 예를 다하고 싶은 것이냐고 물었다."

"그럴 리가 있겠습니까. 좌상은 시시때때로 이놈의 목을 노리고 있습니다. 어찌하여 그런 사람에게 인정을 남겨 둔단 말입니까."

"네가 숨기고 있는 것은 나라의 중한 일이다."

"이놈은 숨기는 것이 없습니다."

류명은 초지일관 같은 답을 했다. 완은 낮게 한숨을 불어 내쉬

며 잠시 뜸을 들였다. 모든 것이 소리를 잃은 것만 같았으나, 절의
적막함은 궐에 비할 바가 되지 못했다.

"좋다."

생각을 마친 완이 입술을 열자 륜명이 고개를 수그렸다.

"네가 굳이 나를 돕지 않는다 해도 나는 멈출 생각이 없다. 장부
가 없는 이상 조금 멀리 돌아가야겠지만, 나는 이 싸움의 끝을 볼
것이다."

천륜은 대체 무엇입니까. 그것은 대체 무엇이기에 판단을 앗아
가는 것입니까. 아비의 정 한번 받아 보지 못한 내가, 따스한 눈길
한번 받아 보지 못한 내가.

"더 이상은 너를 채근하지 않을 것이니 장부는 알아서 처리하라."

당신은 내게 무엇이기에. 대체 무엇이기에······.

"하지만 륜명, 이것은 알아야 한다."

륜명은 말없이 시선을 들었다. 완의 단단한 눈빛 속엔 너무나도
많은 것이 섞여 있어 뜨거운 분노라 말하기엔 차가웠고.

"그 아이의 집을 무너뜨린 장본인이 바로 좌상이다."

배신에 치를 떤다 말하기엔 차분했으며, 사랑하는 여인을 담았
다 말하기엔 인정이 없었다.

"그 아이가 너는 누구인 줄 아는가? 얼마 전 복직된 영의정 김
판두 대감의 여식, 김용희다."

"예? 지금 무어라 하시었습니까?"

"그 아이가 바로 조선 재상의 여식이란 말이다."

륜명은 이해가 되지 않는 듯 서너 초 눈만 깜빡이다가, 기가 막힌다는 듯 웃음을 터트렸다. 영의정 대감 댁이라면 신기형이 불을 지르고 흑단에게 일가족 살인을 사주한, 단지 자신의 여식을 간택 승리자로 만들기 위하여 끔찍한 일을 행했던 가문이 아니었던가.

"잊었는가? 그 아이가 그동안 무슨 일을 겪었는지 말이다. 반가의 출신으로 사내의 옷을 입고 산을 오르며, 죽을 고비도 수차례 넘겨야 했다."

일족이 몰살되어 기쁨을 표하는 신기형을 바라보면서도 륜명은 별다른 생각을 하지 못했다.

그랬지. 아무 생각을 할 수 없었지. 내 아비가 죽길 바란 여인이 바로 너였음을 어찌 알았겠는가.

"순한 짐승도 정을 준 제 것을 누군가 해치면 달려들어 물어뜯는 법이다. 하물며 나는 사람이고, 세자다."

"……."

"나는 내 여인이 당했던 일을 이미 뼈에 새겼다. 모른 척하지 않을 것이고, 잊지도 않을 것이다."

륜명의 깊은 시름을 알지 못한 완은 자리에서 일어섰다. 이제 다시 볼 일이 남아 있지 않았으므로 끝을 고해야 했다.

"나는 오늘부로 너를 잊겠다. 미련하게도 잠시나마 너를 내 편이라 생각했었다."

여전히 충격을 가다듬지 못한 륜명이 따라 일어섰다. 언젠가 묻고 싶었던 말들을 입 밖으로 꺼내지 못한 채 삼켜야 했다.

"네게 밀수의 죄를 물어 처결해야 함이 옳겠으나 지난 네 공을 참작하여 풀어 줄 것이다."

"……."

"다만 밀수로 벌어들인 네 모든 재산은 불법이니 국고로 환원하겠다. 너는 이곳에 있을 필요가 없겠으니 이만 떠나라."

"그 아이는…… 아, 그분은 그럼……."

"간택 중이다."

"……예, 세자 저하."

"그럼 이만 가 보겠다. 살고 죽는 것은 이제 너의 몫이니라."

완은 륜명을 스치며 방문 앞에 섰다. 이내 문고리를 붙잡았으나 쉬이 열지 못했다.

"륜명, 언젠가 자네와 나누어 마신 술 한 잔은 몹시 달았다."

세자께서는 죄 많은 사내를 살려 주기로 한다. 남은 죄를 묻지 않은 건 지난날 용희를 살려 준 일에 대한 세자의 자비요.

"너에 대한 기억은 그것만 가져가겠다."

그녀를 대신해 깊은 사랑하는 여인의 목숨 빚이었다.

완은 문을 열었고, 미련 없이 밖을 나섰다.

◎

"홍시!"

"지담!"

걸음을 옮기던 용희는 자신을 부르는 목소리에 돌아섰다. 그 호칭, 그 목소리. 구태여 누구인지 확인하지 않아도 대번 알 수밖에 없어 웃음이 먼저 터져 나왔다.

"홍시와 나의 인사는 이쯤에서 생략. 여긴 보는 눈이 많으니까."

예전처럼 손이라도 붙잡고 방방 뛰고 싶은 걸 참고 있다는 뜻일 거다. 용희는 웃음을 터트리며 고개를 끄덕였다.

"이렇게 입으니 지담도 꽤 멋있는데?"

"그러냐?"

익위사의 정복을 입은 지담에겐 무사의 기운이 넘쳐흘렀다. 보기 좋다는 듯 용희의 눈빛에서 애정이 쏟아지자, 지담은 품 안에 손을 넣어 무언가를 꺼내 들었다. 손에 들린 엿을 확인한 용희는 더욱 웃음을 터트렸다.

"홍시야, 엿 먹을래?"

사람이 한결같으니 그저 감사했다.

둘 사이 오고 가는 반가움은 사뭇 달가운 것이라, 용희와 지담은 두런두런 그간의 이야기를 나누었다. 용희의 밀린 이야기는 가릴 것 없이 쏟아졌다. 어쩐지 지담의 앞에선 속내가 막히는 것이 없어 평소보다도 많은 말을 내뱉게 되었다.

한바탕 수다스러운 대화가 오간 뒤, 이야기가 끊긴 공간엔 적막이 흘렀다. 지담은 깍지 낀 팔을 무릎 위로 떨어트리며 하늘을 올려다보았다.

"홍시야."

"응?"

아주 맑아 닮고픈 모양새는 아니라 해도, 하늘은 충분히 넓고 길어 마음을 편안하게 했다.

"영의정 대감이신 너의 부친께서 살아 계신 것을 알았을 땐, 정말 기뻤다."

지담은 말끝에 빙그레 미소를 지었다.

그때 대군의 사가에서 임금의 군사에게 용희가 붙잡혀 갔던 밤.

"물론 저하께선 나보다 훨씬 더 많이 기쁘셨을 거야."

혼백이 재가 되어, 피가 굳은 것처럼 몸이 말을 듣지 않았다. 지키라 하신 것을 지키지 못한 불충과, 그녀에게 닥칠 일들에 대한 두려움이 공간을 물들였다. 용납이 되지 않아 스스로의 무능함에 혀를 깨물고 싶을 지경이었다.

"그때 붙잡혀 간 네가 잘못되었다면, 아마 나도 이렇게 잘 있지는 못했을 거다."

벅찬 마음을 받으니 용희는 지담의 팔을 툭 치며 눈꼬리를 둥글게 휘었다.

"지담은 정말 좋은 사람이오."

"이왕이면 좋은 사내라고 해 줘."

"맞아, 좋은 사내. 정말 좋은 사내. 참, 지담의 누이도 정말 좋은 사람이오. 너무 예뻐."

"윤이진 말이냐? 그 선머슴 같은 게 때가 맞아 간택에 올 줄 누가 알았겠어. 걱정이 많다."

에효. 한숨을 푹 내쉬며 지담이 일어섰다.

"남은 경연도 잘해라. 응원할게."

"고맙소."

지담은 특유의 자상한, 그리고 따뜻한 웃음을 지으며 그녀를 바라보았다.

알고 있다. 그녀를 홍시라 부를 수 있는 날도 아마 오늘이 마지막일 거란 걸. 엿을 나누어 먹던, 놀리고 웃으며 장난을 치던, 그러한 순간은 이제 오지 않을 거란 걸.

"네가 경연에 모두 합격해서 다음엔 빈궁의 주인이 되어 있기를 바란다."

하지만 이것 또한 알고 있다. 모든 것은 변하고 그렇기에 우리는 살아간다는 걸. 주어진 것에 감사하며 묵묵히 살다 보면 아주 멋진 날을 만나기도 한다는 걸.

"그때엔 윤지담이 홍시의 첫 번째 신하가 될게."

지금이, 바로 그러한 순간이라는 걸.

◎

완벽한 저녁이라 말하기엔 조금 애매한 시간. 용희는 아까부터 쪼그려 앉은 채, 울음을 터트린 아기나인을 이리 달래고 저리 달랬다. 지담과 헤어진 뒤 우연히 만난 이 아기나인은 무엇이 서러운지 그칠 줄 모르는 울음을 쏟아 냈다.

중궁은 며칠째 각통을 호소하며 자리를 보전하셨고, 설상가상 김 상궁도 여름 고뿔에 고생 중이었다. 때문에 오늘도 일정이 이르게 마무리되어 한가했다.

"착하지, 착하지. 이제 그만 뚝. 아이, 착해라."

한 뼘도 되지 않는 작은 어깨를 토닥이며 용희가 달래 보지만, 서러움이 잔뜩 묻은 눈물은 사정없이 쏟아졌다. 궐을 나가고 싶다는 것 같았다.

"으아앙······. 여기 싫어요······. 싫어요······."

채 다섯 살이 되지 못한 때에 견습 나인으로 궐에 들어온 아이는 자신이 무엇을 하고 있는지 알 리 없었다. 제 의지로 입궐한 것은 아닌 것이 자명한 나이. 살림이 빡빡하니 입 한 술 덜어 보고자, 혹은 자식의 배라도 곯지 않게 하려는 뜻으로, 그 부모가 피눈물을 쏟으며 입궐시켰으나 세상사를 깨우치기엔 턱없이 부족한 나이였다.

"으아앙……. 으아아앙……."

아이는 부모가 그립고, 엄격한 상궁 마마님이 무서울 뿐이었다. 한바탕 혼쭐이 난 뒤라 서러움은 격정적인 상태였다.

날이 개었으니 산책이나 할까 싶어 걸음을 옮기던 용희는, 홀로 앉아 눈물을 터트리고 있던 이 아이를 발견했다. 아이는 끅끅거리며 눈물 콧물을 쏟았고, 용희는 들어줄 수 없는 아이의 소원 앞에 안절부절못했다.

"자, 킁 풀어 보렴."

용희가 손수건으로 코를 잡아 주자 아이가 팽, 하고 힘껏 코를 풀었다. 고분고분 하라는 대로 말을 듣는 아이가 어여쁘면서도 짠하니, 용희는 난처한 웃음을 터트렸다. 쌀가마니보다 작은 아이는 알지 못해도 좋을 것들을 알아가고 있는 것 같았다.

"이제 다 울었어?"

"네에……."

"아닌데? 아직 우는 것 같은데?"

"히이잉……. 안 울 거예요."

용희는 아이를 끌어당겨 품에 안았다. 얼마나 집이 그리울까. 두고 온 가족이 얼마나 보고 싶을까. 무엇을 어질러도 좋을 나이, 무엇을 어찌해도 예쁠 나이.

"이름이 무어니?"

"이름은 경심이입니다. 경, 심, 이."

"아, 그래. 경심이."

부모의 심정은 또 어땠을까. 궐 구경시켜 준다니 좋다고 웃으며 따라나선 아이를 바라보며, 그 부모는 몇 날 며칠 잠이나 제대로 이뤘을까.

"이름이 참 예쁘구나. 경심이."

없는 살림을 얼마나 원망했을까. 못난 부모라 얼마나 힘겨웠을까. 태반은 홀로 늙어 죽는 궁녀의 삶. 사랑받는 여인의 인생을 포기해야만 하는 아이의 미래가 얼마나 구슬펐을까.

"경심이는 우리 할머니가 지어 주셨어요."

"그랬구나."

궐 안엔 각기 다른 상처가 모여 있음이 분명했다. 용희는 토닥거리며 빙그레 미소 지었다. 아이의 젖은 음성은 탁한 기운이 없어 듣는 것만으로도 마음을 맑게 했다.

"처소가 어디야?"

"저기 모퉁이에서 두 번 우로 꺾고 쭉 가다가 또 우로 꺾고 파란 기둥이 나오면 또 우로 꺾으면 우리 처소가 나오는데요."

아이는 아이의 시선으로 길을 설명했다. 드넓은 궐의 길을 외우기 위해 나름의 규칙을 세운 것이다.

"그곳에 가면 정 상궁 마마님 처소가 있고, 저는 거기서 또 세 번 좌로 꺾어 가면 처소가 있어요."

"아아, 소주방이구나."

"네에."

용희가 단번에 소속을 알아내지만 아이는 태평하게 답을 했다. 묻고 답하다 보니 아이의 눈가에 맺혔던 물기가 조금씩 사라져 갔다.

아이는 종알거리며 말했다. 세자 저하께서 젓수실 주전부리를 준비하던 항아님이 불 앞에서 잠시만 타지 않게 보고 있으라 했는데, 깜빡 잠이 들어서 홀랑 태워 버렸다고. 그것 때문에 눈물 쏙 빠지게 혼쭐이 났다고.

"안 자려고 했는데 잠이 들었어요. 정 상궁 마마님이 화가 많이 나시어……."

"으아, 정 상궁 마마님이 무섭게 하셨나 보다. 그렇지?"

"원래는 안 혼내시는데 세자 저하께 드릴 것을 제가 깜빡 졸아서……."

코가 또 빨개지는 것을 보아하니 서러움은 아직인 듯했다. 어린 나인이 음식을 만들겠느냐마는 배움이 한창인 때라 소주방에 들어갔다가 이리되었다.

"저하께 드릴 것을 망쳐 속이 상했구나. 괜찮아, 괜찮아."

"저하께서 낮것상도 받지 못하시어 야참이라도 올려야 한다 했는데…… 다시 만들어야 한다고…… 저는 필요 없으니까 나가 있으래요……."

"아이고."

용희는 쫓겨나 시무룩해진 아이의 어깨를 토닥였다. 출궁으로 끼니를 거르신 세자 저하께서 야참이라도 젓수실까 정성을 다하다가 벌어진 일. 평소 화를 모르던 상궁도 불같은 역정을 냈다.

그때였다. 저 멀리 사건의 원흉, 세자께서 용희를 발견하곤 우뚝 멈춰 섰다. 이제 막 입궐했는지 민가의 사내 복식을 한 세자께서는 뜻밖의 만남에 두 눈을 동그랗게 떴다. 용희는 아이를 토닥이느라 그 모습을 보지 못했다.

"세자 저하께서 간식을 젓수시지 못하셔서 슬퍼요."

완은 천천히 그녀에게 다가섰다. 아이의 앳된 음성이 완의 귓가에 내려앉았다.

"괜찮아. 세자 저하는 간식을 안 드셔도 슬퍼하지 않으신단다."

"저런, 저하께 간식을 드리지 못한 모양이로다."

느닷없는 음성에 용희가 고개를 돌리자 완이 시선에 담겼다. 깜짝 놀란 용희의 두 눈이 커다래지자 완은 쉿, 입가에 손을 올리며 눈을 찡긋했다. 아이는 고개를 들었고, 완은 무릎을 굽히며 앉았다.

"뉘십니까?"

아이는 그런 완을 보며 물었다.

"나? 나는 세자 저하를 잘 아는 사람이지. 넌 누구냐?"

"저는 생각시여요. 소주방 정 상궁 마마님께 가르침을 받고 있어요."

웬 사내의 등장에 눈물이 쏙 들어간 아이는 또랑또랑하게 답했다. 자기소개를 할 일이 많았는지 한두 번 말해 본 솜씨는 아닌 것 같았다.

"이 처자가 너를 울렸느냐?"

완이 용희를 가리키자 반가움에 눈꼬리를 둥글게 휘고 있던 용희가 휙, 완을 노려보았다. 지금 달래고 있는 거 안 보이십니까? 제가 울리다니요!

"자기 먹을 것도 만들어 달라고 겁을 주더냐? 정황이 그런 것 같은데?"

"아니어요. 제가 집에 가고 싶다고 하니까 달래 주셨어요."

"집에 가고 싶으냐?"

완은 고개를 어깨 쪽으로 꺾으며 아이와 좀 더 가깝게 시선을 맞췄다. 일어서 봐야 반 토막도 오지 않을 작은 아이는, 집이 그립다고 말했다.

"가고 싶으면 가야지."

"하지만 지금은 갈 수 없어요. 삼십 일하고 열여덟 밤을 더 자야 다녀올 수 있대요. 정 상궁 마마님이 그러셨어요."

"일어서라. 지금 다녀오자."

완은 자리에서 일어섰다. 가만히 듣고 있던 용희는 그를 따라 고개를 좀 더 올렸다.

"아이를 상대로 농을 하시면 안 됩니다."

"농이라니?"

"어찌 갈 수 있답니까? 가능하신지요?"

"허어, 그렇게 불신하니 더 오기가 생겨 다녀와야겠다. 뭐 하느냐? 일어서라."

완은 아이를 재촉했다. 하지만 눈앞의 사내보다 보이지 않는 정 상궁이 더 무서운 아이는 어깨를 움츠렸다.

"못 가요. 혼난단 말이에요."

"안 혼나게 잘 일러 주겠다. 저하께 허락받아 가면 되니까 걱정 마라."

"저하께서 오늘 야참을 젓수시지 못해 허락 안 해 주실 것이

379

어요.”

"먹은 걸로 치자. 어서 일어나라.”

아이는 미심쩍은 표정으로 완을 올려다보았고, 완은 그런 아이의 손을 덥석 붙잡고서 걸음을 옮겼다.

서너 걸음 걷던 완은 뒤를 돌아보며 말했다.

"뭐 하는가?”

"예에?”

용희가 얼떨결에 일어서자 완은 손짓했다. 시커먼 속내는 이곳에 있었다.

"너도 따르라. 가자.”

72
화

잊
지
마
라

세자가 아뢰기를.

"어린 궁녀가 집이 그리워 울고 있기에 잠행을 나서며 부모의 얼굴을 보게 하려 하옵니다. 청컨대 허하여 주시옵소서."

하며 청하자 상이 이르기를.

"그만큼 딱한 사정도 없다. 분별도 어려운 나이에 지극으로 부모를 그리니, 그 부모의 심정을 대신 말할 수 있겠는가. 다정히 살펴보라."

하고 윤허하였다.

　세자와 용희를 태운 말은 바삐 달렸고, 그 곁으로 아이를 태운 지담의 말 또한 따라 달렸다. 궐을 벗어난 세자 일행은 시원한 공기를 가르며 경심의 사가를 향해 질주했다.

　'자네가 정 상궁인가?'

　조금 전, 완을 대면한 정 상궁은 두 눈을 크게 치떴다. 세자의 손을 붙잡고 올망졸망한 눈으로 자신을 올려다보는 아이는 다름 아닌 경심이었다.

　'세, 세, 세…….'

　놀란 정 상궁이 완을 바라보며 말을 더듬자 완은 아는 척하지 말라며 정 상궁을 향해 눈을 찡긋거렸다.

'정 상궁, 내가 이 아이와 함께 다녀올 곳이 있다.'

'예에?'

'장마 후 민가의 상황을 보고자 하는데, 이 아이가 나를 안내하겠다고 하니 말이다.'

'아······.'

정 상궁은 경심을 내려다보았다. 손을 꼭 붙잡고 있는 사내가 세자 저하인 줄 아는지 모르는지, 경심은 잔뜩 어깨를 웅크린 채로 정 상궁을 올려다보았다.

'마마님, 마마님, 사실 저는 안 가도 되어요.'

쉿. 완이 가만히 있으라 이르자 정 상궁은 짧은 한숨을 내쉬었다. 안 그래도 조금 전 눈물이 쏙 빠지게 혼을 냈던 터라 마음이 쓰이던 참이었다.

'어디를 갔나 했더니 세상에······.'

다시 만들면 될 음식 같은 건 괜찮았다. 하지만 칼과 기름 솥이 가득한 공간 안에서 잠이 든 아이는 위험했다. 자칫 잘못하면 아이가 위험했을 수도 있기에 회초리만 들지 않았을 뿐 격한 역정을 내었던 것이다. 그런 아이가 세자 저하를 어찌 만났는지는 알 길이 없었으나 어쩐지 안심이 되었다.

'그럼 다녀오겠다.'

'여부가 있겠습니까.'

유달리 밤마다 가족이 보고프다 칭얼대던 경심을 잘 알고 있었다. 아이의 괴로움은 애처로웠지만 일개 상궁이 무슨 힘이 있어 무시로 출궁을 시켜 줄 수 있었겠는가. 정 상궁은 지금의 상황을 외려 다행이라 생각했다.

'저, 송구하오나 잠시만……'

황급히 안으로 들어갔던 정 상궁은 보따리를 가지고 나왔다.

'이것이 무언가?'

'유밀과이옵니다. 경심이 입맛에 맞아 좋아하는 것이니 아마도 그 댁 또한 좋아하시지 않을까 하여……'

정 상궁은 주전부리를 소복하게 챙긴 보따리를 아이에게 건네주었고, 그것을 완이 대신 받아 들었다. 경심의 집에 가져다주라는 정 상궁의 인심에 완은 빙그레 미소 지었다.

'그래, 가서 꼭 전해 주겠다.'

'황공…… 아…… 예…….'

정 상궁은 말꼬리를 흐렸고, 완은 되었다는 듯 경심의 손을 흔들었다.

◎

"저기입니다!"

드디어 익숙한 동네가 나오고 집 머리가 보이자 경심이 크게 외쳤고, 지담은 방향을 꺾었다. 용희를 태운 완 또한 지담을 따라 말머리를 틀었다. 밥 때라 집집마다 연기가 피어올랐지만 와중에 연기가 피어오르지 않는 집. 네 사람은 그곳에 멈춰 섰다.

지담은 땅을 딛고 경심을 안아 내려 주었다.

"어머니! 할머니!"

내리자마자 경심은 쏜살같이 집으로 들어섰고, 말에서 내린 완과 용희는 천천히 시선을 돌리며 집 이곳저곳을 바라보았다. 상당히 허름했다. 마당과 바깥의 경계가 불분명하고, 삼간초가는 집이라는 명색만 있을 뿐 구실을 다하지 못하는 실정이었다.

"아이고! 경심아!"

안에서 나온 어미는 찾아온 딸아이를 바라보며 외쳤다. 목소리엔 반가움보다 놀라움이 컸다. 올 때가 아니란 걸 알고 있기에 행여 쫓겨난 건 아닌지 겁을 집어먹은 것이었다.

"어머니! 할머니는? 아버지는?"

"너, 너 어떻게 왔어! 예까지 지금 어떻게 왔어!"

"아이참, 저분들이 경심이를 데려다 주시었어요! 어머니 놀랐구나?"

경심은 자신을 바라보는 놀란 어미의 표정에 상체를 배배 꼬듯 이리저리 돌렸다. 불쑥 찾아와 어미를 놀라게 했다는 생각에 부끄러움이 찾아들었다. 경심의 어미는 완과 용희에게 급한 걸음으로 다가섰다. 눈매는 여전히 불안에 떨었다.

"저, 우리 아이가 혹 궐에서 쫓겨난 것입니까?"

완은 크게 상한 초가지붕을 바라보다 눈을 돌렸다. 용희는 한 걸음 물러나며 지담과 함께 섰다.

"우리, 우리 경심이가 궐에 들어간 것이 얼마 되지 않았는데, 혹 무얼 잘못한 것입니까?"

아이는 방 안으로 쏙 들어갔다. 완은 고개를 가로저으며 입술을 열었다.

"그런 것이 아니다. 아이가 집에 다녀오고 싶다 하여 잠시 데려온 것뿐이다."

"그렇다면 뉘십니까?"

어미가 묻자 지담이 팔을 뻗으며 만류했다.

"세자 저하시다. 멈춰라."

"예에? 아, 아이고!"

어미는 흙바닥에 넙죽 엎드렸다. 완은 일어서라 명했고, 용희는 다가가 일으켜 주었다. 경황없는 손짓이 이어지자 완은 다시 입술을 열었다.

"자식이 부모를 그리고 있는데 어찌 외면할 수 있겠는가? 하여 잠시 동행한 것이니 편히 있으라."

"아, 아, 쇤네가, 아……."

너무 놀라 말이 떨어지지 않고 몸만 떨었다. 그 모습에 용희는 다정히 말을 보냈다.

"괜찮소. 저 아이는 저하의 신분을 모른 채 따라왔으니 돌아갈 때까지는 모른 척 있어 주오."

"아…… 예……. 예예……."

감동에 목이 잠기고 눈시울이 붉어졌다. 어미는 연신 허리를 구부리며 은혜에 몸 둘 바를 모르겠노라 중얼거렸다. 비구름에 무거워진 바람이 세자의 발끝을 때리듯 스쳤고, 휑한 마음을 더욱 차게 만들었다.

완의 일행은 방 안으로 들어섰다. 누워 있는 아비의 손을 꼭 붙잡은 경심이 정 상궁에게 받은 보따리를 끌러 먹을 것을 꺼내고 있었다. 자랑을 하고 싶었던 모양이다. 어미는 후다닥 안으로 들어와 널브러진 이것저것을 급하게 치웠다.

"경심이 아버지, 경심이 아버지, 빨리 일어나요, 빨리!"

"뉘신데? 아이고, 잠시만."

"빨리, 빨리빨리!"

누워 있던 사내는 몸을 일으키기가 어려운지 인상을 썼고, 마음이 급한 조강지처는 재촉했다. 완은 손을 들었다.

"되었으니 누워 있어라."

"아이고, 그래도 되겠습니까? 허리가 성치 않아서."

세자임을 알지 못하는 경심의 아비는 다시 몸을 눕혔다. 난색이 된 어미만 안절부절못하고, 경심은 그런 어미에게 군것질거리를 내밀었다.

"어머니, 이거요. 이것 좀 먹어."

"경심이 아버지, 잠깐 고개 좀 들어 봐."

씻지 않은 얼굴이 못마땅한 경심의 어미는 자신의 머릿수건을 끌러 지아비의 얼굴을 대충 닦아 주었다.

"어머니, 이것 좀 봐 봐. 이거 정 상궁 마마님이 주셨어. 그런데 할머니는 어디 갔어?"

아이가 곁에서 계속 종알거리지만 어미는 대답할 만한 정신이 없었다. 부인의 도움으로 겨우 얼굴만 닦아 낸 경심의 아비는 완의 일행을 향해 손짓했다.

"누추하지만 좀 앉았다 가십시오. 우리 애를 데려다 주셔서 감사합니다그려."

"경심이 아버지, 마, 말을 더 곱게 하셔. 이분들이 뉘신 줄……."

"그럼 잠시 앉겠다."

완은 용희와 함께 자리에 앉았다. 방 곳곳에 물그릇이 있는 것을 보아하니 물이 새는 것 같았다. 두 사람의 눈길이 물그릇으로 향하자 아비는 별일 아니라는 듯 입을 열었다.

"이놈이 허리를 다쳐 꼼짝을 못 하니 고칠 도리가 없어서 임시 방편으로 물그릇을 두었습니다."

"관아로 보수 요청을 하면 인력이 나올 것인데 어찌하여?"

"어휴, 이놈에게 차례가 돌아오려면 한참 멀었습니다. 이 부실한 몸도 사내라고, 집안에 사내가 있는 집은 제일 순번이 아래에 있어서 포기했습죠."

"어머니, 할머니는? 응? 할머니는?"

대화에 관심이 없는 경심이 어미의 치마폭에 뒹굴며 자꾸만 할머니를 찾았다. 집에 오니 아이는 더욱 본연의 나이를 찾아 어리광이 커졌다.

"할머니 저기 건넛집에 가셨어. 옥순이네 집."

"나 그럼 거기 다녀올래. 다녀와도 돼요?"

완이 허락하자 경심은 할미에게 주고 싶은 군것질거리 몇 개를 챙긴 뒤 부리나케 뛰어나갔다.

지담이 아이와 함께 사라지자 아비는 천장을 바라보며 입술을 열었다. 경심의 형제들은 한참 떨어진 양반 댁에서 소일거리를 도와주고 있었고, 이제 올 때가 되었다 말했다.

"부모가 구실을 못 하니 애들만 고생입니다. 마누라는 밤낮 바느질해서 받는 품삯 몇 푼으로 어머니 약값 대기도 벅찬데 이놈마저 이렇게 되어……."

"그 또한 관아에 신청서를 내면 약값을 보태 받을 수 있을 것인데?"

사내는 완의 말에 부질없다는 듯 웃음을 터트렸다. 저 고운 비단 옷의 선비님은 이론만 알고 있을 뿐 현실을 잘 몰랐다.

"구부러진 글씨 한 자를 못 읽는 주제에 무엇을 알아 적어 내겠습니까? 그것도 적어 주는 이가 따로 있는데 돈을 쥐여 주어야 써 줍디다."

"……."

"그렇게 돈 주고 신청서를 써서 약을 타도, 양반님들이 좋은 약재는 전부 빼돌리고 순 못 쓸 것들만 잔뜩 주니, 세상에 어느 누가 먹지도 못할 것들을 받으려고 돈 주고 신청서를 내겠습니까?"

완은 사내의 말끝에 주먹을 쥐었다. 나라의 썩은 물줄기는 깊숙이 퍼져 있어, 이렇듯 확인하지 않으면 절대로 대전까지 들어오지 않는 것들이 너무나도 많았다.

"그러니 먹고사는 일이 빡빡하지 않았겠습니까. 그러다 얼마 전에 생각시가 부족하다며 나라에서 기준을 낮춰 사람을 뽑는다기에 고민하다가 경심이를 궐로 보냈습죠."

참담했다.

"그나마 경심이가 궁으로 들어가면서 보리 몇 포대, 콩 몇 포대를 가져다줬으니 그것으로 버티고 있지요. 경심이 고것이 우리를 먹여 살립니다."

아비는 말끝에 긴 한숨을 내쉬었다. 아이만 생각하면 찢어져 너 덜거리는 가슴을 어찌해야 하는지 방법을 알지 못했다. 아비는 생각을 정리하려는 듯 조강지처에게 시선을 돌렸다.

"여봐, 경심 어멈, 여기 숭늉이라도 한 그릇 드려야지 뭐 하고 있어?"

"아이고, 내 정신 좀 봐."

지아비의 말을 경청하던 경심의 어미는 황급히 일어서 누가 말릴 새도 없이 밖을 나섰다. 남편의 허망한 시선이 부인이 떠난 자리에 깃들었다.

"지지리 복도 없지. 이런 사내를 만나 허구한 날 뼈가 문드러지게 고생만 하니 집사람 볼 면목이 없습니다."

완은 사내의 한탄에 침묵했다. 제 안에 쏟아진 것들이 너무 많아 함부로 입을 열기가 어려웠다.

이어 경심의 어미가 문을 열고 들어왔다. 들고 온 숭늉 두 그릇은 받칠 것조차 없어 내드리기도 민망한 차림이었다.

"목이 마르실 것인데 이거라도 조금……."

탄 밥알이 보이고 색도 시커멓다. 완이 녹슨 그릇에 담긴 숭늉을 내려다보자 이내 경심의 어미는 허리에 두르고 있는 행주치마로 그릇의 먼지를 조금 닦아 냈다. 행주치마 또한 온전하지 못했다.

"감사히 잘 마시겠다."

완은 그릇을 두 손으로 들었다. 이내 숨도 내쉬지 않고 모두 다 비워 냈다.

"송구합니다. 내드릴 것이 없어……."

이것이 백성의 현실. 이것이 바로, 조선의 현실.

"아니다. 몹시 구수하니 갈증에 마시기 좋았다."

완은 조용히 입가를 닦아 내었고, 용희도 조신한 손길로 그릇을 모두 비웠다. 탄내가 입가에 감돌았지만 몹시도 특별한 숭늉이었다.

◎

"조금만 더 위로! 조금만 더!"

용희는 지붕을 바라보며 소리쳤다.

"조심하십시오! 조금만 더 위로! 조금만 더!"

나도 안다! 안다고! 완은 지붕 위를 오르며 꿍얼거렸다. 멋을 폭발시키며 지붕을 손봐 주겠노라 자신했지만, 이건 해도 해도 도무지 끝이 없다. 아래에서 막연하게 바라볼 때보다 위에서 확인한 상황은 더욱 좋지 않았다. 어설프게 손을 댈 바에야 하지 않느니만 못할 것 같았고, 포기하기엔 이미 손을 대어 무를 수도 없었다.

"힘을 내십시오! 아직 한참 멀었습니다!"

완은 엉망이 된 지붕 위 용마름을 낫질로 갈라 떼어 내는 작업을 했다. 비에 젖어 축축하고, 온갖 오물이 달라붙어 역한 냄새마저 올라와 일은 쉽지 않았다. 소매를 걷어붙인 완은 힘을 주며 이를 악 물었다. 이 망할 지담 놈은 옥순네 집에 자리를 잡았는지 돌아올 생각을 하지 않고.

"좀 팍팍 치십시오! 힘은 뒀다가 뭐 하십니까?"

마당에선 용희가 똑바로 하라며 자꾸만 잔소리를 퍼붓는다.

완은 뜻대로 잘되지 않는 낫질을 멈췄다. 그러고는 사람이 없는 곳으로 무른 낫을 툭 던지고는 세자검을 뽑아 들었다. 이러라고 날 푸르게 갈아 놓은 검이 아닐 테지만 완은 절도 있는 솜씨로 검을 움직였다. 경심 어미의 눈이 동그랗게 변했고, 용희는 웃음을 터트리며 입술을 열었다.

"저하께서 낫질을 해 보신 적이 없어 불편하신 모양이오."

"아…… 그냥 두셔도 되는데……. 세상에 이 일을 어찌하면 좋은지……."

저 귀하신 옥체를 이리 상하게 하고 있으니 정녕 보고만 있어도 되는 것인가? 어미가 자꾸만 쩔쩔 매자 용희는 손을 잡아 주었다.

검을 쥔 세자는 이전보다 속도를 내었다. 완은 중심을 힘 있게 내리쳤고, 드디어 용마름을 거두어 냈다. 이윽고 장마를 대비해 엮어 두었던 새것의 용마름을 꺼내 들었다.

"혼자 올리실 수 있으시겠습니까? 무거워 보이는데요."

크기가 제법 되는 용마름을 바라보며 근심이라는 듯 용희가 묻자 완이 머뭇거렸다. 마음 같아선 멋을 폭발시키며 할 수 있다 답하고 싶은데, 가능할지 모르겠다.

"괜히 다치지 마시고 그냥 지담이 올 때까지 기다……."

"비켜라. 걸리적대지 말고."

완은 용마름을 들어 올렸다. 생각보다는 들어 올릴 만해, 다시 지붕을 올랐다. 보는 이들은 초조함에 주먹을 꼭 쥐었고, 완은 다시 보수 공사에 착수했다. 우려와는 달리 눈썰미가 좋은 세자께서는 본연의 모습 그대로 용마름을 완벽하게 올렸다. 처음 해 본 솜씨라 하기엔 훌륭했다.

"우와아아아! 완성입니다, 완성!"

완이 지붕에서 무사히 내려오자 용희는 손뼉을 쳤다. 경심 어미도 따라 웃고, 완도 작게 미소 지었다. 어둑한 구름이 언제 다시 비를 퍼부을지 몰라, 당장 새벽에라도 큰비가 쏟아질 수 있으니 보수 공사는 시급한 일이었다.

다행히 매듭을 지은 완이 땀을 닦았다. 궁금함을 참지 못해 허리를 붙잡고 밖을 나선 경심의 아비가 눈을 휘둥그레 떴다.

"세상에, 이것을 직접 하셨습니까?"

"물론. 사내가 이 정도도 못 해서야 되겠는가?"

모처럼 완의 어깨에 힘이 들어갔다. 부부가 좋아하는 모습을 보자니 공연한 뿌듯함에 어깨가 으쓱거렸다. 게다 반짝이는 용희의 눈빛까지 더해지니 잘했구나 싶었다.

"남은 것은 내일 사람을 보내 고쳐 줄 것이니 조목조목 미리 생각해 두고, 손볼 곳이 있다면 전부 고치도록 해라."

"참말이십니까? 정말로요?"

완은 답 대신 고개를 끄덕였다. 금은보화를 내려 주겠다는 것도 아니건만 부부는 세상을 다 가진 것처럼 기뻐했다.

"대체 이 은혜를 어찌 다 말할 수 있을지……."

"신경 쓰지 마라. 나 또한 오늘 이곳에서 많은 것을 받았다."

"아휴……. 쇤네는 심장이 떨려서……."

결국 어미가 감동을 참지 못해 눈물을 보이자, 완은 고개를 가로저었다. 갚을 것이 많은 쪽은 외려 동궁이었다.

"혜택이 고루 전달되지 않는 것을 미처 헤아리지 못해 그대들의 어려움을 살필 수 없었다. 지금이라도 알게 되어 느낀 것이 많다. 그대들 덕분이다."

갈 길은 너무나도 멀었다. 하지만 반드시 도달해야만 하는 곳이 있었으니, 그것은 바로 임금의 뜻이 민가의 안채까지 고루 전달되는 세상이었다.

"경심이는 간간이 살펴보겠다. 너무 심려 말라."

"성은이 망극하옵니다……."

도저히 주체하지 못한 어미가 엎드리니, 그 아비가 영문을 몰라 갸우뚱했다.

"세자 저하, 부디 만수무강하시옵소서……."

"세, 세자 저하?"

그제야 신분을 알게 된 아비가 후들후들 떨며 주저앉으려 하자 완이 어깨를 붙잡았다. 깡마른 사내의 어깨가 안쓰러워 마음이 먹먹했다.

"잘 있게."

"아…… 아이고……."

"건강하게. 좋은 세상이 올 그때까지. 그리 멀진 않을 것이다."

무거워 발목을 스쳤던 바람이 어느덧 가볍게 날아올라 용마름을 넘어섰다. 접힌 나뭇잎 사이로 바람이 부니 휘파람 소리가 들렸다. 잊지 못할 것들이었다.

◎

잠시 후, 밖을 나선 완은 가만히 서서 한참이나 생각에 잠겼다.

"무슨 생각을 그리하십니까?"

용희가 물어도 별 대답 없이, 그렇게 완은 깊은 생각에서 헤어나오지 못했다. 그녀는 입술을 닫으며 세자의 뒤에 머물렀다. 고단한 성심이 고스란히 느껴져, 어루만질 수 있다면 두 손에 가득 담아 온기를 내드리고 싶었다.

밤은 수순을 밟으며 찾아왔다. 은밀히 궐을 빠져나왔으니 급히 돌아가야 할 것인데, 이제 그녀는 걸음을 해야 할 것인데, 멈춘 세자께서는 마치 이곳에 뿌리를 내린 듯 미동도 하지 않으셨다.

"용희야."

그렇게 얼마나 지났을까. 완은 입술을 열며 고개를 들었다. 어둠이 고루 퍼진 마을 어귀엔 오가는 사람이 아무도 없어, 세자께서 무슨 표정을 짓고 계신지 알기가 어려웠다.

"용희야."

"예, 저하."

"오늘을 잊지 마라."

독자적인 음성은 아주 낮고 조용히 퍼졌다. 뜻깊은 정치, 마음을 다한 정치. 그것을 입으로만 떠들고 생각으로만 실천하였는가. 완의 가슴이 새삼 무거웠다. 스스로 깨닫지 못한 백성들의 부당한 대우는 얼마나 많을 것이며, 그 모든 것을 알기엔 또 얼마나 많은 시간이 필요할 것이며.

"훗날 네가 빈궁이 되고, 또한 중궁의 자리에 오른대도 절대 오늘을 잊지 마라."

그러니 잊지 말자. 세상의 모든 이가 잊는대도 절대 잊지 말자. 검은 손이 눈을 가리고 검은 입술이 귀를 막는대도 절대 잊지 말자. 우리는, 반드시 그리하자.

용희는 대답 대신 완의 어깨를 향해 고개를 조아렸다. 번뇌가 다녀간 그 성심은 감히 헤아릴 것이 되지 못해, 다만 곁을 따를 수밖에 없었다.

"나 역시 오늘을 잊지 않을 것이다."

이런 사내를 사랑하고 있어, 눈물겹게 감사했다.

73
화

가
까
워
지
기
로

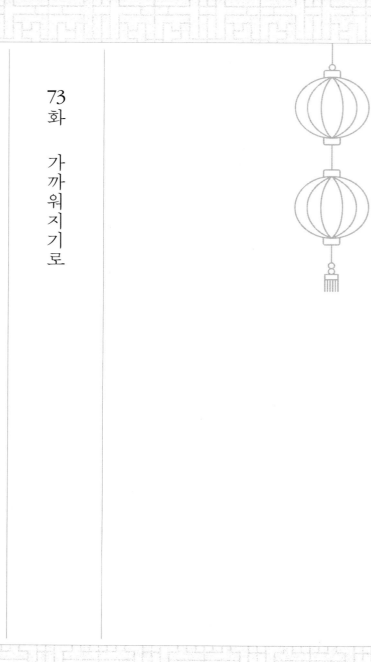

세자가 엎드려 청하기를.

"곡식과 약재를 농간하는 일이 각 고을마다 일어나고 있사옵니다. 위로는 뇌물을 받고, 또한 없는 명단으로 빼돌려 먹고, 쌀가마니는 돌과 흙을 섞어 바꾸어 주는 짓을 하고, 인력을 보내야 할 곳에 보내지 않으며 수당만을 챙겨 가고 있사옵니다. 제대로 살피지 못한 수령은 색출 후 논죄하여 무겁게 징벌해야 함이 옳을 줄 사료되옵니다."

하자 상이 이르기를.

"가지가지로 농간을 부리니 도둑놈이 따로 없다. 폐단이 모두 제거될 수 있도록 검찰해야 하겠다."

하였다.

　늦은 밤이 되어서야 완의 일행은 궐로 돌아왔다. 아이는 까무룩 잠이 들었고, 지담은 아이를 정 상궁의 품에 잘 인계해 주었다. 완은 용희와 함께 그녀의 처소 방향으로 걸음을 옮겼다.

　"늦게까지 돌아다녀 곤하겠다."

　"아닙니다. 지붕을 손보셨으니 저하께서야말로 곤하시겠습니다."

　"아니, 나도 곤하지 않다."

　이미 완벽한 밤이 된 궐은 고요했다. 오가는 사람 하나 없으니 천지가 비어 버린 듯한 느낌을 받기도 했다.

　"서둘러 처소로 돌아가야 일각이라도 더 눈을 붙일 텐데."

"괜찮습니다. 저보단 저하께서 일각이라도 더 빨리 쉬셔야 할 텐데요."

"네가 괜찮다니 나도 괜찮다."

그것참 희한하지. 모든 것은 놀랍도록 괜찮았다. 어깨를 짓누르던 고단함도, 발끝에 묻어나던 피로함도 어느새 깨끗하게 씻겨 내려가 무엇도 느껴지지 않게 되었다.

나란히 발걸음을 맞춘 두 사람은 서로를 걱정하는 말들로 공간을 채웠다. 오가는 대화와는 달리 발길은 느리고 더디기만 했다. 떠밀어 보내고 싶지 않은 사내와 떠밀려 떠나고 싶지 않은 여인은, 발끝에 무거운 추를 달아 놓은 것처럼 느릿느릿 걸었다. 한낮의 열기를 식혀 주는 바람만이 모두 숨어 사라진 전각 사이사이를 메꾸었고, 밤빛 하늘은 어느덧 땅 아래까지 내려와 검푸르게 자리했다. 더 보태거나 빼고 싶은 것 하나 없는, 그러한 풍경이었다.

"손, 잡을까."

단지 발끝만을 가지런히 두기엔 아쉬움이 커 세자께서는 조용히 물으셨고.

"이곳에서 될 일은 아니지 않겠습니까. 접어 두셔야지요."

일렁이는 충동만을 따라가기엔 안 될 일이 너무나도 많아 그녀는 고개를 가로저었다. 완은 괜한 질문을 했다는 것처럼 빙그레 미소를 그렸다.

"이래서 궐 담을 넘어오기가 싫다. 입궐만 하면 할 수 있는 것보다 할 수 없는 게 더 많아지니 말이다."

"언제는 집이라 하시며 마음대로 다 할 것이라 하지 않으셨습니까?"

"그거, 지금 내 마음대로 손을 잡아도 된다는 뜻이냐?"

"꿈보다 해몽이 좋지 않은 경우는 처음 봅니다."

"혹시 본인은 알고 있나? 안 그래도 야박한 인심이 근자에 들어 곱절은 더 야박해졌다는 것을?"

하아. 완의 입술 사이로 진정 어린 한탄이 새어 나오자 용희는 고개를 수그린 채 웃음을 터트렸다. 이렇듯 걸음을 나란히 한다는 자체만도 마음이 불안한데, 감히 그의 손을 붙잡기란 대단히 어려운 일이었다. 이미 마음은 팔을 뻗어 그의 손을 붙잡았으면서도. 뒤에서 그의 허리를 안아 멈춘 채 너른 등에 얼굴을 묻었으면서도.

"이러다가 내가 너 때문에 미치지 싶다."

"저도 그렇습니다."

완과 용희는 서로 시선을 마주하다 고개를 돌리며 피식 헛웃음을 터트렸다. 좀처럼 마음대로 할 수 있는 일이 없어 허무함에 탄식을 흘린 것이다.

"저하, 여기서부터는 혼자 가겠습니다."

"벌써 다 온 것이냐?"

"그럼요. 다 왔습니다. 저하께서 먼저 발길을 돌리시지요. 어서요."

용희가 먼저 등을 돌리라며 채근하자 완은 대놓고 싫은 표정을 지으며 오만상을 찌푸렸다. 시간은 사랑 앞에 공평하지 않아, 언제 어디서나 같은 속도로 흘러간다고 믿기 어려울 지경이었다. 그럼에도 불구하고 발길을 돌려야 하는 시간이라는 것은 부정할 수 없었다.

"곤할 것인데 푹 자도록 해라."

"네, 저하."

어서 돌아서라 표정으로 채근하는 용희를 바라보다 완은 기어이 손을 뻗었다. 그의 손이 바람을 타고 제게 다가오자 용희는 움찔하며 눈을 감았다가, 아무 일도 벌어지지 않음에 다시 눈을 떴다. 곱고 단정하게, 그리고 윤이 나게 땋아놓은 머리끝이 완의 손에 들렸다. 정확하게는 머리끝에 드려놓은 댕기가 그의 손길에 붙잡혔다.

칠봉이 달린 어여쁜 댕기가 끌리자 용희는 아무 행동을 하지 못한 채 세자를 바라만 보았다. 무엇으로도 그녀를 어루만질 수 없는 시간 속, 그의 입술이 그녀의 댕기 끝에 내려앉는다. 닿아도 느껴지는 온기가 없으니 서로는 서로의 시선을 응시했다. 시간은 생각보다 길어, 몇 번의 바람결이 두 사람을 가르고 스치며 사라졌다.

용희는 천천히 눈을 감았다가 뜨며 세자의 손에 들린 자신의 댕기를 바라보았다. 붙잡혀 있는 댕기가 무척 붉은 것이 꼭 그녀의 마음 같았다. 이윽고 서서히 댕기를 놓아주며 완은 입술을 열었고, 용희는 둥근 미소를 지었다.

"삼간택의 끝이 이제 얼마 남지 않았으니 힘내라."

네, 이 또한 우리는 잘 알고 있습니다. 숨지 않은 별들이, 불어들다 사라질 이 바람이, 때때로 몸체를 드러내고 지워 내는 저 해와 달이 우리를 기억해 줄 거라는 걸. 닿아 있는 마음을 기억해 믿어 줄 거라는 걸.

"하지만 이따위 간택이 다 무언지 여전히 잘 모르겠다. 이미 내 마음이 네게 있는데 말이다."

그대와 나, 사랑이라는 걸.

◎

누구는 원하고, 누구는 원치 않는 아침이 밝았다.

민연은 처소 앞에서 만난 아비와 마주 섰다. 문안 인사를 올리기엔 아비의 표정이 차갑고 사나워, 민연은 응당해야 할 말들을 밀어 넣은 채 침묵했다.

"참으로 한심한지고."

아비의 첫마디는 무정했다. 눈가엔 실망이, 입가엔 조소가, 음성엔 비난이 사무쳤다.

"그깟 계집 하나를 이기지 못해 경연에서 매사 으뜸을 내주는 것이냐?"

조롱이 섞인 아비의 기운은 감당하기 어려워 어깨를 움츠러들게 했다. 민연은 입술을 꾹 깨문 채 시선을 내렸다. 아비의 날 선 눈매만큼 세상에서 두려운 것은 없었으므로.

"저도 최선을 다하고 있습니다, 아버지."

"예가 어디라고 어리광을 부린단 말이냐! 정신 똑바로 차리지 못하겠느냐?"

쯧쯧. 신기형은 혀를 차며 딸아이를 바라보았다. 지나가던 나인들은 대감의 호통에 서둘러 자리를 피했다. 그러한 행동들이 민연을 더욱 비참하게 만들었다.

"안일하게 있다간 될 일이 없다. 목적이 있거든 수단과 방법을 가리지 말란 말이다."

"……."

"과정 따위 중요하게 여기지 마라. 모든 것은 결과에 따른 것일 뿐이니 과정에 연연하지 말라는 말이다. 알겠느냐?"

오가는 사람들의 시선을 뒤늦게 인지한 신기형의 목소리는 한결 누그러졌다.

"똑바로 정신 차리고 임하란 말이다. 네가 무엇이 부족하여 으뜸을 놓친단 말이냐. 이만 들어가서 단단히 준비해라."

"저, 아버지."

걸음을 옮기려는 아비를 멈추게 하며 민연은 힘겹게 입을 열었다. 딸아이를 향해 상체를 돌린 신기형은 예상하지 못한 질문에 두 눈에 힘을 주었다.

"소녀, 간택에서 떨어지면 어떻게 되는 것입니까?"

"뭐, 뭐라?"

"만일에 되지 않으면 어찌 되는 것입니까?"

"그것을 어찌 묻는 것이냐?"

설마하니 딸아이의 마음이 약해졌을까, 당황한 신기형은 더욱 음성에 힘을 주었다. 고개를 수그린 채 입술만 깨물고 있는 딸아이의 마음을 어떻게 해서든 단단히 붙잡아야 했다.

"궐이 아닌 이상 네가 돌아갈 곳은 없다고 분명히 말하지 않았더냐?"

탐욕에 눈이 먼 아비는 혹시 알고 있었을까. 방식도 절차도 모두 틀렸다는 것을.

"그러니 이곳에 뼈를 묻을 각오를 해라."

눈앞의 딸아이에겐 전혀 도움이 되지 않았다는 것을.

며칠간 오락가락 비를 뿌리던 하늘도 모처럼 맑은 기운을 되찾고, 다리 통증이 잠잠해진 중궁께서도 자리를 털고 일어나셨다. 비가 갠 틈에 뽕잎을 살펴보고자 중궁은 규수들과 함께 걸음 했다.

"잎이 상했을까 걱정했는데, 물을 흠뻑 먹어 그사이 잘 자랐다."

중궁은 누에가 쏠아 먹기 좋은 색을 띠는 뽕잎을 바라보다 미소를 그렸다. 함께 걸음 한 규수들도 생전 처음 해 보는 일에 정성을 다하며 일손을 도왔다.

"중전마마, 험한 일은 아랫것들에게 맡기시고 이만 손을 떼시는 것이……."

"괜찮다. 이리 움직여야 몸에도 좋다고 어의가 말하지 않았더냐?"

지밀상궁은 중궁의 대답에 허리를 구부렸다. 중궁은 익숙한 솜씨로 뽕잎을 관리하다 간간이 규수들을 살펴보았다.

여전히 심중에 뉘가 들었는지 알 수 없으니 간택은 누구에게도 유리하지 않은 상황이었다. 보다 많은 것을 생각하고 많은 것을 내다보아야 하는 임무를 따라, 중궁은 의사를 밝히지 않은 채 규수들을 보다 세심히 살피며 관찰했다. 표정은 온화하기만 하니 모두를 고루고루 아끼고 계신 것 같았다.

"신 규수."

"예, 중전마마."

민연은 중궁의 부름에 가까이 다가섰고, 중궁은 민연을 바라보며 입술을 열었다. 며칠째 홀로 다니는 민연이 의아하셨던 모양이다.

"어째서 다른 규수들과 친해지지 못하고 혼자 다니누?"

"예?"

중궁은 저쯤 떨어진 곳에서 열심히 뽕잎을 숨고 있는 용희와 이진을 가리켰다. 간간이 대화도 나누며 웃음을 터트리는 두 사람에 반해, 민연은 의도적으로 멀리 떨어진 것이 자명한 곳에서 홀로 일손을 돕고 있었다.

"사이가 좋지 않은 것이냐?"

"아…… 네, 좋지 않습니다."

대답에 놀란 중궁이 고개를 돌려 민연을 바라보았다.

"어째서 사이가 좋지 않은고?"

"가까이해 봤자 멀어지고 말 사이가 아닙니까? 서로 시커먼 속내를 감춘 채 웃는 척하고 싶지 않사옵니다, 중전마마."

"신 규수, 중전마마께 어찌 그런 말을……."

"되었네."

지밀상궁이 눈을 크게 뜨자 중궁은 되었다며 손사래를 쳤다. 민연은 불쾌하다는 듯 눈꺼풀에 힘을 주었다.

"신 규수가 보기엔 저 두 규수의 속내가 시커멓게 보이느냐?"

"네, 중전마마."

"어찌하여?"

하. 민연은 저도 모르게 중궁의 질문에 실소했다. 너무나도 당연한 것을 물으시니 본능적으로 튀어나온 것이다.

"당연하지 않습니까? 누구랄 것 없이 경쟁자이옵니다. 서로를 견제하고 있음이 자명한데 어찌 벗이 될 수 있겠는지요?"

민연이 진실로 그럴 수 없다는 표정을 짓자 중궁은 고개를 끄덕였다. 무슨 의미인지는 알 수 없었다.

"그래, 신 규수는 어서 가서 마무리하도록 해라."

"네, 중전마마."

공손한 인사를 더하며 민연은 원래 있던 자리로 돌아가 묵묵히 일을 시작했다. 중궁은 잠시 생각하는 표정을 지으며 푸른 잎사귀만 내려다보다가 마른 한숨을 내쉬었다.

"신 규수의 성미가 좌상 대감과 꼭 닮지 않았느냐? 그저 내 느낌인가?"

이어 지밀상궁에게 낮게 묻자, 지밀상궁은 고개를 조아렸다.

"예. 소인 또한 그리 생각하옵니다, 중전마마."

그 눈매, 그 말투, 완벽한 신기형의 것이었다.

"예에? 인왕산에요?"

용희는 눈을 동그랗게 떴다. 오전의 일과가 끝난 뒤 처소로 찾아온 김 상궁이 느닷없는 말로 규수들을 놀라게 한 것이다.

"지금 인왕산에 다녀오라는 말씀이십니까?"

중궁께서 규수들에게 인왕산을 다녀오라 명하셨으니, 그도 그럴 만했다.

"그렇습니다. 인왕산 중턱쯤을 오르다 보면 정민사라는 작은 사찰이 있는데, 그곳에 가서 중전마마께서 맡겨 두신 물건을 찾아오라 하십니다."

"지금 바로 출궁을 하라는 말씀이신지요?"

믿기지 않아 용희가 재차 물었다. 김 상궁은 고개를 끄덕였고, 이내 약도를 건네며 남은 말을 보탰다.

"본디 민가의 분들이니 따로 보필할 자들은 필요 없으시겠다 하시었고, 경사가 그리 험하지는 않으니 세 규수께서 잘 다녀오시라 하셨습니다."

용희는 약도를 받아 들었고, 이진은 기운찬 목소리로 알겠다 대꾸했다. 궐을 벗어날 생각을 하니 그게 어디든 좋은 모양이었다.

그때, 민연이 용희의 손에 들려 있던 약도를 앗아 먼저 발길을 돌렸다. 그 뒤를 텁텁한 걸음으로 용희가 뒤따르고, 이진이 마저 따랐다. 규수들이 조금씩 멀어지자 상궁은 곁을 지키던 무관에게 조용히 속삭였다.

"들키지 않게 잘 보필하시오. 중전마마의 명이시니."

"예. 잘 알겠습니다."

"또한 중전마마께서 이르시기를 마지막 경연이 될지도 모른다 하시었으니, 최악의 경우가 아닌 이상 그저 지켜보시오."

"예. 알겠습니다."

무관 둘은 규수들을 조용히 따랐고, 단지 약도 하나만을 움켜 쥔 채 세 규수는 궐을 나섰다.

간택 중 출궁이라니, 이해가 되지 않았다.

⊙

한참 길을 나와 인왕산 초입에 다다른 규수들은 이마에 맺힌 땀을 닦았다. 더위가 제법 기승을 부렸지만 그 때문은 아니었고, 공연한 긴장감이 맴돌았기에 식은땀이 배어났다.

"길을 잘 아느냐?"

민연이 앞서 걸음을 걷자 용희가 물었다.

"신민연, 약도 좀 줘 봐."

재차 불러도 답이 없자 용희는 잰걸음을 걷는 민연의 어깨를 붙잡았다.

"놔! 어딜 만져!"

그러자 기다렸다는 듯 민연이 신경질을 내며 돌아섰고, 이진은 고개를 절레절레 저었다. 이토록 별난 성깔머리는 정말이지 처음이라, 용희는 욱한 마음을 간신히 다스리며 다시 입술을 열었다.

"길을 알고 가야 할 것 아니냐? 무턱대고 너만 따라갈 수는 없잖아."

"중턱까지 오르기만 하면 될 것 아니냐? 내가 바보로 보이는 것이야?"

"길이 한두 곳인 줄 알아? 그러니까 약도 좀 보자니까?"

중궁께서 건네신 약도 한 장을 쥐고 옥신각신했다. 용희는 민연의 독자적인 행동이 이해가 되지 않았고, 민연은 사사건건 트집을 잡는 용희가 마음에 들지 않았다.

"아, 진짜. 둘 다 내놔! 내가 볼 테니까!"

이 와중에 이진이 껴드니 민연은 손에 쥔 약도를 더욱 움켜쥐었다. 무엇이든 공유하고 싶지 않은 심보가 더위처럼 기승을 부렸다.

"의심되거든 다른 길을 가면 될 것 아니냐! 성가시게 따라붙지 마라!"

민연은 거칠게 두 사람을 밀며 무작정 앞으로 나아갔다. 용희와 이진은 황당한 얼굴로 서로를 바라보다, 할 수 없이 민연을 따랐다.

"틀리기만 해 봐. 못 찾기만 해 봐, 어디 한번!"

분이 풀리지 않은 이진이 뒤에서 종알거리지만 민연은 묵묵히 앞을 나아갔다. 사실은 한 번도 홀로 길을 찾아본 적이 없어 약도를 제대로 볼 줄 몰랐다. 그런데 왜 그랬는고 하면, 그저 무엇도 나누기가 싫었을 뿐이다. 참으로 골 때리는 아가씨였다.

◎

"여기 맞아?"

얼마나 걸었을까. 아무리 걷고 걸어도 원하는 사찰은 보이지 않았다. 이진이 몇 번이나 되물었지만 민연은 약도를 펼친 채 묵묵히 제 갈 길을 향했다. 이미 틀린 길로 접어들었지만 알 길은 없었고, 가다 보면 뭐든 나오지 않겠나 싶어 버렸다.

"다리 아파. 배도 고프고."

힘이 빠지기 시작한 이진이 자꾸만 종알거렸다. 용희도 힘 빠진 걸음을 옮기다가 하늘을 올려다보았다. 잠시 멈췄던 비가 내릴 듯 구름이 심상치 않았다.

"야, 신민연!"

용희를 따라 하늘을 올려다본 이진이 하얗게 질린 얼굴로 민연

을 불렀다. 대꾸할 마음이 없던 민연도 사태의 심각성을 느끼며
하늘을 올려다보았다.

"얘들아, 우, 우리 돌아갈까? 날이 좋을 때 다시 오면 되잖아."

놀란 이진이 옷자락을 붙잡으며 묻자 용희는 잠시 생각에 잠겼
다. 어디선가 짐승의 소리가 들리는 것도 같았다.

"용희야, 나 무서워."

잔뜩 겁을 먹은 이진이 용희의 곁에 조금 더 다가왔고, 민연은
하늘만 노려보며 멈춰 있었다.

"일단 약도를 좀 봐야겠어."

용희가 다가서자 민연은 약도를 꾹 쥐었다. 어느덧 경사가 험준
해진 길은 내려갈 일을 걱정하게 만들었다.

"약도 줘 봐, 어서."

용희가 손을 내밀자 민연은 고개를 홱 돌렸다. 인내심에 한계를
느낀 용희가 약도를 붙잡자 민연이 거칠게 반항했다.

"놔! 내 거야!"

"지금 여기에 내 거 네 거가 어디 있어! 더 늦기 전에 찾아야 할
것 아냐!"

"내가 찾는다고 했잖아!"

서로 손을 붙잡은 채 한참이나 씨름하자 곁으로 이진이 달려와
삼파전이 되었다.

"으아!"

그 순간 이진이 고함을 빽 질렀다. 빼앗기지 않으려고 안간힘을 쓰던 민연이 순간 등을 돌리자 약도가 찢기고 만 것이다. 설상가상 민연이 분을 이기지 못하고 제 손에 들려 있던 반쪽짜리 약도를 북북 찢어 버렸다. 용희와 이진은 얼어붙은 것처럼 미동도 하지 못했다.

"이거 미, 미, 미친 거 아니야?"

이진이 눈꼬리를 올리자 민연은 비웃듯 한쪽 입꼬리를 올리며 다시 발길을 돌렸다. 어차피 봐도 모를 약도, 있으나 마나였으니 없어도 아쉽지 않았다.

"야! 신민연!"

이진은 바락바락 고함을 질렀고 용희는 낮게 한숨을 불어 내쉬었다. 그렇다고 민연을 혼자 두고 떠날 수는 없으니 지금은 따라 걸을 수밖에 없었다.

"용희야, 쟤는 정말 제정신이 아닌 것 같아. 대체 어떻게 약도를 찢어? 미쳤나 봐, 정말!"

"어떡하지? 지금이라도 내려가서 약도를 잃어버렸다고 말해야 하는 건 아닌지 모르겠어."

용희는 이러지도 저러지도 못하는 얼굴을 한 채 민연이 너무 멀어지지 않게 걸음을 옮겼다. 길도 모르면서 빠르게 움직이니 이를 정말 어찌하면 좋단 말인가?

"천천히 가! 위험하다고! 신민연!"

아직 날이 밝았으나 조금 지나면 금세 어둑해질 거라는 것을 용희는 잘 알고 있었다. 문제는 저 제정신 아닌 신민연이 모르고 있다는 사실.

길을 잘못 들었다는 사실을 완벽하게 알겠으니 서둘러 내려가야 했다. 결단을 세운 용희가 이진을 바라보았다.

"일단 내려가야겠어. 그게 낫겠지?"

"그래, 용희야. 나도 그렇게 생각해. 날이 너무 을씨년스러워."

그때였다.

"꺄아아아아악!"

용희와 이진이 소리 나는 쪽을 황급히 바라보니 혼자 걸어가던 민연이 시야에서 사라졌다. 놀란 두 사람은 비명이 들린 곳으로 정신없이 뛰어올랐다.

"신민연!"

이진이 저만치에서 뒹굴고 있는 민연을 발견했다. 바위를 발판 삼아 오르다가 미끄러져 굴러떨어진 듯했다.

"괜찮아? 야! 신민연!"

길이 미끄러운 까닭에 내려가지 못한 이진이 위에서 상태를 묻자, 번쩍하는 민연의 눈빛이 이진에게 날아들었다. 정신은 멀쩡한 모양이었다. 신경질적인 민연의 시선을 마주한 이진은 휘청거리며 용희를 붙잡았다.

"나 뺨 좀 때려 줘 봐, 용희야. 이거 꿈이지? 응? 꿈인 거지?"

엉망이 된 꼴로 오만상을 찌푸린 채 누워 있는 민연을 보자니 용희와 이진은 헛웃음이 흘렀다. 용희는 낮게 중얼거렸다.

"우리 이제 어쩌지?"

기가 막혀 웃음밖에 나오지 않았다.

◎

"세자는 어서 오너라. 그렇지 않아도 기다리고 있었다."

"각통은 좀 어떠십니까. 소자의 걱정이 이만저만이 아닙니다."

"어의 말로는 괜찮다 하니 심려 말아라. 본디 나이를 먹으면 이곳저곳 삐거덕거리는 것이 아니겠니."

중궁전을 찾은 완은 예를 다하며 자리에 앉았다. 앉자마자 어미의 각통을 염려하는 아들의 마음에 중궁은 온화한 미소를 그렸다. 무슨 말을 하려고 여기까지 찾아왔는지 아들의 속내는 훤히 들여다보였다.

"출궁을 시켜 놀란 모양이구나."

"어찌 그러셨습니까. 말들이 많습니다."

"궐 안에서는 볼 수 없는 것들이기에 그리하였다. 여기선 알 수가 없는 일이니 말이다."

그게 무엇입니까? 완은 눈빛으로 채근했고, 중궁은 입술을 열었다.

"살다 보면 부부에게 의리가 필요한 순간이 있지. 또한 아래로는 우의(友誼)가 필요한 법이다."

중궁은 말했다. 사람에겐 때때로 벗의 정(情)이 필요하다고.

"나도 빈궁에 오르기 전 인왕산을 올랐었다. 그것이 무슨 뜻이었는지 이제야 알겠구나. 용희가 걱정되어 찾아온 게지? 사람을 붙여 놓았으니 심려 말아라."

완은 날씨가 어둑한 것이 염려된다는 말을 삼켰다. 중궁께서 무엇을 확인하고자 하시는지 아직은 온전히 와 닿지 않았다. 다만 이리도 확고하시니 가만히 앉아서 기다릴 수밖에.

"이 어미 생각엔 아마도 마지막 경연이 되지 않을까 싶다."

"네, 어마마마."

"어떠한 모습으로 되돌아올지 우리는 기다리자꾸나."

말끝에 중궁께서는 눈을 흘기셨다. 역시나 비밀 없는 궐이었다.

"밤마다 도둑놈 찾아들 듯 찾아가 만나니 좋더냐? 용희가 떨어지면 전부 다 너 때문인 줄 알아라."

"떨어질 리가 있겠습니까?"

완은 장난스럽게 웃으며 그럴 리 없다 고개를 저었다.

부디 그녀가 안전하게, 그리고 아무 일 없이 돌아올 수 있기를 완은 기대하고 또 기도했다. 인왕산 구석에서 어떠한 일이 벌어지고 있는지는 상상도 할 수 없었다.

74
화

가
까
이

들
여
다
보
면

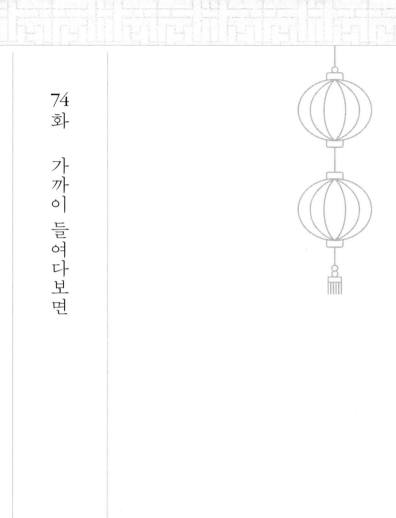

【해종실록 11권. 해종(偕宗) 17년 7월 14일】

팔도로 암행(暗行)을 파견하여 폐단의 사실을 조사하라 이르다.

　"그대들은 들었는가? 중전이 인왕산을 다녀오라 했다는데 말이다."

　왕은 좌우를 균등히 살피며 껄껄 웃음을 터트렸고, 신기형은 기다렸다는 듯 심기가 불편한 입술을 열었다. 딸아이의 출궁 소식은 천지가 개벽하는 소리였다.

　"아뢰옵기 황공하오나 전하, 간택에 참가한 처녀들을 궐 밖으로 내보내는 일은 전례 없는 일이 아닙니까?"

　"전례가 없다니. 중전 또한 인왕산에 오르지 않았던가? 그때만 해도 우리 중전이 인왕산 정도는 날아다닐 때였지."

　"그야 간택을 모두 치른 이후가 아니었습니까?"

"그랬던 중전이 각통으로 저리 고생을 하니 내 마음이 참 씁쓸하다. 세월은 다 무엇이냐. 참으로 허망하다."

대화는 자연스럽게 삼천포로 빠져 중궁의 각통으로 이어졌다. 익숙한 김판두는 입가에 웃음을 그렸고, 신기형은 미간을 일그러트렸다.

"그 고왔던 얼굴이 아직도 눈앞에 선연한데 말이다. 물론 우리 중전은 지금도 기품 있고 자색이 곱지만 그땐 중전의 미색에 나라가 망할 뻔했지."

"……."

"고왔지, 고왔어. 우리 중전."

아쉬움을 남발하는 왕의 눈가에 중궁과의 아련한 추억이 깃들자 신기형은 입술을 꾹 깨물었다. 자기 말만 하고 듣기 싫은 말은 넘겨 버리니 필시 집안 내력이라. 하루 이틀의 일은 아니니 이럴 땐 기다리는 것이 상책이었다.

"그대들이 보기엔 어떠한가? 비는 안 오겠지?"

인내심을 가지고 기다리다 보니 왕의 추억 여행이 끝나고 다시 본론이 시작되었다. 여전히 심기가 불편한 신기형은 냉큼 답을 하며 말을 이었다.

"벌써 날이 어둑합니다. 산은 해가 들지 않아 더욱 빨리 어두워지는 법이지요, 전하."

"인생사 누군들 비 갠 날만 있겠는가? 살다 보면 비도 맞고 눈도 맞는 게지."

산이라곤 근처도 가 본 적 없는 딸아이가 염려되어 한참 불만을 늘어놓던 신기형은 입을 닫았다. 사실 신기형의 답답한 속내는 단순히 산을 오르기 때문이 아니었다. 딸아이는 눈에 보이지 않으면 불안할 수밖에 없는, 어디로 튈지 모르는 위험천만한 아이였으니까.

"중전의 깊은 뜻을 헤아려 보도록 하세. 설마하니 깃든 뜻이 없겠는가?"

"장마 때이옵니다. 날씨의 무얼 믿고 그 산속을……."

"무관들이 뒤를 호위하고 있다 하니 염려 말라. 과인은 그 아이들이 중궁의 과제를 잘 풀어 오기를 기대하고 있다."

무턱대고 오가는 산짐승을 잡아 모가지나 비틀지 않았으면. 잠시 가려 두었던 험악한 성정을 내보이며 규수들 손찌검이나 하지 않았으면.

"좌상은 유달리 근심이 많은 모양이다. 품 안의 자식이라 이건가?"

"그것이 아니라……."

신기형은 이마에 주름을 만들며 입술을 꾹 닫았다. 규수들이 마냥 귀여운 왕께서는 누가 꽃이라도 꺾어다 주려나 은근 기대하는 눈치셨고, 영의정 김판두와 병판 윤송엽은 그런 기대하지 마셔라 왕을 타박했다. 비는 내리지 않았으나 해가 숨어 환하지 않은 날씨였다.

◎

"하나, 둘. 하나, 둘."

용희와 이진은 호흡을 맞추며 민연의 양옆에서 걸음을 옮겼다. 다리를 삐끗해 제대로 걷지 못하는 민연이 두 사람의 부축을 받으며 힘겹게 걸음을 뗐다.

"하나, 둘. 하나, 둘."

규수들의 이마에선 땀이 비 오듯 쏟아졌다. 혼자도 마음 놓고 걸을 수 없는 산길에서 타인의 몸을 부축하며 걷는 일이란 게 녹록할 리 없었다.

"야, 신민연, 똑바로 좀 기대."

"시끄러워. 너나 똑바로 부축 못 하겠느냐?"

게다 가장 중요한 건, 부상자가 말을 듣지 않는다는 것.

퉁명스러운 대꾸가 돌아오자 이진은 말을 말자며 입술을 꾹 깨물었다. 매달리다시피 몸을 어깨에 걸쳐 놓고 끌려오기만 하니, 아무리 부상자라고 해도 고약한 심보가 아닐 수 없었다.

"더 빨리 가지 못하겠느냐? 속도를 내란 말이다, 속도를!"

그것뿐인가? 수고한다, 고맙다는 말은 못할망정 어서 산을 내려가라며 재촉에 타박까지 서슴지 않았다.

이진은 화를 꾹꾹 눌러 내리는 얼굴로 이를 꽉 물었다. 대구를 해 봐야 무엇 하겠나. 민연과 입씨름할 기운이 남았거든 조금이라도 더 빨리 내려가야 하니 참는 수밖에 없었다. 같은 생각인 용희도 별말을 하지 않았고, 부축을 받는 민연만 잔소리를 퍼부어 댔다.

"내 다리가 끌리는 것이 안 보이느냐? 부축 하나 제대로 못 하고 이게 뭐 하는 짓이란 말이냐?"

하. 이진의 입에서 탄식이 터졌다. 제발 저 입이라도 닫고 따라와 주면 그런대로 젖 먹던 힘까지 더해 내려가 보겠는데, 살다 살다 이런 막돼먹은 경우는 정말이지 처음이다.

처음이야! 처음이라고! 윤지담도 이 정도는 아니란 말이야!

"야! 다리 끌리잖아!"

민연이 소리를 빽 지르자 결국 이진이 멈춰 섰다. 세상 둥글기만 하던 그녀가 열이 들끓는 표정을 했다. 사실 오래 참기도 했다.

"야! 신민연! 넌 네가 혼자 다쳐 놓고 어디서 패악을 부려! 너 때문에 용희랑 내가 생고생하는 거 안 보여?"

"누가 도와 달라고 했느냐? 그리고 똑바로 돕지도 못할 거 뭐하러 돕느냐?"

"허! 진짜 말이면 다인 줄 아나! 용희야! 얘 하는 말 좀 들어 봐!"

이진은 기가 막혀 죽겠다는 표정을 지으며 눈을 크게 치떴다. 체력적 한계에 도달하니 누구랄 것 없이 예민하고 사나웠다. 배는 고프고, 갈 길은 멀고, 더러워진 옷자락은 온갖 짜증을 달게 만들었다.

이진은 부축하던 팔을 내렸다.

"이게 보자 보자 하니까 사람이 보자기로 보이나! 굴러 오든 기어 오든 너 알아서 해라!"

"누가 눈 하나 깜짝할 줄 알고? 가! 꺼져 버려!"

민연은 어서 가라며 이진을 밀었다. 도움 없이는 한 발자국도 제대로 떼기 힘든 주제에 참으로 별일이었다.

"가자, 용희야!"

기어이 갈라서 버린 이진이 용희의 팔목을 끌었다. 조금이라도 민연과 함께 있다간 정신이 나갈 것만 같았다.

"뭐 해? 빨리 와, 용희야!"

앞뒤를 살피지 못할 만큼 화가 난 이진은 용희를 재촉했고, 민연 또한 용희의 부축을 거칠게 밀어냈다. 실랑이할 기운도 없는 용희가 긴 한숨을 내뱉었다. 민연이 어찌 되건 간에 걸음을 옮기고 싶은 마음은 이진과 별반 다르지 않았다.

"이진아, 너 먼저 내려가."

"뭐어? 너는? 재랑 같이 오게?"

하지만 왜일까. 비가 억수로 내리붓던 그날이 떠올랐다. 발목이 잔뜩 부어 혼자서는 아무것도 할 수 없던 그 밤, 그 산속, 선생은 등을 내주었다.

"네가 먼저 내려가서 사람들 좀 불러와 줘. 우리 말고 부축할 사람이 필요할 것 같아."

빛도 길도 없는 공간을 홀로 헤치며 끝까지 자신을 놓지 않았다. 도와주지 않아도 된다는 거짓말을 선생은 믿지 않았다. 짐이 되고 싶지 않아 완강히 거절했던 그 마음을 이해해 주었다.

"나는 이 길로 천천히 내려가고 있을 테니까 먼저 가서 사람들 좀 불러다 줘. 부탁해, 이진아."

"너 정말 재랑 둘이 있어도 괜찮겠어?"

"우리 뭐라도 빨리 움직이자. 이러다 정말 오늘 안에 못 내려갈 것 같아."

용희가 이진에게 먼저 내려가라며 손짓하자 민연은 시선을 옆으로 돌린 채 못 본 척했다. 이진은 한참이나 민연을 노려보다 고개를 끄덕였다. 짧게 생각해 보아도 용희의 제안은 여러모로 따를 만했다.

"알겠어, 용희야. 그럼 내가 빨리 내려가서 사람들을 불러올게."

"그래, 조심하고."

이진이 빠른 걸음을 옮기며 시야에서 금세 사라졌다. 결국 둘만 남자 막막함이 극에 달한 용희가 하늘을 올려다보았다.

한참 후, 용희는 입술을 열었다.

"신민연, 어떡할래?"

"무얼 말이냐?"

반대편으로 고개를 돌리고 있던 민연이 다시 물어 왔다. 시선이 부딪쳤다. 의지할 곳이라곤 둘뿐이지만 주고받는 시선이 달가울 리 없었다.

"나를 따라 조용히 내려갈래, 아니면 너 혼자 여기 있을래?"

"누, 누가 도와 달라고 했느냐? 나 혼자 갈 수 있다고!"

"그래, 그럼. 여기 앉아 있으면 누구라도 오겠지. 기다리렴. 넌 아직 멀었다."

용희는 미련 없이 걸음을 옮겼다. 그렇게 용희가 조금씩 멀어지자 민연은 어쩔 바를 몰라 하며 두 주먹을 움켜쥐었다.

"아, 맞다."

용희가 뒤돌며 민연을 바라보았다.

"범이 나타나거든 죽은 척하고 있어. 범은 죽은 것은 물어가지 않는다고 하니까."

약을 올리듯 용희가 덤덤히 설명하자 민연이 두 눈에 잔뜩 힘을 주었다. 마음 같아선 성큼성큼 내려가고 싶었지만 다리가 말을 듣지 않아 그럴 수도 없었다.

"그럼 난 먼저 갈게. 여기서 기다려."

"야! 이 나쁜 계집애 같으니라고!"

용희가 손을 흔들며 다시 걸음을 옮기려고 하자 민연이 악다구니를 썼다. 소리에 놀란 새들이 푸드득 하늘 위로 올랐다.

"야, 이 나쁜 계집애야! 니가 그러고도 사람이냐? 감히 다친 자를 두고 도망을!"

민연이 발악하자 기다렸다는 듯 용희는 다시 다가가 섰다. 그러곤 민연의 뒤통수를 세게 내리쳤다. 놀라 말을 멈춘 민연이 입술을 쩍 벌리며 용희를 바라보자, 아직 끝이 아니라며 용희가 등짝을 한 대 더 가격했다. 차진 소리가 유쾌하게 공간을 울렸다.

"너, 너, 너 지금 뭐 한 것이냐?"

민연이 제 목덜미를 감싸며 말을 더듬자 용희는 한심하다는 듯 민연을 위아래로 훑었다. 여차하면 한 대 더 후려칠 기세였다.

"한 대 더 맞을래?"

"뭐, 뭐, 뭐야?"

"사사건건 매를 버니 가만히 있을 수가 있나! 너 같은 성깔머리를 다스리기엔 매가 제격이지!"

허!

민연은 살며 한 번도 당해 보지 못한 괄시에 입을 쩍 벌렸다.

"이게 진짜! 야아아!"

잊고 있던 분노를 터트리며 민연이 손을 올리자 용희가 덥석 손을 붙잡았다. 또다시 민연의 등짝을 가격하며 용희가 입술을 열었다.

"조용히 안 하면 버리고 가는 수가 있어! 너 혼자 무얼 할 수 있다고 이리 큰 소리를 내는 것이냐?"

"으으⋯⋯."

"까불지 마, 신민연. 나는 산전수전 다 겪으며 여기까지 왔어. 나야 이런 산길이 반가울 지경이지만 넌 아니잖아?"

용희는 선택하라며 턱을 들어 올렸다.

"신민연, 내 말 듣기 싫어? 그럼 나 정말 너 버리고 가?"

처음 보는 용희의 사나운 기에 눌린 민연이 말을 잃었다. 이토록 자신을 함부로 대하는 자는 또 처음이라, 눈만 세차게 깜빡거릴 뿐 다른 반응을 내어놓지 못했다. 등짝엔 불이 붙은 것만 같았다.

"야, 신민연."

불량한 목소리로 용희가 이름을 부르자 민연은 이리저리 눈치를 보았다. 발부터 등짝까지 오만 곳이 쓰리고 뜨거우니 서러움이 복받치는 것 같았다.

"내 말을 잘 듣겠다고 하면 끝까지 내가 너를 지킬 것이야."

"거짓말하지 마라. 네가 그럴 리가 없다."

"사람을 어찌 그리 믿지 못해? 네 주변은 온통 그런 사람들뿐이었느냐?"

용희는 가슴팍에서 손수건을 꺼내며 무릎을 굽혀 앉았다. 민연의 발목을 단단히 동여매고는 다친 곳이 더 상하지 않도록 돌봐주었다.

"발을 디뎌 보아라. 아까보단 괜찮지?"

용희가 발을 툭툭 치자 민연이 고분고분 발을 내려 땅을 디뎠다. 더는 휘청거리지 않자 용희가 다시 일어섰다.

"잠시만."

옷자락을 뒤적거리던 용희가 소맷자락 속에서 무언가를 꺼내들었다. 민연은 말없이 그 손끝을 내려다보았다.

"이거 먹을래?"

용희는 민연의 입속에 엿을 쏙 넣어 주었다. 의지와는 상관없이 입을 벌려 엿을 받아먹은 민연이 용희만 멀뚱멀뚱 바라보았다. 뭔가 정신없이 휘둘리는 것 같은데, 정신을 차려 볼 경황도 없었다.

"자, 이제 가자, 민연아."

무어라 반응할 틈도 주지 않은 용희는 자연스럽게 민연을 부축했다. 그제야 조용해진 민연이 용희의 부축을 받으며 한 걸음 한 걸음 옮기기 시작했다.

"발 아프면 얘기해. 쉬었다가 갈 테니까."

"괜찮다."

한층 누그러진 민연의 대구에 용희는 고개를 수그린 채 웃음을 터트렸다.

"엿은 먹을 만해? 그거 하나 있는 건데 너 준 거야, 특별히."

"뭐 이렇게 달기만 하냐? 너무 달아 눈살이 찌푸려지는 게 안 보이냐?"

"그 맛에 한 번 빠지면 또 못 헤어 나온다. 나중에 또 달라고 하지나 마라."

힘을 주며 용희가 민연의 팔을 끌자, 민연은 어인 일로 고분고분히 팔을 내주었다. 민연의 사가에서 이 모습을 본다면 기절초풍할지도 몰랐다.

◎

"신민연, 넌 왜 빈궁이 되고 싶은 거야?"

결국 민연이 제대로 걷지 못해 적당한 곳에 자리를 잡았다. 이진이 내려간 것이 한참 되었으니 조금 더 기다리다 보면 누구라도 찾아오겠지 싶었다.

"될 일이 아니면 간택에 왜 참가를 했겠느냐? 질문이 참 엉터리다."

"그런가?"

용희는 머쓱하게 웃다가 고개를 돌렸다.

"무서워?"

"무, 무섭긴 누가 무섭다고 그래?"

어느샌가 용희 곁에 바짝 붙어 앉았다는 사실을 깨달은 민연이 옆으로 다시 비켜 앉았다. 사방에 어둠이 괴자 스산한 기운이 밀려왔다. 몸은 마음대로 움직이지 않고, 눈길이 닿지 못하는 등은 안전하지 않았으며, 축축한 공기는 언제라도 비를 몰고 올 것 같았다.

"김용희, 그러는 넌 왜 그렇게 빈궁이 되고 싶은 것인데?"

게다가 어둠마저 시야를 좁게 하니 민연은 생경한 두려움을 느꼈다. 세상으로부터 버림을 받은 것만 같은, 흡사, 아버지의 외면을 현실로 느끼고 있는 것만 같은 두려움.

"나? 나는 뭐."

용희는 말을 다 내뱉지 못한 채 웃었다. 그런 웃음이 낯설었던 민연이 미간을 좁혔다. 타인에게 속내를 털어놓아 본 적 없으니 솔직한 표정이 무언지 알 리 없었다.

"그런 해괴한 표정은 왜 짓는 것이냐?"

"나? 내가 무슨 표정을 지었는데?"

"뱀에 물린 것 같은 표정을 지었잖아, 방금."

"뭐어?"

용희는 터무니없는 민연의 비유에 웃음을 터트리고 말았다. 세상사 본 적 없는 이상한 아이였지만, 가만히 들여다보니 나름 귀여운 구석도 있는 아이였다.

등짝 몇 대 두드려 맞고 얌전해진 민연은 더 이상 신경질을 내지 않았다. 천성이 남을 깊게 미워하거나 오래 곱씹지를 못하니, 용희는 민연과 나란히 마주 앉은 채 입술을 열었다.

"너도 알겠지만 얼마 전에 우리 집에 불이 크게 났잖아. 가족이 전부 죽은 줄만 알았어. 어떻게 살아야 하나 눈앞이 깜깜했지."

용희는 눈을 내리깐 채 말을 이어 나갔다.

"그때 나를 도와준 사람들이 있어. 그 사람들이 없었다면 아마 나는 죽었을 거야."

죽었겠지. 부정할 수 없다. 언제, 어느 순간, 어떻게 죽었대도 이상할 일 하나 없이 사라졌을 것이다.

"신민연, 내가 이 이야기를 왜 하는지 알아?"

용희는 고개를 들어 민연을 바라보았다.

"사람은 절대 혼자 살 수 없어. 서로 기대고, 의지하고, 믿고, 믿음 주며 사는 거야."

"웃기는 소리 하지 마. 믿을 것이 세상천지 어디 있단 말이냐?"

"내가 오늘 너를 도운 건, 지난날 내가 그들에게 도움을 받았기

437

때문이야."

기억이 솟구치니 용희는 눈을 감았다가 떴다.

"사람 마음은 돌고 도는 거야. 너도 오늘을 잊지 말고 도움이 필요한 자가 있거든 손을 내밀어라."

"잘난 척하기는."

민연은 중얼거리며 시선을 내리깔았다. 용희의 말을 완벽하게 이해할 수는 없었지만, 그럼에도 불구하고 그 음성이 너무나도 곱고 다정하게 느껴졌다. 마치 자신과는 전혀 다른 세계에 속한 사람처럼 느껴지기도 했다.

"김용희 너, 내 앞에서 착한 척하지 마라. 실은 너도 내가 못마땅하잖아. 마음에 들지 않잖아."

"맞아. 못마땅해. 마음에 들지 않고."

용희가 태연자약한 음성으로 대꾸하니 민연은 그럼 그렇지, 하는 표정을 지으며 조소를 흘렸다.

"한데 어째서 이렇게 가식을 떠는 것이냐? 싫으면 싫은 대로 등 돌리고 살면 될 일 아닌가?"

"나를 자꾸만 착한 여인으로 만들어 주는 사람이 있어."

시선에 별이 박혔다. 촘촘하고도 윤기가 반질거리는 빛깔이 그녀의 눈빛에 고스란히 물들었다. 용희는 완을 떠올렸고, 표정엔 사랑하는 자만이 알 수 있는 다정한 기운이 샘솟았다.

"그 사람은 나를 착하고 선한 여인으로 살고 싶게 만들어."

그대만 생각하면 나, 세상이 아름답다. 용서 못 할 일은 남아 있지 않고, 이해 못 할 일 또한 벌어지지 않는다.

"그 시선에 어여쁘고 싶어. 그래서 자꾸만 세상을 착하게 살게 해. 별수 없잖아. 난 그런 사람으로 보이고 싶으니까."

용희는 시선을 내리며 힐끔 민연을 바라보았다. 질색하는 표정으로 오만상을 찌푸린 민연을 확인한 용희는 큰 웃음을 터트렸다. 민연은 아직 그러한 세상을 모르는 것 같았다.

"뭐, 언젠간 너도 내 말뜻을 이해하겠지. 사람이 사람을 변화시키는 거, 너무 멋지지 않아?"

용희가 중얼거리자 민연은 대꾸하지 않았다. 일순 그녀의 눈빛이 견줄 곳 없이 어여뻐, 단지 그것이 마음 한쪽을 쿡 찔렀다. 나또한 저런 눈빛을 하고 싶다는 생각이 아주 잠깐 스쳐 지났다.

"그래서 신민연, 나는 너도 미워하지 않으려고 노력 중이야. 그러니 협조 좀 해라?"

"별 헛소리를 다 듣겠네."

맑은 눈빛을 감당하지 못한 민연이 결국 고개를 돌리자, 용희는 자리에서 일어섰다. 그녀가 난데없이 움직이니 민연의 불안한 시선이 따랐다.

"어, 어디 가느냐?"

물어도 답이 없고, 용희는 어디론가 떠날 준비를 하는 것 같았다.

"김용희, 김용희, 어디를 가느냐고!"

저도 모르게 용희의 옷자락을 붙잡았다. 이 까만 밤을 홀로 견딜 자신이 없어 처음으로 의지하고 싶어졌다. 음성은 하염없이 불안에 떨었다. 두고 떠날까 봐. 버림 받을까 봐.

"너, 너, 지금 날 두고 가는 것이냐? 응? 그런 것이야?"

아무리 물어도 용희는 대답을 하지 않고 걸음을 옮겼다. 별빛이 그녀만 비추는 것 같아, 홀로 어둠에 싸인 민연이 다급하게 소리쳤다.

"가지 마라! 가지 마! 여, 여기 나만 두고 가면 어떡해!"

불편한 다리를 끌며 민연이 크게 소리쳤다. 그제야 용희가 뒤돌아서 민연을 아래로 내려다보았다. 민연의 눈빛엔 두 번 다시 볼 수 없을 것만 같은 애처로움이 담겨 있었다.

"물 뜨러 가는 거야. 너 목마르잖아."

온전한 의지였다.

"여기서 조금만 기다려. 다녀올게."

"가, 같이 가. 같이 갈 거야."

"그러든지."

민연이 허우적거리며 일어서자 용희가 부축했다. 졸졸 흐르는 물소리를 따라 걸음을 옮기는 두 사람은 처음보다 더욱 가깝게 붙어 섰다.

"너 두고 갈까 봐 무서웠구나?"

"웃기지 마. 누가 무서웠다고 그래?"

"아픈 발을 하고는 허겁지겁 따라나서는 것 좀 봐. 누가 너 버리고 갈까 봐?"

"미친 게냐? 목이 너무 말라서 빨리 물 마시러 따라가는 거야. 오해하지 마라."

자연스러웠고, 조금도 어색하지 않았다.

◎

더 기다리다 보니 사람들이 찾아왔고, 민연과 용희는 무사히 산을 내려와 입궐했다.

"민연아! 민연아!"

민연이 발을 다쳤다는 소식에 신기형은 처음으로 궐에서 달렸고, 나인들의 부축을 받으며 걸어오는 딸아이 앞에 숨차게 멈춰 섰다. 대기 중이던 의녀와 처소 상궁이 민연을 부축했고, 신기형은 곁을 따르며 딸아이의 상태를 살폈다. 무슨 일이 있었는지 머리는 산발이었고 치마는 엉망이었다.

"아버지……."

"괜찮으냐? 걸을 수 있는 것이냐?"

"소녀가 중전마마의 과제를 풀지 못했습니다……."

신기형은 자리에 우뚝 멈춰 섰다. 이 와중에 아이의 입에서 나온 말은 당황스러웠기 때문이다.

"대감, 신 규수를 처소로 안내하겠습니다."

"아, 아아, 알겠네. 잘 부탁하네."

더 말을 섞기 전에 딸아이는 부축을 받으며 사라졌고, 신기형은 자리에 멈춰 선 채 그 모습을 길게 바라보았다.

민연은 뒤를 돌아보았다. 시선은 아비를 스치고 더 멀리 지나가 용희에게 멈췄다.

"이쪽으로 오시지요, 신 규수."

상궁을 따라 길을 꺾으니 더는 용희가 보이지 않게 되었고, 그제야 민연은 다시 고개를 앞으로 돌렸다.

이상한 일들이 많은, 이상한 생각이 많은, 유난히도 가슴을 쿡쿡 찌르던 것들이 많은, 그러한 하루였다.

75
화

갈
무
리

상이 이르기를.

"팔도로 암행(暗行)을 파견하였으나 직무를 유기하는 일이 잦고 수령과 뒷돈을 주고받으며 폐단을 은닉하는 일이 있다. 믿을 만한 자 아무도 없으니 암행의 뒤를 한 번 더 쫓아 모든 것을 적간(摘奸)하라."

하였다.

　험난했던 하루가 지나고 아침을 맞이한 용희는 자리를 털고 일어섰다. 민연과 산길을 헤맨 피로감이 여전했지만, 그렇다 해서 자리를 보전하기엔 눈치가 여간 보이는 것이 아니었다.

　"용희야!"

　때마침 이진이 그녀를 부르고, 가볍게 몸을 풀던 용희는 돌아서 이진을 향해 손을 흔들었다.

　"용희야, 몸은 좀 어때? 잘 잤어?"

　"응, 나는 괜찮아. 넌?"

　"나도 괜찮아."

　두 사람은 서로 얼굴을 바라보다 웃음을 터트렸다. 어제의 일들은 돌이켜 생각하기에 좋은 추억거리가 된 것이다. 이진은 굳게 닫힌 민연의 처소를 바라보며 중얼거렸다.

"신민연은 몸살이 났나 봐. 아직 나오지 않은 걸 보면."

"그럴 만도 하지. 어제 생각보다 꽤 힘들었을 거야."

용희는 대꾸하며 민연을 떠올렸다. 산자락에 둘만 남아 어둠 사이를 갈랐던 어제, 용희는 민연의 다른 모습을 보았다고 생각했다.

"저기, 이진아."

"응?"

어쩌면 민연은 무엇이 옳고 그른지를 깨닫지 못해 아무도 믿지 않는 것일지 몰랐다.

"우리가 생각했던 것보다 신민연은 나쁜 애가 아닐 수도 있어."

"뭐어? 나쁜 애가 아니라고? 그게 나쁜 게 아니면 대체 뭐가 나쁜 거니?"

누군가 그녀에게 방법을 알려 준다면, 민연은 다른 사람이 될지도 모른다는 생각이 문득 들었다.

"그냥 그런 생각이 들었어."

용희는 빙긋 웃으며 이진에게 말했다. 그녀의 생각에 민연은 자신만의 세상에 갇혀 앞을 보지 못하는 아이인 것 같았으니까.

"뭐, 용희 네가 그렇다면 그럴 수도 있겠지만 난 아직 잘 모르겠어."

이진은 중얼거리며 고개를 가로저었다. 보통의 심장으로 민연을 이해하며 감당하기란 벅찬 일이었다. 용희와 민연이 까만 밤을 어찌 감당했는지 알 길 없는 이진은 혀를 내둘렀다.

그때였다.

"똑바로 부축하지 못하겠느냐? 지금 내 다리가 끌리잖아!"

저 멀리 민연이 나타났다.

"죄송합니다. 죄송합니다, 아가씨."

"부축 하나 똑바로 못 해?"

용희와 이진은 멍하니 민연을 바라보았다. 아직 자리에 누워 있는 줄 알았더니 그건 또 아니었던 모양이다. 곁의 몸종 아이에게 타박을 늘어놓으며 온갖 짜증을 부리던 민연은 용희와 이진을 발견하고 우뚝 멈춰 섰다.

"민연아, 잘 잤어?"

용희가 손을 흔들며 인사하자 민연이 사정없이 인상을 구겼다. 어제의 일은 기억에서 모두 날려 버린 모습이었다.

"빨리빨리 움직이란 말이야! 어서!"

"예, 아가씨."

민연이 용희의 인사를 무시하며 자신의 처소로 들어가자 이진은 기가 막힌다는 표정을 했다.

"용희야."

"응?"

옛말은 틀린 게 하나도 없다. 사람은 고쳐 쓰는 게 아니라는 말.

"쟤 정말 나쁜 애가 아닐 수도 있는 거니? 넌 진심으로 그렇게 생각해?"

이진은 혀를 차며 눈꼬리에 힘을 주었고, 용희 또한 고개를 가로저었다.

"다시 생각해 봐야겠어. 내가 잘못 생각한 걸지도 몰라."

그래, 사람은 쉽게 변하지 않는다.

◎

"다들 몸은 괜찮은 것인가? 여러모로 고생이 많았다."

"아니옵니다, 중전마마."

해가 중천에 걸린 뒤에야 중궁이 규수들을 찾았고, 규수들은 고개를 조아리며 대꾸했다. 이유야 어찌 되었든 중궁의 마지막 과제를 풀지 못한 것은 자명했으니, 아마도 경연은 다시 이어질 것이라 추측되었다.

"다리를 다쳤다고 들었다. 신 규수는 어찌하여 다쳤는가?"

"바위를 잘못 디뎌 미끄러졌습니다."

"저런, 몹시 아팠겠구나. 그럼 다친 발로 어찌하였는가?"

중궁의 친절한 음성에 민연은 잠시 말을 멈추었다. 도움을 받아 걸었다고 말하자니 남의 공을 치하하는 것만 같고, 그것이 경연에 영향을 미칠까 사실대로 말하고 싶지 않았다.

민연은 낯빛을 바꾸지 않으며 입술을 열었다.

"다들 제 몸 사리기 바빠 손을 내밀어 주지 않으니 할 수 없이 이를 악물고 걸었습니다, 중전마마."

이진은 너무 놀라 고개를 들었고, 중궁은 짧게 이진의 표정을 살폈다. 억울함이 그득한 얼굴을 바라본 중궁은 다시 표정을 온화하게 만들며 민연을 바라보았다.

"중전마마의 과제를 풀지 못한 무능함을 용서하여 주시옵소서."

민연의 말은 거기서 그치지 않았고, 혼자만 살아 보겠다는 의지가 역력한 말들을 쏟아 냈다. 용희와 이진은 입술을 꾹 깨물었다. 중궁의 시선이 민연에게 있으니 말을 가로챌 상황도 아니었다. 어서 바른 말을 할 수 있을 시간이 도래하기만을 바랐고, 또 어서 중궁의 눈길과 질문이 제게 닿기만을 바랐다.

"용서라니, 당치 않다. 내가 내준 숙제를 하고자 최선을 다한 너희에게 어찌 부당한 마음을 가질 수 있겠느냐?"

그러나 누구도 예상하지 못한 말이 공간을 울렸다.

"다만 내 이 자리에서, 그간의 모든 것을 더해 빈궁이 될 규수를 가리고자 한다."

용희와 이진에겐 차마 정황을 채 설명할 시간도 주어지지 않았다.

"애당초 사찰은 인왕산에 존재하지 않았다. 내 너희에게 가져오라 명한 것은 다른 것이 아니었고, 너희 중 인내의 끝을 아는 자를 가리기 위함이었다."

경연은 끝이 났다. 모두는 뜻밖의 상황에 눈만 깜빡였고, 중궁의 의중은 끝까지 짐작이 가지 않아 마른침만 삼켜야 했다.

중궁은 시선을 내리깐 채 다양한 생각에 잠긴 규수들을 바라보았다. 이진은 행여나 자신이 꼽힐까 두려웠고, 민연은 자신이 되었다고 생각했다. 용희는, 되지 않을까 두려웠다.

"여러 날 너희를 관찰하고 또 유심히 보았다. 이 사람의 식견이 짧아 모든 것을 볼 수는 없었겠으나, 왕실의 여러 사람들과 의논하고 또 생각에 생각을 거듭하여 결정하게 되었다."

"예, 중전마마."

대답은 하고 있지만 입술이 열린 것뿐 그 이상도 이하도 아니었다. 중궁은 무릎에 팔을 괴며 두루두루 규수들에게 눈길을 주었다.

"각자의 장점이 뛰어나고 영민함은 서로 남달라 우열을 가리기가 힘이 들었으니, 너희 중 가장 중용을 지킬 줄 알고 행하던 규수를 뽑을 것이다."

중용(中庸). 지나친 것 없고 또한 모자란 것 없으며, 어느 한쪽으로 기울지 않는 마음.

"어제 너희들 중 위급한 순간에 사심을 버리고 중용을 지킨 규수가 있다."

중궁은 민연을 바라보았다.

"신 규수, 누구인가?"

민연은 중궁께서 이미 답을 정해 놓으신 것만 같아 차마 입을 열지 못했고.

"윤 규수, 누구인가?"

"김 규수이옵니다."

이진은 지체 없이 용희를 꼽았다.

"김 규수는 누구라 생각하는가?"

"모두가 맡은 바의 소임을 다하였음을 아뢰옵니다, 중전마마."

용희 또한 바르고 공평하게 모두를 입에 올렸다. 중궁은 고개를 끄덕이며 갈무리를 했다.

"이 사람은 간택의 내정자로 김 규수를 꼽을까 한다."

민연의 눈이 커졌다. 미리 막지 못한 두려움이 파도처럼 밀려들자 숨이 헐떡이게 되었다.

"다른 의견들이 있는가?"

"없습니다, 중전마마."

아버지의 분노한 시선과 진노한 음성이 중궁의 다음 말도 들리지 않게 할 만큼 민연의 머릿속을 장악했다. 눈물이 번질대는 두 눈을 연신 깜빡이며, 민연은 꽉 막힌 다음 일을 떠올려 보고자 노력했다.

탈락하고 말았다. 이게 대체 무슨 일인가. 내가 떨어졌다는 말인가? 그렇다면 내게 돌아갈 곳이 있었던가? 여기서 떨어지면 갈 곳이 남아 있긴 한 것인가? 이제 어떡하지?

"신 규수, 신 규수는 다른 의견이 있는 것인가? 어찌 말이 없는가?"

민연은 입술을 꾹 깨물었다. 중궁의 차분한 눈매가 자신을 향하고 있음을 깨달았지만, 몸은 무엇에 꽁꽁 묶이기라도 한 것처럼 굳어 움직여지지 않았다. 눈물은 주르륵 볼을 타고 흘렀다.

"신 규수."

중궁이 이름을 부르자 민연은 툭 떨어진 눈물을 급히 닦았다. 그러자 내내 고개를 수그린 채 자리를 지키던 용희가 팔을 뻗어 민연의 손을 붙잡았다. 손등 위로 용희의 손이 내려앉자 민연은 차마 잡고 싶지 않아 주먹을 말아 쥐었다.

"송구하옵니다. 다른 의견은 없습니다, 중전마마."

눈물을 먹어 젖어 버린 음성이나마 민연은 또렷하게 말했다. 가득 차오른 눈물을 밀어 넣고 또 밀어 넣으며 답을 내어놓았고, 중궁은 그런 민연의 얼굴을 한참이나 바라보다 입술을 열었다.

"신 규수도 윤 규수도 그동안 수고가 많았다. 내 너희를 잊지 않을 것이다."

간택을 무사히 이끌어 온 김 상궁도 한마디 덧붙였다.

"두 규수의 차후를 논하는 것은 주상 전하의 교지를 받은 이후 말씀드릴 것이니, 각자의 처소로 돌아가 계시면 되겠습니다."

"네, 잘 알겠습니다."

이진은 겸허히 답을 했고, 민연은 목이 메어 답을 내어놓지 못해 입술만 깨물었다.

"축하해, 용희야."

이진이 빙그레 웃으며 축하하자 용희는 겸연쩍은 미소를 그리며 고개를 끄덕였다. 이제 모든 것은 끝이 났다. 도달하기까지 무척 긴 시간인 것 같았지만 막상 도달하니 스치듯 짧기만 했던 시간이었다.

잠시 후, 중궁께서 자리를 떠나시자마자 민연은 일어섰다. 그러곤 누구보다 앞서 자리에서 사라졌다. 정신없이 걷다 보니 수모가 그녀의 뒤를 따랐고, 도저히 믿을 수 없겠다는 듯 민연은 수모를 거칠게 붙잡으며 물었다.

"아버지는? 내 아버지는 어디 계신 것이냐? 지금 어디에?"

"저, 아가씨, 대감마님께서는 지금 궐에 안 계신 것 같습니다."

하아. 대체 이 사실을 어찌 전한단 말이냐. 민연은 수모의 답을 들자마자 눈을 세차게 감으며 미간을 좁혔다. 울고 싶었지만 제 작은 어깨 하나 기대어 눈물을 쏟을 공간도 없는 이곳. 길을 잃어 버린 아이처럼 민연은 꼼짝도 하지 못한 채 어깨만 떨었다.

"아가씨, 이제 그만 처소로 돌아가셔야……."

"부정할 수가 없다."

용희는 중용을 지켰고, 그 일은 자신의 곁에서 이루어졌다. 그 것은 욕심에 눈이 멀었던 자신조차 부정할 수 없는 일이었다.

"예, 아가씨?"

"부정을…… 할 수가 없다……."

그래서 더욱 슬픈 사실이었다.

"아가씨, 괜찮으세요? 쇤네가 부축해 드릴까요?"

끝까지 민연을 놓지 않았던 어젯밤 단 한 명. 김용희에게 빈궁의 조건이 주어졌다. 간택은 그렇게 끝이 났다.

◎

"자네가 이곳엔 어인 일인가?"

적군의 침략이 빈번한 함경도 유배지. 그곳에서 관복을 벗은 채 귀양살이 중인 사내가 신기형과 마주 앉았다.

"내가 죽었는지 살았는지 두 눈으로 확인하려고 온 것인가?"

신기형을 바라보며 쓴 입술을 연 사내는 정이품 지성균관사의 관직을 지내던 이영의 아비, 이문열이었다.

"조선 땅에 망조가 들어 하늘이 노하고 있다더니, 그 가운데 자네가 서 있는 모양이지."

"망발이 고약한 것을 보아하니 여전하군. 자네는 말이야."

신기형은 이문열의 말에 천천히 대꾸했다. 성균관의 관리로 지내며 명망을 드높이던 이문열은 신기형의 오랜 벗이요, 세자의 또다른 스승. 또한 왕의 신뢰가 두터웠으며 아래로는 유생들의 존경까지 한몸에 받던 존재이다. 그런 이문열이 신기형의 계략에 불문곡직 유배지로 발배된 것은 벌써 여러 달 전이었다.

이문열은 이곳까지 자신을 찾아온 신기형을 바라보며 실소했다.

"여전해야지. 자네가 죽는 모습을 보기 전에 내가 어찌 눈을 감을 수 있겠는가?"

"원, 사람 참. 누굴 원망하는 것인가? 그러니 그때 내 말을 들었으면 일이 이 지경이 되었겠는가?"

"이런 쳐 죽일 놈 같으니라고."

이문열은 두 주먹을 움켜쥐며 신기형을 날카롭게 응시했다. 임금과 마주할 수 있는 계급에서 추락한 이문열의 몰골은 무척이나 허름하고 낡아 예전의 모습을 생각나지 않게 했다. 겨우 틀어 올린 상투는 단정하지 않았고, 두 볼이 움푹 파인 얼굴에선 광기마저 느껴졌다. 신기형은 그런 이문열을 바라보며 입술을 열었다.

"조만간 상감께서 자네를 불러 올리실 것이라지?"

"뭐, 뭐라?"

"놀라기는. 이미 전갈을 받지 않았는가?"

"그, 그것을 자네가 어찌!"

쯧쯧. 놀라 입을 다물 줄 모르는 이문열을 향해, 신기형은 혀를 차며 고개를 절레절레 저었다.

"자네가 목숨 귀한 줄을 모르고 날뛰니 내가 무슨 수로 자네 목숨을 아껴 주겠는가. 그때 죽였어야 하는 것인데."

"……."

"내 자네를 너무 오래 살려 둔 것 같으이."

신기형은 마치 다른 사람의 이야기를 하듯 차분하게 말을 이었다.

이문열은 당혹감을 감추지 못했다. 대전에서 은밀히 보낸 뜻을 신기형이 어찌 안단 말인가?

"그렇게 놀랄 것 없네. 그런 재주도 없이 어찌 내가 천하를 휘어잡겠노라 했겠는가?"

"나를, 나를 찾아온 진짜 이유가 무엇인가?"

이문열의 음성이 갈렸다.

"무엇이냐고 물었다. 대체 나를 왜 찾아왔……."

"자네가 다시 복관되어 김판두에게 힘이 되어 준다면 그것 또한 큰일이지. 또한 자네가 나를 가만히 두고 보겠는가? 사사건건 내게 적이 되려 할 것인데."

눈앞에 아무도 보이지 않는다는 것처럼 신기형의 음성은 지극히 단조로웠다.

"자네가 그랬다지? 조만간 명국에서 사신이 당도하면 영상의 여식을 세자빈에 봉하게 할 수 있도록 힘을 보태겠다고."

"그, 그게 무슨!"

이문열은 크게 놀랐다. 신기형은 하나도 빠짐없이 모두 다 알고 있었던 것이다.

"상감께서 이미 영상의 여식을 내정해 둘 정도였으면 오래 계획한 일이겠지. 그렇다면 간택에 참여 중인 내 여식은 그저 병풍이었단 말인가?"

신기형은 별수 없다는 듯 손사래를 치며 이문열을 바라보았다. 음성은 처연한 듯했지만 비단 그런 것만은 아니었다. 말문이 막힌 이문열은 이런저런 변명을 해 볼 생각도 하지 못한 채 두 눈만 부릅떴다.

"어리석긴. 죽은 듯이 살았으면 목숨만은 부지했을 것을. 자네를 살려 준 보답이 고작 이런 것인가?"

안으로 들어와라. 신기형은 문 쪽을 바라보며 중얼거렸고, 온몸을 검게 감춘 자객이 칼을 들고 들어왔다. 차가운 기운을 감지한 이문열이 자리에서 급히 일어섰다. 놀라 뒷걸음을 쳤지만 도망치기엔 너무나도 협소한 공간이었다.

"으윽……."

자객의 칼이 가슴팍을 스치자 이문열은 두 무릎을 꿇으며 피를 토했다. 신기형은 아무것도 보지 못한 것처럼 태연히 갓끈을 정돈했다.

"네, 네 이놈……."

"모든 것이 상감과 자네의 뜻대로만 되지는 않을 것일세. 내가 어떤 사람인지 자네는 잊었는지 모르겠지만."

중얼거리던 신기형은 낡은 서랍을 열어 제멋대로 한 장의 종이를 꺼내 들었다. 바들바들 떨리는 이문열의 손이 허공을 더듬었지만 무엇도 막을 수는 없었다. 종이를 펼쳐 세자의 필체를 확인한 신기형은 자리에서 일어섰다. 그러곤 보탤 말이 있다며 이문열을 내려다보았다.

"아아, 자네 여식은 어찌 됐는지 줄 아는가?"

이문열의 눈에서 피가 쏟아질 것만 같았다. 신기형은 입가에 조롱이 섞인 미소를 매달며 입술을 열었다.

"기녀가 되었다네. 그 몸 한번 만져 보려고 안달이 난 사내들이 줄을 섰다지?"

"으…… 으으……."

"지금까지는 그 뒤를 봐주었다만 아비가 나를 배신하니 더 이상 뒤를 봐줄 일이 무엇인가? 창기가 되어도 할 말은 없겠지."

"으으……."

"그곳에 자네 여식이 있다는 것은 누구도 알지 못하니, 상감도 찾지 못할 것이네."

신기형이 문을 열고 사라지자 자객은 다시 한번 그의 몸을 잔인하게 칼로 스쳤다. 툭, 떨군 손이 진동을 하더니 이내 고요해졌다.

"그리고 자네 여식은 벙어리가 되었어. 이 말은 안 듣고 죽은 것이 백번 낫겠지. 잘 가게."

신기형은 중얼거리며 마당을 나섰다.

"뒤처리는 확실하게 한 뒤 관아에 신고해라. 이곳에 자객이 들었다고 말이다."

"예, 대감마님."

이문열의 집에서 찾은 완의 서찰을 쥔 신기형은 밖을 나섰다. 그러고는 비 갠 뒤 몸을 드러낸 지렁이 한 마리를 내려다보았다. 숨을 두어 번 끊어 내쉰 신기형은 감정 없는 발길로 지렁이를 밟았고, 짓누르듯 흙바닥에 비볐다. 짓이겨진 지렁이를 쳐다보며 신기형은 발끝에 힘을 주었다.

이렇듯, 지렁이는 밟으면 꿈틀대기 마련이다.

"전부 가만두지 않을 것이다."

하지만 뱀은 밟은 자를 무는 법이다. 그러라 부추기며 천자가 독을 내주었으니 당연한 이치였다.

◎

세자가 달린다. 시강원의 빈료들과 배움을 논하던 세자는 용포 자락을 휘날리며 내달렸다. 그토록 꿈쩍도 하지 않던 세월은 달리고 있는 지금의 순간처럼 빠르게 스쳐 지났다.

'세자 저하, 감축드리옵니다!'

간택은 끝이 났고, 박 내관의 말 따라 경하받아 마땅하였으며.

'김 규수께서 간택에 통과하셨다 하옵니다!'

더 이상은 숨길 도리가 없어, 기쁨은 세자의 온몸을 물들이고 적시며 빛나게 했다.

"저하, 어딜 그렇게 급하게 가시……."

"나중에! 나중에 다시 인사합시다!"

예에? 관료들은 우연히 마주친 세자의 달음박질에 두 눈을 크게 치떴다. 이미 세자를 놓친 박 내관은 저 멀리서 허우적거렸고, 운명처럼 등장한 용희는 달려오는 완을 바라보며 눈을 동그랗게 떴다.

"세자 저하!"

그녀의 손목을 낚아챈 완은 아직 멈춰 설 곳이 아니라는 듯 날렵하게 달리며 완연한 햇살을 홀로 받았다. 손목을 붙잡힌 용희가 따라 달렸다. 숨이 턱 끝까지 차오를 만큼 내달리는 완의 마음을 알 것만 같아 웃음이 터지고 말았다.

조금씩, 그리고 서서히 멀어지던 박 내관의 음성도 더는 들리지 않게 되었고.

"후, 후……."

인적을 찾아볼 수 없는 공간에 다다른 후에야 완은 멈춰 서며 긴 숨을 내뱉었다.

평탄하게 뻗었던 돌길은 어느덧 사라지고, 훤한 대낮의 해도 잘 보이지 않을 만큼 빽빽하게 나무가 들어선 수림이 펼쳐졌다. 계절을 모르는 듯 선선한 기운이 두 사람을 감쌌고, 꺽다리 나무 기둥은 마치 그대들을 만나기 위해 수백 년을 기다려 왔다는 것처럼 포근히 반겨 주었다.

"후……."

팔목을 붙잡고 있던 손을 스르륵 내리며 완은 용희의 손을 잡았다. 손가락 사이로 엉키듯 그녀의 손가락이 겹치니, 완은 더욱 힘을 주며 손을 붙잡았다.

"참이냐?"

밭은 숨 사이로 참지 못한 질문이 튀어나왔다. 완은 용희의 얼굴을 바로 마주하며 물었고, 그녀는 답이라는 듯 미소 지었다.

"물었다. 참인 것이냐?"

하나 그것만으로는 성에 차지 않아, 기어이 답을 듣고 말겠다는 각오로 완은 물음을 던졌다.

"참인 것입니까?"

실감이 나지 않았다. 얼떨떨한 심경은 변함이 없고, 다만 꿈일까 몇 번 제 볼을 꼬집어 본 것이 전부였다. 용희는 외려 완을 향해 되물었고, 완은 얼이 빠진 것 같은 그녀의 시선을 곧게 응시했다.

"소녀가 지금 믿기지 않아서 말입니다. 정녕 참인 것입니까?"

이제 보니 그녀의 표정이 굳은 것도 같고, 내뱉는 음성 또한 적잖이 경직된 게 정신을 차리지 못하고 있음이 분명했다.

"놀란 모양이로다."

"아…… 뭐, 조금 정신이 없기도 하고…… 갑작스럽기도 하고……."

용희는 말꼬리를 흐렸다. 빈궁의 주인이 되었다는 사실은 당장의 기쁨만을 안겨 주지 못했다.

"정녕 제 자리가 맞는지 갑자기 의심스럽기도 하고…… 아직 남은 경연이 있는 것 같아 꿈같기도 하고……."

"네가 되었다. 빈궁의 주인은 바로 너다."

완은 그녀의 머리 위로 손을 올리며 답했다. 동궁의 말씀이 손바닥을 타고 머리끝에서 발끝까지 뜨겁게 내려왔다. 그제야 무언가 부족하여 채워지지 않은 것만 같던 마음이 알맞게 채워졌다.

"끝까지 아주 훌륭했다."

"아……."

"잘해 줄 것이라 믿어 의심치 않았다. 당연한 결과가 아니었겠는가."

이유를 알지 못한 채 불안했던 마음이 놀랍도록 차분해졌다. 용희는 천천히 눈을 깜빡거리다가 고개를 들어 완을 바라보았다. 울창한 녹음 사이로 잔 가닥의 볕뉘가 쏟아졌다.

"눈이 부십니다."

그녀의 입에서 예견하지 못한 말이 튀어나오자 완의 입술이 조금 벌어졌다. 용희는 눈을 작게 떴다. 그의 등 뒤로 비친 햇살이 퍼져 몸체를 키우자, 마치 후광이 비치는 것만 같아 눈이 시렸다. 한두 발 그에게서 멀어진 용희는 적당한 간격을 두고 완을 바라보았다.

둘만의 공간, 둘만의 시간. 방해가 될 것이라곤 그저 달게 부는 바람이나 있을까. 아무것도 없었다.

"소녀 김용희, 세자 저하께 정식으로 인사드리옵니다."

용희는 치맛자락을 슬쩍 붙잡으며 고개를 조아렸다. 완은 뒷짐을 진 채 그녀를 응망했고, 용희는 수많은 험좌(驗左) 속에 오늘을 새겼다.

"반갑소."

그녀의 구부러진 상체를 바라보던 완은 익선관을 벗어 가슴으로 끌었다. 시간이 잠시 멈춘대도 무척이나 괜찮을 것만 같았다.

"나의, 부인."

76
화

국
혼

왕세자빈을 삼간택하였다. 영상·좌상과 예조 당상을 불러 하교하기를,

"영의정 김판두의 딸을 왕세자빈으로 정하라."

하고 해조에 길일을 가리라 명하였으니, 가례(嘉禮)의 길일(吉日)을 가리게 하여 구월 팔 일로 날짜를 정하였다.

영의정(領議政) 김판두(金判斗)의 딸로 세자빈(世子嬪)을 삼았다.

"주상 전하, 좌의정 입시이옵니다."

"들라 하라."

상선 내관이 문을 열어 주자 신기형은 성큼성큼 안으로 들어섰다. 한양으로 급히 돌아온 신기형이 열 일 제치며 상감을 찾았다.

"좌상은 어서 오라."

"늦은 시각에 송구하옵니다, 주상 전하."

"아니다. 안 그래도 경을 찾을까 고심하고 있던 차였다."

왕은 편히 앉으라며 손짓했고 신기형은 자리에 앉으며 말아 쥔 주먹을 떨었다. 그것을 스치듯 바라본 왕은 얼마 지나지 않아 입술을 열었다.

"간택 이야기는 경 또한 들었을 테니 과인이 긴말은 하지 않겠다."

"주상 전하."

민연이 낙오되었다. 유달리 침착하기로 명성이 높던 신기형이지만 오늘은 달랐다. 손끝부터 시작된 떨림은 어깨로 올라왔고, 균형을 이루지 못하는 어깨선은 눈으로 확인될 만큼이었다.

"어찌하여 이리 다급한 결정을 내리신 것이옵니까?"

하필이면 자신이 궐을 비운 날 빈궁이 정해졌음에 신기형은 벌겋게 달아오른 얼굴로 심기 불편한 음성을 흘렸다.

왕은 잠자코 이야기를 들으며 신기형의 표정을 살폈다.

"부당하옵니다. 여식은 중전마마의 과제를 행하고자 산을 올랐고, 몸을 다치면서까지 내어 주신 과제를 다 하고자 노력하였습니다. 대체 소신의 여식은 무엇이 부족하여 간택에서 낙오되었다는 말씀이시옵니까?"

"혹시 그것을 알고 있는가?"

왕은 대답 대신 질문을 이었다.

"중궁이 찾으라던 인왕산의 사찰은 애당초 존재하지 않는 곳이었다."

"……."

"극한의 상황에서 중용을 지킨 규수를 뽑았고, 그중 영상의 여식이 조건에 가장 부합했다."

"간택은 누구나 볼 수 있는 열린 공간 안에서 경연을 하는 것이
옵니다, 전하. 영상의 여식이 산길에서 중용을 지켰다 한들 증명
할 수 없는 일일 뿐더러, 인정할 수도 없는 일이옵니다."

"자네 여식이 인정한 일이라던데."

신기형의 눈썹이 슬쩍 움직였다. 정신이 번쩍 드는 듯 두 눈에
힘이 가득 들어찼다.

"그것이 무슨……."

"뒤를 지키던 무관들의 증언이 있었다. 그리고 중전의 앞에서
자네 여식과 병판의 여식이 그것을 인정하였다."

아니다. 민연이 그럴 리 없다. 타인의 공을 덤덤히 인정할 만한,
자신의 패배를 묵묵히 지켜볼 만한 아이가 아니다.

"여러 날 생각 끝에 중궁이 내린 결정이다. 내전의 선택인데 어
찌 신하 된 자가 사심을 보이는가?"

"아뢰옵기 송구하오나 전하, 한 가지만 더 여쭈어도 되겠습니
까?"

"말하라."

"혹 간택이 시작되기 전부터 내정이 되어 있었던 것은 아니옵
니까?"

"좌상!"

탁! 왕은 신기형의 말이 끝나기가 무섭게 탁자를 내리쳤다. 불순함이 가득한 신기형의 말끝엔 도를 지나친 가시가 역력했다.

"좌상은 지금 나를 추궁하려 드는 것인가? 감히 임금인 나를?"

"……."

"각통까지 이겨 가며 중궁이 수십 차례 고민과 염려를 거듭하였거늘, 좌상은 어찌 눈앞의 사사로운 이로움만을 추구하려 하는 것인가?"

"송구하옵니다, 전하."

신기형은 고개를 수그렸다. 말로는 당해 낼 수 없는 상감이요, 그 뜻을 거스를 수 있는 상황도 아니었다.

"신의 불충을 용서하여 주시옵소서. 다만 소신은 딸자식의 후일이 염려되어……."

고개를 수그렸으나 이가 갈렸다. 등허리엔 충성의 의미를 담았으나 두 눈엔 살기가 형형했다.

"내 경의 마음을 모르는 것은 아니나, 누군가는 되고 누군가는 되지 않는 것이 이치일 뿐이니 괘념치 말라."

"예, 잘 알겠습니다. 하면 전하, 남은 규수들은 세자의 후궁으로 두실 생각이십니까?"

"경의 뜻은 어떠한가?"

한층 가라앉은 왕의 음성은 성심을 누그러트렸음이 자명했다.

"전례와 법도, 그리고 전하의 뜻에 따르고자 합니다."

"병판의 여식은 사가로 돌려보내기로 하였다. 세자가 아직 혈기가 왕성하고 젊은 날 식견이 어떠할지 모르는데, 벌써 후궁을 들이기란 여러모로 좋지 않은 일이다."

신기형은 잠시 침묵에 빠졌다. 민연을 이대로 궐에 두어야 할지 사가로 돌려보내야 할지 결단이 서질 않았다.

"반가의 여식을 어찌 간택에 참여했다는 이유만으로 혼인을 금하게 만들 수 있겠는가. 나는 타당하지 않다 여긴다. 여식을 사가로 돌려보내는 것은 어떠하겠는가?"

후일을 도모해야 하는가. 그것은 가능한 일이겠는가.

"좌상은 생각할 시간이 필요한가? 여식이 혼기를 놓치기 전에 혼사를 치러야 할 것 아닌가?"

"하오나 조선 팔도 어느 누가 세자의 빈이 되려 했던 여인과 혼인을 하려고 하겠나이까, 전하."

후일을 도모하고자 하는 쪽으로 마음이 조금씩 기울었다. 후궁이라도 되어 기회를 엿보다 보면 언젠가 한 번쯤 기회는 오겠지, 그러한 마음이 자꾸만 정신을 흐리게 만들었다.

"혼삿길이 막힌다니 그럴 리가."

하지만 왕의 말끝에 신기형은 생각의 흐름을 바꾸었다.

"날아가는 새도 떨어트릴 좌상의 가문이 아니던가?"

상감은 현재, 세자의 후궁을 바라지 않는다. 굽었던 등허리를 일으키며 신기형은 왕을 바로 보았다.

"아뢰옵기 황공하오나 전하, 하오시면 신의 청을 받아 주시옵소서!"

독살스러웠던 기운은 없던 듯 지워 내기로 했다. 상감의 마음, 그 진실을 마주하게 된 것이다.

"여식을 사가로 되돌려 보낼 수 있도록 윤허하여 주시옵소서, 전하!"

불행히도 상감의 믿음은 이곳에 없다. 신기형은 그것을 확신하게 되며 피가 터질 것 같은 얼굴로 주청을 드렸다. 껍데기에 씌워 놓은 거짓의 충정을 왕이 모를 리가 없었다.

"잘 알겠다. 예판을 불러 교지를 내릴 것이니 좌상은 돌아가 기다려라."

"성은이 망극하옵니다, 주상 전하!"

신기형은 일어서 대전을 걸어 나왔다. 민연이 태어나던 때부터 기다려 왔던 그의 꿈은 처참히 부서졌고, 그러한 사실에 어금니를 힘주어 물며 갖은 노력을 다해 분노를 억눌러야 했다. 처음으로 궐 안을 정처 없이 걸었다. 신기형은 무릎 아래의 감각을 잃은 사람처럼 의지를 세울 수 없었다.

발길을 따라 공허한 돌길을 걷다 보니, 언제부터 이곳에 서서 자신을 기다렸는지 알 길이 없는 딸아이가 시선에 담겼다.

"민연아."

"아버지……."

민연을 발견한 신기형은 딸아이를 향해 걷다가 멈춰 섰다. 잔뜩 웅크린 어깨는 불안함에 떨고 있음이 자명했다. 동공엔 생기가 없었고, 바짝 마른 입술은 이리저리 갈라지고 터져 있었다. 한바탕 호통 칠 생각으로 온갖 화를 끌어모으던 신기형은 잠시 할 말을 잃고 말았다. 커다란 눈망울을 모두 덮을 만큼 눈물이 치솟아 올랐으나, 떨구지 않기 위해 무구히 많은 노력을 하고 있는 딸아이가 비참해 보였다.

순식간에 모든 일이 하찮게 변해 버렸다. 죄 많은 아비라 할지라도 이러한 딸아이 앞에서 냉정하기란 쉽지 않았다.

"이리 오너라."

"아버지……."

"괜찮으니 이리 와라. 어서."

민연은 아버지를 향해 걸음을 좁혔다. 넓고 긴 치맛자락에 가려 보이지는 않았으나 두 다리는 휘청거렸다. 신기형은 쓴 물을 삼키며 숨을 길게 내쉬었다. 기어 오듯 자신에게 걸어온 딸아이는 차마 시선을 마주하지 못한 채 안절부절못했다.

"소녀가, 소녀가 간택에 떨어져서……."

울음을 잔뜩 먹은 딸아이의 목소리는 처음 들어 보는 종류의 것이라, 그것은 그것대로 마음을 비리게 헤집었다.

"아마도 사가로 돌아가야 할 것이라 하는데…… 소녀는 어찌해야 하는지 잘 몰라서……."

팽창한 동공이 이리저리 움직였다. 정신을 놓은 듯 보이기까지 하는 딸아이를 바라보며 신기형은 한참이나 침묵을 지켰다. 아버지가 말이 없자 딸아이는 더욱 불안함에 떨었다.

"다시 한번만 기회를 달라고 소녀가 중전마마를 찾아뵐까요?"

돌아갈 곳은 없다 경고했으니 딸아이는 어쩔 바를 몰라 했고, 얼마나 물어뜯었는지 짓이긴 입술이 성치 않았다.

"아, 아버지, 소녀가 그럼 다시 교태전을 찾아가 기회를 달라고 청을 드……."

"잘했다."

아버지의 덤덤한 음성에 민연은 두 눈을 꽉 감았다. 눈물은 처음으로 후드득 떨어졌고, 더 이상은 견디기가 힘들어 작은 어깨를 서럽게 흔들었다. 신기형은 그런 딸아이를 바라보며 입술을 열었다.

"최선을 다했으니 그것으로 되었다. 아비는 만족하니 자책하지 마라."

"……."

"집으로 가자."

"아…… 아아……."

민연은 목 놓아 울음을 터트렸다. 제 어깨 위로 내려앉은 아비의 손은 실로 따뜻했고, 믿을 수 없을 만큼 정겨웠다.

"아버지……. 저는 집으로 못 가는 줄 알고…… 돌아갈 수 없다 하시어 정말로 그런 줄 알고……."

"허어, 설마하니 애비가 너를 버리겠느냐?"

신기형은 처음으로 다독여 본 딸아이의 어깨를 쓸어내렸다. 쥐고 흔드는 것처럼 떨며 눈물을 터트린 딸아이는, 그저 아비의 못난 욕심에 망가진 작은 아이일 뿐이었다. 따뜻한 사랑을 주었다면 조금은 달랐을. 믿음을 주었다면 어쩌면 일어나지 않았을.

"잘했다. 비록 간택에 떨어졌지만 너는 여기까지 온 것만으로 승리했다. 애비는 그렇게 생각하고 있으니 울지 마라."

"아아…… 아아아……."

민연은 처음으로 아버지 앞에서 눈물을 쏟았다. 자신의 어깨를 다독여 주는 아버지의 손길을 오래도록 느끼고 싶어, 민연은 서너 줄기로 내리긋는 눈물을 한참이나 쏟았다. 신기형은 마음을 썩게 만든 대부분의 것을 잠시 멀리한 채 딸아이를 위로했다. 한마디의 위로만으로 모든 것을 내려놓은 딸아이를 내려다보며 신기형은 천천히 하늘을 응시했다.

이 작고 여린 아이를 누가 이렇게 만들었는가. 긴긴 날 어둠 속을 헤매게 하고, 정상적인 사고를 하지 못하게 만들며, 선과 악을 구분하지 못하게 만들었는가. 누구인가. 그것은 누구였던가.

"괜찮다. 괜찮다니까. 어허, 애비가 괜찮다 하질 않아."

"아아…… 아버지……. 아버지……."

바로 자신이었다.

⊙

"오라버니! 오라버니!"

이진은 있는 힘껏 달리며 지담을 불렀다. 굳이 돌아보지 않아도 누군지 알아챈 지담은 혀부터 끌끌 찼다. 아는 척하고 싶지 않은 마음에 지담이 가던 길을 재촉했다. 그러자 달려오는 소리가 더 빨라졌다. 잡힐소냐. 지담은 빨리 걸었다.

"오라버니! 오라버니!"

더욱더 빨리 걸었다.

"오라버니! 오라버니!"

목이 터져라 오라비를 부르던 이진은 달음박질을 멈췄다. 이제 보니 저 야비한 윤지담이 듣고도 못 들은 척 제 갈 길을 가는 것이다.

"야!"

결국 이진이 버럭 외치자 지담은 허어, 탄식했다. 그렇다면 할 수 없지. 더 빨리 걷는 수밖에.

"야! 윤지담!"

"뭐? 윤지다암?"

지담은 결국 홱 돌아서며 이진을 바라보았다. 저것이 아주 미쳐 돌았구나! 제 오라비 이름을 마구잡이로 불러 대는 것을 보아하니!

"다시 말해 보아라. 뭐? 윤지담? 윤지다암?"

"아야!"

이진은 오라비 앞에 서자마자 꿀밤을 맞았고, 이마를 부여잡으며 눈꼬리를 올렸다. 어쭈. 지담은 두 손가락으로 이진의 눈을 찌를 듯이 겁을 주었다.

"콱, 그냥. 이게 지 오라비 이름을 옆집 개 이름 부르듯이 부르고 있어."

"우씨, 그러니까 부를 때 돌아보면 되는 것 아니어요? 한 살 차이 나는 주제에 오라비는 무슨 오라비."

"어허, 이게 아직도 정신을 못 차리고?"

"쳇, 옆집 개 이름을 지담이라고 지어서 맨날 불러야지."

"엇? 모르느냐? 내가 먼저 이진이라고 지어 놓았는데?"

"우씨! 정말!"

남의 집 개 이름까지 멋대로 작명하며 남매는 눈에 쌍심지를 켰다. 대체 다정한 남매란 어디서 찾아볼 수 있는 것인가. 먹는 건가. 아니면 서책에 있는 건가. 좌우지간 다정한 남매란, 눈만 마주치면 으르렁대기 바쁜 이 남매에겐 해당 사항이 없는 것 같았다.

"왜 불렀어. 네 오라비는 귀하신 몸이란 말이다. 이렇게 아무 때나 멈춰 세우면 곤란해."

"네네, 오죽하세요. 병판이신 아버지보다 익위사 나부랭이가 더 바쁘니 아주 대단하…… 아야!"

"이마에 벌집을 만들고 싶은 게냐? 꿀 좀 따 볼까?"

기어이 한 대 더 얻어맞고 나서야 이진은 입술을 꿍얼거리며 말을 멈췄다. 지담은 팔짱을 끼고 한심하다는 듯 이마를 비비는 여동생을 내려다보았다. 이진이 간택에서 떨어진 것은 이미 알고 있었다.

"오라버니, 나 간택에서 떨어졌어."

"안다. 축하해. 여러모로 국가적 경사가 아닐 수 없다."

"아, 정말 말 그렇게 할 거예요? 나도 안다, 뭐!"

"어이구, 그래도 우리 가문이 주제는 알아서 참으로 다행이지."

"그런데 오라버니, 나 간택에서 떨어진 거 아버지도 알고 계셔?"

"아시겠지. 나도 아는데 설마하니 모르실까."

그렇구나. 이진은 고개를 끄덕였다. 표정에서 텁텁한 기운이 은근히 풍기는 듯해, 지담은 여동생을 빤히 바라보다가 물었다.

"서운한 것이냐?"

"뭐가요?"

"떨어져서 서운해? 표정이 영 아쉬운 표정인데?"

"서, 설마!"

이진은 또다시 눈꼬리를 올렸다. 지담은 절대로 그런 마음을 먹지 말라며 손사래를 쳤다.

"이건 내가 너에게만 특별히 해 주는 말인데, 아버지께서는 네가 여기까지 온 것만으로도 기적이라 하셨느니라."

"뭐예요? 진짜 너무들 하네!"

이진이 소리를 빽 지르자 지담이 껄껄 웃음을 터트렸다. 물론 동생의 탈락 소식에 마음이 쓰였지만, 용희의 간택은 더할 나위 없는 기쁨이었고, 또 덥석 이진이 간택되었다 한들 마음이 흡족했을 리 없었다.

"넌 아버지 말씀 따라 집으로 돌아가서 시집갈 준비나 해라. 누가 받아 줄지 모르겠다만."

"안 가! 안 갈 거야! 윤지담 같은 서방님 만나느니 차라리 혼자 살고 말겠어!"

"뭐, 좋을 대로."

지담은 약이 잔뜩 오른 이진을 바라보다 동생의 어깨를 툭툭 쳤다. 역시나 놀려 먹기 좋은 여동생은 곧잘 성질을 내고 또 금세 풀어졌다.

"그동안 수고 많았다."

"한 건 아무것도 없어요. 수고는 무슨."

"우리 가문이 어떤 가문인지 네가 잘 보여 줬으니까, 그걸로 되었어."

충과 효를 몸에 새긴 가문. 비록 떨어졌으나 이진은 충분히 대단한 시간을 보냈다. 모두가 인정할 만했고, 또 입을 모아 칭찬할 만했다.

"오라버니, 나 집에 갈 때 데려다주시면 안 되어요? 나 그거 얘기하려고 왔는데."

"그래, 데려다주마. 안 그래도 그럴 참이었다."

지담은 그게 별거냐는 눈빛으로 이진을 바라보았고, 이진은 오라비의 털털한 대답에 밉지 않게 입술을 삐죽거렸다. 아무리 미워도 의지할 곳이 가족밖에 더 있겠나.

휴. 이진은 어깨를 축 늘어트렸다. 끝이라고 생각하니 헤어지고 싶지 않은 사람들이 생겨난 것이다. 그중 못 본다니 가장 아쉬운 사람은 용희였다.

"오라버니, 나중에 나, 용희가 보고 싶으면 궐에 와도 되어요? 오라버니가 데려다줄 수 있어?"

"물론. 오며 가며 벗이나 되어 드려라."

이진은 그제야 푸시시 웃음을 터트렸다.

그래, 괜찮아. 오늘이 지나면 떠나야 할 궐이, 작별해야 할 모든 이들이, 조금은 아쉽고 서운하지만 이게 끝은 아니니까. 우리는 또다시 만날 수 있을 테니까.

◎

시간이 흘러, 절기상 여름을 모두 끝냈음에도 한낮엔 여전한 더위가 기승을 부렸다. 곡식은 알알이 누렇게 여물었지만 풍경은 아직 창연했다. 그러한 시간 속 금일(今日), 조선 왕세자의 국혼이 시작되었다.

이른 아침부터 한가한 사람 없이 분주하던 궐 안에서 경건하고 웅장한 가악이 울려 퍼지기 시작했다. 오늘을 위해 궁정악을 수도 없이 갈고닦은 장악원의 악공들이 저마다 맡은 악기를 능숙하게 다루며 오음(五音)과 육률(六律)을 만들어 냈다. 북을 치고 피리를 부는 소리가 유량하게 들리더니, 어느덧 무게 있는 거문고 소리가 깊고 화평하게 퍼져 백악지장의 면모를 드러내기도 했다. 길일(吉日)은 길일이라. 하늘은 전례 없이 푸르고 높아 상서로운 기운을 띠고 있었다.

그러한 가운데 예복을 정중히 차려입은 용희가 대차에 올라 입궐을 서둘렀다. 국혼이야말로 삼강(三綱)의 근본이요, 예 중의 예. 나라의 다시없을 경사인 만큼 삼정승, 육판서가 모두 한자리에 모이고 문무백관과 내인들이 자리를 지켰다.

기마부장과 월도차비가 늠름한 면모를 내세우며 길을 텄고, 말을 탄 금군들도 호위를 도맡았다. 세자빈 책명에 국새가 필요하여 배안상과 동뢰연을 치르기 위해 욕석을 준비하니, 상궁들이 정갈하게 들고 그 뒤를 따랐다. 수십의 보행 무관들이 지나고 나서야, 용희를 태운 압도적인 규모의 대차가 화려한 자태로 들어섰다.

"정가!"

대차를 관리하는 사복정의 굵은 음성이 울리자 모두가 멈췄다. 고운 선율도 따라 멈추고, 드넓은 공간은 모두가 사라진 듯한 정적에 휩싸였다.

용희는 잠시 눈을 감은 채 긴 숨을 내쉬었다. 오늘이 있고자 참으로 많은 일이 있었다.

"하가!"

사복정의 음성을 따라 대차가 땅으로 내려왔다. 용희는 허리를 꼿꼿하게 세운 채 마른침을 삼켰다. 목이 부러질 것만 같이 무거운 가채도, 팔을 가누기 힘들 만큼 길고 두꺼운 원삼도 이 순간만큼은 느껴지지 않았다. 무엇부터 어디까지 곱씹어 보아야 할지 감도 오지 않는 지난날들. 처음부터 우리가 인연임을 알아보았다면 더 좋았을까.

"이제 그만 대차에서 내리셔야 하옵니다."

대차가 땅에 닿자 뒤따르던 자들이 허리를 깊게 수그렸다. 김 상궁의 말이 귓가를 울리지만 실재감이 없어, 용희는 쉽게 움직이지 못했다. 그동안 얼마나 먼 길을 돌아온 것인가. 얼마나 부질없는 눈물을 쏟았나. 헛되고 허망하던 세월 속, 나는 무엇을 얻은 것인가.

"이제 그만 내리셔야 하옵니다."

지금까지 줄곧 그녀의 교육을 맡았던 김 상궁이 또다시 입을 열었다. 하지만 용희는 긴장감에 아무 말도 할 수 없었다.

잃은 것은 무엇입니까. 아무것도 없습니다. 세월에 시름했다 한들 이토록 많은 것을 얻은 내가, 무엇을 잃었다 말할 수 있겠습니까.

"어디 불편한 곳이 계시옵니까?"

이것은 끝입니까, 혹은 시작입니까. 하오나 그것이 무엇이건 중요하진 않겠지요.

"불편한 곳이 계신다면 어서 말씀 주⋯⋯."

"괜찮네. 지금 내리겠네."

용희는 천천히 눈을 뜨며 답했고 도움을 받으며 대차에서 내렸다. 저만치 먼 돌길 위에 완이 서 있음을 알아챈 용희는 실금 같은 미소를 그리며 걸음을 떼었다.

한 걸음을 내디디니 멈췄던 궁악이 울려 퍼지고, 또 한 걸음을 내디디니 육중한 행렬이 그 뒤를 따랐다. 왕과 왕비는 더할 나위 없이 흡족한 미소를 그렸고, 월호와 지담이 그녀를 충정 어린 시선으로 바라보았으며, 완은 표정을 감춘 채 제 여인을 응시했다.

후미를 따르던 사람들은 그녀의 발길을 따라 느리게 전진하였고, 용희는 바람에 펄럭이는 깃발을 따라 꼿꼿하게 걸음을 옮겼다.

네, 중요한 것은 바로 이것뿐입니다.

"책명!"

지금, 그대에게 갑니다.

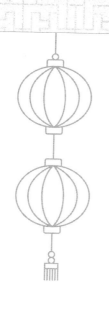

77화

나, 그리고 나의 너

【해종실록 11권. 해종(偕宗) 17년 9월 8일】

예조에서 올린 세자의 가례 예식에 따르다.

"이게 뭐여? 우리 이거 안 시켰는데?"

시장통 주막 안 서너 명이 모여 목을 축이던 그때, 주인장은 넉넉하게 담은 안줏거리를 내밀었다. 기름기가 좔좔 흐르는 지짐이 여러 장을 바라본 사내들은 저도 모르게 군침을 삼켰고, 주인장은 안줏거리를 상에 내려놓았다.

"뭐냐니까? 왜 시키지도 않은 것을 내오고 그려?"

"그러게 말이여. 아따, 고놈 참 고숩게 생기기는 했네."

사내들이 입맛만 다실 뿐 멀뚱멀뚱 안줏거리를 바라보자 주인장이 크게 말했다.

"아, 내가 공짜로 주는 거여! 먹기 싫어? 가져갈까?"

"아아, 아니! 아니지! 한 번 가져왔으면 장땡이지 뭘 또 가져간 다고 그렇게 말한대?"

"근데 옥순이, 오늘 무슨 날인감? 아 무슨 바람이 불어 생전 안 하던 이런 예쁜 짓을 하고 그려?"

공짜 안주라니 사내들의 손길이 바빠졌다. 주인장은 지짐이 죽 죽 찢어 주며 다시 입을 열었다. 오늘은 팔도에 꽃바람이 불어 든, 아주 특별한 날이었다.

"아이고, 이 무식한 사람들아! 오늘이 무슨 날이긴 무슨 날이 래? 우리 세자 저하께서 혼인하신 날이 아니여?"

"아니 그걸 누가 몰러? 근데 그것이 자네랑 무슨 상관이라고 이 래 안주까지 내주느냐, 이 말이지."

"참으로 답답하네. 무슨 상관이냐니. 어찌 그것이 남의 일이여? 우리 세자 저하의 일인데. 암만 없이 살아도 이 정도 정성은 보여 야 사람의 도리지!"

허허. 사내들은 주인장의 말끝에 웃음을 터트렸다. 세자 저하께 서 빈을 맞이하시니 자기들에게도 콩고물이 떨어지는구나, 그냥 그것이 반가웠다.

주인장은 부쳐 온 지짐이를 이곳저곳에 내려놓았다. 받는 이도 싱글벙글이고 주는 이도 싱글벙글이었다.

"나라 꼴이 이제야 좀 잘 돌아가려는 모양이네! 우리 세자 저하께서 영의정 대감마님의 아가씨와 국혼을 하셨으니 세손 아기씨도 순풍 낳으셔야지!"

"원, 이제 막 혼인하는 사람들에게 그게 무슨! 원주님도 낳으셔야지!"

"그런가? 하기야 지금 나라에 공주님이 안 계시니 그도 좋겠구먼?"

지짐이를 건네받은 사람들은 저마다 기분 좋은 덕담을 늘어놓았고, 주인장은 마지막으로 구석에 앉아 있는 한 사내에게 걸어갔다. 이곳 주막은 처음인 듯 주인장과 면이 없는 사내였다.

"이것 좀 드시라우. 공짜로 드리는 것이니 잡수시고 세자 저하께 덕담이나 한마디 하셔."

그때, 조용히 술을 마시던 사내가 일어섰다. 의아한 표정의 주인장은 고개를 따라 들었다.

"어째 일어나신대? 이거 한쪽 하고 가시라니까? 공짜요, 공짜."

"됐다. 얼마인가?"

에에? 주인장은 성의를 무시한 채 자리를 뜨는 사내를 서운하다는 듯 바라보았고, 사내는 얼마간의 돈을 내려놓으며 주막을 나섰다. 풀이 죽어 허름한 두루마기, 머리엔 대오리를 거칠게 엮은 값싼 삿갓을 쓴 사내는 약속이나 목적지가 없는 것처럼 발이 닿는 대로 걸음을 옮겼다.

"경사도 이런 경사가 없지! 자자! 모여 보라고, 어서들!"

이곳저곳 사람들이 뭉텅뭉텅 모여 있다. 시장통은 왕세자의 국혼으로 떠들썩했고, 눈을 돌리기가 무섭게 국혼에 관련된 방을 볼 수 있었다. 기쁜 날을 맞이하여 상감은 경범의 죄인들을 풀어 주었고, 가난한 자들에겐 뜨끈한 밥과 국을, 상인들에겐 약간의 세금을 면해 주기도 했다.

모두가 즐거워 들썩이는 때, 삿갓을 깊게 눌러쓴 사내만이 표정 없이 시장통을 걸었다. 왕세자의 여인이 된, 그녀의 음성이 귓가를 울렸다.

'평생을 기억해 두겠다. 그대의 이름. 륜명.'

끝없이 맴돌며 가슴을 두드리자 륜명은 뜻을 알 수 없는 웃음을 흘리며 걸음을 옮겼다. 그때 알아봤어야 했는데 말이다. 네가 누구인지, 어떤 여인인지. 처음부터 알아봤어야 했는데. 그랬어야 했는데.

"아아! 이 사람이! 똑바로 좀 보고 다니쇼!"

륜명이 어깨를 치고 가자 행인이 두 눈을 부릅뜨며 윽박질렀다.

"저런 미친놈을 보았나! 에라이, 퉤!"

하지만 윽박질러도 륜명이 술 취한 듯 걸으며 멀어지자 사내는 되알진 욕과 함께 침을 뱉으며 발길을 돌렸다.

기쁘냐. 너는 기쁜 것이냐. 비로소 원하고 바라던 그 사람의 여인이 되었으니, 너는 무한량 기쁘기만 한 것이냐. 네게 나는 없겠지. 이런 나는 잊었겠지. 내 이름도, 애태우던 내 모든 날도, 너는 기쁨 안에 까맣게 지워 버렸겠지.

"저, 륜명 나리."

그것이 무엇이기에 이다지도 황망한 것이냐. 가슴이 잘려 나간 모양이다. 미련을 가득 삼킨 모양이다. 대체 네가 내게 무엇이기에.

"륜명 나리."

"누구냐?"

륜명은 자신을 부르는 음성을 따라 뒤를 돌았고, 취기를 날려 버린 날카로운 눈매로 사내를 응시했다. 자신을 알아보는 자가 있다면 물어보나 마나겠지만.

"좌의정 대감마님께서 찾으십니다."

"내일 찾아가겠다고 전해라."

"지금 모셔 오라 하셨습니다."

륜명은 길고 가느다란 숨을 불어 내쉬며 고개를 수그렸다. 그림자는 무엇도 보여 주지 않아 표정을 알기 어려웠지만, 누구라도 보았다면 시선에 깃든 슬픔을 쉽게 외면하지 못했을 것이다.

"이놈을 따르십시오, 륜명 나리."

오늘은 그녀의 국혼일이었다.

천장이 높고 너무하다 싶을 만큼 방이 넓었다. 가구라 할 것도 많지 않고, 필연적으로 필요한 몇몇 개의 문갑만이 귀퉁이를 장식했다. 황소의 뿔로 화각공예를 새겨 견고해 보이는 궤가 있었고, 부부의 화합을 기리는 원앙과 기러기, 그리고 화려한 자개장도 한쪽 구석을 차지했다. 조선 최고의 장인이 시간과 돈을 아낌없이 투자해 정성으로 만든, 특별하고도 의미가 남다른 것들이었다.

"휴……."

용희는 가만히 그것들을 바라보다 숨을 내쉬었다. 이 쓸데없이 넓은 방의 주인이 되었으나 그런 것들을 감당할 정신은 없고, 꼿꼿하게 허리를 세우고 앉아 눈만 깜빡이자니 머리에 이고 있는 가체가 무거워 어깻죽지가 뜨거웠다.

"아휴……. 목이 부러질 것 같다……."

연지 곤지를 찍은 용희는 정신없는 혼례를 치르고 홀로 남았다. 차림과 가체가 버거웠지만 그렇다고 편히 벗어던질 수도 없는 노릇이니, 용희는 고단함이 잔뜩 묻은 눈꺼풀만 내렸다가 올리며 숨을 죽였다. 침착하고 싶었지만 심장 고동이 요란했고, 사방이 적막하니 마른침을 삼키는 소리마저 귓가에 천둥 치듯 울렸다.

부부가 되었다. 수십 일을 준비하고 기다렸으니 별것 아니니라,

그리 생각했지만 식견이 짧았다. 이미 마음은 백년을 해로할 기대와 각오가 넘실댔지만 예상은 언제나 현실을 감당하지 못했다. 손끝이 저릴 만큼 떨렸고, 다리에 쥐가 날 만큼 긴장되었다. 왕가의 일원이 되었으니 앞으로의 책임감은 또 얼마나 막중할 것이며, 언동 하나하나에 얼마나 많은 시선이 따라 손과 발을 묶으려 들지 눈앞이 막막했다.

배움은 옳았고 상식은 단정했으나 부담되지 않는다면 거짓말일 테지. 자꾸만 마른 한숨이 바닥을 물들여 그녀는 재차 마른침을 삼켰다. 물 한 잔도 마시지 못한 고충을 이루 말할 수 없었지만, 그것보다 언제까지 이렇게 앉아 있어야만 하는지 알 수 없어 더욱 힘들었다.

그때였다.

"세자 저하 납시오!"

먼발치부터 들려오는 음성에 용희는 화들짝 놀라 고개를 들었다. 여럿이 움직이는 소리가 처소로 향하는 복도를 가득 메우고, 조금 더 있자니 완의 낮은 음성이 들려왔다.

"열어라."

"예, 세자 저하."

소리를 듣고 있자니 숨이 깔딱거리는 긴장감이 배가되어 용희는 어쩔 바를 몰랐다.

굳게 닫힌 채 누구에게도 열리지 않을 것 같던 장지문이 스르륵 열렸다. 바깥문이 열리고 안으로 통하는 장지문이 또다시 열리자 용희는 고개를 들었다. 이윽고 세자의 목소리가 들리자 땅이 주저 앉을 것처럼 현기가 밀려와, 그녀는 그만 표정을 잃고 말았다.

"오래 기다렸는가?"

그가 왔다.

조금 전.

"아직 멀었느냐?"

세자궁에서 별궁으로 건너갈 차비를 하던 완은 느려터진 박 내 관을 향해 눈꼬리를 올렸다. 대체 무엇이 필요하기에 사람을 묶어 놓고 오도 가도 못 하게 하는 건지. 그렇게 일각이나 흘렀을까.

"아직도 멀었느냐?"

완은 재차 물었다. 가뜩이나 할 일이 많아 분주한 박 내관은 멈 춰 서며 허리를 굽혔다. 세자께서 질문만 하지 않으신대도 시간을 반쯤 절약할 수 있을 것 같다.

"차비하는 중이옵니다. 잠시만 더 기……."

"대체 무엇을? 무엇을 준비하는데 이렇게 오래 걸린단 말이냐?"

"저하, 대전에서 동궁전으로 건너오신 것이 얼마 되지 않았사온데 어찌 이리 채근을 하시옵니까."

"뭘 얼마 되지 않아. 내가 지금 얼마를 기다렸는데."

혼자만 시간이 흐르지 않자 완은 저만 빼고 분주한 공간을 못마땅하게 바라보았다.

세자께서 별궁으로 가시기 위해서는 준비가 필요했다. 무엇이건 서두르는 법이 없는 궐 안의 절차와 격식은 완의 심기를 어지럽혔고, 당장이라도 별궁으로 건너가고픈 세자께선 자꾸만 탄식을 터트렸다.

이미 약관의 나이를 넘긴 세자의 늦은 국혼은 원손을 하루라도 빨리 보아야 하는 실정이었기에 별궁에 바로 행차하기로 했다. 완의 절대적인 바람이기도 했다.

"허어, 용길아, 예서 밤을 새울 참인가?"

"저하, 아직 일각도 지나지 않았사온데……."

"나 먼저 갈 테니 준비가 끝나는 대로 오는 건 어떠냐?"

"아니 될 말씀이시옵니다! 통촉하여 주시옵소서, 저하!"

눈앞에서 왔다 갔다 하던 내인들이 쏜살같이 바닥에 엎드린다. 완은 부글부글 끓어오르는 마음을 다스리며 어서 볼일들 보라고 손사래를 쳤다. 오늘따라 융숭한 대접도 불만투성이다.

"저하, 신 지담이옵니다."

"들라."

때마침 지담이 찾아들었다. 완은 드디어 아군을 만났다는 것처럼 빨리 이것들을 닦달하라는 눈치를 주었다.

"별궁으로 가시는 것이 그리 급하십니까?"

"죽겠다."

사심 없이 완이 답하자 지담은 웃음을 터트렸다. 오늘 녀석은 별궁 주위를 호위하며 그 밤을 책임질 예정이었다.

"소신이 지금 관상감에 잠시 들렀다 오는 길인데 말입니다, 저하."

지담이 속닥거리며 곁에 다가섰다. 관상감이라는 말에 완의 귀가 쫑긋 섰다.

"때마침 오늘이 두 분의 길일이라지 뭡니까?"

"뭐라? 길일?"

"예, 세자 저하."

호오. 완은 저도 모르게 호조의 숨을 내뱉었다. 지담은 지금 그것이 중요한 게 아니라며 더욱 가까이 붙어 섰다. 이 좋은 날, 세자의 성심을 어지럽히기 아주 적당한 이야기를 준비했다.

"다음 길일은 내달이라 하옵니다, 저하."

"내달? 내달이라니? 하면 이번 달은 길일이 끝이라는 것이냐? 정녕 끝?"

완이 믿을 수 없다는 듯 바라보자 지담은 그렇다며 고개를 끄덕였다. 세자의 합궁 일을 주관하는 관상감에서 그리 말했다면, 울며 겨자 먹기로 따라야 하는 일이기도 했다.

"대체 누구의 머리에서 나온 발상이냐? 내 길일을 뭔데 지들이 정하고 맞는다 하는가?"

"오행의 합이 그렇다 하니 그것을 어찌합니까?"

"웃기는 소리. 인정할 수 없다. 내가 이리 건장한데 무슨 헛소리들을 하는 건지."

완은 혀를 끌끌 차며 고개를 절레절레 저었다. 오장육부로부터 이끌어 내는 강한 부정이었다.

"그러니 오늘을 불태우소서, 세자 저하."

"되었다. 내달까지 길일이 없다는 건 말도 되지 않는 소리다. 음행의 합 같은 소리 하……."

"세자 저하, 이제 납시실 차비가 모두 되었습니다."

박 내관이 모든 준비를 마쳤노라 고하자 완이 튕기듯 일어섰다. 여간해선 긴장하는 법이 없는 세자의 얼굴에 때아닌 긴장감이 묻어났고, 지담과 박 내관은 그 뒤를 따르며 서로 속닥였다.

"제가 다 긴장됩니다. 아니 그렇습니까?"

"그러니 말입니다. 저도 긴장되어 죽겠습니다."

박 내관도 가슴을 쓸어내리며 완의 뒤를 따랐다.

그녀가 있는 별궁은 뜻이 장한 모습으로 서서히 윤곽을 드러냈다. 완은 인내심 없는 발길로 성큼성큼 별궁을 향해 걸어갔다.

"세자 저하 납시오!"

박 내관이 외치자 별궁 나인들이 기다렸다는 듯 단정히 세자를 맞이했다.

길었던 오늘 하루는 세자에게 아무런 의미도 없었다. 그녀가 세자빈으로 책명된 일도, 모든 이들 앞에 부부로 선언된 일도, 천지의 축복과 화려했던 국혼도.

장지문이 열리고 나서야 용희가 시선에 담겼다. 긴장이 서린 그녀의 눈매엔 오늘 내내 웃음 한번 머금어 보지 못한 기색이 역력했다. 무어라도 하고 싶은데 생각이 따라 주지 않는 것처럼, 그녀는 자리에서 피어난 듯 꼼짝도 하지 못한 채 시선만 올리고 있었다.

한참이나 그러한 시선을 응시하던 완이 입술을 열었고, 이윽고 그녀는 기분을 알 수 없는 표정을 지었다.

"오래 기다렸는가?"

부인과의 첫 대면이었다.

간단한 주안상이 둘 사이에 놓였고 뜨끈한 신선로 탕기에서 먹음직스러운 향이 올라왔다. 하지만 둘에게 그런 음식의 향 따위 맡아질 리 없었고, 다만 숨죽이며 서로를 바라보고 있자니 등덜미에 땀이 솟을 지경이었다.

"잔을 올리겠습니다."

그동안 익힌 대로 용희가 입을 열자 완이 잔을 붙잡았고, 용희는 덜덜 떨리는 손으로 완의 술잔을 채웠다. 반쯤 따랐을까. 덜덜 떠는 손을 바라본 완이 그녀의 손을 붙잡고 술병을 내렸다.

"되었다. 채운 것으로 하자."

"조금 더 따라야 하는데……."

그동안 용희는 왕실 여인들이 지켜야 할 덕과 예를 기록한 내훈을 익혔다. 하지만 배운 것과 실전이 다르니 눈빛이 우왕좌왕 갈 길을 잃었고 야무지지 못했다.

완은 남은 술을 직접 따르며 그녀의 술잔도 채웠다. 괜찮은 척하고 있지만 긴장에 목이 타는 기분은 그도 마찬가지였다. 술잔을 들어 가볍게 목을 축인 완은 다시 술잔을 채웠다. 도수가 높지 않은 술이나마 한 잔 삼키니 속에서 불꽃이 지근하게 이는 것 같았다.

완이 술잔을 드니 멈칫하던 용희도 눈치를 보며 술잔을 붙잡았다. 그것을 만류하며 완이 고개를 가로저었다.

"못 하는 술을 구태여 마실 필요 무엇인가?"

"한 잔…… 한 잔 정도는 괜찮습니다."

"벌써부터 거짓을 입에 달 참인가? 내가 모르는 것도 아닌데 말이다. 마시지 마라."

완은 용희의 술잔을 자신이 비운 뒤 뒤집어 내려놓았다. 용희는 뒤집힌 자신의 술잔을 바라보다 중얼거렸다. 자꾸 말을 더듬고 멍해지는 것이, 그녀는 이 방에 들어선 이후로 천치가 된 것만 같았다.

"마셔, 마셔야 하는데…… 마시라고 했는데……."

"누가?"

"뭐, 여기저기서 일러 주었습니다. 뜻이 깊은 술이라면서."

배운 대로 상황이 흘러가 주지 않으니 그녀는 당황스러울 뿐이었다. 게다가 완과 둘만 있다는 사실이 오늘따라 얼마나 숨 막히는지, 차라리 못 하는 술이라도 퍼부어 마시고 정신을 잃고 싶은 심정이었다.

지진이 난 듯 흔들리는 용희의 시선을 마주하던 완이 비스듬히 고개를 꺾었다. 그의 한마디에 그녀는 긴장했던 자세를 조금 허물어뜨렸다.

"여봐라, 홍시."

다정한 그의 입가에 미소가 피어오르자 용희는 눈을 감았다가 떴다.

"우리 둘 사이에 무엇이 변했는가?"

제게 박힌 시선. 눈 감고도 찾을 수 있을 향기.

"나는 변한 것이 없다. 그렇다면 너 혼자 무엇이 변했더냐?"

변한 것은, 아무것도 없다.

"긴장하지 마라. 이 방엔 우리 둘뿐인데 무엇을 긴장하고 있어."

용희는 두어 번 눈을 깜빡이다가 표정을 편히 만들며 숨을 길게 내쉬었다. 깨어나듯 정신이 들기 시작하고, 멈춰 사라진 것 같던 공기가 순환하니 숨이 쉬어지기 시작했다.

"하마터면 숨이 막혀 죽을 뻔했습니다."

"엄살은."

"정말이에요. 다른 건 모르겠고, 이 머리나 좀 어떻게 해 주시면 안 되겠습니까? 목이 부러질 것 같아요."

용희가 낮게 중얼거리자 완은 당황함을 감추지 못했다. 저 무거운 것을 씌워 놓고 전혀 생각도 못 한 것이다.

"아, 아, 미안하다."

"알면 좀 어서, 빨리. 지금 목에 담이 온 것 같습니다."

용희가 입술만 간신히 벌리며 웅얼거리자 완이 주안상을 밀며 다가가 앉았다.

그녀의 머리를 지독하게 괴롭히던 가체를 벗겨내자 용희가 저도 모르게 흐물흐물한 숨을 내쉬었다. 이제야 살 것 같다는 표정을 지으니 완은 내심 미안한 기색을 내보였다.

"다른 불편함은 없느냐?"

예컨대 옷이 불편하다거나, 답답해서 어떻게 좀 해 보고 싶다거나.

"아직 그 외의 것들은 참을 만합니다."

"아니, 그렇게 답을 하면 내가 곤란하다. 참지 않아도 될 것인데?"

예컨대 당장 끌러 내려야 하겠다거나, 덥거나 무거우니 가볍게 입고 싶다거나.

완이 눈썹을 꿈틀대며 묻자 용희가 질색하며 조금 떨어져 앉았다.

"수, 술을 한 잔 주시어요."

"술?"

기어이 그녀가 술을 찾자 완은 웃음을 터트렸다.

"그래, 마셔라. 오늘 같은 날이 아니면 또 언제 마셔 보겠⋯⋯."

"그 병을 다 마시고 정신 좀 잃어 보아도 되겠습니까?"

완이 그녀의 술잔을 채우다가 멈칫했다. 급한 듯 용희가 술잔을 비우니 완은 근심 반 호기심 반이 가득한 얼굴로 주시했다.

"하, 한 잔만 더……."

"술김은 싫으니까 천천히 마셔라."

"네, 저도 술김은 싫으니 천천……."

네? 용희가 눈을 깜빡이며 넋을 놓자 완은 덤덤히 술잔을 채워 주었다. 완이 꿀꺽, 술을 한 모금 더 밀어 넣은 후에야 스윽 다가 왔다.

"나는 지금 매우 고단한데 말이다."

"아…… 그러시군요……."

"물론 이렇게 담소를 나누는 것도 즐겁지만 지금 내가 몹시 피 곤해서 말이지."

"네……. 잘 알겠습니다."

그녀가 시선을 피하며 어물쩍 대꾸하자 완은 그녀를 쓱 끌어안 으며 당겼다. 장장 봄에서 가을이 될 때까지 참아 온 사내의 인내 심이 바닥을 드러내는 순간이었다.

"끌러도 되겠느냐?"

"뭐, 뭐, 뭐 그런 걸 물어보십니까!"

용희의 음성이 저도 모르게 커지자 완은 쉿, 조용히 하라며 입 가에 손을 가져다 댔다. 박동 소리가 크게 들릴 만큼 뛰어오르고, 마른침을 삼키고 삼켜도 갈증이 나니 용희는 눈만 깜빡거렸다.

"이리 불편한 것을 입고 무엇을 어찌하자고."

완은 그녀의 원삼 옷고름에 손을 가져다 대었다. 살갗에 손길이 닿은 것도 아니건만 그녀는 아찔했다.

"덥기도 하겠다. 세상에 이 무겁고 두꺼운 것을."

"괘, 괘……."

"내가 괜찮지 않다."

버벅대기만 하는 그녀의 말을 가로채며 완은 매끈히 옷고름을 끌렀고, 깃을 내리며 팔을 잘 빼낼 수 있게 도와주었다. 그러곤 꼴도 보기 싫다는 듯 원삼을 문 쪽으로 팽개친 완이 용희를 가깝게 바라보았다. 그녀는 정신이 빠지기 일보 직전이었다.

"저, 저, 저……."

"그래, 저하 여기 있다. 날 왜 부르느냐?"

다정하게 대꾸하던 완은 오만상을 찌푸리며 용희의 의복을 내려다보았다. 한 겹 가벼워졌으나 이제 시작일 뿐, 아직도 끌러 내야 할 것들은 너무나도 많았다.

"대체 뭘 이렇게 껴입은 것이야."

"모, 모……."

"그래, 넌 모르는 일이라는 게지. 알겠다. 동궁의 인내심을 이런 것으로 시험하면 쓰나."

동궁의 손끝에서 한 겹 더 벗겨지더니 이번엔 반대편으로 날아간다. 행여나 그녀가 다시 집어 입을까 염려되는 마음에 아주 멀리, 사각지대로 날려 버렸다.

"너는 대체 이런 걸 껴입고 어떻게 걸어 다녔단 말인가?"

어쩐지 오늘따라 몸집이 장대하다 했더니. 완은 벗겨도 벗겨도 끝이 없는 옷을 바라보았다. 이런 거추장스러운 것들을 입고 얼마나 고단한 하루를 보냈을지 용희가 새삼 안쓰럽기도 했다.

"괜찮으냐?"

"아…… 어…….."

이제 보니 낯빛이 밝아진 게 아니라 하얗게 질린 것 같다. 완은 용희를 다정하게 토닥이며 옷고름을 끌렀다. 사방 귀퉁이로 그녀의 옷이 날아가고, 반투명 저고리로 그녀의 속살이 은은하게 비치자 완은 손길을 멈추었다.

까맣고 동글한 눈동자만 보였다 숨기기를 반복하며, 용희는 행동을 잃은 채 완의 품에 반쯤 누웠다. 앞으로 일어날 일들을 상상하니 떨려 죽을 것만 같았다. 마치 어린아이를 품에 안듯 그녀를 품은 채 완은 시선을 내렸다.

이내 입술이 내려왔다. 둥글고 끌밋한 이마에 입술을 맞댄 완이 천천히 입술을 떼며, 더욱 귀중히 그녀를 끌어안았다.

"감히 내가 아닌 다른 곳으로는 눈을 돌리지 말아라. 일각도 허하지 않을 것이다."

오늘이 얼마나 어렵고도 힘겨운 시간 끝의 열매인지, 음성만으로 알게 했다.

"나 또한 너만 보며 살겠다."

둘이 된 서로는 기쁨이지만, 하나가 된 서로는 환희가 되었다. 완은 그녀의 귓가에 간질거리는 음성으로 속삭였다.

"불 끄지 말까? 어떠하냐. 나는 이대로가 좋은데."

화들짝 놀란 용희가 후, 입김을 불며 촛불을 껐다. 완은 잠시 품을 빠져나간 용희를 힘껏 끌어당겨 안으며 귓가에 다시 속삭였다.

"물론 이것도 나쁘지는 않다."

별궁에 밤이 찾아들었다.

78
화

네게 나를 더하다

번(番)들은 군사에게 술을 내려 주었으니 기쁜 날이기 때문이었다.

"날씨 참 좋다. 보십시오. 하늘이 아주 높지 않습니까?"

"그러게 말입니다, 박 내관님."

박 내관과 지담은 별궁 돌계단에 나란히 앉아 하늘을 올려다보았다. 하늘은 먹색을 품은 채 광활히 높았다. 촘촘하게 박아 넣은 듯 별은 천상을 수놓았고, 별빛은 시간에 흘려보내기 아쉬울 만큼 반짝거렸다. 안심할 만했다, 오늘만큼은.

"저, 박 내관님."

한참이나 하늘만 올려다보던 지담이 박 내관을 부르자 "예?" 하며 박 내관이 답했다. 지담은 흘깃 박 내관을 내려다보았다.

"이렇게 궐 안에만 계시기 갑갑하지 않습니까?"

"저 말씀이십니까?"

"예."

박 내관은 별일 아니라는 듯 빙그레 웃었다. 개인의 사사로운 감정 따위 내려놓은 지 오래다.

"괜찮습니다. 이젠 익숙해져서요."

부모를 일찍 여의었으니 따로 출궁해도 걸음 할 곳이 많지 않았다. 덤덤한 박 내관의 음성엔 포기가 묻어 있어, 지담은 아주 흐린 미소를 슬쩍 지었다.

사내의 것을 끊어 내는 고통을 참으며 내관이 된 그는 유년의 시절부터 항상 세자의 곁을 지켰다. 처음엔 이유도 몰랐고, 자랄 땐 누군가의 그림자로 살아야 하는 것이 서글프기도 했고, 나아가 더 자랐을 땐 사내가 아닌 것만 같아 정체성의 혼란을 겪기도 했다. 그 모든 때를 참아 내고 견뎌 낼 수 있었던 건, 세자께서 계시었기 때문이다.

박 내관은 두 다리를 편하게 만들며 땅을 디뎠다.

"그냥 지금처럼 세자 저하 곁에서 성심성의껏 뫼실 수 있다면 무엇을 더 바라겠습니까?"

"그래도 박 내관님, 이렇게 좋은 날도 흔치 않고 이렇게 좋은 시절도 흔치 않습니다."

"그렇습니까? 하기야, 인생에 흔치 않은 시절이긴 하지요?"

내관에게 청춘을 기대하기란 무리였지만 그렇다 해도 푸른 시절이 없는 것은 아니었다. 그저 남들과는 다르게 겪어 내야 하는 것이 문제라면 문제일 뿐.

박 내관은 비워 낸 웃음을 내어놓았다.

"다 가지신 것 같은 세자 저하께서도 이제 겨우 하나를 얻으셨습니다. 그런 분도 절제와 억제를 업으로 삼으시는데, 어찌 제가 다른 마음을 품을 수 있겠습니까?"

지난 세월, 곁에서 바라본 세자의 인생은 참으로 서글펐다. 손에 쥘 수 있는 물건이란 수백의 손을 거쳐 온 것, 먹을 수 있는 음식이란 수십의 손을 거쳐 만들어진 것. 멋대로 할 수 있는 것은 몸도 마음도 아무것도 없었다.

"저하를 오래 뫼시다 보니 오히려 제가 행복한 삶이라는 게 느껴집니다. 그 무게를 보았으니 말입니다."

지담은 박 내관의 말뜻을 헤아리며 고개를 반쯤 끄덕였다.

"그래도 갑갑하긴 하시겠습니다. 간혹 출궁도 좀 하시면 좋을 텐데."

"이건 어떻습니까? 조선 땅 덩어리가 딱 이 궐만 한 크기라고 생각하면 굳이 밖으로 눈을 돌릴 이유가 없지요. 여기도 사람이 사는 곳이니 그저 이 궐이 조선 땅의 전부다, 그리 생각하면 속이 편합니다."

"원, 박 내관님도 대단하십니다."

지담은 무한 긍정적인 박 내관을 바라보며 졌다는 듯 어깨를 으쓱거렸다. 알기에 동궁만을 섬기고, 동궁만을 위하고, 눈을 뜨고 다시 감을 때까지 동궁만을 따르는 박 내관이 아니던가. 이런 사람 흔치 않았다.

"나리야말로 혼기가 꽉 차셨지요?"

이번엔 지담에게 질문이 날아들었다.

"댁에서 혼인하라고 하지 않으십니까? 병판 대감께서 별말씀 없으신지요?"

"행실이 망나니 같으니 누굴 맺어 주겠습니까?"

"허어, 무슨 그런 말씀을 하십니까. 가문의 장자이시고 하나뿐인 아들인데 어서 대를 이으셔야지요."

박 내관의 말은 조금도 틀림이 없어, 지담은 그저 빙그레 미소 지을 뿐 달리 변명을 하지 못했다.

"저하께서도 내내 혼자이셨으니 먼저 가기 죄송했을 뿐입니다. 이제 눈 좀 돌려 보아야겠지요."

"열심히 좀 돌려 보십시오. 이렇게 세자 저하만 바라보다가 한 세월 다갑니다, 나리."

박 내관의 조언에 지담은 큰 웃음을 터트렸다. 그러곤 아주 낮게, 진실로 바란다는 음성으로 중얼거렸다.

"저도 세자 저하처럼 운명적인 사랑을 하고 싶습니다."

진짜 사랑을 만나고 싶다. 이해관계로 얽히고설키어 얼굴 한번 마주 보지 못한 채 혼인을 치러야 하는 그저 그런 인연 말고. 살다 보니 정이 붙더라, 자식을 낳고 지내니 부부가 되더라, 하는 그렇고 그런 시시한 인연 말고.

"딱 그 여인 하나, 딱 그 사람 하나면 되는 그런 사랑 말입니다."

나의 목숨을 내주고 싶은. 남은 목숨을 다하고 싶은.

"쉽게 만나지는 못하겠지요? 이러다 영영 혼자 사는 건 아닌지 모르겠습니다."

지담이 터놓기 쑥스럽다는 듯 말을 갈무리하자 박 내관은 그의 팔을 툭 쳤다.

"분명 나리께 그런 분이 나타날 것입니다. 우리 세자 저하처럼 말입니다."

운명이 다가옵니다, 기다리다 보면. 진정으로 찾다 보면.

"고맙습니다, 박 내관님."

지담은 박 내관을 바라보며 미소를 그렸다. 까만 밤은 고요했고, 세간의 모든 소리를 조용히 거두어 갔다.

"어, 별궁의 불이 꺼졌나 봅니다."

박 내관이 뒤를 돌아보며 중얼거리자 지담이 돌아보았다. 모두의 흥시였던 그녀가, 한 남자의 여인이 되어 비로소 제자리를 찾아든다.

안녕, 홍시야. 지난날 너로 인해 무척 즐거웠단다. 웃고 떠들던 지난날은 차곡차곡 개어 잘 담아 두자꾸나.

"이만 일어나시죠, 박 내관님."

"알겠습니다."

그리고 어서 오소서. 조선의 세자빈이여.

◎

밤보다 더한 어둠이 처소를 휘감았다. 보이는 것이 없으니 의지할 것이라곤 자신을 지탱하는 완의 팔과 가슴뿐. 용희는 뛰는 가슴을 진정시켜 보고자 갖은 애를 다 쓰며 생각을 가다듬었다.

"나를 붙잡아라."

사무치는 음성이 끝장에 내려앉자 용희는 완이 시키는 대로 목덜미를 감싸 안았다. 완의 목덜미에 그녀의 숨이 내려앉자 안개가 퍼져 흐르는 듯하다가, 또 숨을 들이마시니 활짝 걷혔다.

용희는 숨을 정돈하지 못했다. 팽팽히 느껴지는 사내의 열기란 상상보다 더욱 아찔했기 때문이다. 어둠에 시각이 소멸하니 감각은 더욱 불같이 깨어나, 살갗이 마주 닿는 촉감에 전신이 녹아내릴 것만 같았다.

완은 제 목덜미를 끌어안은 채 얌전해진 용희의 등을 감싸 안았다. 서로의 박동은 가슴의 오른편을 두드렸고 기다려도 걷힐 어둠은 아니니 완은 천천히 팔을 내려 용희의 손을 붙잡았다.

그녀의 손을 끌어 올려 자신의 익선관을 함께 내렸다. 긴장에 차가워진 용희의 손은 여간한 온기에 따뜻해질 것 같지 않았다. 완은 고분고분 자신을 따르는 용희의 손을 붙잡고, 이번엔 용포의 고름을 끌렀다. 힘을 주지 않아도 우습게 풀리는 고름에 완의 용포가 헤집어졌다. 어둠이 서서히 눈에 익어 가니 열락의 불빛을 뿜는 서로의 눈빛을 알겠고.

"소, 소녀가, 아, 제가……."

"되었다. 그대로 있어."

완은 풀어진 용포를 벗어 가지런히 곁에 놓아두었다. 낮았고, 갈리며, 따뜻한 완의 음성은 저 높은 천장까지 닿지 못한 채 그녀의 주변만 맴돌았다. 음성이 남기고 간 떨림은 고스란히 그녀의 몫이었고, 용희는 무엇도 먼저 할 수가 없어 완의 다음만을 기다렸다.

"내가 보이느냐?"

"네, 저하."

신분을 상징하던 옷자락이 사라지고 나니, 서로만을 알고 서로만을 원하는 평범한 두 남녀가 자리했다. 여러 날 동안 함께 누워 잠을 청한 사이지만 오늘이 특별할 수밖에 없는 건, 진실된 하나가 무엇인지 비로소 알게 되는 까닭이었다.

"그래, 나도 네가 보인다."

너만 바라겠다는 마음 하나로 시간을 버텨 온 사내는 지켜 낸 약조 앞에 내 여인을 만났고.

"제 눈빛이 어떻게 보이십니까?"

그대만 기다리겠다는 마음 하나로 시간을 이겨 낸 여인은 이뤄 낸 약조 앞에 나의 사내를 만났다.

용희는 천천히 눈을 감았다가 뜨며 물었고, 그 모습을 응시하던 완은 오랜 후에야 입술을 열었다.

"내가 가득하다."

언젠가 네가 내게 말했다. 나의 시선 안에 네가 가득하다고. 오늘의 너 또한 그러하구나.

"네 시선에 나만 담겨 있다."

그것참 희한하지. 나는 그저 너를 바라보았을 뿐인데 너를 사랑하는 내가 보인다.

완이 조용한 음성으로 답하자 용희는 천천히 눈을 감았다 떴다. 눈꺼풀을 닫았다가 올리는 시간에도 잔상이 남아, 마치 그가 두 눈 속에 들어온 것처럼 선명했다. 보고 있지 않은 순간에도 그가 보이니 벗어날 방법은 아무것도 없었다. 뜻이 깊고, 가슴이 벅찬 일이었다.

"네 눈에 비치는 내가 더는 바라만 보기 힘들어하는 것 같은데, 이제 어찌해야 하는가?"

"짓궂으십니다."

수줍은 용희가 고개를 내리자 완은 그녀의 턱을 조금 들어 다시 시선을 맞췄다. 전신을 맞댄 것 같은 뜨거움이 일렁여 바라보는 것만으로 애가 타기 시작했다. 한없이 자상한 시선이었으나 그의 손끝은 더 이상 의견을 물어 줄 것 같지 않았다. 열기에 녹으니 지키고 버텨 왔던 지조가 흔들렸다. 모든 것을 내주어도 아깝지 않은 순간이 도래했다.

"너는 살면서 나만 봐 주어라."

행동이 확고한 세자의 손이 움직이니 결국 용희가 걸치고 있는 홑겹의 고름마저 흩어졌다.

"나 역시 그러할 테니 말이다."

답을 듣고자 함은 아니었는지 그의 입술이 내려왔다. 서로의 입술이 맞닿아 숨이 얽히고, 각자 품고 있던 열기가 드나드니 뜨거운 숨결이 육신을 짓눌렀다.

완은 천천히 용희를 눕히며 안았다. 한 폭에 들어오는 허리는 힘주어 그러잡으면 부러질 것만 같아 생각처럼 세차게 안기도 어려웠다. 순순히 뜻을 따르는 그녀의 눈빛이 온순함을 지니고 있었고, 그것이 세자의 마음을 더욱 묘하게 자극했다.

만물이 숨을 죽였다. 모든 소리가 멈추어 숨소리가 섬세하게 들려왔다. 완은 용희의 한쪽 손을 잡으며 열망에 가득 찬 입술을 움직였다.

"참으로 아름답지 않으냐. 네가 말이다."

머리끝에서부터 발끝까지 온전히 소유하고 싶었다. 지나온 어떤 날보다 더욱 각별하게, 그리고 더욱 완벽하게 이 밤을 각인하고 싶었다.

세자의 굵고 반듯한, 단단히 넓으며 선이 또렷한 어깨가 용희의 시선에 담겼다. 그의 상체를 시선에 담은 용희가 놀라 움찔하자 완은 손을 꼭 잡았다. 너르고 강인한 어깨는 누구라도 안겨 보고 싶을 만큼 사내다웠다. 그녀를 끌어안은 세자의 팔은 혈관이 솟아올라, 여러 갈래가 뻗듯 손등까지 이어졌다. 시각은 정신을 지배하며 점령해 버리고 말았다.

"저, 저하……."

완의 입술이 지나치는 곳마다 불꽃이 이는 것처럼 뜨거웠다. 누워 보니 천장이 더욱 높아 보인다는 쓸데없는 생각을 끝으로 그녀는 모든 생각을 멈추었다.

용희는 저도 모르게 눈을 꼭 감았다. 지분대던 완의 입술은 그녀의 목덜미를 끊임없이 탐했고, 길게 뻗고 가느다란 쇄골에 입술이 닿자 그녀는 그만 완을 감싸 안고 말았다. 들뜬 그녀의 목소리가 흐트러지기 시작했다.

"정신을, 정신을 차리기가 힘이 듭니다, 저하……."

"정신을 잃지 마라."

완은 봐주지 않을 것 같은 심지 굳은 목소리를 더했다.

"이제 시작이다."

지금부턴 본능이 주인이요, 원한 만큼 바라도 되는 순간이었다.

©

며칠 후.

"황 내관, 오랜만이다."

"세, 세자 저하가 아니십니까!"

관상감 소속인 황 내관은 이른 아침부터 자신을 찾아온 세자를 마주했다. 자리를 지키고 있던 관상감의 별선 관직을 맡고 있는 사내들도 일어나 고개를 조아렸다.

"세자 저하, 늦었으나 가례를 경하드리옵니다."

모두는 허리를 수그리며 가례를 경사스러워했다.

세자의 가례는 무사히 지나갔고, 두 사람은 공식적인 행보를 이어 나갔다. 세자빈이 된 용희는 내명부의 일을 배우며 하루하루를 보냈고, 세자는 세자대로 바쁜 나날을 보내고 있었다. 그러던 와 중에 세자께서 관상감을 찾으신 것이다.

"찾아뵐 일이 없어 이제야 경하드리는 불충을 용서하여 주시 옵소서, 세자 저하."

"마음은 충분히 알고 있으니 신경 쓰지 말라. 그건 그렇고."

볼일이 자명한 세자께서 손가락을 까딱거리며 황 내관을 불렀 다. 좌우를 살펴본 후에야 자신을 부르고 있다는 것을 깨달은 황 내관이 종종걸음을 걸으며 고개를 조아렸다.

"찾으셨사옵니까, 세자 저하."

황 내관이 곁으로 다가오자 완은 남은 사람들을 바라봤고, 눈치 껏 하나둘 자리를 뜨기 시작했다. 텅 빈 공간에 둘만 남았다.

"혹 소신이 무얼 잘못하였습니까?"

분위기가 심상치 않고 세자를 독대할 깜냥이 되지 않으니, 황 내관은 불안함이 가득한 음성으로 입술을 열었다.

"아니, 그것은 아니고."

완은 헛기침을 두어 번 내뱉으며 말을 이었다.

"대체 빈궁과 나의 길일은 왜 그리 적은 것인가?"

돌려 말할 줄 모르는 성정답게 질문은 바로 이어졌다.

"예?"

황 내관은 영문을 몰라 슬쩍 고개를 들었고, 완은 미간을 일그러트리며 다시 말을 이었다. 둘만 남기가 무섭게 세자의 불만이 쇄도했다.

"대체 길일이 무엇이기에 이렇게 수가 적은 것이냐고 물었다."

"아…… 그것이…… ."

황 내관은 완의 질문을 온전히 이해하지 못한 채 대외적인 설명을 늘어놓기 시작했다.

"저하, 아뢰옵기 황공하오나 길일은 까다롭기도 하거니와 신중히 정하는 것으로, 원손 아기씨께서 자리를 잡으실 수 있을 날로 정하는 것을 원칙으로 하옵니다."

말하는 꼬락서니를 보아하니 출세는 틀렸다.

"그러니 불길한 날은 꼽을 수가 없습니다. 가령 몹시 춥거나 더운 날도 피해야 하고, 호랑이나 뱀과 같은 기운의 날은 옳지 않으며, 먹구름이 끼거나 비가 오는 날도 온당하지 않습니다."

황 내관은 마치 지식을 자랑하듯 말을 이었다. 완의 심기는 점점 더 불편해져 갔다.

"초하루, 그믐날, 보름 또한 마땅히 걸러야 하고 그 앞뒤로도 길일을 정할 수가 없사옵니다. 혹 길일이 정해진다 하여도 비바람이 치거나 눈발이 날리거나 천둥 번개, 또는 우박이 쏟아진다면 길일은 다시 정해야 하는 것…… ."

"황 내관."

"그러니 날이 얼마 없…… 예, 세자 저하."

말을 멈춘 황 내관이 입을 다물며 고개를 조아리자 완은 답답하다는 듯 짧게 한숨을 내쉬었다. 눈만 끔뻑거리며 황 내관이 말씀을 기다리자, 완은 잠시 후 입술을 열었다.

"좋다. 길일도 좋고, 범날을 피해 가는 것도 좋고, 우박이니 천둥이니 그런 것들을 전부 피해 가는 것도 좋다. 다 좋은데."

완은 황 내관을 끌었다.

"그래서, 대체 다음 길일은 언제란 말인가?"

세자께서 귓가에 대고 소곤소곤 말씀하시자 흠칫 놀란 황 내관은 어깨를 움츠렸다. 정신이 번쩍하고 드니 이제야 세자께서 무슨 말씀을 하시는지 깨달을 수 있었다.

"황 내관, 보다시피 나의 요즘은 매일이 길일인데, 세자의 내적 길일은 소용이 없는 모양이로다?"

"아……. 필요합니다. 암요. 제일 필요합니다, 세자 저하."

완은 더욱 황 내관을 끌며 목소리를 낮추었다. 귓불은 세자의 입김으로 간질거렸다.

"내가 길일이면 무엇 하는가? 관상감에서 하는 일이라곤 세자의 길일을 막아서는 것뿐인데."

"아, 그것이…… 소신의 뜻만으로 이루어지는 것은 아니고…… 제조상궁의 뜻도 함께 더해져야 하는…….”

"황 내관, 나는 지금 황 내관과 말하고 있지 않은가?"

"물론 잘 알고 있습니다."

완은 황 내관을 놓아주었다. 이윽고 목을 나른하게 돌리며 손가락을 분지르듯 우두둑 소리를 내었다. 그 손가락이 마치 자신의 허리인 것만 같아, 황 내관은 울 듯한 표정을 하며 마른침만 삼켰다.

"하여, 다음 나의 길일은 언제인가?"

"어…… 그것이…… 칠정세초를 다시 확인하여……."

"그것이 무엇인데?"

"달과 오성의 현상을 관측하여 기록을 해 둔 것……."

"틀렸다, 황 내관. 그런 것들로 어찌 세자인 나의 길일을 헤아리겠는가?"

우두둑. 손가락 분지르는 소리가 마지막으로 들리자 황 내관은 입을 꾹 다물었다. 세자께서 원하시는 답은 이게 아니다.

"지금부터라도 길일을 많이 잡아 보겠습니다, 세자 저하."

"황 내관, 이제야 나와 말이 좀 통하는 모양이로다."

완이 실금 같은 미소를 그리자 황 내관은 주먹을 불끈 쥐며 내밀었다.

"당장 내일이라도 잡아 보겠습니다!"

"가능하겠는가? 제조상궁은 어찌하고?"

"걱정 마십시오! 소신이 정하여 아뢰면 그뿐이니 절대로, 절대로 걱정하지 마십시오, 세자 저하!"

"하, 역시 황 내관이다. 이러니 내가 자네를 어찌 찾지 않을 수 있겠는가?"

완은 목적을 달성했다는 듯 황 내관의 어깨를 툭툭 쳤다. 망할 길일은 한 달에 한두 번뿐이니, 막아서는 자들이 이 핑계 저 핑계를 대며 별궁 근처엔 얼씬도 하지 못하게 했다.

"잊지 말라. 세자는 매일매일이 길일이다."

"예, 세자 저하. 매일매일."

황 내관은 사내끼리 통하는 눈빛으로 완을 바라보았고.

"역시 젊음이 좋으십니다, 세자 저하."

완 또한 사내만이 아는 눈빛으로 황 내관을 바라보았다.

"길일을 홀로 흘려보내는 건 온당하지 않다. 내 말 알겠는가?"

"잘 알겠습니다, 세자 저하."

뜻이 음흉한 눈빛이 섞이다가 묘한 미소를 자아내게 하니, 완은 볼일이 끝났다는 듯 이내 발길을 돌렸다.

세자가 사라지고 나서야 제조상궁이 관상감을 찾았다. 내내 음흉한 표정만 짓고 있던 황 내관을 마주한 제조상궁은 꺼림한 표정을 지었다.

"무슨 그런 표정을 짓고 계시는가? 다들 어디로 가고?"

"이제 곧 돌아올 것입니다. 그것보다 마마님."

황 내관은 제조상궁에게 시선을 돌렸다. 세자의 뜻, 받들어야만
했다.

"동궁전의 다음 길일은 익일입니다."

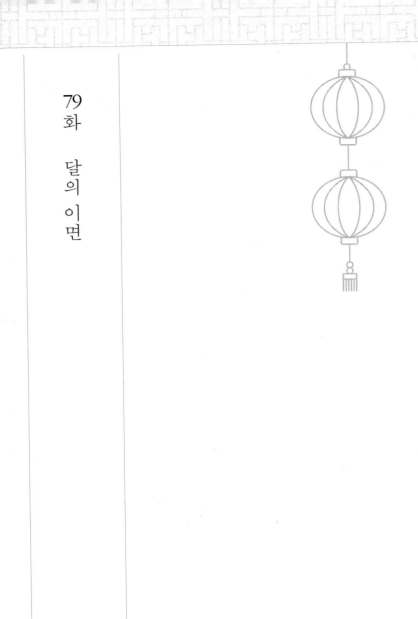

79화

달의 이면

【해종실록 11권. 해종(偕宗) 17년 9월 20일】

"잠시 주춤하던 무리 떼가 다시 야합하여 흑단을 창단하니 무뢰배들의 흉악함과 잔악함이 이루 다 말할 수 없을 지경이다."

상이 근심하며 우려를 표했다.

　"그래서, 나는 언제까지 이렇게 가만히 있어야 하는가?"

　삼경이 훌쩍 지난 밤, 신기형은 류명과 마주 앉아 술잔을 들었다.

　류명은 꽉 다문 입술 사이로 어떤 말도 내어놓지 않았다. 부쩍 날카롭게 변한 눈빛과 숨소리는 예전의 류명을 찾아볼 수 없게 만들었다.

　"류명, 자네가 하라는 대로 다 하고 있지 않은가. 하지만 내가 이대로 넋 놓고 있다고 믿는 건 아니겠지."

　신기형은 비워 낸 술잔에 술을 따르며 재차 말했다. 용희가 세자빈에 간택되었던 그날 밤, 시장통을 쑤시고 돌아다니던 류명을 찾아 불러들였다. 찾아낸 류명의 손엔 세자가 그토록 찾아 헤매던

밀수 장부가 있었다.

"내가 정말로 자네를 두려워 죽이지 못했다고 생각하는가?"

"그럴 리가 있겠습니까?"

밀수 장부를 실물로 목격한 신기형이 눈을 뒤집고 륜명의 멱살을 잡아 올리니, 그는 원본을 가져왔으나 필사본은 숨겨 두었다고 말했다. 그리고 자신을 죽이면 정확하게 사흘 뒤, 필사본을 세자의 손에 넘겨줄 것이라 말했다. 덧붙여 말끝에 자신의 요구를 들어 달라고도 했다.

"나는 자네가 하라는 대로 태진사를 습격하지도 않았고, 은화를 거두어 가지도 않았다."

"말씀드리지 않았습니까. 이미 태진사는 동궁의 사람들로 가득 차 대감께서 그곳을 치기만을 기다리고 계셨다고."

"그깟 군졸들이 두려울까?"

"임금의 군사입니다. 매복된 군사만도 수를 헤아리기 어려웠지요."

태진사를 습격할 준비를 하던 신기형에게 륜명은 그만두라 말했다. 이미 세자가 널리 내다보고 만반의 준비를 마쳤으니 얻을 것은 없을 것이라고.

"쯧쯧, 어리석긴."

이영을 제게 내 달라, 륜명은 그리 요구하기도 했다.

그 밤, 륜명의 모든 부탁을 들어준 신기형은 다시 술을 삼켰다. 기쁨으로 삼켜도 속을 달구는 술이니 분노로 삼켜 낸 술은 또 얼마나 뜨거울 것인가. 숨을 모아 불어 내쉬며 신기형은 일렁이는 뜨거움을 삼켰다.

　"세자의 버린 패가 되어 나를 찾아와, 알량한 장부 하나를 쥐고 목숨을 연명하는 주제에 너무 많은 것을 요구하진 말게."

　"오해 마십시오. 대감을 위한 일입니다."

　신기형은 술병을 쥐려다 멈칫했다. 륜명은 자신의 술잔을 비우며 쓰게 말을 이었다.

　"동궁의 덫으로부터 대감을 살린 것입니다. 어찌 모르십니까?"

　"자네가 나를 왜? 대체 자네는 무슨 이유로 내 주변을 맴돌며 죽음을 불사하는가?"

　아주 오래전부터 묻고 싶었다. 사정거리 안에서 배회하며 위험에 처한 자신에게 때때로 손을 내미는 륜명은 대체 무엇 때문에.

　"말해라. 돈을 원하느냐?"

　"이미 천만의 것을 쌓아 명에 두었습니다. 비단 그것이 제게 무슨 의미겠습니까?"

　"그럼 무엇이냐? 무엇인데 나의 뒤를 봐주느냔 말이다."

　륜명은 신기형의 시선을 피하며 술을 따랐다. 한 잔을 급히 비워 낸 륜명은 술잔을 내려놓으며 천천히 고개를 들었다. 부자지간의 시선이 얽혀 들었다.

"대감."

한쪽은 뜻을 알아 서러움이 복받쳤고.

"말해라."

한쪽은 뜻을 몰라 덤덤했다.

륜명은 한층 짙어진 눈매로 신기형을 응시했다. 탐욕에 눈이 먼 아비의 시선엔 옳고 그른 정의가 보이지 않아, 무슨 말을 어떻게 시작해야 하는지 길을 모르게 했다.

"이제라도 멈출 수는 없겠습니까?"

"뭐, 뭐라?"

"가진 것에 만족하며 주어진 것만 끌어안고 살 수는 없겠습니까?"

그래도, 당신은 살아야 하잖아.

"동궁이 대감을 주시하고 있습니다. 곧 대감의 사람들도 잘려 나가겠지요."

당신이 비참하게 죽는 모습을 내가 바라만 볼 수는 없잖아. 이 것이 천륜이니까.

"계속 욕심을 부리다간 큰 화를 면하지 못할 것입니다."

"보자 보자 하니 이놈이 감히!"

신기형은 쿵, 하고 상을 내리쳤다. 술이 첨벙거리며 넘치자 륜명은 시선을 내리며 바라보았다.

"내가 그리도 우스운 것이냐? 감히 동궁의 눈 밖에 나는 것이 두려워 몸을 사릴 만큼?"

"······."

"이미 다 내주었느니라! 딸년은 간택에서 떨어졌고 나는 만인 지상이 되지 못했느니라! 무엇을 더 참아야 한단 말이냐!"

"거기까지가 대감의 몫인 것입니다."

"이런 건방진 놈!"

신기형은 륜명의 얼굴에 술을 뿌렸다. 그러곤 화를 참지 못하는 얼굴을 하며 륜명에게 삿대질을 했다.

안다. 알고 있다. 누구보다 잘 알고 있으나 누구에게도 그런 말을 듣고 싶지 않았다.

"참을 만큼 참았다! 네놈의 술수가 두려워서가 아닌 내 남은 인정이었느니라! 이제 그 장부를 동궁의 면전에 던져 주건 말건 관여하지 않겠다!"

륜명은 뚝뚝 떨어지는 술 방울을 닦았다. 신기형의 갈라지고 탁한 음성은 닿을 곳이 없어 허공을 헤집었다.

신기형은 분노한 숨을 밀어 내쉬었다. 일전에 유배지에서 갈취한 동궁의 전서엔 잘려 나갈 자들의 이름이 빼곡하게 적혀 있었다. 첫 번째 제거 대상의 이름은 신기형, 자신이었다.

"네놈이 무얼 아느냐! 조선은 사대부의 나라니라! 그 사대부의 수장이 누구더냐! 바로 나다!"

신기형은 아무런 반응이 없는 륜명을 찢어 죽일 듯 노려보다 술을 벌컥벌컥 마셨다. 얼마간 도무지 화를 참을 수가 없었으며, 술 없인 잠들 수 없는 밤을 보냈다.

"기필코, 종국엔 네놈을 죽이고야 말겠다, 륜명."

정신이 빠진 듯한 신기형의 눈빛은 신랄했다. 륜명은 차마 볼 수 없어 눈을 감았다.

"싹 다 죽여 없앨 것이란 말이다."

이미 그는 사람이 아니었다.

◎

어둠은 빛이 덮고 또다시 그 빛은 어둠이 덮었다. 덮고 덮이고 쌓이고 쌓이며, 빛과 어둠은 밝거나 푸르거나 붉거나 검거나 제각 각으로 하늘을 물들였다.

근심이 많았던 어둠은 지워지고 또다시 해가 들었다. 빡빡한 일 정이 새벽바람부터 시작되니, 용희는 김 상궁의 가르침을 따라 궐 의 모든 것을 머리에 새겼다. 수가 넘쳐나는 나인들의 얼굴도 익 혔고 명칭과 예법도 자연스럽게 익혔다. 빈궁의 당의까지 걸쳐 입은 그녀는 무척이나 고아한 미색을 자아냈다.

"지담! 월호!"

교태전에서 나온 발길을 별궁으로 돌리던 용희가 멈춰 서며 음성을 높였다. 화들짝 놀란 김 상궁이 그녀의 시선을 따라 앞을 바라보았고, 이내 오만상을 찌푸렸다.

"빈궁마마, 아뢰옵기 황공하오나 이리 내외를 하지 않으시며 목소리를 높이시면 법도에 어긋……."

"지담! 월호!"

끙. 김 상궁은 짧게 한숨을 내리쉬었다. 이미 용희의 발길은 멈춰 선 지담과 월호를 향하고 있었다.

"빈궁마마!"

용희를 발견한 지담과 월호는 구름 위를 달리듯 날쌔고 가벼운 발길로 다가왔다. 서너 걸음을 앞에 두고 멈춘 두 사람은 빈궁 앞에서 예를 다했다.

"마마, 신 지담, 인사를 여쭈옵니다. 이른 아침부터 어디를 향하시는 것이옵니까?"

"처소로 돌아가는 길이었습니다."

"마마, 어찌 아랫사람에게 말씀을 높이시옵니까. 격을 갖추시옵소서."

곁에 있던 김 상궁이 다그치듯 말하자 용희는 작게 입술을 삐죽였다. 지담은 괜찮다며 눈을 찡긋거렸고, 월호는 뻣뻣하게 고개만 수그렸다.

"처소로 돌아가는 길이었네. 자네들은 어디를 가는가?"

"소신들은 동궁전으로 향하던 길이옵니다, 마마."

변한 호칭, 벌어진 간격. 용희는 지담과 월호를 안타까운 시선으로 바라보았다. 언젠가 태진사 앞마당에 나란히 앉아 담소를 나누었던 그 정겨운 시간이 문득 그리워졌다. 이렇듯 보고 듣는 이가 많으니 그러한 시간이야 다시 오겠느냐마는 지금이 영 어색하고 싫었다.

"다들 격무에 고생이 많네."

"당치 않으시옵니다, 마마. 마마께서야말로 다망하시어 옥체가 상하실까 저어되옵니다."

지담이 실로 걱정이라는 표정으로 살피자 용희는 괜찮다며 맑게 미소 지었다. 다만 변하지 않은 것이 있다면 바라보는 눈빛뿐이니, 그것으로 만족해야 할 때였다.

"소신들은 다음에 또 뵙겠습니다, 빈궁마마."

월호가 지담을 끌며 인사를 올리자 용희는 어서 가 보라며 그들을 향해 손짓했다.

"그럼 다음에 또 보겠네. 수고들 하게."

궐 안의 유일한 벗, 유일한 말동무인 지담과 월호는 누가 뭐래도 그녀의 든든한 사람들이었다. 두 사람이 사라지자 김 상궁의 잔소리가 기다렸다는 듯 쏟아졌다.

"아무리 저하의 사람들이라고 해도 함부로 말씀을 섞으시거나 찾으시면 아니 되옵니다."

"저하의 사람들이기 전에 나의 사람들이기도 하네."

"안 될 말씀이십니다. 어찌 외간의 사내를 일컬어 마마의 사람이라 하실 수 있으시옵니까. 밖에서 이 사실을 알까 저어되옵니다, 마마."

"내가 지내 왔던 시간을 자네가 어찌 헤아리겠는가?"

"예?"

"아닐세. 앞으론 주의하겠네."

용희는 갑갑함에 짧은 한숨을 내쉬었다. 되는 것보다 안 되는 것이 많고, 부부가 되었으나 완의 얼굴을 보기란 말 그대로 하늘의 별 따기니. 새삼 중전마마가 더욱 대단하게 느껴졌다.

"마마, 간밤 옥체 보전하시었습니까?"

그때, 뒤에서 들려오는 소리에 용희는 몸을 틀었다. 좌의정 신기형이다.

"입궐하셨습니까, 대감."

용희는 미소를 띠며 신기형을 맞이했다. 지담과 월호 때와는 달리 김 상궁이 나인들과 뒷걸음을 치며 간격을 벌렸다. 감히 빈궁과 재상과의 대화에 끼어들지 않겠다는 모습이었다.

신기형은 두 손을 모은 채 용희 앞에 섰다. 유난히도 맑고 커다란 그녀의 눈망울은 전후 사정을 아무것도 모르고 있음이 자명했다. 그렇지 않고서야 저렇게 반가운 기색을 할 리가 없었으므로. 그것이 더욱 신기형의 비위를 상하게 했다.

"사가가 무사히 재건되었으니 감축드리옵니다, 마마."

신기형이 운을 떼자 그녀가 입을 열었다.

"감사합니다. 덕분이라 여기고 있습니다."

"날이 더 추워지기 전에 마무리가 되어 참으로 다행입니다."

"네. 하마터면 추위에 인부들이 고생할 뻔했지요."

"추위를 피한들 고생이 없겠습니까. 마마의 사가를 재건축하며 강제 노역을 부담한 백성들의 원성이 만만치 않습니다."

느닷없는 신기형의 이야기에 용희는 미소를 지워 냈다.

"그것이 무슨 말씀이십니까?"

"모르셨습니까?"

신기형은 슬쩍 고개를 들었다. 두 손은 모았으나 눈매엔 낮춰 보고 있는 얄팍한 알랑함이 맺혔다.

"하기야, 궐 안에만 있다 보면 듣지 못하는 이야기들이 많지요. 누구도 마마의 성심을 어지럽히려 들지 않을 것이니 말입니다."

"강제 노역이 있었다는 말씀이십니까?"

"양반가의 일엔 대부분 백성들의 피고름이 섞이지요. 한창 농사일에 바쁜 일손들을 묶어 담을 쌓고 기와를 올렸으니 당연한 일 아니겠습니까."

놀란 나머지 용희는 다음 말을 잇지 못했다. 이렇듯 처음 대면한 신기형은 정치와 신경전이 무엇인지를 몸소 느끼게 했다.

"하오나 무엇이 문제 되겠습니까. 부친이신 영의정 대감의 사가를 건축하는 일인데 강제 노역쯤이야 당연한 일이겠지요."

"그것이 사실이라면 합당하지 않습니다."

용희의 대답에 신기형은 작은 웃음을 터트렸다. 어린아이 새살 같은 그녀의 대꾸는 물컹하기 그지없어 상대할 맛도 나지 않았다. 하지만 보여 주어야 할 때다.

"마마, 합당한 일은 생각보다 많지 않습니다. 지당한 품삯을 내린들 그것이 백성들의 손에 안전히 들어가겠습니까. 윗사람들의 배만 불릴 뿐이지요."

"이것이 사실이라면 대감께서는 어찌 두고만 보고 계신 것입니까?"

"그야 마마의 사가를 재건하는 일이기 때문이지요. 문제가 있는 것은 신보다 마마의 부친께서 먼저 아셨을 것이고."

신기형은 새삼스럽다는 듯 미간을 꿈틀거렸다. 용희는 작은 주먹을 말아 쥐었다.

"하늘이 알고 땅이 알고 만백성이 알며 신 또한 알고 있는 사실을, 마마의 부친이신 영의정 대감이 모를 리가 있겠습니까? 하오나 피해 갈 수 없는 일이니 외면한 것이지요."

"내 아버지께서 이러한 사실을 알고도 모른 척하셨다는 말씀이십니까?"

"직접 확인해 보시겠습니까? 뭐, 확인하신들 마마께는 깨끗한 것만 보여 주고자 대감이 거짓을 말할 수도 있겠지요."

"말씀을 삼가세요. 내 아버지는 그러실 분이 아닙니다."

"본디가 보고 싶은 만큼 보이는 법입니다."

말끝에 신기형은 별일 아니라며 손사래를 쳤다. 딱딱하게 굳어 버린 용희의 얼굴을 바라보며 번뇌를 심어 주기 바빴다.

"무릇 큰일엔 작은 희생이 따르는 법이니 마마께서 크게 신경 쓰실 것 없습니다."

강제 노역은 없었다. 무엇을 확인해도 깔끔히 처리된 일이었으니까. 지금 당장 그녀의 심기를 어지럽히는 것만이 목적이었다.

"염려 마십시오. 마마의 부친을 대신해 신이 노역 중인 백성들을 살뜰히 살펴보겠습니다. 그것이 신의 일이니 말입니다."

거침없이 밀어 나락으로 떨어트리다가 목덜미를 잡아 상공으로 끌어 올렸다. 신기형의 말은 팽팽한 끈과도 같아 정신을 차리기가 힘이 들었다. 단 하나 분명한 건, 날카롭다는 것이었다.

"이런 일에 익숙해지셔야 합니다, 마마. 또한 상대에게 속내를 들키셔서는 안 되십니다."

가르치듯 신기형이 목소리를 낮추자 용희는 입술을 슬쩍 깨물었다. 야무지지 못한 모습에 신기형은 속으로 실소했다. 딸아이를 제치고 간택이 된 여인이라 생각에 약았을 것 같았는데 그것도 아닌 모양이다. 맛보기로 미끼를 던졌을 뿐인데 덥석 무는 꼴은 가히 볼만했다.

"대감께선 이 사람이 무엇에 익숙해져야 한다는 말씀이십니까?"

이런 네가 세자빈이라니. 이것이야말로 합당하지 않다.

"부친께서 그 자리에 어찌 오르셨는데 백성들의 출혈이 없었겠습니까. 처음은 아니겠지요."

신기형은 속삭였다. 다 그런 것이라고. 그러니 홀로 고귀한 척, 아무것도 모르는 척, 그리 깨끗한 척하지 말라고.

"또한 마마께서 그 자리에 오르기까지 많은 사람의 피와 눈물이 있었음을, 정녕 모르셨나 봅니다."

신기형은 이만 가 봐야겠다는 듯 하늘을 잠시 올려다보았다. 그러고는 다시 예를 다해 고개를 수그리며 입술을 열었다. 언변으로 뽑아 낸 흉기는 형체를 지니지 않아 그녀의 마음을 야멸차게 할퀴었다.

"이왕 마마의 사가가 재건되었으니 더 이상의 불상사는 없기를 바라옵니다. 누군가 죽은 행색을 하며 조정을 어지럽히는 일이 또 있어서야 되겠습니까, 마마."

그녀는 고개를 돌려 보았다. 자신을 바라보며 지나는 관료들의 눈빛에 깃든 차가움이 처음으로 느껴지니, 용희는 숨을 잘게 끊어 내쉬었다.

"그럼 소신은 이만 가 보겠습니다, 마마."

기분이 이상하여 견딜 수가 없었다.

◎

"무슨 생각을 그리하는 것이냐."

"……."

"용희야."

일과를 마친 완이 바람을 가르며 별궁에 들어섰다. 고작 일각도 기다리지 못해 박 내관을 떨구고 별궁에 도착한 완이 용희의 손을 끌고 나와 왕실 정원을 향했다. 따르던 이들을 입구에 남겨 둔 채 느린 걸음을 옮겨 보지만 평소와는 달리 용희는 생각이 많아 보였다.

"아, 저하."

완이 걸음을 멈추며 바라보자 생각에서 깨어난 용희가 고개를 들었다. 그 어지러운 눈빛, 읽어 내고야 말겠다는 것처럼 완은 한참이나 속을 들여다보았다.

"무슨 일이냐. 말해라, 무슨 일인지."

하지만 한참을 바라봐도 보이는 것은 없고, 다만 느끼기에 근심이 있었다. 완은 간격을 벌리지 않으며 그녀에게 물었다. 벌써 궐의 번뇌를 느끼고 진절머리가 난 것인가 염려스럽기 시작했다. 그녀는 눈치가 빠르고 명석하니 충분히 느낄 만도 했다.

"별일 아니옵니다."

"별일이 아니긴. 큰일인데."

"괜한 기우이십니다."

"느껴진다. 부부는 일심동체라."

"별일 아니라니까요."

"부부가 몸만 하나이면 무얼 하나. 마음도 하나여야지."

무슨 일이냐며 완이 거듭해 물었고, 용희는 그런 세자의 치근덕거림에 헛웃음을 흘렸다. 하지만 생각만큼 쉽사리 말문이 트이지 않았다. 완은 조금 더 편히 말해 보라는 것처럼 다시 걸음을 옮기기 시작했다. 손을 끌어 잡고, 그녀가 바라보는 곳을 그도 보았다.

잠시 후 용희가 입을 열었다.

"저하."

"그래."

하지만 한참을 기다려도 그녀가 운을 떼지 않아 두 사람은 하염없이 걸었다.

기름이 졸아드는 남폿불이 까물거리는 것처럼 달은 구름에 가려졌다 말기를 무시로 반복했다. 폐부를 훑고 지나는 풀의 향은 들이마시는 것만으로도 가슴을 청량하게 했다.

아침저녁으론 바람이 불고 낮엔 여전히 더운 요즘을 따로 무슨 계절이라 칭해야 하는지 모르겠다. 혹자는 아직 여름이 다 가지 않았다 했고, 혹자는 이제 가을이 막 시작했다고 했다. 계절은 칼로 베어 내듯 선명히 다가오는 법이 없어, 물들고 고루 퍼져 돌아보면 다음 계절이 다가와 있었다. 문득 다가오는 것이다.

"오늘 좌상 대감과 처음으로 인사를 나누었습니다."

계절처럼 그녀의 말은 문득 시작되었다. 완은 뜻밖의 이야기에 걸음을 멈추었다.

"별 이야기는 아닙니다. 사가의 재건을 축하한다고, 대감께서는 그리 말씀하셨습니다."

멈춘 완을 뒤에 두고 용희는 느릿한 걸음을 옮겼다. 자연스레 붙잡고 있던 손을 놓게 되었고, 그녀는 나아가며 서걱서걱 발 도장을 찍었다. 길을 모르는 것은 다리나 마음이나 다를 것이 없었다.

"저는 누구의 등을 밟아 서며 이 자리까지 온 것입니까?"

여전히 멈춰 선 완은 그녀의 뒷모습을 바라보았다.

"이 자리는 누구의 피와 땀이 뒤섞인 것입니까. 저하께서는 알고 계신지요?"

"용희야."

"제가 모르는 암투가 있었습니까? 이 자리에 제가 오기까지 무슨 일들이 있었습니까?"

"용희야."

"그것이, 사실입니까?"

두 다리가 멈춘다. 용희는 눈을 감으며 불어 드는 바람을 느꼈다. 자잘한 나뭇잎이 우수수 바람에 흔들리며 아주 시원하고 맑은 소리를 냈다. 코끝으론 흙과 나무껍질의 냄새가 뒤섞여, 이곳이 아니면 맡을 수 없는 향을 느낄 수 있었다.

"그런 생각이 들었습니다. 미처 생각해 보지 못했던 이야기의 뒤편, 진실의 공간."

차마 상상도 해 본 적 없는, 휘영청 밝은 달의 이면과도 같은 이야기.

"얼마나 많은 시간 동안 그런 것들을 마주해야 할까요. 이것은 시작에 불과한 것일 텐데 말입니다."

용희는 크게 심호흡을 했다. 종일 갑갑함에 꼭 막혀 있던 숨통이 좀 트이는 것 같았다.

"좌상 대감의 말씀을 듣고 보니 그런 것도 같았습니다. 한순간에 부도덕한 가문, 부도덕한 여인이 된 것 같아 기분이 좀 내려갔어요."

나만 그 사실을 모르고 있는 것은 아닌가. 모두가 나를 불신하고 있는 건 아닌가.

"혹 모든 이들이 숨어 손가락질하고 있는 건 아닌가, 자격 없는 여인이 되었다고 불신하고 있는 것은 아닌가, 생각이 복잡해졌습니다. 어쩐지 대감께선 한 점의 부끄러움도 없는 눈빛을 하고 계셨기에 상대적으로 제가 작아진 것 같습니다."

완은 그런 용희의 뒷모습을 말없이 응시하다가 걸음을 옮겼다. 무슨 이야기를 주고받았는지 듣지 않아도 알 것만 같았다.

"내가 너에게 해 줄 말이 있다."

차마 곁에 서지 못한 세자가 등 뒤에 멈추니, 용희는 눈을 감은 채 그의 목소리에 집중했다.

"좌상이 네게 바란 것은 바로 이런 것들이다."

번뇌, 근심, 두려움, 불안함.

"또한 좌상의 사람들이 바라는 것이기도 하다. 네가 네 자신을 믿지 못하고, 너의 주변을 믿지 못하는 일."

조선 세자빈의 날개를 꺾는 일. 언제든지 손에 쥐고 흔들 수 있도록 가볍게 만들어 두는 일. 신기형이 바라는 것은 바로 그런 일.

"어째서 그렇습니까. 제가 그분의 여식을 제쳤기 때문입니까?"

"그것이 다는 아니다."

그것을 두고만 볼 세자인가.

"너의 가문을 위태롭게 했던 장본인."

그럴 리가 없다.

"그 장본인이 바로 좌상 대감이다."

"그것이…… 무슨……."

"너와 네 가족의 죽음을 바란 자. 나아가 너의 가문을 몰살시킨 자. 너의 원수고, 나의 적이다."

그녀는 비로소 달의 이면(裏面)을 직시했다.

"궐 안 대부분 좌상의 사람들로 가득 차 있다. 네가 어떤 여인이건 간에 무조건 배척하고 볼, 그런 자들을 신경 써서 무얼 어쩌겠느냐."

한둘이겠는가. 일신의 영달만을 꾀하며 좌상의 수족을 자처하고, 입안의 혓바닥처럼 굴며 그녀를 달게 보지 않는 시선들이.

"그자들이 너를 질타할수록 너는 곧게 가고 있음을 깨달아야 한다. 네가 곧게 가고 있기에 그들의 질타가 이어진다는 것을 명심해라."

쉽게 가시지 않는 충격이 그녀의 눈꺼풀을 무겁게 눌렀다. 당장 수용하기 힘든 기운이 전신을 강타하고, 귓가엔 날카로운 파열음을 동반한 이명이 들려왔다. 용희가 간신히 눈을 뜨자 완은 말했다.

"네가 알아야 할 것들은 이제 모두 다 알았다. 전부 알았다면 이젠 정신 똑바로 차리고 나를 봐라."

그녀가 그토록 궁금했던 달의 이면은 어떠한가. 시시할 정도로 모든 것은 상상과 닮아 있었고, 예상을 초월하지도 못했다.

차디찬 바람, 황량한 공간. 칠흑 같은 어둠, 무엇도 손에 잡히지 않는 허망함. 얼굴을 치는 모래바람이 일고, 바싹 말라 건조한 대지엔 숨이 없었다.

"너는 너만 믿고."

그곳엔 오직, 세자만이 있었다.

"나만 믿으면 된다."

조선연애실록 3

2023년 6월 8일 초판 1쇄 발행

지은이 로즈빈
펴낸이 박시형, 최세현

책임편집 김명래 **디자인** 정아연 **교정교열** 전해림
마케팅 권금숙, 양근모, 양봉호, 이주형 **온라인마케팅** 신하은, 현나래
디지털콘텐츠 김명래, 최은정, 김혜정, 서유정 **해외기획** 우정민, 배혜림
경영지원 홍성택, 김현우, 강신우 **제작** 이진영
펴낸곳 팩토리나인 **출판신고** 2006년 9월 25일 제406-2006-000210호
주소 서울시 마포구 월드컵북로 396 누리꿈스퀘어 비즈니스타워 18층
전화 02-6712-9800 **팩스** 02-6712-9810 **이메일** info@smpk.kr

ⓒ 로즈빈 (저작권자와 맺은 특약에 따라 검인을 생략합니다)
ISBN 979-11-6534-755-0 (03810)

쌤앤파커스(Sam&Parkers)는 독자 여러분의 책에 관한 아이디어와 원고 투고를 설레는 마음으로 기다리고 있습니다. 책으로 엮기를 원하는 아이디어가 있으신 분은 이메일 book@smpk.kr로 간단한 개요와 취지, 연락처 등을 보내주세요. 머뭇거리지 말고 문을 두드리세요. 길이 열립니다.